ハヤカワepi文庫
〈epi 98〉

# ベル・カント

アン・パチェット
山本やよい訳

*epi*



早川書房

*8424*

BEL CANTO

by

Ann Patchett



Translated by
Yayoi Yamamoto
Published 2019 in Japan by
HAYAKAWA PUBLISHING, INC.
This book is published in Japan by
arrangement with
Ann VanDevender
c/o ICM PARTNERS
acting in association with
CURTIS BROWN GROUP LTD.
through THE ENGLISH AGENCY (JAPAN) LTD.

カール・ヴァンデヴェンデルへ

編集者のロバート・ジョーンズにわたしの愛と感謝を捧げます。

わたしは丘と泉をお与えくださいと神々にお願いしました。
神々はついにその願いをきいてくれました。
わたしは満足して生きていくでしょう。
そして、あの泉の向こうへ行こうとは、けっして思わないでしょう。
あの山を越えようと思うこともないでしょう。

《六つのアリエッタ、その一／マリンコニア、やさしいニンファ》
ヴィンチェンツォ・ベッリーニ

弁者　おまえたち、よそ者よ。われらから何を求めているのだ？　なにがおまえたちをかりたてわれらの城壁に迫るのだ？
タミーノ　友情と愛とを。
弁者　おまえは命を賭してもそれを戦いとる覚悟なのか？
タミーノ　もちろんです！

《魔笛》
ヴォルフガング・アマデウス・モーツァルト

# ベル・カント

# 1

灯《あか》りが消えた瞬間、伴奏のピアニストが彼女にキスをした。あたりが真っ暗になる前に、彼女のほうを向くところだったのかもしれない。両手をあげようとしていたのかもしれない。なんらかの動きが、なんらかのしぐさがあったにちがいない。リビングにいた全員があとからそのキスを思いだすことになるのだから。といっても、みんなが現実にキスを目撃したわけではない。それは不可能だったろう。彼らを包みこんだ闇は唐突だったし、完璧だったのだから。そこに居合わせた人々はキスがなされたことを確信していただけでなく、どんなキスだったかも特定できると断言した。力強い情熱的なキスで、彼女にとっては不意打ちだった。灯りが消えたとき、誰もが彼女を見つめていた。全員が立ちあがって拍手をしている最中だった。肘をあげ、盛大に手を叩いている最中だった。拍手にくたびれた者は一人もいなかった。イタリア人とフランス人は「ブラーヴァ！　ブラーヴァ！」

と叫び、日本人は彼らから目をそらしていた。灯りがついたままだったら、ピアニストは彼女にこんなキスをしていただろうか。彼女のことで頭がいっぱいだったため、暗くなったその瞬間、反射的に彼女のほうへ手を伸ばしてしまったのだろうか。それとも、部屋にいた男女すべてが彼女に欲望をそそられていたため、集団で幻を見てしまったのだろうか。彼女の声の美しさにうっとりするあまり、自分の口でその唇をふさぎ、その声を呑みつくしたいと思ったのかもしれない。音楽というのはよそへ移し、むさぼり食い、所有できるものなのかもしれない。あんなみごとな声を持つ唇にキスしたら、どんな感じがするのだろう。

何人かはずっと以前から彼女のファンだった。これまでにレコーディングされたものを残らず持っていた。ノートを用意して、彼女の歌を生で聴いた場所を残らず記録し、曲目と出演者の名前と指揮者をリストにしていた。今宵のパーティには、彼女の名前を聞いたことすらない者もまじっていた。誰かに尋ねられれば、オペラなんて猫のばかげたキーキー声を集めたものにすぎない、歯医者の椅子で三時間をすごしたほうがまだましだ、と答えていたことだろう。その連中がいま、人目もはばからず泣いていた。とんでもない誤解をしていたのだ。

闇に怯《おび》えている者は一人もいなかった。真っ暗になったことにほとんど気づいていなかった。拍手が続いていた。よその国から来た人々は、ここではこういうことが日常茶飯事なのだろうと思っていた。灯りがともり、灯りが消える。パーティを主催した国の人々はそれが事実であることを知っていた。おまけに、停電のタイミングが芝居がかっていて、この場にぴったりで、まるで「視覚はいっさい不要。耳を澄ましなさい」と灯りが告げているかのようだった。誰もとくに考えてみようとしなかったのは、各テーブルのロウソクまでが消えてしまったのはなぜかということだった。たぶん、灯りが消えたのと同じ瞬間か、そのすこし前に消えたのだろう。室内には、吹き消されたばかりのロウソクの心地よい匂いが漂っていた。甘くて、不吉なものはみじんも感じさせない煙。もう遅いからベッドに入りなさいと告げている匂い。

人々は拍手を続けた。キスが続いているものと思っていた。

ホソカワ氏がこの国にやってきた理由は、ひとえにリリック・ソプラノのロクサーヌ・コスにあった。それ以外の者がパーティにやってきた理由は、ホソカワ氏にあった。ここはふつうの者が訪れるような国ではない。パーティの主催国（貧しい国）が巨費を投じて、賄賂でも使わないかぎり出席してもらえないような外国人のために誕生パーティをひらいたのは、その外国人が日本最大のエレクトロニクス企業である〈ナンセイ〉の創業者であり、社長であるからだった。ホソカワ氏が笑顔を見せてくれて、この国が援助を必要としている多数の事柄のいくつかに手をさしのべてくれないだろうかというのが、主催国側の虫のいい願いだった。技術指導や取引によって、それが実現するはずだった。ここに工場を誘致できれば（あまりに切実な夢なので、工場の名前を口にすることすらはばかられるのだが）、安い労働力が関係者すべてに利益をもたらすことになる。産業の振興によって経済活動をコカの葉やケシの栽培から切り離し、この国がコカインやヘロインといった卑劣なものと縁を切ろうとしているという幻影を作りだせば、海外からの援助を促進し、こうした麻薬の不正取引を減らしていくことができる。ただ、日本人というのはもともと石橋を叩いて渡るタイプの民族なので、この計画が根づいたことはこれまで一度もなかった。日本人は危険を、そして、こうした危険な国についての噂を信じているので、副社長でも、政治家でもなく、ホソカワ氏本人に来てもらい、テーブルについてもらえば、援助の手が期待できることの証明になるはずだった。手をさしのべてもらうには、たぶん、甘言と懇願が必要だろう。深いポケットからその手をひっぱりださねばならない。しかし、今回の訪問には、オペラ界のスターが華を添えるきらびやかな誕生日のディナーと、数回にわたる会議と、翌日の工場建設候補地の視察が含まれていて、夢の実現の可能性がこれまでになく高まったわけで、室内には甘美な期待があふれていた。十以上の国を代表する人々も、ホソカワ氏の意図を歪曲した形で吹きこまれて、パーティにやってきていた。この国への援助を自国政府に要請する気はみじんもないが、〈ナンセイ〉の事業だったら喜んで支援しようという投資家や大使が、今宵、ブラックタイとイブニングドレス姿で部屋のなかをまわり、グラスを合わせ、笑いさざめいていた。

ホソカワ氏にとっては、今回の旅行はビジネスのためでも、外交のためでも、のちに報道されるような大統領との友情のためでもなかった。ホソカワ氏は旅行が嫌いだし、大統領とは一面識もなかった。自分の意思を、いや、意思のないことを、明確に伝えておいた。工場を建設する気はなかった。自分の誕生日を見ず知らずの連中と祝うために、行ったこともない国へ出かけることには、ふつうなら同意しなかっただろう。相手が知り合いであっても、自分の誕生日を一緒に祝う趣味はなかったし、五十三回目の誕生日というのはなんの意味もない数字なのだから、なおさらだった。ここに集まった人々からの、パーティに出てほしいという強い要請を、彼は何度もことわったが、やがて、ロクサーヌ・コスも出席するという夢のような話が持ちあがった。

彼女が出席するのなら、誰にことわることができよう。いかに遠くても、いかに不便でも、いかに誤解を招く危険があっても、誰にノーと言えるだろう。

しかし、まずは、もうひとつの誕生日のことを思いだすとしよう。カツミ・ホソカワが生まれて初めてオペラを――ヴェルディの《リゴレット》を――観た十一歳の誕生日のことを。父親に連れられて汽車で東京へ行き、豪雨のなかを二人で歩いてコンサートホールに向かった。その日は十月二十二日だったから、冷たい秋雨で、通りには赤い落ち葉がうっすら積もっていた。東京メトロポリタン・フェスティバル・ホールに着いたときには、コートも、セーターも、その下のシャツまでも、じっとり濡れていた。カツミ・ホソカワの父親の札入れにしまわれたチケットも濡れて変色していた。それほどいい席ではなかったが、視界をさえぎるものは何もなかった。一九五四年当時、金を稼ぐのは大変なことだった。汽車の切符やオペラは法外な贅沢《ぜいたく》だった。時代がちがっていれば、このような公演は子供には高尚すぎただろうが、戦後まもない時期で、当時の子供たちは、いまの子供にはおそらく無理だろうと思われるさまざまな事柄をはるかに深く理解する能力をそなえていた。二人はめまいがしそうな下の空間を見ないようにしながら、自分たちの座席に向かって長い階段をのぼっていった。二人を通すために立ちあがった人々にいちいちお辞儀をし、詫びの言葉をくりかえしたあと、ようやく折りたたみシートをおろして、そこにすべりこんだ。早く来たつもりだったのに、ほかの人のほうがもっと早かった。チケットの値段に含まれた贅沢のひとつが、この美しいホールで静かにすわって待つことだったからだ。二人が——父親と息子が無言で待つうちに、やがて、客席が暗くなり、はるか下のほうから音楽の最初のそよぎが聞こえてきた。カーテンのうしろから小さな人々が——虫のような人々が——すべりでてきて、口をひらき、憧れと、悲しみと、一人一人を破滅に導く無限の大胆な愛とともに、場内を金色に染めあげていった。

カツミ・ホソカワの胸に終生変わらぬオペラへの愛が芽生えたのは、この《リゴレット》の公演のときだった。それは彼が眠りのなかでも読めるようにと、ピンク色をしたたまぶたの裏に刻みつけたメッセージであった。何年ものちに、彼の人生がビジネス一色に染まり、勤勉さに重さが置かれる国で誰よりも勤勉に働くようになったときには、人生は、真実の人生は音楽のなかにしまいこまれている、というのが彼の信念になっていた。人が社会に出て自分に課せられた務めをこなすあいだ、真実の人生はチャイコフスキーの《エフゲニー・オネーギン》のセリフのなかに安全にしまいこまれているのだ。もちろん、誰もがオペラにのめりこむわけではないことは、彼も承知していたが(ただし、完全には理解できなかった)、誰にでも何か夢中になれるものがあるはずだと思っていた。大切なレコード、生の舞台に触れる貴重な機会——これらが、愛する能力を測定するときに彼が使う基準だった。妻でもなく、娘でもなく、仕事でもなかった。日常生活を満たすための要素がオペラに移ってしまったことに、彼はまったく気づいていなかった。オペラがなければ、自分のなかの一部も完全に消滅してしまうことがわかっていた。彼が手を伸ばして父親の手を握ったのは、二幕の初めのほうで歌われるリゴレットとジルダの二重唱のなかで、二人の声がからみあって高らかに流れたときだった。歌詞の意味はまったくわからなかったし、二人が父親と娘を演じていることも知らなかった。彼の頭にあったのは、何かにしがみつきたいという思いだけだった。歌声の引力があまりに強いため、はるか上のほうの座席からひきずりおろされて前方へぐんぐん落ちていきそうな気がしたのだった。

これだけ深く何かを愛すれば、忠誠心が生まれるものだ。そしてホソカワ氏は忠誠をつくす人間だった。自分の人生におけるヴェルディの重要性を忘れたことは一度もなかった。誰もがそうであるように、贔屓《ひいき》の歌手にのめりこむようになった。エリーザベト・シュヴァルツコップ、ジョーン・サザーランドの特別コレクションを作りあげた。ほかの誰にも増してマリア・カラスの才能に惚れこんだ。彼の日常には、こうした趣味に割《さ》ける時間はあまりなかった。クライアントと夕食をとり、書類仕事を片づけたあとで、三十分ほど音楽を聴いたりオペラの台本に目を通したりしてから眠りにつくのが日課だった。ひとつのオペラを三時間ぶっとおしで聴ける時間がとれるのはきわめてまれで、せいぜい、年に五回の日曜日ぐらいのものだった。四十代後半に一度、牡蠣《かき》にあたってひどい食中毒を起こし、三日間自宅で寝こんだことがあった。これはどんな休暇にも負けない幸福な思い出として彼の心に残っている。眠っているときまで、ヘンデルの《アルチーナ》を絶え間なく流していたのだから。

彼の誕生日に初めてロクサーヌ・コスのCDを贈ってくれたのは長女のキヨミだった。ことプレゼントに関しては、父親はとてもむずかしい相手だったので、そのCDと、初めて見る名前を目にして、キヨミはこれに賭けてみようと決めた。だが、彼女を惹《ひ》きつけたのは初めて見た名前ではなく、その女性の顔だった。キヨミはソプラノ歌手のジャケットの写真にいらだつことが多かった。扇の上から顔をのぞかせたり、やわらかな網目のベールの奥からこちらを見つめたり、といったものが多い。ところが、ロクサーヌ・コスはまっすぐこちらを見ていた。顎までもまっすぐこちらに向けて、目を大きくひらいている。キヨミはそれが《ランメルモールのルチア》のＣＤだと気づく前に、そちらへ手を伸ばしていた。《ランメルモールのルチア》を録音したものを父親はいくつ持っているのだろう？　そんなことはどうでもよかった。カウンターの女店員に金を払った。

その夜、そのＣＤをかけ、椅子にすわって耳を傾けはじめたホソカワ氏は、仕事にはもう戻らなかった。まるで、東京のコンサートホールではるか上の席にすわり、その手を父親の大きな温かい手に包みこまれた少年に戻ったような気がした。ＣＤを何度も何度もかけた。ロクサーヌの歌以外のところはいらだたしい思いですべて飛ばした。彼女の声は天高く飛翔し、温かさと複雑さをそなえていて、大胆不敵でもあった。抑制を利かせると同時に大胆に歌いあげるなどということが、どうしてできるのか？　娘の名前を呼ぶと、キヨミがやってきて、父親の書斎の入口に立った。娘は何かを――「はい？」「なあに？」「どうしたの？」といったことを――言おうとしたが、言葉を口にする暇もないうちに、歌声が聞こえてきた。ジャケットからまっすぐこちらを見ていた女性の歌声が。父親はなんの説明もせずに、広げた手でスピーカーのひとつを示しただけだった。キヨミは自分の選択が正しかったことを知り、大きな喜びに包まれた。音楽がキヨミを褒《ほ》めたたえていた。

ホソカワ氏は目を閉じた。夢の世界に入っていた。

それから五年のあいだに、彼はロクサーヌ・コスの舞台を十八回観た。一回目は幸運な偶然だったが、あとはすべて、彼女の公演がおこなわれる都市での仕事をわざわざこしらえ、その仕事を口実にして出かけていったのだった。《夢遊病の女》は三夜連続で観た。だが、彼女に近づこうとしたことや、ほかの観客より目立とうとしたことは一度もなかった。ロクサーヌの才能に惚れこんでいるにしても、それはほかのファンをうわまわるものではないと思っていた。彼女に対していまの自分と同じ気持ちが持てないのは愚か者だけだ、という思いのほうが強かった。すわって耳を傾ける幸福のほかに彼が望むものは何もなかった。

どんな経済誌でもいいから、カツミ・ホソカワが紹介されている記事を読んでみるがいい。彼が情熱をこめて何かを語ることはいっさいないが（情熱は個人的な事柄だから）、記事にはかならずオペラのことが出ている。こうやって人間味あふれる面にスポットをあてれば、近づきやすい印象になるからだ。ほかの最高経営責任者ならば、スコットランドの川でフライ・フィッシングをする写真や、自家用リアジェットを操縦してヘルシンキへ向かう写真などが掲載される。ホソカワ氏の場合は、自宅で革椅子にすわり、ナンセイEX‐12のオーディオ装置をバックにして、音楽に聴き入っている写真となる。インタビューには趣味に関する質問がつきものだ。答えはいつもこれに決まっていた。

今宵のパーティにかかる全費用（料理代、人件費、交通費、花代、警備代）をはるかにうわまわるギャラを提示され、たまたま、スカラ座のシーズンが終わってアルゼンチンのコロン劇場での公演が始まるまでの暇な時期にあたっていたこともあって、ロクサーヌ・コスはパーティに出ることを承知した。ディナーには出ないで（歌う前は何も食べないことにしている）、食事の時間が終わってから会場に入り、ピアノ伴奏でアリアを六曲歌うことになった。ホソカワ氏は招待を受けるさいに、彼のほうから曲をリクエストできることと、そのリクエストがミス・コスに伝えられて検討されるであろうことを、確約はできないという条件つきながら、手紙で知らされた。灯りが消えた瞬間に彼女が歌いおえたのは、ホソカワ氏の選んだ《ルサルカ》のアリアだった。プログラムの最後の曲だったが、灯りが消えさえしなければ、アンコールをもう一曲、いや、もしかしたら、二曲ぐらい歌っていたかもしれない。

ホソカワ氏が《ルサルカ》のアリアを選んだのは、ミス・コスへの敬意を示すためだった。これは彼女のレパートリーの中心をなしていて、事前に練習しておく必要のまったくない曲だった。ホソカワ氏からリクエストが出ていなくても、プログラムに含まれていたことはまちがいない。自分が熱烈なオペラファンであることを示すために、いかにも通好みという感じの世に知られぬ作品を――たとえば《パルテノーペ》のアリアあたりを――選ぶなどということは、彼はしなかった。同じ部屋で彼女のそばに立ち、《ルサルカ》を聴きたいと望んだだけだった。〝人の魂がわたしを夢に見ることがあるなら、彼が目覚めたときに、どうかわたしのことを思いだしてくれますように！〟。何年も前に、彼の通訳がチェコ語の歌詞を翻訳して、彼のために書きとめてくれた。

灯りは消えたままだった。拍手がやや衰えはじめた。人々は目をしばたたき、もう一度彼女を見ようと目を凝らした。一分がすぎ、二分がすぎたが、誰もがくつろいでいて、気にする様子もなかった。そのとき、フランスの大使シモン・ティボーが――この国に来る前は、もっと魅力的な駐スペイン大使のポストを約束されていた人物だが、ティボーと家族が荷造りをしているあいだに、そのポストは不当にも、何やら複雑な政治的駆け引きの見返りとしてべつの人間のところへ行ってしまった――キッチンのドアの下から灯りが洩れていることに気づいた。とっさに事態を悟った。酒と豚肉とドヴォルザークの曲に酔ったまま、深い眠りから叩き起こされたような気分だった。彼は闇のなかで手を伸ばし、拍手を続けている妻の手をつかむなり、人の群れのなかへ妻をひきずりこんだ。人々の黒い身体は見えなかったが、そのなかへ強引に割りこんだ。部屋の反対側にあったと記憶しているガラスのドアのほうへ進みながら、首を伸ばして、位置をたしかめるために星明かりをとらえようとした。彼の目に入ったのは懐中電灯の細い光だった。ひとつ、そしてまたひとつ。胸のなかで心臓がくずれ落ちたような気がした。悲哀としか形容しようのない感覚だった。

「シモン？」妻がささやいた。

こちらがまったく気づかないうちに、罠が仕掛けられていたのだ。クモの巣が紡がれ、家のまわりに張りめぐらされていたのだ。ティボーの胸に衝動的に浮かんだのは――それはごく自然な衝動で――ここを強行突破して、賭けに勝てないかやってみようという思いだったが、明晰な理性が彼を押しとどめた。目立つことは避けたほうがいい。見せしめにされては大変だ。部屋の正面のほうで、ピアノ伴奏者がオペラ歌手にキスしていたので、ティボー大使も妻のエディットを腕に抱きよせた。

「闇のなかで歌うことにしましょう」ロクサーヌ・コスが叫んだ。「どなたか、ロウソクを持ってきてくださいません？」

その言葉をきっかけとして、ロウソクもすでに消えていることに人々が気づくと同時に、室内にこわばった雰囲気が広がり、最後の拍手が静寂に変わった。今宵の宴は終わった。いまごろ、ボディガードの連中は餌を食べすぎた大型犬のごとく、リムジンのなかで居眠りしていることだろう。室内の至るところで男たちがポケットに手をつっこんだが、そこに入っていたのは、ぴしっとアイロンのかかったハンカチと、たたんだ紙幣だけだった。ざわざわと声があがり、ひきずるような音がして、やがて、魔法のように灯りがついた。

すばらしいディナーだった。ただし、人々がそれを思いだすことはたぶんないだろう。前菜はホワイト・アスパラガスのオランデーズ・ソースがけ、魚料理はヒラメに歯切れのいいスイート・オニオンを添えたもの、肉料理は三口か四口で食べられる小さめのポークチョップ、クランベリー入りデミグラス・ソースがけ。ふつうなら、外国の重要企業のトップに好印象を与えようと心を砕く国々は、ロシアのキャビアとフランスのシャンパンを選ぶものだ。ロシアとフランス、フランスとロシア。豪華さを印象づけるにはそれしかないかのように。どのテーブルにも、親指の爪ぐらいの大きさしかない花をつけた地元産の黄色い蘭が飾られていて、モビールのように震えながらバランスをとり、客の息がかかるたびにその配置を変えていた。一本一本の蘭を形よく活《い》けたり、座席カードに流麗な書体で名前を入れたりという、今宵のためにつぎこまれた努力は、一瞬も気づいてもらえないまま忘れられてしまった。絵画はすべて国立美術館から借り受けたものだった。暗い目をした聖母が幼子キリストを抱きあげている絵は――キリストの顔が妙に分別くさく、大人びているのだが――暖炉の上にかけてあった。庭は、客たちが車から玄関まで歩くあいだに、もしくは、あたりがまだ明るいうちに窓の外へふと目をやったとき、ちらっと見るだけだろうが、磨きたてられ、ゴクラクチョウ、まだ蕾の固いカンナ、ワタチョロギ、エメラルドシダなどが形よく配置されていた。このあたりはジャングルからさほど離れていないため、人工的な管理が行き届いている庭であっても、行儀のいいバミューダグラスの無気力な広がりを野生の花々が駆逐しようとしている。朝早くから、若い連中が作業にかかり、革のような葉の埃《ほこり》を濡らした布で拭《ぬぐ》ったり、生け垣の下で腐っていたブーゲンヴィレアの落花を拾ったりしていた。

三日前には、副大統領の屋敷にめぐらされた高い漆喰《しっくい》塀を、芝生に塗料が落ちないよう注意しながら、白く塗りなおしたばかりだった。あらゆるものが準備された。クリスタルガラスの塩入れ、レモンムース、アメリカ産バーボン。ダンスとバンドはなし。音楽はディナーのあとのロクサーヌ・コスと伴奏者だけ。伴奏者はスウェーデンかノルウェー出身の三十代の男性で、みごとな金髪と、ほっそりと美しい指をしていた。

ホソカワ氏の誕生パーティが始まる二時間前に、この国で生まれた日系二世のマスダ大統領から詫び状が届いた。重要な問題が持ちあがって手が離せないため、今夜のパーティに出席できなくなったというのだった。この夜が惨事へと発展したあとで、大統領のこの決断をめぐってさまざまな臆測がなされたものだった。大統領の強運？　神の御心？　密告？　陰謀？　策略？　残念ながら、そういう偶然のなせる業ではなかった。パーティは八時に始まって真夜中すぎまで続くことになっていた。大統領の大好きなテレビドラマが始まるのが夜の九時。政府の閣僚と顧問のあいだでは、月曜から金曜の午後二時から三時まで、そして、火曜の夜九時から十時までは国政をおこなうのは無理だというのが、公然の秘密になっていた。ホソカワ氏の今年の誕生日はたまたま火曜日にあたっていた。それは変えようのないことだった。パーティを夜の十時に始めるか、大統領が帰宅できるよう八時半までに終わらせる方法は、誰にも思いつけなかった。番組をビデオに撮っておいてはどうかとの提案もなされたが、大統領はビデオが大嫌いだった。外遊のたびに、うんざりするほどビデオがたまる。彼が側近に求めるのは、一週間のなかの決まった時間帯をかならず空白にしておいてほしいという、それだけのことだった。その時間帯にぶつかってしまったホソカワ氏の誕生パーティの問題をめぐって、何日も議論が続けられた。周囲の必死の説得によって、大統領もようやく折れ、出席を承知した。ところが、パーティが始まる数時間前になって、明白かつ公表されることのない理由により、大統領はあとへはひかぬ覚悟で、きっぱりと決心を変えたのだった。

マスダ大統領がそのテレビドラマに熱中していることは政界の仲間内では有名な話で、認知もされていたが、どういうわけか、報道機関や民衆にはまったく知られずにすんでいた。誰もがテレビドラマに熱狂するお国柄ではあるが、大統領がその揺るぎなき献身をテレビに注いでいるというのはまことに体裁の悪い話で、閣僚に言わせれば、派手な愛人を作ってくれたほうがまだましなぐらいだった。一人一人が好みの番組を持っていることで知られている政府の高官たちですら、国家元首がここまでドラマにのめりこんでいる姿を見ることには耐えられなかった。そういうわけで、大統領とともに政治にかかわっているパーティ出席者の多くは、大統領の欠席を失望とともに受け止めこそすれ、けっして驚いてはいなかった。それ以外の者はつぎのように尋ねた。緊急事態が起きたのですか。マスダ大統領の具合が悪いのですか。

「イスラエル」問題で……」と、秘密めかした返事がなされた。「イスラエル」人々はささやいた。感銘を受けていた。マスダ大統領がイスラエル問題について相談を受けていた。

その夜のパーティに招かれた二百人近い客は、みんな、夢にも思っていなかった。二つのグループにはっきり分かれていた。大統領の居所を知っているグループと、知らないグループ。やがて、双方が大統領のことをきれいに忘れ去った。ホソカワ氏は大統領の欠席に気づいてもいなかった。大統領に会いたい気持ちはほとんどなかった。ロクサーヌ・コスと会える夜に、大統領がなんの意味を持つというのだ。

大統領の欠席にともなって、副大統領のルーベン・イグレシアスがホスト役を務めることになった。それは容易に推察できることだった。彼の屋敷でパーティがひらかれているのだから。カクテルとオードブル、着席のディナー、クリームのような歌声——そのあいだ、イグレシアスの頭からは大統領のことが消えなかった。大統領の姿を想像するのは、なんとたやすいことだったろう。イグレシアスがこれまで数えきれないほど見てきたように、大統領官邸の主寝室に置かれたベッドの端に、灯りもつけずに腰をおろし、スーツの上着は椅子の腕にかけ、両手を組んで膝のあいだにはさんでいるその姿を。ドレッサーの上に置かれた小さなテレビを見つめ、いっぽう、彼の妻は階下の居間の大型画面で同じ番組を見ている。椅子に縛りつけられた美女の姿が彼の眼鏡に反射している。女は手首を左右にねじり、何度もそれをくりかえすうちに、突然ロープがすこしゆるんだことに気づいて、片手をひき抜く。マリアが自由になった！　マスダ大統領は身を起こしてひそかに拍手をする。何週間も待ちつづけたあげく、危うく見逃すところだった！　女は倉庫のなかをすばやく見まわしてから、足首を縛っていたざらざらのロープをほどくために身をかがめる。

そのとき、ルーベン・イグレシアスの想像のなかから一瞬にしてマリアの姿が消え、彼はリビングに突然よみがえった灯りのほうへ顔をあげた。サイドテーブルのスタンドの電球が切れていたことに気づいたそのとき、ほうぼうの窓とドアから男たちが乱入してきた。どちらを向いても、部屋の壁がわめき声をあげて迫ってくるように見えた。重いブーツと銃がガタガタ音を立てて隙間をくぐり、ドアからなだれこんできた。人々ははっと身を寄せあい、つぎの瞬間、動物的なパニックに襲われて散らばった。家そのものが大波を受けた船のごとく持ちあげられ、なぎ倒されたかのようだった。銀器が宙を飛び、フォークの先がナイフの刃にぶつかってねじれ、花瓶が壁にあたって砕けた。人々は足をすべらせ、倒れ、走りまわったが、それも一瞬のことだった。灯りに目が慣れて、抵抗しても無駄だと悟るまでのことだった。

誰がリーダーかを見てとるのは簡単だった――年上の男たち。大声で命令を下す男たち。その時点では誰も名前を名乗ろうとしなかったので、しばらくのあいだは、名前ではなく、もっとも目立つ特徴で彼らを区別するしかなかった。ベンハミン／痛々しい帯状疱疹。アルフレード／口髭、左手の人差し指と中指が欠けている。エクトル／片方のつるのない金縁眼鏡。この指揮官たちとともに、二十歳から十四歳までの十五人の兵士が入ってきた。パーティの席に新たに十八人が加わったわけだ。彼らの人数をかぞえることは誰にもできなかった。たえず動きまわり、散らばっていたからだ。室内を歩きまわったり、カーテンの陰からあらわれたり、階段をおりてきたり、キッチンに姿を消したりするたびに、その数が二倍になり、三倍になった。あらゆる場所にいるように見えるし、見た目がそっくりなので、人数を確認するのは不可能だった。ちょうど、群れになって頭のまわりを飛んでいるミツバチを数えようとするようなものだ。彼らが着ているのは暗い色調の色褪《あ》せた服で、その多くはどろどろの浅い池みたいに濁った緑色だった。デニムや黒を着ている者もわずかにいた。服の上に武器をつけていた。弾薬帯。尻ポケットにはぴかぴかのナイフ。あらゆる種類の銃。小さな銃は腿《もも》のホルスターにおさめたり、ベルトに得意げにはさんだりしている。大きな銃は幼児のように胸にかかえるか、杖のように見せびらかすかしている。帽子をかぶり、つばを下げて目を隠していたが、彼らの目に関心を持つ者は誰もおらず、みんなの注目を集めていたのは、銃と、サメの歯のように鋭いナイフだけだった。三挺の銃を持った男を見れば、客たちは無意識のうちに三人の男として意識に刻みこんだ。男たちにはほかにも共通点があった。食料不足か育った環境のせいだろうが、いずれも痩せていて、肩と膝の骨が服をこすっていた。また、誰もが汚れていた。ひどく汚れていた。一瞬の混乱のなかですら、黒ずんだしみや筋が彼らの全身をおおい、腕にも顔にも手にも泥がこびりついているのが見てとれた。まるで、庭に穴を掘ってつき進み、床板をはがしてパーティ会場に乱入したかのようだった。

この乱入は時間にしてたぶん一分もかからなかっただろうが、四皿の料理が出されたディナーよりも長かったように思われた。一人一人の客が戦略を練り、全面的に修正し、放棄するだけの時間があった。夫たちは部屋の反対側へ移動していた妻を見つけだした。同じ国の者どうしが捜しあい、身を寄せて立ち、早口にささやきあっていた。自分たちを捕虜にしたのは〈マルティン・スアレスの家族《ラ・ファミリア・デ・マルティン・スアレス》〉（この名前は、政治集会のビラを配っていたときに政府軍の手で射殺された十歳の少年にちなんでつけられたもの）ではなく、もっと有名な〈真実への道《ラ・ディレクシオン・アウテンティカ》〉というテロリスト集団だというのが、大多数の者の考えたことだった。これは五年間にわたる広範囲な残虐行為によって有名になった殺人者からなる、革命グループである。この組織やパーティの主催国のことをよく知る者たちは、口にこそ出さなかったものの、自分たちはもう助からないと思いこんでいた。じっさいには、試練のなかで生き延びることができないのはテロリストのほうと決まっているのに……。

やがて、しわくちゃの緑色のズボンに、それと不釣り合いなジャケットという装いの、指が二本欠けているテロリストが、四五口径の大型オートマチックを構えるなり、天井めがけて二回発砲した。漆喰のかけらが飛び散って一部の客を粉だらけにし、数人の女性が悲鳴をあげた。銃声に驚いたか、むきだしの肩に不意に何かが落ちてきたせいだろう。

「静粛に」銃を構えた男がスペイン語で言った。「きみたちは拘束された。われわれは絶対的協力と静粛を要求する」

客のおよそ三分の二が恐怖の表情になったが、残り三分の一の顔には恐怖と当惑の両方が浮かんでいた。銃を構えた男から遠ざかろうとする代わりに、そちらへ身を乗りだしている連中だった。スペイン語のできない連中だった。近くの客に早口でささやきかけた。〝静粛《アテンシオン》〟という言葉が数ヵ国語でくりかえされた。状況をつかむには、その言葉だけで充分だった。

アルフレード指揮官はいまの通告がぴりぴりした静寂をもたらすものと思っていたが、静寂は訪れなかった。ささやき声がおさまらないので、天井に向けて三発目を撃った。今回は狙いも定めずぶっぱなしたため、照明器具に命中して、器具が割れてしまった。室内が薄暗くなり、ガラスの破片がみんなのシャツの襟に入りこみ、髪にふりかかった。「拘《ア》束《レスト》する」彼はくりかえした。「抵抗《デテンガセ》はやめろ！」

パーティを主催した国の言葉をしゃべれない者がこんなにおおぜいいるというのは、一見奇異に思われるかもしれないが、この集まりが外国の資本提供を要請するためのものであり、二人の主賓《しゅひん》の知っているスペイン語の単語は十個にも満たなかったということを、思いだしていただきたい。もっとも、〝アレスト〟という言葉は、ロクサーヌ・コスにとっては論理的に意味をなすものであり、ホソカワ氏にとってはなんの意味もなかった。二人とも、こうすれば理解しやすくなるとでもいうように、身を乗りだしていた。といっても、ミス・コスはさほど大きく乗りだしてはいなかった。ピアノ伴奏者が防護壁のように彼女を抱きしめ、弾丸が飛んできたら自分が盾になろうと全身で身構えていたからだ。ホソカワ氏の通訳を務めている若い男性、ゲン・ワタナベが身をかがめ、雇い主に日本語で意味を伝えた。

いまの状況では役に立ちそうもないことだが、ホソカワ氏はかつて、飛行機のなかでテープを聴いてイタリア語を覚えようとしたことがあった。ビジネスのためを思うなら、英語の勉強を優先させるべきだったが、彼の関心はオペラをよりよく理解することのほうに向いていた。「切符売りからそのチケットを買った《イル・ビリエッタイオ・ミ・ア・フェット・イル・ビリエット》」テープが言った。「切符売りからそのチケットを買った《イル・ビリエッタイオ・ミ・ア・フェット・イル・ビリエット》」彼は周囲の乗客に迷惑をかけないように、声に出さずにくりかえした。しかし、彼の努力は最小限のもので、結局、まるっきり上達しなかった。テープから流れるイタリア語を聴くうちに、イタリア語の歌の響きが恋しくなって、しばらくすると、

CDプレイヤーに《蝶々夫人》をすべりこませてしまうのだった。

若いころのホソカワ氏は語学がとても重要であることを認識していた。年齢を重ねるにつれて、語学をまじめに勉強しておけばよかったと後悔するようになった。通訳連中ときたら！　顔ぶれがつねに変わり、なかには優秀な通訳もいたが、学生みたいにぎごちないのもいたし、箸にも棒にもかからないひどいのもいた。母国語である日本語すらまともにしゃべれず、人の会話を頻繁《ひんぱん》に邪魔して辞書をひく者もいた。通訳の仕事を完璧にこなす者もいたが、そういう連中は彼が一緒に旅行したいと思う相手ではなかった。何人かはミーティングの最後の通訳を終えたとたん出ていってしまうタイプで、そのあとの交渉が必要となった場合、残された彼は無言で途方に暮れるしかなかった。そうかと思うと、人に頼ってばかりの通訳もいて、食事はすべて一緒にしたがり、散歩にもついてきたがり、栄光とは無縁の子供時代のことを細かい点までくどくどと語りたがった。これが、わずかなフランス語の単語や、いくつかの明瞭な英語の文章を手に入れるために、彼が耐えてきたことだった。ゲンとめぐりあう以前に耐えていたことだった。

ゲン・ワタナベは、ギリシャで開催された商品の世界流通に関する会議のときに、彼についた通訳だった。現地で通訳を雇うと予期せぬトラブルに見舞われることが多いので、ホソカワ氏はなるべくそれを避けるようにしていたが、このときは、ただちに同行をひきうけてくれるギリシャ語の通訳を彼の秘書が探しまわったのに、一人も見つけられなかった。アテネまでの飛行機のなかで、ホソカワ氏は同行の副社長二人とも、営業担当の部長三人ともしゃべらずにすごした。代わりに、たとえ会議の内容が理解できなくとも、すくなくとも、マリア・カラスが自分の故郷だと思っている国を見ることだけはできると達観し、〈ナンセイ〉のウォークマンをつけて、ギリシャのさまざまな歌をうたいあげるマリア・カラスに耳を傾けた。通関の列にならんでパスポートにスタンプをもらい、手荷物検査を受けたあと、ホソカワ氏は〝ホソカワ〟ときれいな文字で書いてあるボードを手にした若い男性を目にした。日本人だったので、正直言って、ほっとした。日本語がすこしできるギリシャ人を使うより、ギリシャ語がすこしできる日本人を使うほうが気が楽だ。その通訳は日本人にしては長身だった。髪は豊かで、前髪が長く、彼がそれを片側へ寄せておこうとしても、小さな丸い眼鏡の縁に垂れさがってしまう。とても若く見えた。髪型のせいだった。この髪型から、ホソカワ氏はまじめなタイプではなさそうだという印象を受けた。いや、この若い男性がまじめそうに見えなかったのは、単に、東京ではなくアテネに住んでいるという事実のせいだったかもしれない。ホソカワ氏は男性に近づくと、首と肩の上部だけをわずかに動かして、あいさつの会釈《えしやく》を送った。〝わたしがホソカワだ〟と、そのしぐさが告げていた。

若い男性は前に進みでると、ホソカワ氏のブリーフケースを受けとり、受けとるさいに腰を折ってお辞儀をした。副社長二人と営業担当の部長三人にもていねいにお辞儀をした。

あとのお辞儀のほうがやや浅めだったが。男性は通訳だという自己紹介をしてから、フライトが快適だったかどうかを尋ね、車に乗ってからホテルまでのおおよその所要時間と、最初の会議の開始時刻を告げた。二人に一人は口髭とウージーのマシンガンを見せびらかしているかに思われる混雑したアテネの空港で、カバンの押しあいと、わめき声や頭上のアナウンスの喧騒に囲まれて、ホソカワ氏はこの若い男性の声のなかに、なつかしいような、心なごむものを聞きとっていた。音楽的な声ではないのに、ホソカワ氏の心には音楽のように響いた。もう一度話してみよう。

「出身はどこだね」ホソカワ氏は尋ねた。

「長野市です」

「きれいな街だ。オリンピックの開催地で……」

ゲンはうなずいただけで、オリンピックには一言も触れようとしなかった。

ホソカワ氏は何かほかの話題を見つけようとあがいた。長いフライトだったため、飛行機に乗っていたあいだに会話のコツを忘れてしまったような気がした。ゲンのほうから話題をひきだす努力をすべきなのにと思った。「ご家族はいまもそちらに？」

ゲンは思いだそうとするかのように、一瞬、沈黙に陥った。ナップザックを背負ったオーストラリアのティーンエイジャーの群れが彼らとすれちがった。その子たちの叫びと笑いがコンコースにあふれた。「ウォンバット！」一人の少女が叫ぶと、あとの子が言いかえした。「ウォンバット！　ウォンバット！　ウォンバット！」笑いすぎてよろめき、おたがいの腕にしがみついた。「はい、家族はみんなそちらにおります」ゲンはティーンエイジャーたちの背中に用心深い疑惑の目を向けながら答えた。「父も、母も、二人の妹も」

「で、妹さんたちはもう結婚されたのかね」彼の妹のことなど、ホソカワ氏は興味もなかったが、彼の声にどこかなつかしさを感じた。第一幕の——どのオペラだろう——始まりを告げる調べに似ているような気がした。

ゲンは彼をまっすぐに見た。「結婚しています」

不意に、この退屈な質問が場にそぐわないものに思えてきた。ホソカワ氏が視線をはずしたあいだに、ゲンは彼の荷物を持ち、一行を案内してガラスの自動ドアを抜け、正午のギリシャの焼けつくような戸外へ出ていった。エアコンを効かせたリムジンがアイドリングしながら待っていて、みんなでそれに乗りこんだ。

そのあとの二日間、ゲンが手を触れたものすべてがなめらかな展開を見せた。ホソカワ氏の手書きの文章をタイプし、スケジュール調整をおこない、六週間前から完売となっていた《オルフェオとエウリディーチェ》の公演のチケットを手に入れてくれた。会議の席ではホソカワ氏と部下たちの発言をギリシャ語に通訳し、彼らには日本語で話しかけ、とにかくすべての点において、聡明で、手際がよくて、プロであった。しかし、ホソカワ氏を惹きつけたのは彼の存在感ではなく、存在感のなさだった。ゲンは彼の手足であり、彼の要求を先まわりして満たしてくれる、見えない自己のようなものだった。ゲンに頼めば、忘れてしまった要件もすべて思いだしてもらえそうだ。ある日の午後、船便のコストを討議するプライベートな会議の席で、ホソカワ氏は自分が述べたばかりの意見をゲンがギリシャ語に通訳するのを聞きながら、ようやく、その声の正体をとらえた。ひどくなつかしい声――それが最初からの印象だった。それは彼自身の声であった。

「ギリシャとの取引はそんなに多くないんだ」その夜、〈アテネ・ヒルトン〉のバーで一杯やりながら、ホソカワ氏はゲンに言った。バーはホテルの最上階にあり、窓からアクロポリスをながめることができた。遠くに白く小さく浮かんだアクロポリスは、まさにこの目的のために、つまり、バーで飲む客の目を心地よく楽しませるために造られたかのようだった。「きみはほかにどこの言葉ができるんだね」ホソカワ氏はゲンが電話で英語をしゃべるのを聞いたことがあった。

ゲンは抜けているものがないかと、ときおり手を止めてたしかめながら、言語のリストを作りあげた。きわめて流暢《りゅうちょう》、かなり流暢、流暢、まあまあ、すこし読めるだけ、という順序でグループ分けをおこなった。彼が操る言語の数は、テーブルに置かれたプレクシグラス製ホルダーのリストにのっている特製カクテルよりも多かった。二人とも、アレオパゴスという名のカクテルを頼んだ。乾杯した。

ゲンのスペイン語は〝きわめて流暢〟だった。

ギリシャから見れば地球の裏側にあたる、その二倍もなじみのない国で、ホソカワ氏はアテネの空港を思いだしていた。口髭とウージーの男たちの姿が、いまここで銃を構えている男とダブって見える。あれがゲンと出会った日だった。四年前？　五年前？　あのあと、ゲンは東京に戻り、彼のもとで正式に働くようになった。通訳を必要とする仕事がないときも、人が気づく前に先まわりして、さまざまな仕事を処理しているように見えた。ゲンがホソカワ氏の考えをよどみなく伝えてくれるため、ホソカワ氏はときに、自分がその言語を知らないことや、人々が耳を傾けているのが自分の声ではないことを忘れてしまうほどだった。銃を構えた男が何を言っているのか、彼自身は理解できなかったが、それでも、意味はきわめて明瞭に伝わってきた。最悪の場合は殺される。最良の場合でも、長い試練が待っている。ホソカワ氏が来るつもりのなかった国にやってきたのも、未知の相手に嘘っぱちを信じさせたのも、一人の女の歌声を聴きたいからにほかならなかった。部屋の向こうにいるロクサーヌ・コスに目をやった。伴奏者が自分の身体で彼女をかばってピアノの陰に巧みに隠しているため、その姿はほとんど見えなかった。

「マスダ大統領」口髭と銃の男がいった。

りっぱな身なりをした客のあいだに不安げな身じろぎが広がった。大統領の不在を告げる役目は、誰もひきうけたがらなかった。

「マスダ大統領、前に出ろ」

人々が無表情な目でじっと待ちつづけていると、やがて、銃を持った男は銃口を下げて人々のほうに向けた。五十代の金髪の女性を狙っているように見えた。彼女はエリーゼといって、スイスの銀行家だった。二、三度まばたきしてから、大きくひらいた手を重ねて心臓にあてた。そこがいちばん撃たれやすい場所だとでもいうように。たとえ千分の一秒でも心臓を守るのに役立つのなら、両手をあげることもいとわなかっただろう。客のあいだからかすかなあえぎが洩れたが、それ以外の反応はほとんどなかった。英雄的行為もできず、騎士道精神を発揮することすらできずに、誰もがぎごちなく待ちつづけ、ついに、この国の副大統領がわずかに進みでて名前を名乗った。

「わたしは副大統領のルーベン・イグレシアスだ」銃を構えた男に言った。副大統領はひどく疲れた顔をしていた。身長も横幅もとても小さな男で、彼が副大統領候補に選ばれた理由は彼の政治的信念とともに、この体格にもあった。副大統領のほうが背が高かったら大統領が貧弱に見えて、取り替えがきくように思われかねないという考えが、政府内に浸透していた。「マスダ大統領は今夜のパーティに出席できなかった。ここにはいない」副大統領の声は沈んでいた。現実の重さがずっしりと彼にのしかかっていた。

「嘘だ」銃を構えた男が反論した。

ルーベン・イグレシアスは悲しげに首をふった。マスダ大統領が自宅のベッドに寝そべって今夜のドラマのあらすじを心のなかで楽しげに反芻《はんすう》する代わりに、いまここにいてくれることを、彼以上に切実に望んでいる者はいなかった。アルフレード指揮官は銃の向きをすばやく変えて、握りの部分ではなく銃口をつかんだ。銃をふりかざすなり、副大統領の右目の横の平らな頬骨に叩きつけた。銃の握りが頬骨の上の皮膚にぶつかり、小男が床に倒れた瞬間、どさっとやわらかな音がした。行為の凶暴さに比べれば、音のほうはずっとおだやかだった。血が出口を見つけるのに時間はかからず、髪の生えぎわ近くにできた三センチの裂け目からあふれでてきた。一部は彼の耳に流れこんで、頭のなかへ戻っていった。それでも、三歳の息子とレスリングごっこをしてころげまわってからまだ十時間もたっていない自宅リビングの絨毯《じゅうたん》の上に、意識朦朧《もうろう》としながら横たわっている副大統領自身を含めて、彼が銃殺されずにすんだことに、すべての者が喜びと驚きを感じていた。

銃を持った男が床に倒れた副大統領を見て、その光景が気に入ったのか、残りの客にも横になるよう命じた。スペイン語ができない者にもその意味は明白に伝わり、一人また一人と膝を折って床に横たわっていった。

「仰向けだ」男はつけくわえた。

うつ伏せになっていた何人かが向きを変えた。ドイツ人二人とアルゼンチンから来た一人が横になることを頑として拒否したため、ついには兵士たちがそばまで行って、ライフルで彼らの膝の裏を乱暴にこづいた。客たちが横たわると、立っていたときより場所ふさぎになったので、スペースを確保するために玄関ホールとダイニングルームで横になった者も何人かいた。百九十一人の客が横になった。二十人のウェイターが横になった。七人の下働きコックとシェフが横になった。副大統領の三人の子供と、その乳母をしている女性も、ロクサーヌ・コスが歌うのを階段のてっぺんで聴いていたために深夜になっても二階の寝室で寝つけずにいたのだが、そこからひきずりだされて横たわっていた。床のあちこちに、小さなラグのごとく、何人かの重要な男女と少数のきわめて重要な男女が散らばっていた。大使、外交官、閣僚、銀行の頭取、企業のトップ、聖職者、そして、オペラ界のスター。床に横たわった彼女は前よりはるかに小さく見えた。伴奏者がすこしずつ身体をずらして彼女におおいかぶさり、自分の広い背中の下に隠そうとしていた。彼女は軽くもがいた。じきに騒ぎにケリがついて午前二時には自宅のベッドに入っているだろうと信じている女性たちは、身体の下敷きになったロングスカートにしわが寄らないよう気をつけて横になっていた。じきに殺されるに決まっていると信じている女性たちは、シルクが丸まってしわになっても気にしなかった。全員が床に横たわると、室内はしんと静まりかえった。

ここで、人々は二つのグループにはっきりと分かれた。立っているグループと、横になったグループ。命令が下された。横になった者は黙ってじっとしていること。立っている者は横になった者のボディチェックをおこない、彼らが武器を持っていないか、名乗りでようとしない大統領がどこにいるのかを調べること。

床に横になったら、身を守るすべをなくした気がして恐怖が増すにちがいないと、誰しも想像するだろう。踏まれたり蹴られたりしかねない。逃げるチャンスもないまま射殺されかねない。ところが、いまは誰もが安堵《あんど》に包まれていた。テロリストをやっつけようと企《たくら》むことも、玄関めざして死にもの狂いで走ろうと考えることも、もうできない。やりもしないことをやったと責め立てられる危険がぐっとすくなくなった。小さな犬が喧嘩を避けようとして、首と腹を相手の鋭い牙のほうへ進んでさしだし、「どうぞお好きに」と言っているようなものだ。数分前には必死に逃げようという相談をひそひそしていたロシア人たちまでが、服従することの安堵に包まれていた。目を閉じた客もかなりいた。もう、いい時間になっていた。ワインと、ヒラメと、絶品の肉料理を出されたあとだし、怖いのと同じぐらい疲れてもいた。彼らの周囲をうろつき、身体をまたいでいくブーツは古くて、泥がこびりついていて、その泥がはがれ落ちては、凝った柄を織りこんだサヴォヌリー絨毯に足跡を残した(幸い、絨毯には分厚い裏地がついていた)。ブーツには穴があいていて、指先がのぞいていた。目のすぐそばにその指が見えた。なかには、分解してしまったため、電気工事用の銀色のテープでとめてあるブーツもあり、そのテープ自体も汚れて端がそりかえっていた。若い連中が客の上に身をかがめた。連中の顔に微笑はなかったが、とくに凶暴そうな様子もなかった。全員が立っていたとしたら、どんな事態を招くことになったかは想像に難くない。数本のナイフを持った小柄な少年が、高価なタキシードに身を包んだ自分より背の高い年上の大人に対して、自分の権威を示す必要に迫られていただろうから。だが、いま、少年たちの手は迅速に動いて、客たちのポケットにせわしなく出入りしたり、指を広げてズボンのしわを伸ばしたりしていた。女性客に対しては、スカートのまわりをごく軽く叩く程度ですませていた。ときには、少年が女性の上にかがみこみ、ためらい、何もせずにひきさがることもあった。ディナー・パーティの席なので、興味を惹く品はほとんど見つからなかった。

もの静かなエクトル指揮官によって、以下の品々がノートに記録された。ズボンのポケットに入っていた銀色の小型ナイフ六本、時計の鎖につけられたシガーカッター四個、イブニングバッグに入れておく櫛ほどの大きさしかない、握りの部分に真珠をあしらった拳銃。少年たちは最初、これをライターだと思いこみ、火をつけようとしてうっかり発砲してしまい、ダイニングルームのテーブルに細い溝を掘る結果となった。デスクからは七宝の握りのついたレター・オープナー、キッチンからはありとあらゆる種類のナイフとミート・フォーク、暖炉の横の台からは火かき棒とシャベル、副大統領のベッド脇のテーブルからはスナブノーズのスミス＆ウェッソン三八口径リボルバー。副大統領がその所有をわるびれることなく認めている銃であった。テロリスト側はそのすべてを二階のリネン・クロゼットにしまいこんだ。腕時計、財布、宝石類は奪わなかった。一人の少年が女性のサテンのクラッチバッグからペパーミントを見つけたが、まず、こっそりそれをかざして相手の同意を求めた。女性がわずか四分の一インチほど頭を動かしてうなずくと、少年は笑顔になり、セロハンを破った。

ある少年がゲンとホソカワ氏をじっと見つめて、二人の顔に何度も視線を走らせた。ホソカワ氏を見つめてから、あとずさり、ウェイターの一人の手を踏みつけた。ウェイターは縮みあがり、あわてて手をひっこめた。「指揮官」静かな部屋には大きすぎる声で、少年は言った。ゲンは雇い主のほうへにじり寄った。そうすることで、これが一括取引であり、自分たちが運命共同体であることを、相手にわからせようとするかのように。

呼吸を続ける客たちの温かな身体をまたいで、ベンハミン指揮官がやってきた。彼の顔を見た者は、最初、ポートワイン色の大きなあざを持って生まれてきた不運な男だと思うかもしれないが、よく見ると、彼の顔をおおっているのは生命ある猛々《たけだけ》しいものだった。帯状疱疹のあざやかな赤い帯が黒髪のどこか奥のほうから始まって、左のこめかみを走り、目のすぐ手前で止まっていた。それを見ただけで、相手は同情に胸を痛め、弱気になってしまう。ベンハミン指揮官は少年の指さすほうに目を走らせた。彼もやはり、ホソカワ氏を長々と見つめた。「ちがう」少年に言った。立ち去ろうとしたが、そこで足を止め、軽い雑談のような口調でホソカワ氏に言った。「こいつ、あんたのことを大統領とまちがえたんだ」

「社長のことを大統領とまちがえたそうです」ゲンに小声で告げられ、ホソカワ氏はうなずいた。眼鏡をかけた五十代の日本人男性。それならほかにも五、六人は床に横になっている。

ベンハミン指揮官がライフルをゲンの胸におろして、銃口を杖のごとくつきつけた。丸い銃口は彼のシャツの胸についている飾りボタンぐらいの大きさで、小さいくっきりした圧迫を加えてきた。「しゃべるな」

ゲンは〝通訳《トラドウクトール》〟という言葉を口の動きだけで指揮官に伝えた。指揮官はそれを見てしばらく考えこんだ。あなたがいま声をかけた相手は、耳が、あるいは目が不自由なんですよ、と人に言われたような顔つきだった。彼はやがて、銃を持ちあげて歩き去った。あれに効く薬がぜったい何かあるはずだと、ゲンは思った。息を吸いこんだとき、いままで銃口をつきつけられていた場所に刺すような小さい痛みを感じた。

そこからさほど離れていない場所では、ピアノのそばで二人の少年が銃を手にして、伴奏者をこづき、ロクサーヌ・コスにおおいかぶさっていた彼を脇へどかせようとしていた。彼女の髪はうしろで凝った形に結いあげてあったので、そのままの形で床に横たわるのは無理だった。そこで、髪のピンをこっそり抜いて、みぞおちの上にきちんとまとめて置き、武器とみなして誰かがとりあげようとした場合には持ち去ってもらえるようにしておいた。彼女の髪はいま、長く波打って頭のまわりに広がり、若いテロリストの一人一人がそれを見にわざわざやってきて、何人かは大胆にもその髪にさわっていった。といっても、心ゆくまでなでるのではなく、波打つ髪の先端近くに指でごく軽く触れるだけだった。そんなふうに身を寄せると、彼女の香水のかおりが鼻孔をくすぐった。それは彼らがボディチェックをおこなったほかの女たちの香水とはちがっていた。このオペラ歌手はなぜか、彼らが空調ダクトへ向かおうとして通り抜けた庭に咲いていた小さな白い花と同じ香りをまとっていた。自分たちの死の可能性と人民の解放の可能性が心に重くのしかかっている今夜のようなときでも、高い漆喰塀のそばに咲いていた釣鐘形の小さな花の香りに少年たちは気づいていて、いま、美しい女の髪にすぐまたその香りを見つけたことを、吉兆のように、幸運のお告げのように感じていた。空調ダクトのなかにうずくまって待つあいだ、彼らは女の歌を聴いていた。一人一人が任務を与えられ、きわめてこまかい指示を受けていた。六つめの曲が終わったところで照明を切ることになっていた。アンコールというものがあることを彼らに教えてくれた者は、これまで一人もいなかった。オペラについて教えてくれた者も、家に薪を運びこんだり井戸の水を汲んだりしながらのんきに歌う鼻歌ではなく、本格的に歌うというのがどういうことかを教えてくれた者もいなかった。彼らは誰からも何ひとつ教わっていなかった。首都に出かけた経験を持ち、ちゃんと教育を受けている指揮官たちでさえ、歌声をもっとよく聴こうとして息を殺していた。空調ダクトのなかで待機していた若いテロリストたちは素朴な連中で、素朴なものを信じていた。村の娘がきれいな声をしていると、年老いた女の一人から「あの子は小鳥を呑みこんだ」と言われることがよくあるが、ピスタチオ色のシフォンの上に置かれたヘアピンの山を見てテロリストたちが心につぶやいたのが、まさにそれだった。この人は小鳥を呑みこんだんだ。だが、それが真実ではないことも、彼らは知っていた。いくら無知とはいえ、いくら純朴とはいえ、そんな小鳥などいるはずのないことを知っていた。

少年たちがつぎつぎと押し寄せてくるなかで、一人が彼女のそばにしゃがみこみ、その手をとった。軽く握った。といっても、自分の手に彼女の手をそっとのせた程度だったので、彼女のほうはいつでも手をひっこめることができたが、そうはしなかった。手を握っている時間が長くなれば、少年の心に親しみが芽生え、親しみが芽生えれば、少年がほかの連中や彼自身からロクサーヌを守ろうとする可能性が高くなることを、彼女は見抜いていた。この少年は信じられないぐらい若くて、帽子のつばの下からのぞく骨格は繊細で、黒い絹のような濃いまつげの重みで、まぶたが物憂げに伏せられていた。華奢《きゃしゃ》な胸には弾薬帯が斜めにかけられ、その重みで背中が曲がっていた。ブーツの片方から素朴なキッチンナイフの木製の柄がつきだし、ポケットからは拳銃がずり落ちそうになっていた。ロクサーヌ・コスはシカゴの街と、十月末の凍《こご》えそうな夜を思いだした。この少年がべつの国にいて、まったくちがう生活を送っていたなら、ちょっと年上すぎるとはいえ、来週はハロウィーンの〝お菓子をくれなきゃいたずらするぞ〟に出かけていたことだろう。テロリストの仮装をすることにして、庭仕事用の納屋から古いおんぼろブーツをひっぱりだし、段ボール紙で弾薬帯をこしらえ、ループのひとつひとつに母親の口紅の容器をつっこんだことだろう。少年は彼女の顔には目もくれず、手だけを見つめていた。その手が彼女とはまったく別個の存在であるかのようにじっと見ていた。これがほかのときなら、ロクサーヌは手をひっこめただろうが、今宵が驚くべき出来事の連続であることを考えて、手を動かさないよう気をつけ、見られるがままにしていた。

ピアノ伴奏者が顔をあげて少年をにらみつけると、少年はやがてロクサーヌ・コスの手をドレスのそばへ戻し、歩き去った。

二つのことがはっきりした。武器を持っている客は一人もいない。客のなかにマスダ大統領はいない。銃を構えた少年たちが屋敷内のべつの場所を調べに行かされた。地下室、屋根裏、高い漆喰塀の周囲。混乱にまぎれて抜けだした大統領が隠れていないかどうか確認するために。しかし、誰もいないという報告が返ってくるだけだった。ひらいた窓からにぎやかな虫の音が聞こえてきた。副大統領の屋敷のリビングでは、すべてが静まりかえっていた。ベンハミン指揮官が副大統領のそばにしゃがみこんだ。副大統領の傷から流れでるおびただしい血は、彼のとなりに横たわった妻があてがっているディナー・ナプキンに吸いこまれていた。不気味な紫色のあざが彼の目をとりまいていた。だが、それも指揮官の帯状疱疹に比べれば、さほど痛々しくはなかった。「マスダ大統領はどこだ」大統領がいないことにいま初めて気づいたかのように、指揮官が尋ねた。

「自宅だ」副大統領は血だらけの布を妻の手からとり、離れているよう身ぶりで示した。

「なぜ今夜のパーティに来なかったんだ」

指揮官が知りたかったのは、自分の組織のなかにスパイがいて、大統領に襲撃の知らせを送っていたのではないかということだった。だが、副大統領は殴られたために意識がぼうっとしていて、そのうえ、機嫌を損ねていた。自分が真相をいちばんよく知っているというのが腹立たしかった。「テレビドラマを見たかったからだ」ルーベン・イグレシアスが答えると、しんと静まりかえった部屋のなかで、すべての者の耳に彼の声が届いた。

「マリアが今夜無事に逃げだせるかどうか、見たがっていた」

「大統領出席という情報がわれわれのもとに入っていたのはなぜなんだ」

副大統領はためらいも自責の念も覚えることなく白状した。「出席を承諾しておいて、あとで気が変わったからさ」床のあちこちで不安げな身じろぎが起きた。何も知らなかった人々も、最初から知っていた人々と同じく、それを聞いて愕然《がくぜん》としていた。ルーベン・イグレシアスはまさにこの瞬間、政界でのキャリアに終止符を打ったのだ。彼とマスダのあいだには最初から温かな愛情などなかったが、これでマスダが彼を切り捨てることは確実となった。副大統領が政務に熱心なのは、父親から息子に財産が譲られるように、いつの日か自分に大統領の座がまわってくると信じていたからだった。それまでは唇を噛んで、儀礼的な葬儀への参列や地震被災地の慰問といった益体もない仕事をこなしていくつもりだった。大統領がだらだらと演説をするたびに、賞賛のうなずきを送ってきた。しかし、今夜の彼はもう、自分がいつの日か大統領になれるとは信じていなかった。今夜の彼は、一部の客とともに、いや、ひょっとしたら、すべての客とともに、自分の子供たちとともに、射殺されることになるだろうと信じていて、どうせそうなる運命なら、エドゥアルド・マスダが、自分よりかろうじて一センチほど背の高い男が、自宅でテレビを見ていることを全世界に伝えておきたかった。

カトリックの司祭たちは――殺戮を重ねたスペイン人宣教師の子孫である彼らは――真実が人を自由にしてくれると説くことを好んでいるが、今回、まさに、その言葉どおりのことが起きた。ベンハミンという名の指揮官はすでに銃の撃鉄を起こし、見せしめのために副大統領をあの世へ送る準備をしていたが、テレビドラマのことを聞かされて思いとどまった。大統領を誘拐し、願わくは政府を転覆させようとして、今宵一夜のために五カ月もかけて準備してきたことが無駄になり、周囲の床に横たわった二百二十二人の人質を背負いこむ結果になったことを知って、目の前が真っ暗になっていたのは事実だが、それでも、副大統領の話を完全に信じることができた。そんな話は誰にもでっちあげられるものではない。あまりにもばかばかしく、あまりにもくだらない。ベンハミン指揮官は人を殺すことをためらうような男ではなく、自分自身の体験から、人生は苦しみをもたらすものにすぎないと信じていた。もしも副大統領が、大統領はインフルエンザだと言ったなら、ベンハミンは彼を射殺していただろう。大統領は国家の安全にかかわる緊急の用件で呼びだされてよそへ行っていると副大統領が言ったなら、やはり射殺していただろう。最初からすべて策略で、大統領がパーティに出る予定はまったくなかったのだと言ったなら、やはりそこでバーン！　しかし、テレビにはめったにお目にかかれず、電気が不充分で、受信は不可能というジャングルのなかでも、マリアは人々の噂の的だった。抑圧された人民の解放以外に何も願っていないベンハミンですら、マリアのことはいくらか知っていた。彼女の番組は月曜から金曜の午後に放映されていて、火曜の夜には、日中働いている人々のために、一週間の総集編といった感じの特別番組が組まれている。マリアが敵の手から逃げだすとすれば、火曜の夜にそういう展開になっても意外ではなかった。

　テロリストたちは計画を立てていた。その計画とは、大統領を拉致《らち》して七分以内にひきあげることだった。本当なら、いまごろは街から離れて、ジャングルへの物騒な道を大急ぎでひきかえしているはずだった。

　窓から、塀の向こうで点滅する真っ赤な光と、それに付随する甲高いサイレンの音が流れこんできた。その音は執拗《しつよう》で、非難に満ちていた。歌とはまったく異質のものだった。

# 2

外の世界は夜通し騒がしかった。車が急停止したり、猛スピードで走り去ったりした。サイレンの音が近づき、遠ざかり、そうした響きが断続的にくりかえされた。木製のバリケードが築かれ、その陰に多数の者が殺到した。横になった人々は、じつにさまざまな物音が聞こえてくることに驚いていた。精神を集中させるのに充分な時間があった――そう、足をひきずる音が聞こえた。ひらいた手にバトンが渡されるのに似た音。天井を記憶に刻みつけてしまった客たちは（天井の色は淡いブルーで、悪趣味と言いたくなるほど凝った王冠模様の蛇腹に飾られていて、これがまた、渦を巻き、螺旋《らせん》を描き、びっしりと金箔におおわれているというけばけばしさで、弾丸がそこに三つの穴をあけていた）、目を閉じ、耳をすませる仕事に真剣にとりくむことにした。拡声器を通した破鐘《われがね》のような声が通りに向かって指示をがなりたて、屋敷に向かって命令を下していた。ただちに無条件降伏する以外は認めないと言っていた。

「銃を玄関の外へ投げ捨てろ」声はわめきちらした。大きな声で、海底からふつふつ湧いてきたかのようにゆがんでいた。「玄関をあけて、人質の先に立ち、両手を頭のうしろにあてて出てこい。つぎは人質が玄関から出てくる。安全確保のために、人質は両手を頭の上にあげておくこと」

一人の声が命令を完了すると、拡声器はつぎの者に渡され、脅し文句をわずかに変化させながらまたしても同じ命令が始まるのだった。続けざまにカチッと大きな音がして、やがて、リビングの窓から青白い光が冷たいミルクのごとく流れこみ、すべての者をすくみあがらせた。どの時点で屋敷の異常事態が露見したのだろう。誰がこの連中を呼び寄せたのだろう。よくもまあ、こんな大人数があっというまに集まってこられたものだ。どこかの警察署の地下室にたむろして、こんな夜が来るのを待ちわびていたのだろうか。言うべきセリフを練習し、誰にともなく拡声器でがなりたてて声をどんどん高くしていく練習をしていたのだろうか。いくら銃を捨てて出てこいと命令されたところで、それに従う者などいるはずのないことは、客たちにさえわかっていた。命令が下されるたびに、それが聞き入れられる可能性が減っていくことも、わかっていた。どの客も自分がひそかに銃を持っている姿を想像し、銃があったら玄関ポーチの石段に投げ捨てることなどぜったいにするものかと考えた。しばらくすると、みんな、ぐったり疲れてきて、こんな騒ぎにならなければよかったのに、パーティに出なければよかったのにという思いを忘れてしまった。みんなが願うのはただひとつ、外の男たちが拡声器のスイッチを切って家に帰っていき、自分たちを床の上でひと晩眠らせてくれることだけだった。ときおり、誰もしゃべっていない無の瞬間が訪れることがあり、そうした一時的な偽りの静寂のなかで、またべつの音が聞こえてきた。アマガエルやセミの声、それから、銃に弾丸をこめて撃鉄を起こす金属的なカチッという音。

のちになって、ホソカワ氏は一晩じゅう目をあけていたと主張したが、ゲンは午前四時をすぎたころに彼のいびきを耳にしていた。それはドアの下を通り抜ける風にも似た、ひそやかな、軽いいびきで、ゲンに安心感を与えてくれた。人々が十分か二十分ほどの眠りに落ちるにつれて、室内からほかのいびきも聞こえてきたが、眠っていてさえ人々は従順で、床に仰向けになった姿勢をくずさなかった。伴奏者は動いていることを悟られないよう苦労しながら、きわめてのろのろしたペースでジャケットを脱ぎ、ロクサーヌ・コスが頭の下に敷けるよう、小さく丸めた枕を作った。一晩じゅう、泥だらけのブーツが人々をまたいだり、あいだを歩きまわったりしていた。

前夜、客たちが床に横たわったときは、劇的な出来事の連続だったから、この先どうなるのかという不安には誰も目を向けずにすんだが、朝になると、恐怖が一人一人の口の内側にはりついていた。何が待ち受けているのかと恐れつつ、人々は目をさました。希望は持てそうになかった。夜のうちにざらざらの鬚が伸び、泣いたためにアイメークがくずれていた。ディナー・ジャケットもドレスもしわくちゃだし、靴はきつくなっていた。硬い床に寝たため、背中や尻が痛くなり、首が上を向いたままこわばっていた。床に横たわった者たちは一人の例外もなく、トイレへ行きたくてたまらなかった。

ほかの人々が味わっている苦しみに加えて、ホソカワ氏は自分の責任の重さを痛感していた。ここにいる人々はみな、自分の誕生日を祝うためにやってきた。偽りの口実だとわかっているパーティへの出席を自分が承諾したばかりに、この部屋にいる一人一人の命を危険にさらすことになってしまった。〈ナンセイ〉からは、企画開発部長のアキラ・ヤモト、副社長のテツヤ・カトウを含めて、何人かが来ていた。ホソカワ氏が「ご出席にはおよびません」と個人的に何度も説得したにもかかわらず、住友銀行の副頭取サトシ・オガワと、日本銀行の副総裁のヨシキ・アオイもやってきていた。パーティの主催国が彼らに電話を入れ、銀行にとってもっとも重要な顧客の誕生パーティであることを説明したからで、そこまで言われればパーティを欠席するわけにはいかなかった。日本の大使も顔を出していた。大使はいま、入口のドアマットの上に横になっていた。

しかし、ホソカワ氏がもっとも胸を痛めていた人質は（誰かの命をほかの命より重んじるのは誤りだと自覚してはいたのだが）、ロクサーヌ・コスであった。ロクサーヌは彼の前で歌うために、この不気味なジャングルに連れてこられた。これが誕生日にふさわしいプレゼントだと思うなんて、自分はなんとうぬぼれていたのだろう。CDやレコードを聴くだけで充分だったのに。コヴェント・ガーデンやメトロポリタン歌劇場で彼女を観るだけで充分すぎたのに。彼女の香水のかおりがわかるぐらい近くに立てたらもっとすばらしいだろうなどと、どうして考えたのだろう。すばらしくはなかった。とても正直な意見を言うなら、ロクサーヌ・コスの声はリビングの音響効果にひきたてられてはいなかった。その口の器用な動きに気づき、彼女が口を思いきり大きくひらいた瞬間に濡れたピンクの舌をまざまざと目にしたことで、彼は落ちつかない気分にさせられていた。下の歯は不揃いだった。歌のプレゼントは名誉なことではあったが、ロクサーヌに、そしてほかの人々にふりかかるであろう危険とひきかえにできるほど価値のあることではなかった。ホソカワ氏は半インチほど頭をあげて彼女を見ようとした。彼女はすぐそばに横たわっていた。ゆうべの歌のとき、ホソカワ氏が部屋の正面に立っていたからだ。いま、彼女の目は閉じていた。もっとも、眠ってはいないだろうと、ホソカワ氏は推測した。リビングの床に横たわったロクサーヌの姿を客観的な目で見ることができるなら、絶世の美女とは言えなかった。顔のわりにひとつひとつの造作が大きすぎて、鼻は高すぎるし、口は幅がありすぎる。目ももちろん、ふつうの目よりも大きくてつぶらだったが、その点に関しては文句のつけようがなかった。ホソカワ氏は長野の湖のそばに咲くリンドウの青を連想した。そう思っただけで口もとがほころび、ゲンのほうを向いて、その思いを伝えたくなった。だが、代わりにロクサーヌ・コスに目をやった。公演プログラムやCDのジャケットで飽かず見つめてきたその顔に。肩がなだらかな曲線を描いていた。首はもうすこし長いほうがいいかもしれない。もうすこし長い首？　彼は自分を叱りつけた。何を考えてるんだ。どうでもいいじゃないか。彼女を客観的な目で見ることなんて、誰にもできないのだから。初めてロクサーヌ・コスを見た者でさえ、しかも、それが口をひらいて歌いだす前のことであっても、彼女が光り輝く存在であることに気づくはずだ。その才能が声だけにとどまらず、光となって肌の奥からにじみでてくるかのように。やがて、彼の目に映るものは、重たげでつややかな髪と、頬の淡いピンクと、美しい手だけになった。頭をもたげていたとき、伴奏者に気づかれたので、ホソカワ氏はあわてて床に頭を戻した。テロリストたちが客の一部を軽く叩き、立ってあとについてくるよう身ぶりで示していた。その様子を見るために頭をあげたにすぎないふりをするのは、ホソカワ氏にとって簡単なことだった。

朝の十時ごろになると、ひそやかなささやきがあちこちで起きていた。窓から流れこんでくる騒音と、客がつぎつぎと立たされて廊下へ連れていかれるせわしさのなかで、一言か二言そっと言葉をかわすのはむずかしいことではなかった。ささやきが始まったのはその廊下行きが原因だった。最初はみんな、外に連れだされて、たぶん屋敷の裏にある庭あたりで何人かずつまとめて射殺されるのだろうと思いこんでいた。ヴィクトル・フョードロフはジャケットのポケットに入っている煙草《たばこ》の箱を指でまさぐり、射殺される前に一分でいいから煙草を吸わせてもらえないだろうかと思った。汗が流れて髪が地肌にはりつくのを感じた。いまここで一服やれれば、射殺されてもかまわないと思った。銃声を待つあいだ、室内は痛いほど静まりかえっていたが、やがて、最初のグループが笑みを浮かべてうなずきながら戻ってきて、つぎのグループに耳打ちした。「トイレ、バスルーム、WC」その言葉が広がっていった。

すべての者に見張りが一人つきそった。一人の客に対して、数種類の武器をこれみよがしにつけている泥まみれの若いテロリストが一人。何人かの若者は客の横を歩くだけだったが、なかには、威嚇《いかく》の度合いはさまざまながら、客の腕をつかむ者もいた。ロクサーヌ・コスを連れにきた少年は彼女の腕ではなく、手をとり、人気のない浜辺を探す恋人のごとく、その手を握った。前に彼女の手をとった少年のような可憐さは、彼にはなかった。自分たちは殺されるんだと思いこみ、夜のあいだに玄関の外へ連れだされて後頭部を撃たれる場面を何度もくりかえし想像していた者たちもいたが、ロクサーヌ・コスはそんなことは考えてもいなかった。一部の者には悲惨な最期が待っているかもしれないが、プリマドンナを撃つような者はどこにもいないはずだ。おとなしくしていようと決めて、手を握られるままにしていたが、ときが来たら逃げだすつもりだった。固く決心していた。バスルームのドアをあけてくれた少年に、ロクサーヌはほほ笑みかけた。少年も一緒に入ってくるのではないかと、半ば覚悟していた。だが、少年はついてこなかったので、ロクサーヌはドアをロックし、便器に腰かけるなり、大きくしゃくりあげて泣きだした。髪を手に巻きつけ、両手で目をおおった。エージェントを呪ってやる。お金になる仕事だなんて言って！　首がこわばり、風邪をひきそうな気がした。でも、床に寝たんだから、風邪をひいても仕方がない。わたしはトスカじゃなかったの？　毎晩のように、サンタンジェロの城壁から身を投げたんじゃなかったの？　トスカの運命はもっと苛酷《かこく》だったのよ。今後の公演はイタリア、イギリス、アメリカだけにしよう。イタリア、イギリス、アメリカ。この三つの言葉を何度もくりかえすうちに、ようやく乱れた呼吸がおさまり、涙を止めることができた。

銃を持って廊下で待っていた少年セサルは、ほかの客のときとちがって、ドアをノックして急がせるようなことはしなかった。外の壁にもたれたまま、金色の蛇口に身をかがめて口をゆすぐ彼女の姿を想像していた。貝殻の形をした小さなせっけんで顔と手を洗う彼女を思い浮かべた。少年の頭のなかには、彼女の歌った曲がいまも鳴り響いていて、覚えている部分を退屈しのぎにひそかにハミングしてみた。〝歌に生き《ヴィッシ・ダルテ》、恋に生き《ヴィッシ・ダモーレ》、けっして《ノン・フェーチ・》悪いことはしませんでした《マイ・マーレ・アド・アニーマ・ヴィーヴァ》！〟。心のなかに旋律がくっきり残っているのがふしぎだった。

彼女はバスルームからなかなか出てこなかった。だが、こういう女性に何を要求できるだろう。彼女の歌はみごとだ。せかしたりしちゃいけないんだ。ようやくバスルームから出てきたとき、彼女の手はわずかに湿っていて、ぞっとするほど冷たかった。ヴィッシ・ダルテ――少年は彼女にそう言いたかったが、その意味がわからなかった。ピアノの近くの場所まで彼女を連れて戻ると、伴奏者が姿を消していたが、ほどなく彼も戻ってきた。ほかの客に比べると、ぐったりしていた。月のように青白い不健康な顔色になっていて、目のふちが血のように赤かった。ヒルベルト、フランシスコという大柄な少年二人に左右をしっかり支えられていた。二人は両手で彼をひきずってきた。一見したところ、伴奏者が窓かドアから逃げようとして取り押さえられたかのようだったが、少年たちの手でもとの場所に戻されたとたん、膝ががっくり折れた。まるで、その膝がノートの二枚の紙で、それで彼の全体重を支えるよう命じられていたかのようだった。伴奏者はくずれるように床に倒れて意識を失った。テロリストたちはロクサーヌにスペイン語で助言だか情報だかを与えたが、彼女はスペイン語ができなかった。

起きあがっていいものかどうかわからなかったので、ロクサーヌはわずかに身体を起こし、伴奏者の脚をまっすぐ伸ばしてやった。大柄な男で、重くはないのだが、背が高いため、不自然な形にねじれた脚を伸ばすのはひと苦労だった。ロクサーヌは最初、彼が仮病を使っているのだと思った。解放をかちとるために人質が盲目のふりをするという話を前に聞いたことがあるからだが、仮病だったら、肌の色がこんなになるはずがない。彼を揺すぶると、頭が左右にぐらぐら揺れた。近くにいたウェイターの一人が身を寄せて、伴奏者の腕が身体の下敷きになっていたのを脇へひっぱりだしてくれた。

「どうしたの」ロクサーヌはささやいた。泥だらけのブーツがそばを通りすぎた。彼女は伴奏者のそばに身を横たえ、彼の手首に指をからませた。

ようやく、伴奏者が身じろぎして、ふっと息を吐き、彼女のほうに顔を向けた。せわしげにまばたきしていて、まるで、深く心地よい眠りからさめようとしているかに見えた。「あなたは何も心配しなくていい」と、ロクサーヌ・コスに言ったが、青ざめた唇を彼女の頭の脇に押しつけていてさえ、その声は細く、ぐったりしていた。

「身代金の要求があるだろう」ホソカワ氏はゲンに言った。二人はいま、ロクサーヌと伴奏者を見つめていて、途中で何度か、彼が息をひきとったものと思ったが、そのたびに彼は身じろぎしたり、息を吐いたりした。「身代金の要求には応じるというのが〈ナンセイ〉の方針だ。いかなる額であろうと。われわれ二人の分が支払われることはまちがいない」ホソカワ氏はできるだけ声をひそめて話していた。あまりに小さくて、ささやきにも満たない声だったが、それでもゲンには完璧に理解できた。「彼女の分も支払ってくれるだろう。当然のことだ。わたしのためにここまで来てくれたのだから」また、伴奏者の具合が悪いのなら、ここに拘束しておくべきではない。ホソカワ氏はためいきをついた。ある意味で、この部屋にいる者はすべてわたしのためにやってきたのだ。全員の身代金を払うとしたらいくらぐらいになるのだろう。「こんなことになったのは、わたしの責任のような気がする」

「社長のせいではありません」ゲンは言った。十二センチ四方から先へは届きそうもない低い声でかわされる日本語の響きが、二人の心を癒してくれた。「連中がゆうべ誘拐しようとしたのは大統領なんですから」

「そうなってくれればよかったのに」ホソカワ氏は言った。

部屋の反対側では、金色のブロケード織りを使ったソファの端に近い床で、シモン・ティボーと妻のエディットが手を握りあっていた。フランス人の仲間には加わらず、二人だけの世界にひきこもっていた。黒いまっすぐな髪にブルーの目という二人は、見た目がそっくりで、兄と妹といっても通りそうだった。ディナー・パーティ会場の床に横たわったその姿は威厳とゆとりに満ちていて、銃で脅されて床に寝ている二人の人間にはとても見えず、まるで、立っているのに疲れただけのように見えた。ほかのみんなが身をこわばらせて震えながら横になっているのに対して、ティボー夫妻は、妻が夫の肩に頭をのせ、夫が妻の頭のてっぺんに頰を押しつけて、身を寄せあっていた。夫の頭にあったのはテロリストのことではなく、妻の髪からリラの香りが漂ってくるという心地よい事実であった。

パリにいたころ、シモン・ティボーは妻を愛してはいたが、浮気ひとつしなかったわけではないし、思いやりにあふれていたわけでもなかった。結婚して二十五年。子供は二人、夏の一カ月は毎年友達と一緒に海辺ですごし、さまざまなことをし、さまざまな犬を飼い、クリスマスは年とった親戚をおおぜい招いて家族ですごしてきた。エディット・ティボーはエレガントな女性だが、パリはエレガントな女性が何千人もいる街なので、歳月の流れとともに夫は彼女のことを忘れていった。妻のことが一度も心をよぎらぬまま、何日もすぎることもあった。妻が何をしているだろうとか、個人としてのエディットではなく、妻としてのエディットが幸せだろうかといったことは、あらためて考えもしなかった。

やがて、政府が約束をしては撤回するという波のなかで、夫妻はこの国に送りこまれることになった。二人のあいだで昔から〝ス・ペイ・モディ〟、すなわち〝神に見捨てられた国〟と呼びならわしていた国だった。二人とも、恐怖とストイックな現実主義を抱いてこの任地に赴いたが、到着して何日もしないうちに、意外なことが起きた。夫がふたたび妻への愛に目ざめたのだ。失ったことに気づきもしなかったものが見つかったかのように。若いころに覚えてそれきり忘れてしまっていた歌を思いだしたかのように。突然、妻の姿がくっきりと目に入るようになった。二十歳の彼女を見ていたときと同じように。といっても、二十歳のころの姿そのものがよみがえったわけではなく(彼から見れば、どの点においても、いまの妻のほうが美しかった)、胸をときめかせ、熱い欲望に身を焦がすという、かつてのあの感覚がよみがえってきたのだ。棚に敷く紙を切ったり、ベッドに腹這いになってパリの大学で勉強中の娘たちに手紙を書いたりしている妻を、家のなかで見るたびに、彼ははっと息を呑むのだった。妻はいつもこんなふうだったのだろうか。わたしが気づかなかったのだろうか。それとも、気づいていながら、なぜかうっかり忘れていたのだろうか。未舗装の道路が続き、黄色い米を作っているこの国で、シモンは妻を愛していることを、妻と一心同体であることを知った。スペイン大使に任命されていたら、こんなふうにはならなかっただろう。この特殊な環境がなかったら、身の毛もよだつこの国に来なかったら、心から愛した生涯ただ一人の女性が妻であったことに最後まで気づかなかったかもしれない。

「急いで人質を殺そうって気はないみたいね」エディット・ティボーは夫の耳に唇をつけて、ささやきかけた。

目の前には、白い砂とあざやかなブルーの海以外に何もない。ひと泳ぎしようと海に入っていくエディットが、波に腿を洗われながら、ふりむいて彼を見る。「魚をとってきてあげましょうか」と叫び、やがて波間にもぐって姿を消す。

「あとで離ればなれにさせられるだろう」シモンは言った。

エディットは夫の腕に自分の腕をからませ、ふたたび夫の手をとった。「やれるものならやってみればいいわ」

去年、大使館が占拠された場合の対応策をテーマとする必須セミナーがスイスでひらかれた。めちゃめちゃにされたディナー・パーティにもその原則はあてはまるだろうと、彼は思った。犯人グループは女性を解放するだろう。それから——シモンは考えるのをやめた。そのあとに何が来るのか、思いだす気になれなかった。エディットが外へ出されるとしたら、彼女が身につけている品のなかに、自分の手もとに置いておけそうなものがないだろうか。たとえば、イヤリングとか。人はなんと迅速に自分の望みを低いほうへ修正できることかと、シモン・ティボーは思った。

最初は数カ所で用心深いささやきがかわされているだけだったが、人々がバスルームから戻ってくるにつれて、ささやきは絶え間ないざわめきに変わっていった。いったん立ちあがって脚を伸ばしたおかげで、床に寝ても、人々は前ほど従順ではなくなっていた。ひそかな声でおずおずとしゃべりはじめ、最初はささやきだったものが、やがて床から立ちのぼる会話に変わり、ついには、みんなが床に寝そべったままのカクテル・パーティ会場のようになった。アルフレード指揮官がついに頭にきて、天井にもうひとつ銃弾の穴をあけ、ざわめきに終止符を打った。甲高い悲鳴がいくつか。そして静寂。発砲から一分もしないうちに、玄関にノックが響いた。

誰もが玄関のほうを見た。外で命令が飛びかい、人々が歩きまわり、犬が吠え、降下してきたヘリコプターの爆音がとどろくなかで、ノックの音が聞こえたのは初めてだったので、屋敷のなかの全員が身をこわばらせた。自宅でくつろぐひとときを邪魔されたくないときに、人が身をこわばらせるのと同じように。若いテロリストたちは神経質に顔を見合わせ、深く息を吸ってから、人を殺す準備はできたぞと言わんばかりに、トリガー・ガードの輪に指をすべりこませた。三人の指揮官は協議をおこない、あちこちを指でさし、やがて、玄関ドアの左右に若い連中の列ができた。つぎに、ベンハミン指揮官が自分の銃をとりだし、ブーツの丸い爪先で副大統領の肩をこづいて、玄関に出るよう命じた。

玄関の外に誰がいるにせよ、銃を乱射しながら飛びこんでくるに決まっているから、この突発事態はルーベン・イグレシアスに始末させるのが理の当然というわけだ。副大統領は火のない暖炉のそばに確保していた居心地のいい場所で身体を起こした。彼のそばには、妻と三人の子供（輝く目をした娘が二人と、幼い息子が一人）がいて、息子は熟睡のせいで汗ばんだ赤い顔をしていた。乳母のエスメラルダも一緒だった。彼女は北部の出身で、テロリストたちを無遠慮ににらみつけていた。副大統領はさっきの銃弾で配管設備に穴があきはしなかったかと心配して、天井をじっと見ていた。そうなったら、いまは修理どころではないから大変だ。彼の顔の右側は刻々と変化して腫《は》れあがり、いまは生肉のような黄色っぽい赤味を帯びていて、右の目は固く閉じたままだった。傷口からは出血が続いていた。新しいディナー・ナプキンを二回もらわなくてはならなかった。少年のころ、ルーベン・イグレシアスはカトリック教会でひざまずき、長い時間をかけて、身長をお与えくださいと神に祈ったものだった。神はそれを彼の一族に与えるにふさわしい贈物ではないと考えた。「神はあなたに何を与えるべきかをご存じです」司祭たちは無関心な口調で彼に告げたが、まさしくそのとおりだった。チビだったおかげで、政府における第二の権力者になれたのだし、さきほど重傷を負わずにすんだのも、たぶんそのおかげだろう。殴打を受けたのが脆《もろ》い顎の蝶番《ちょうつがい》ではなく、丈夫な頭蓋骨のほうだったからだ。彼の顔は昨夜のすべてが円滑に運んだわけではないことを示す証拠であり、外に対する絶好のメッセージであった。副大統領がこわばった身体で痛みをこらえて立ちあがると、ベンハミン指揮官がライフルの細い銃身を肩甲骨のあいだにつきつけ、前に進ませた。ベンハミン自身の症状はストレスにさらされるとかならず悪化するため、あらゆる神経の末端に小さな膿疱《のうほう》ができはじめていて、いまの彼は革命に焦がれるのと同じぐらい熱い湿布に焦がれていた。

ノックがくりかえされた。

「いま行く」玄関ではなく、銃を持った背後の男に向かって、ルーベン・イグレシアスが言った。「わが家の玄関がどこにあるかぐらいわかっている」自分の人生はたぶんもう終わりだと思い、そう覚悟したことで大胆不敵になっていた。けっこう爽快な気分だった。

「ゆっくりあけろ」ベンハミン指揮官が命じた。

「ゆっくり、ゆっくり、わかった、指示してくれ。自分で玄関をあけるのは初めてだからな」副大統領は小声でつぶやきながら、自分のペースで玄関ドアをひらいた。それは遅くもなく、速くもなかった。

玄関前のポーチで待っていた男は抜けるように白い肌をしていて、淡い金色の髪をきれいに分けてうしろへなでつけていた。白いワイシャツ、黒いネクタイ、黒いズボンという服装のせいで、アメリカによくいる熱心な宗教勧誘者そっくりに見えた。背広の上着もあるのだろうが、暑さに負けて脱いでしまったのかもしれない。ひょっとすると、赤十字の腕章を見せるために脱いできたのかもしれない。ルーベン・イグレシアスはこの男を苛酷な太陽から救いだして屋敷に入れてやりたくなった。額と頬のてっぺんがすでに日焼けしはじめている。副大統領の視線は男の横を通りすぎ、自宅の前庭――というか、彼が自宅の前庭だとみなしている場所――を抜ける小道の先に向いた。じつをいうと、この屋敷は彼のものではなかった。芝生も、使用人も、やわらかなベッドも、ふわふわのタオルも、彼のものではない。いずれも副大統領に就任したさいに与えられたもので、この屋敷を去るときに目録を作らなくてはならない。一家の個人的な荷物は倉庫に保管してあり、かつての彼は、いずれかならず一家で大統領官邸へ移ることになるだろうから、荷物はそれまで倉庫に入れたままにしておこうと、希望をこめて思っていたものだった。わずかにひらいた門の向こうに、険悪な形相でひしめきあっている警官隊、軍隊、報道関係者が見えた。樹上のどこかでカメラのフラッシュがまばゆく光った。

「ヨアヒム・メスネル」男は手をさしだした。「国際赤十字の者です」フランス語でそう言ったが、副大統領に細めた目で見つめられて、たどたどしいスペイン語でもう一度くりかえした。

男の態度はきわめて冷静で、周囲の騒ぎを意識している様子はまったくなく、まるで日曜の朝に献金集めをしているかのようだった。地震や洪水があると、赤十字はつねに被災者を助けるために飛んでいく。副大統領自身も激励と被害調査をおこなうために、そうした現場へ何度か派遣されたものだった。副大統領は男と握手をかわしてから、指を一本立てて、しばらく待ってほしいと合図した。「赤十字だ」背後にならんだ銃の列に向かって告げた。

ふたたび三人の指揮官のあいだで協議が始まり、許可してもいいという合意がなされた。

「本当に入る覚悟がありますか」副大統領は英語で静かに尋ねた。彼の英語はたどたどしかった。たぶん、メスネルのスペイン語といい勝負だろう。「連中があなたを外に出してくれる保証はありませんよ」

「いや、出してくれます」男は屋敷に足を踏み入れた。「問題は人質の数が多すぎることです。その数をふやすことは、彼らの望みではないはずです」テロリストたちを見まわしてから、副大統領に視線を戻した。「ひどい顔をしておられる」

ルーベン・イグレシアスは肩をすくめて、負傷の原因は銃口ではなく銃尾のほうだったのだからすべてを達観して受け入れている、という思いを伝えようとしたが、メスネルはそれを、相手が質問を理解していないしるしにとった。

「わたしは英語と、フランス語と、ドイツ語と、イタリア語を話します」メスネルは英語で言った。「わたしはスイス人です。スペイン語もすこし話します」二本の指をあげ、一センチほど離した。自分が話せるスペイン語の量はこの程度だというのだろう。「ここはわたしの担当区域ではありません。わたしは休暇でこちらに来ていました。わかりますか。あなたの国の遺跡に惹かれています。旅行中でしたが、呼ばれて任務につくことになったのです」ヨアヒム・メスネルはふつうでは考えられないほどくつろいでいて、まるで近所の人が卵を分けてもらいにやってきて、そのまま立ち話をしているような感じだった。

「スペイン語で交渉を進めることになるのなら、通訳を連れてこなくてはなりません。外に一人待たせてあります」

副大統領はうなずいたが、じつのところ、メスネルが言ったことの半分も理解できていなかった。英語はすこしできたが、それも一語一語区切って発音されるときにかぎられていたし、銃で頭を殴られるという経験はここしばらくしていなかった。〝通訳〟がどうのと言われているような気がした。たとえちがっていたとしても、彼としては通訳がほしかった。

「通訳《トラドゥクトール》」と指揮官に言った。

「トラドゥクトール」ベンハミン指揮官はつぶやき、床を見渡して、ゆうべのおぼろな記憶を掘り起こそうとした。「トラドゥクトールはいるか？」

ゲンは協力的ではあるが、勇敢なタイプではないので、銃を胸に押しつけられたときの鋭い圧迫感を思いだしながら、しばらくじっと横たわっていた。だが、いくら黙っていても、そのうちに、自分が通訳であることを指揮官のほうで思いだすだろう。「いいでしょうか」ゲンはホソカワ氏にささやいた。

「もちろん」ホソカワ氏はゲンの肩に手を置いた。

一瞬の静寂が流れ、やがて、ゲン・ワタナベはためらいがちに片手をあげた。アルフレード指揮官が手をふって、起きあがるよう合図した。ゲンはほとんどの男と同じく靴を脱いでいたので、ふたたびはこうと身をかがめたが、指揮官からいらだたしげに止められた。ゲンは困惑しつつも、靴下だけの足で客たちのあいだを縫って進んだ。人の身体をまたぐのは不作法な気がした。歩きながら、小声で謝った。ペルドン、ペルドナーレ、パードン・ミー。

「ヨアヒム・メスネルです」赤十字の男はゲンと握手しながら英語で言った。「英語、フランス語、どちらを選ばれますか」

ゲンは首をふった。

「どちらでもいいのなら、じゃあ、フランス語にしましょう。大丈夫ですか」メスネルはフランス語で尋ねた。彼の顔はさまざまな色彩の驚くべき集合体だった。真っ青な目、抜けるように白い肌、太陽に焼かれた頬と唇は赤、黄色の髪はゲンがかつてアメリカで見たことがあるホワイト・コーンの色。すべて原色だ。こういう顔の人物なら、どんな交渉でもやってのけられそうだ。

「大丈夫です」

「不当な扱いは受けていませんか」

「スペイン語」アルフレード指揮官が言った。

ゲンはいまのやりとりを伝えてから、副大統領には目を向けないようにして、みんな大丈夫だとくりかえした。副大統領はどう見ても大丈夫そうではない。

「わたしが連絡係になると、彼らに伝えてください」メスネルはしばらく考えてから、スペイン語でけっこう上手にその文章をくりかえした。そして、ゲンに笑いかけ、フランス語で言った。「いや、こんなことをしてはだめですね。わたしのスペイン語がまちがっていたら、全員に災いがふりかかることになりかねない」

「スペイン語」アルフレード指揮官が言った。

「こちらの人はスペイン語が苦手だそうです」

アルフレードはうなずいた。

「われわれが望んでいるのは、言うまでもなく、人質全員が無事な姿で無条件に解放されることです。とりあえず、さほど重要でない人々から解放していただきたい」メスネルは足もとを見渡した。上等な身なりの客と、白いジャケット姿のウェイターがずらっと横になり、首を持ちあげて彼のほうを見ていた。なんとも異様な光景だった。「人が多すぎます。すでに食料が足りなくなっているか、もしくは、今夜までに足りなくなるでしょう。こんなに多くの人質は必要ありません。女性と、使用人と、すべての病人と、人質にする価値のない者全員を解放していただきたい。まずそこから始めましょう」

「見返りは？」指揮官が言った。

「見返りは、充分な食料と、枕と、毛布と、煙草です。そちらのご希望は？」

「要求がいくつかある」

メスネルはうなずいた。真剣ではあるが、うんざりした表情だった。毎日、朝食前に十回はこういう会話をしているかのように。どこの誕生パーティも最後はこういう窮状に陥るのがふつうであるかのように。「もちろん、要求はあるでしょうし、それが聞き入れられることはまちがいありません。わたしが言いたいのは――」メスネルは腕を前に広げて、自分が念頭に置いているのは床に横たわった人々だということを、はっきり示した。「この状況は誰にとっても耐えがたいということです。よぶんな人質を、そちらが必要としない人々を、いますぐ解放してくれれば、あなたがたの善意を示すのに役立つでしょう。理性的な組織だという評判が立つでしょう」

「誰がわれわれを理性的だと言うんだ」ベンハミン指揮官がゲンに尋ね、ゲンがそれを通訳した。

「あなたがたはこの屋敷を十二時間にわたって占拠し、しかも、一人の死者も出していない。誰も死んでいませんよね？」メスネルはゲンに尋ねた。ゲンはうなずいて、前半の部分だけを通訳した。「それだけでも、わたしに言わせれば理性的です」

「マスダ大統領をよこすよう伝えろ。われわれは大統領を拉致するためにやってきた。大統領さえ渡してくれれば、全員を解放する」指揮官は部屋全体をさしめした。「こいつらを見ろ！　全部で何人いるのか見当もつかん。二百人？　もっと？　一人と二百人を交換するんじゃ、理性的とは言いがたいぞ」

「向こうが大統領をさしだすことはありえないでしょう」メスネルは言った。

「われわれがここに来た目的は大統領なんだ」

メスネルはためいきをつき、深刻な顔でうなずいた。「わたしの場合は休暇でここに来ました。おたがい、望みどおりにはいかないようですね」

そのあいだじゅう、ルーベン・イグレシアスはゲンの横に立ち、交渉の進展にはなんの興味もないかのように、黙って彼らのやりとりに耳を傾けていた。彼こそがこの部屋でもっとも高い地位にある政府の要人なのに、指導者として、あるいは、大統領の代わりに人質となりうる貴重な存在として見てくれる者は誰もいない。マスコミの発達していないこの美しい国に住む平均的市民に、副大統領は誰かと尋ねてみるがいい。おそらく、誰もが肩をすくめて立ち去るだろう。副大統領とは単なる名刺であり、望ましい品の代用品として送られる品にすぎない。置き換え可能、交換可能なのだ。副大統領の叱咤激励によって戦争が始まったり、勝利がもたらされたりすることはなく、今回の主催国の副大統領ほどそれをはっきり理解している者もなかった。

「人質を解放しろ」ルーベンは指揮官たちに静かに告げた。「この男の言うとおりだ。マスダがここに来ることはぜったいにない」おかしなことだが、この瞬間、彼が考えていた〝ここに来る〟というのは、この家に、わたしの家に、という意味だった。マスダはつねにルーベンを無視してきた。彼の子供たちを知らなかった。公式晩餐会の席で大統領がルーベンの妻にダンスを申しこんだことは一度もなかった。副大統領候補として平凡な男を選ぶのと、晩餐会の席にその男をすわらせるのとは、まったくべつのことだった。「どういう展開になるか、わたしには予測できる。女性とよぶんな連中を解放するんだ。そうすれば、きみたちが交渉可能な組織であることが向こうに伝わる」二年以上前にファースト・フェデラル銀行が占拠されたとき、犯人グループは人質を、客であれ、銀行員であれ、一人も解放しようとしなかった。正面の柱廊のところで支店長を絞首刑にして、メディアに写真を撮らせた。その結末どうなったかは誰もが覚えている。テロリストは一人残らず大理石の壁ぎわに追いつめられ、射殺された。ルーベンが言いたかったのは、こんなことをしても無駄だということだった。テロリスト側の要求が通ったためしはない。というか、すんなり通ったためしはない。金を奪い、警備の厳重などこかの監獄から救いだしたひと握りの同志を連れて、無事に逃げおおせた例はひとつもない。問題となるのは、テロリストを屈服させるまでにどれだけ時間がかかるか、そのあいだに人が何人殺されるかということだけだ。

ベンハミン指揮官は指を一本あげて、副大統領が顔に押しあてている血染めのディナー・ナプキンをつついた。ルーベンは歯を食いしばって痛みに耐えた。「いつあんたの意見を求めた？」指揮官は言った。

「ここはわたしの家だ」痛みの波のせいで軽い吐き気に襲われながら、副大統領は答えた。「床に戻れ」

ルーベンは横になりたかったので、何も言わずに向きを変えた。メスネルに腕をとられ、ひきとめられたときは、悲しみに近いものを感じた。

「その傷を縫わなくては」メスネルは言った。「医者を呼びましょう」

「医者はいらん。縫う必要はない」アルフレード指揮官が言った。「もともと、ろくな顔じゃない」

「これだけの出血を放置してはおけません」

指揮官は肩をすくめた。「おけるさ」

副大統領は黙って聞いていた。自分から要求を出せる立場にはなかった。それに、正直なところ、激しいうずきがおさまり、頭痛と目の奥の熱い圧迫感に変わったいま、針で縫われるぐらいなら、テロリストがこの議論に勝つよう応援したほうがいいのではないかという迷いが生じていた。

「この人が出血多量で死んでしまったら、何ひとつ進展しなくなりますよ」言葉の深刻さをやわらげるためか、メスネルの声は冷静だった。

死ぬ？　副大統領は思った。

議論にほとんど加わっていなかったエクトル指揮官が、二階へ行って裁縫箱をとってくるようにと、乳母に言った。教師が子供たちを静かにさせようとするときのように指揮官がパンパンと手を叩くと、乳母は立ちあがったが、左足がしびれていたためによろめいた。彼女が姿を消したとたん、副大統領の息子でわずか三歳の幼いマルコが泣きじゃくった。雇われの身の乳母を自分の母親だと信じているからだ。「これで問題解決だ」エクトル指揮官は重々しく言った。

ルーベン・イグレシアスは腫れあがった顔をヨアヒム・メスネルに向けた。裁縫箱などとは考えてもいなかった。自分はとれたボタンでもないし、丈詰めの必要な裾《すそ》でもない。ここはジャングルではないし、自分は未開の部族ではない。傷を縫ってもらったことがこれまでに二回あるが、二回とも、消毒された器具が平らな銀の容器の上で待っている病院で手ぎわよくおこなわれた。

「ここに医者はいますか」メスネルがゲンに訊いた。

いるのかどうか、ゲンは知らなかったが、その質問をいくつもの言語で部屋じゅうに伝えた。

「すくなくとも一人は招待したはずだ」ルーベン・イグレシアスは言った。だが、頭のなかの圧迫感が強まっているため、何も思いだすことができなかった。

乳母のエスメラルダが柳細工の四角いバスケットを小脇にかかえて、いま、階段をおりてくるところだった。イブニングドレスで着飾ったおおぜいの女性にまじっていたなら、まるきり目立たなかったろう。黒のスカート、襟とカフスが白い黒のブラウスというお仕着せに身を包んだ田舎娘で、長い黒髪を三つ編みにしていて、階段を一段おりるたびに、子供のこぶしぐらい太いその三つ編みが背中で揺れていた。だが、いま、室内の者すべてが彼女を見つめ、しなやかなその物腰と、まるで、今日もいつもと変わらぬ一日で、これから繕《つくろ》いものを始めるつもりでいるような、ゆったりとくつろいだ様子に目を留めた。利口そうな目をして、顎をつんとあげていた。突然、部屋じゅうの者がその美しさに気づき、エスメラルダがおりてくる大理石の階段が彼女の足もとできらめいていることに気づいた。ゲンは「ドクター、ドクター」という呼びかけをくりかえしていたが、副大統領のほうは、思わず乳母の名前を口にした。「エスメラルダ」

床の上で手をあげる者は一人もおらず、医者はいないという結論になった。だが、じつはそうではなかった。ダイニングルームに近い奥のほうでドクター・ゴメスが横になっていて、彼の妻が赤いマニキュアを塗った二本の指で彼の脇腹を鋭くつついていた。彼は病院長になるため、数年前に医療現場を離れていた。患者の傷を最後に縫合したのはいつだったろう。現場にいたころの彼は肺の専門医だった。考えてみれば、研修医時代を最後として、皮膚の縫合をおこなった経験がない。おそらく、妻のほうが上手にやってのけるだろう。すくなくとも、妻はいつもプチポワンの刺繍《ししゅう》をしている。ひと針も縫わなくても、ドクター・ゴメスには先の展開がすべて読めた。感染が起きるに決まっている。必要な抗生物質は運びこまれない。そののち、傷を切開し、膿《うみ》を出し、縫合しなおすことになるだろう。副大統領の顔にそれがはっきり出ている。そう考えただけで、ドクターは身震いした。うまくいくはずがない。みんなが自分を非難するだろう。やがて、世間の噂になるだろう。医者が、病院の院長が、一人の男を殺したのだと。彼の責任だとは誰にも言えないのだが……。両手が震えているのを感じた。床に寝ているだけなのに、胸に置いた手は震えつづけていた。どうしてこの手で男の顔を縫い、双方の名を世間に広めるであろう傷跡を残さなくてはならないのだ。と、そのとき、娘がバスケットをかかえ、希望そのもののごとき輝きを放って、階段をおりてきたのだった。天使だ！　病棟で働く看護士のなかに、これだけ聡明な顔をした娘を、制服をこれだけ清潔にしておける娘を見たことは一度もなかった。

「さあ、起きて！」妻が低くささやいた。「いやだというなら、わたしの手であなたの腕をあげるわよ」

ドクターは目を閉じ、人の注意を惹かないよう気をつけて、そっと首を左右にふった。なるようにしかならない。縫合したところで、助かるとは言いきれないし、死ぬとも言いきれない。カードはすでに配られた。成り行きを見守るしかない。

エスメラルダはバスケットをヨアヒム・メスネルに渡したが、その場から去ろうとしなかった。代わりに、蓋《ふた》の内側にバラの花模様のキルティング地が張ってあるバスケットをひらいて、トマトの形のピンクッションに刺してあった針と黒糸をとり、針に糸を通した。ピシッと繊細な音を立てて歯で糸を切り、先端に手ぎわよく玉結びを作った。すべての男が――指揮官までも含めて――彼女を見守った。これはとても奇跡的なことで、単なる針仕事をはるかに超えた、男にはできるはずのないことだと言いたげな表情で。つぎに、エスメラルダはスカートのポケットに手を入れて、消毒用アルコールの瓶をとりだし、そこに針を浸して何回か上下にふった。滅菌消毒だ。素朴な田舎娘なのに。こんなに行き届いた配慮は誰にもできないだろう。糸の玉結びだけをつまんで針をひきあげ、ヨアヒム・メスネルのほうへさしだした。

「はあ」メスネルは人差し指と親指で玉結びをつまんだ。

しばらく相談がなされた。最初は、二人とも立ったままでできるだろうという意見が出たが、つぎは副大統領がすわったほうがいいということになり、そのつぎは、テーブルのスタンドのそばに横になるのがいちばんだということになった。二人の男はぐずぐずためらい、おたがいに相手より怯えていた。メスネルがアルコールに浸した手を三回こすりあわせた。イグレシアスはもう一度銃で殴られたほうがましだと思った。彼が妻と子供たちから離れてカーペットに横になると、メスネルがそこにかがみこんだ。身を乗りだしすぎてライトをさえぎってしまったため、すこし身体を起こして、副大統領の頭の向きをいろいろと変えてみた。副大統領は何か楽しいことを考えようと思い、そこで、エスメラルダのことを考えた。彼女の手ぎわの良さは驚異的だった。たぶん、妻が教えたのだろう。細菌という概念を。清潔にすることの必要性を。こういう娘に子供たちの世話をしてもらえるとは、なんと幸運なことだろう。血が吹きだすのはもう止まっていたが、いまもじくじくにじんでいた。メスネルはナプキンで血を吸いとるのをやめた。降伏をうながす声が窓から騒々しく流れこみ、サイレンが断続的に鳴りつづけ、人質が床一面に横たわり、銃とナイフを構えたテロリストが眠そうな顔をしているという状況のなかでは、ルーベン・イグレシアスの頰がどうなろうと誰も気にするわけがないと思われるかもしれないが、なんと、人々は小さなカメのように首を伸ばして、事態の進展を見守ろうとしていた。最初のひと針が皮膚に刺さるところを見ようとしていた。

「五分だけやろう」アルフレード指揮官は言った。

ヨアヒム・メスネルは左手で皮膚をつまんで傷口を合わせると、右手で針を刺した。手早くやるほうが痛くないだろうと思うあまり、手でつまんだ肉の厚みの判断を誤り、勢いよく突き刺した針が骨まで達してしまった。どちらの男も、甲高いわりに小さな、悲鳴に近い声をあげ、メスネルは苦心して針をひき抜き、結局はふりだしに戻ってしまった。前とちがうのは、小さな穴から血が一滴出ていることとだけだった。誰に頼まれたわけでもないのに、エスメラルダが手を消毒しはじめた。彼女の顔には、子供たちに向けるのを副大統領が前に見たことのある表情が浮かんでいた。子供たちが何かに挑戦して失敗したとき、もう一度がんばるようにと励ますときの表情だ。彼女はヨアヒム・メスネルの手から針と糸をとり、もう一度アルコールに浸した。メスネルは心の底からほっとして脇へどいた。彼女が何をするつもりか、また、どんな資格があるのかも気にならず、スタンドのそばで身をかがめた彼女をひたすら見守るだけだった。

エスメラルダの顔に笑みはなかったが、ルーベン・イグレシアスには、聖女の至福に満ちたやさしさがあふれているように思われた。彼は自分の目からわずか数インチのところにある真剣そのものの茶色の目に感謝を捧げた。目を閉じたいという誘惑がいかに強くても、閉じないでおこうと思った。この試練を乗り越えて百歳まで生きることができたとしても、これだけの精神集中と同情が自分の顔に向けられるのを見ることは二度とないだろう。針が近づいてきた瞬間、静止して、草に似た彼女の髪の香りを吸いこんだ。自分が、とれたボタンか、彼女の温かな膝に広げられて夜なべ仕事で繕ってもらう子供のズボンになったような気がした。そう悪い気分ではなかった。エスメラルダが縫おうとしているもの、繕いの必要なものになったにすぎなかった。小さな針は痛かった。目の前を通りすぎる針を見るのは好きになれなかった。ひと針ごとに軽くひっぱられる感触も、釣針にかかったマスになったような気がして、好きになれなかった。しかし、毎日見てきたこの娘のすぐそばにいられるのがうれしかった。彼女が子供たちと一緒に芝生に出て、木陰に敷いたシートにすわり、欠けたカップにお茶をついでいる。その膝にはマルコがいて、娘のローザとイメルダは人形を抱いている。彼女が廊下の奥へひっこんで、子供たちに語りかけている。おやすみ、おやすみ、お水はもうだめよ、眠りなさい、目を閉じておやすみ。エスメラルダは精神を集中していて無言だったが、彼女の声のことを思っただけで副大統領の気分はやわらぎ、針を刺されるのがいくら痛くても、これが終わってしまい、自分に押しつけられている彼女の腰が離れてしまったら、残念でたまらないだろうということがわかっていた。やがて、彼女が縫う手を止めて、もう一度玉結びを作った。まるでキスをするように彼のほうへ身をかがめ、糸を嚙んだ拍子に、その手で作ったばかりの縫い目を唇がかすめていった。彼女の歯がすばやく糸を切り、二人をつないでいたものが分離し、そして、彼女が身体を起こした。彼の頭のてっぺんをなでた。痛いのを我慢したご褒美《ほうび》だ。やさしいエスメラルダ。

「偉かったわね」彼女は言った。

近くで二人を見ていた者もみな微笑し、ほっと息を吐いた。エスメラルダの手ぎわはあざやかで、彼の顔の片側に、きれいにそろった黒の鉄道線路みたいな縫い目ができていた。幼いころから縫いものを仕込まれて育った娘にとっては当然のことだろう。エスメラルダが子供たちのところに戻ると、マルコがその腕に飛びこんだ。彼女の乳房に頭を押しつけて、彼女の匂いを吸いこんだ。副大統領はじっとしたままだった。苦痛と安堵がぶつかりあって、この瞬間、放心状態に陥っていた。適切に麻酔をかけてもらったかのように目を閉じた。

「そこの二人」指揮官がメスネルとゲンに言った。「横になれ。討議に入ろう」手にした銃で、すこし離れた床を示した。

メスネルは交渉を再開しようとはしなかった。「横にはなりません」と言ったが、その声はひどく疲れていて、人が聞いたなら、本当は横になりたいのだと思ったことだろう。「外で待ちます。一時間したら戻ってきます」メスネルはそう言うと、ゲンに礼儀正しく会釈をし、黙って玄関をあけて出ていった。ゲンは自分も「外で待ちます」とことわって、同じようにしようかと思った。だが、自分はメスネルではないことがわかっていた。的確には説明できないが、指揮官がメスネルを撃っても無意味なような気がした。メスネルにはまるで、毎日のように撃たれていて、それにうんざりしている人物といった雰囲気があった。それにひきかえ、ゲンのほうは縫い目のことでまだ頭がいっぱいで、命の脆さをひしひしと感じていた。命の脆さと忠誠心を感じつつ、ホソカワ氏のところにひきかえした。

「なんと言っていた？」ホソカワ氏がささやいた。

「女性は解放してくれると思います。まだ本決まりではありませんが、向こうはそう願っているようです。人質が多すぎると言っていますから」どちらを向いても、五センチと離れていないところに人がいた。朝の八時に東京駅へ向かう山手線に乗っているような状態だ。ゲンは腕を伸ばしてネクタイをゆるめた。

ホソカワ氏は目を閉じ、安堵がやわらかな毛布のように広がるのを感じた。「よかった」と言った。ロクサーヌ・コスは解放され、アルゼンチン公演に間に合うよう、無事に出発できるだろう。二、三日もしないうちに、この事件の恐怖を忘れ去るだろう。自らは安全な身となり、新聞記事でこちらの運命を追うことだろう。カクテル・パーティでその話をして、人々を感嘆させることだろう。だが、人々はつねに彼女に感嘆している。ブエノスアイレスでは、最初の週にジルダを演じることになっている。彼にはそれが完璧な偶然のように思われた。彼女がジルダを演じていて、彼はいまも、東京で父親と一緒だったときの少年のままだ。上のほうの座席から彼女を見ている。彼女ははるか彼方にいるのに、その歌声は、彼がすぐそばに立っていたときに劣らず澄みきっていて繊細だ。その大胆なしぐさ、舞台化粧は遠くから見たほうが完璧だ。彼女は父親のリゴレットとともに歌っている。父親に「愛している」と歌いかけ、いっぽう、上のほうの座席では、少年のカツミ・ホソカワが父親の手を握っている。リビングに敷かれたつづれ織りのラグや、飲みかけのピスコ・サワーのグラスからオペラが立ちのぼり、彼の誕生日や工場誘致計画から離れていく。パーティを主催した国の上空まで舞いあがって向きを変え、やがてステージにゆっくりおりていって、そこで完全な存在となる。はるか彼方の美しいものになる。いまやオーケストラ全体が彼女を支えて、歌声とともに響き渡り、歌声を飛翔させる。ロクサーヌ・コスの妙なる声が少年のカツミ・ホソカワに向かって彼女のジルダを歌いあげる。その声が彼の耳のなかの小さな骨を震わせる。その声が彼のなかにとどまり、彼になる。ロクサーヌは彼のために、そして、その他おおぜいのために、自分のパートを歌いあげる。彼は名もなき存在であり、ほかの人と同等であり、愛されている。

部屋の反対側の床には、ローマ・カトリック教会の聖職者二人が横たわっていた。モンシニョール・ローランド（モンシニョールは高位聖職者の尊称）はティボー夫妻がいるソファの裏側にひそんでいた。銃撃戦になったときのために、窓から離れていたほうがいいだろうと思ってのことだった。人々の指導者として、彼にはわが身を守る義務がある。政治的な暴動が起きるたびにカトリックの聖職者が標的にされる。新聞を見ればすぐわかることだ。彼の祭服は汗に濡れていた。死は聖なる謎だ。その時期は神にしか決められない。だが、彼には生きるための重大な理由がいくつもあった。現在の年老いたロメロ司教が死によって任期を終えたときには、ローランドが司教の地位を約束されたも同然だと思われている。なんといっても、種々の会合に出席して、教会の利益となる交渉を進めてきたのは、このモンシニョール・ローランドなのだから。この世に安泰と言いきれるものはありえない。極貧のジャングル地帯に広まっているカトリック信仰ですら安泰ではない。金と宣教師をつぎこんで侵食してくるモルモン教徒を見てみるがいい。カトリックの国に宣教師を送りこむ図々しさ！　まるで、こちらが回心を必要とする未開人であるかのように。床に横たわるさいにソファからこっそりくすねた小さなクッションに頭をのせて寝ていても、やはり尻が痛い。この騒動が片づいたら、熱い風呂にゆっくり入って、そのあとすくなくとも三日間は自分のやわらかなベッドですごすことにしようと、彼は考えていた。もちろん、物事のプラス面を見ることも大切で、テロリスト側が狂気の行動に走ることなく、こちらが人質の第一陣として解放されたあかつきには、この占拠事件が今後の運命を切りひらく鍵となるはずだ。人質にされたことが世間に知れ渡れば、無傷のまま逃げおおせた者であっても、聖なる殉教者になる。

そして、玄関ホールの冷たい大理石の床に横たわっている若き聖職者さえいなければ、現実にそうなるはずだった。モンシニョール・ローランドはアルゲダス神父に会ったことがある。アルゲダスが二年前に聖職を授けられたとき、その場に立ち会ったのだが、ローランド自身はそれを記憶していなかった。この国は聖職者になりたがる若者の不足に悩んではいない。短い黒髪と糊《のり》の利いた黒いシャツ姿のこれら聖職者たちは、初めての聖体拝領のために白い服を着せられた子供たちと同じで、区別がつかない。モンシニョールはアルゲダス神父が同じ部屋にいようとは思ってもいなかったし、昨夜のパーティのときも、神父の姿にはまったく気づいていなかった。では、副大統領の屋敷のパーティに、どうして若き聖職者が招かれることになったのだろう。

アルゲダス神父は二十六歳で、首都の反対側で教区助任司祭として働き、ロウソクを灯したり、聖体奉仕者を務めたりといったふうに、よくしつけられた侍者とさほど変わらぬ仕事をこなしていた。彼の一日は、祈りを通じて神を愛し、行動を通じて信徒に奉仕することですぎていたが、それ以外の時間がすこしでもできると、大学の図書館に出かけてオペラを聴くことにしていた。地下室に腰をおろし、個人閲覧用の古い木製の仕切りに守られて、きつすぎて頭が痛くなりそうな黒い巨大なヘッドホンでレコードに耳を傾けるのだ。大学はとうてい裕福とはいえず、オペラを出費の優先項目にするわけにいかないため、集められているのはCDではなく、重いレコード盤であった。とくに好きな作品がいくつかあったものの、アルゲダス神父は《魔笛》から《タヒチ島の騒動》まで、あらゆるものを分けへだてなく聴いていた。目を閉じて、理解できない言葉をそっと口ずさんだ。最初のうちは、自分より先に来た連中に腹を立てた。レコードに指紋を残した者。ひっかき傷を作った者。もっとひどいのは、レコードを一枚くすねていき、《ルル》の第三幕を聴けなくしてしまった者。だが、やがて、自分が聖職者であることを思いだし、図書館の地下のセメントの床にひざまずいた。

こうしてレコードに耳を傾けるとき、魂のなかに一種の恍惚《こうこつ》感が満ちてくるように感じ

ることが頻繁にあった。言葉ではうまく言えないが、胸をかき乱されるような感覚だった
――憧れ？　愛？　神学校で学んでいたころ、ほかの若者が女をあきらめようと決心する
のと同じ心理で、彼はオペラをあきらめようと決心した。オペラへの情熱には暗黒の部分
があるにちがいない、聖職者にとってはとくに――そう思ったのだ。懺悔《ざんげ》すべき現実の罪
や興味深い罪に無縁だった彼は、ある水曜の午後、キリストへの最大の捧げ物として、自
分では罪悪だと思っているオペラをさしだすことにした。
「ヴェルディ？　それとも、ワーグナー？」仕切りの向こうの声が尋ねた。
「両方です」アルゲダス神父はそう答えたが、意外な質問を受けた驚きから立ち直ると、
それを訂正した。「ヴェルディです」
「きみはまだ若い」声は答えた。「二十年たったら戻ってきて、もう一度答えなさい。わ
たしがここにいることを神が許してくださるなら」
若き神父は誰の声かを聴きとろうと必死になった。サン・ペドロ教会の聖職者の声なら
すべて知っているはずなのに……。「罪ではないのですか」
「芸術は罪ではない。つねに善とはかぎらないが、しかし、罪ではない」声が一瞬とぎれ
たので、アルゲダス神父は襟の黒い帯に指をすべりこませて、生温かくこもった空気をシ
ャツのなかへ移動させようとした。「ただ、歌詞の一部は……いや、旋律に集中するがい
い。旋律こそがオペラの真髄だ」

アルゲダス神父は形ばかりのささやかな苦行をおこなうことに決め、喜びをあらわすために、ひとつの祈りを三回ずつあげることにした。愛するものをあきらめなくてもよくなった。それどころか、以後は完全に考えをあらためた。これだけみごとな美は神とともにあらねばならないと思うようになった。オペラの旋律が神を讃えるものであるのはたしかだし、歌詞のなかに人間の罪を扱ったものが多すぎるとしても、イエスご自身も罪について探求されたのではなかったろうか。身体がなんとなくむずむずして落ちつかないときは、歌詞を読まないようにするという単純な方法で状況を改善した。神学校でラテン語を学んできたが、それをイタリア語に結びつけることは拒否した。こういうときに最適なのはチャイコフスキーだった。ロシア語を聞いてもさっぱり理解できないからだ。悲しいことに、歌詞よりも旋律によって欲望を刺激されることもあった。フランス語が理解できなくても、《カルメン》の誘惑からは逃れられなかった。《カルメン》は神父に淫《みだ》らな夢を見させた。しかし、それ以外の場合はほとんど、〝あらゆるオペラに登場するあらゆる男女はすばらしい恩寵《おんちょう》と光輝に包まれて歌っているのだ。心にあふれる神への愛を歌っているのだから〟と自分を納得させることができた。

聴罪司祭のおかげで自由を得たアルゲダス神父は、音楽への愛を隠そうとしなくなった。日々の義務を怠りさえしなければ、彼の趣味をとやかくいうつもりは誰にもないようだった。ここはとくに現代的な国ではないし、彼の宗教も現代的ではないにせよ、時代はたしかに現代だった。教会の信者たちはこの若き神父に好意を寄せていた。彼が信者席を磨くときの疲れを知らぬ活力に。毎朝、最初のミサが始まる前の一時間、ロウソクの前にひざまずいているその姿に。彼の熱心な働きに目を留めていた人々のなかに、アナ・ロヤという婦人がいた。副大統領の妻の親しいいとこだった。彼女も音楽が好きで、アルゲダス神父に数々のレコードを気前よく貸してくれていた。ロクサーヌ・コスがパーティで歌うという噂を耳にすると、いとこに電話して、若い神父を一人連れていってもいいかと尋ねた。もちろん、ディナーには招待しなくていいのよ。ディナーがすむまで、キッチンで待ってもらえばいいんだから。ロクサーヌ・コスの歌のあいだも、キッチンでかまわないと思うけど、とにかく神父さまをお宅に入れてくれれば――うぅん、庭だってかまわない――心の底から感謝するわ。アルゲダス神父は前に一度、聖歌隊の平々凡々たる練習が終わったあとで、まだ一度も生のオペラを聴いた経験がないのだと、アナに打ち明けたことがあった。彼が人生において神のつぎに愛しているものは、黒いレコードのなかにしか存在していなかった。アナはかつて息子を亡くしている。二十年以上も前のことだ。用水路で溺れ死んだとき、息子は三歳だった。子供はほかにもおおぜいいて、彼女はみんなをかわいがり、亡くなった息子のことは口にしなかった。じつのところ、その子のことを思いだすのは、いまではアルゲダス神父の顔を見たときだけになっていた。いとこに電話で質問をくりかえした。

「アルゲダス神父さまもプリマドンナの歌を聴きにいっていいかしら」

それは彼の想像からかけ離れたものだった。まるで、声が目に見えるかのようだった。もちろん、部屋のいちばんうしろに立っていてさえ、肌で感じとることができた。声は彼のカソックのひだの内側で震え、彼の頬をなでていった。こんな女性が存在しようとは考えたこともなかった。神のすぐそばに立ち、その口から神の声を紡ぎだす女性。彼女がその声を呼びさますためには、自分のなかへどれだけ深く入っていかねばならなかったことだろう。まるで、地球の中心部で声が生まれ、彼女の真摯《しんし》な努力と勤勉さによって土と岩のなかからひっぱりあげられ、家の床板をつきぬけ、彼女の足に入りこみ、体内に広がって上昇し、温められ、やがて白百合のごとき喉からあふれでて、天の神のもとへまっすぐ立ちのぼっていくかのようだった。それは奇跡であり、自分がその場に立ち会えた幸せに彼は泣いた。

大理石の玄関ホールの床に横たわったまま十二時間以上がたち、冷たさが骨の髄までしみこんだいまになっても、彼の頭のなかでは、ロクサーヌ・コスの歌声が大きく旋回を続けていた。横になれという命令が出ていなかったら、自分からその許可を求めずにいられなかったかもしれない。彼が心を落ちつけるにはそれだけの時間が必要だった。横になったのが大理石の床だったことに感謝した。床のおかげで、神のことをつねに心にとめておける。やわらかなラグに身を横たえていたら、自分のことまで忘れてしまったかもしれない。拡声器とサイレンの海で一夜をすごしたことがうれしかった。夜通し目をあけて、考えごとをしていられたのだから。朝のミサに出られなかったこともうれしかった（これについては神の赦《ゆる》しを求めた）。その分だけ、ここに長くとどまれるのだから。ここにいる時間が長くなればなるほど、感動の瞬間も長くなり、壁紙におおわれた壁にいまも彼女の声がこだましているような気がしてくる。彼女はいまもここにいる。自分からは見えないが、さほど遠くないところに横たわっている。あの人が心地よい一夜を送れましたように、誰かがソファのひとつを提供することを思いついてくれていますように、と祈った。

アルゲダス神父はロクサーヌ・コスのことを気にかけると同時に、若いテロリストたちのことも心配していた。テロリストの多くは壁ぎわで直立不動の姿勢をとり、足を広げ、ライフル銃をステッキのように支えにしていた。ときおり、頭ががくっとのけぞって、十秒ほど眠りこむと、膝から力が抜けて銃にもたれかかる格好になる。アルゲダス神父は自殺した遺体をひきとりにいく警察に同行したことが何度かあるが、まさにこの格好で自殺を図ったにちがいないと思われるケースが多かった。こうしておいて、足の指で引き金を押し下げるのだ。

「息子よ」玄関ホールの人質を——ホールの硬い床に寝ているのは、ほとんどがウェイターやコックなどの、もっとも身分の低い連中だ——監視している少年の一人に、神父はささやきかけた。彼自身もまだ若いため、信徒に「息子よ」と呼びかけるのは照れくさい場合が多かったが、この少年はまるで本当の息子のように感じられた。自分のいとこたちにそっくりだった。聖体拝領がすんだとたん、白くて丸いパンを舌に載せたまま教会から駆けだしていく少年たちによく似ている。「ここにおいで」

少年は夢のなかで声を聞いたかのように、天井のほうへ目をやった。神父に気づかないふりをした。「息子よ」アルゲダス神父はもう一度言った。「ここにおいで」

少年はそこで下を見た。困惑が顔をよぎった。どうすれば神父に返事をせずにいられるだろう。呼ばれたのに行かないなどということが、どうしてできるだろう。「神父さま?」小声で言った。

「ここにおいで」神父はそう言うと、片手で床を叩いた。といっても、身体の横で指を軽く動かしたにすぎなかったが。大理石の床の上は混みあってはいなかった。絨毯を敷きつめたリビングとちがって、身体を伸ばす余地が充分にあった。夜通しライフルにもたれて寝ずの番をした者にとって、広々とした大理石の床は羽布団のベッドに劣らず魅力的に見えることだろう。

少年は柱の向こうの、指揮官たちが協議をおこなっているほうへ不安そうに目を向けた。

「許可が出てないよ」と小声で言った。この少年はインディオだった。言葉には北部の訛りがあった。アルゲダス神父の祖母が彼の母親や伯母たちと話すときに使っていた言葉だ。

「わたしが許可しよう」権威ではなく、哀れみをこめて、神父は言った。

少年はしばらく考えてから、天井を飾る凝った王冠模様の蛇腹を調べようとするかのように、顔を上に向けた。涙があふれてきたので、それをこらえるために、きつくまばたきしなくてはならなかった。長時間にわたって寝ずの番を続けてきたため、ライフルの冷たい銃身にかけた指が震えていた。どこまでが自分の指で、どこからが青緑色の金属なのか、わからなくなっていた。

アルゲダス神父はためいきをつき、いまはそっとしておこうと決めた。あとでもう一度、そばに来るように言ってみよう。休息する場所があり、いかなる罪にも赦しがあることを、少年に教えるために。

床に横たわった人々はさまざまな要求をかかえてうずうずしていた。何人かがふたたびトイレに行きたがっていた。薬についてのささやきが流れていた。起きあがりたい、食べものがほしい、口のなかのいやな味を洗い流すための水がほしい――みんながそう思っていた。いらだちが人々を無謀にしていたが、その一方で、一晩たったのに誰一人死んでいないという思いも生まれていた。殺されずにすむかもしれない、と人々は思いはじめていた。望むものが自分の命であれば、それ以外のものを求める言葉を人はいっさい口にしなくなる。命の危険はないとわかったとたん、図々しく不平をならべるものなのだ。

モスクワから来たヴィクトル・フョードロフはついに誘惑に負けて、煙草に火をつけた。

ライターとマッチはすべて提出するよう命じられていたというのに。天井に向かってフーッと煙を吐いた。彼は現在四十七歳で、十二のときからずっと煙草を吸ってきた。金に困っていた時代にも。煙草か食料のどちらかを選ばなくてはならなかったときも。ベンハミン指揮官が指を鳴らすと、兵士の一人が走りでてフョードロフの煙草をとりあげようとしたが、フョードロフは知らん顔で煙草を吸いつづけた。たとえ横になっていても、手のなかにあるのは煙草だけで、武器など何もなくても、彼は巨大な男だった。喧嘩になれば勝つ自信があった。「やってみろよ」ロシア語で兵士に言った。

少年は何を言われたのかさっぱり理解できなかったため、どうすればいいのかと迷った。手が震えないよう気をつけながら、銃を抜き、気乗りのしない様子でフョードロフの胸に銃口を向けた。

「これだからな!」同じくロシア人で、フョードロフの友達であるエゴール・レドベドが言った。「煙草を吸ったぐらいで撃つ気か!」

ああ、夢のようだ煙草が吸えるなんて。まる一日禁煙を続けたあとの一服が、その喜びをどれだけ高めてくれることか。煙草の香りを、煙のほのかなブルーを、しみじみ味わうことができた。ほっとくつろいで、少年時代の記憶にある心地よい酩酊状態に入ることができた。ふたたび煙草を始めるときの喜びを知るためだけでも、禁煙する価値は充分にある。フョードロフの煙草は指を火傷しそうなほど短くなった。ああ、残念。身体を起こし、銃を構えた兵士をその巨大な胴まわりで驚かせつつ、靴の底で煙草をもみ消した。

副大統領がおおいに安堵したことに、フョードロフは吸殻をタキシードのポケットにしまい、少年はぎごちない手つきで銃をズボンのベルトのなかに戻して、そっとうしろに下がった。

「こんなこと、もう一分だって我慢できない！」女性の甲高い声がしたが、みんなが周囲を見まわしても、誰が言ったのかはわからなかった。

ヨアヒム・メスネルが出ていって二時間してから、ベンハミン指揮官は床に寝ていた副大統領を呼び、玄関ドアをあけてメスネルを招き入れるよう命じた。

ひょっとして、メスネルは玄関のすぐ外で待ちつづけていたのではないだろうか。デリケートな頬の日焼けが前よりひどくなったようだ。

「異常はありませんか」メスネルはスペイン語で副大統領に言った。まるで、この二時間、陽ざしのなかに立って語学力を磨いていたかのようだった。

「ほとんど変化なしです」副大統領は英語で答えた。相手への配慮からだった。主人役としての感覚がまだすこし残っていた。

「あなたの顔、悪くないですね。あの女性がみごとにやってくれた」メスネルは言葉を探した。「針仕事を」最後にそう言った。

副大統領は頬に指を持っていこうとしたが、メスネルがその手を下げさせた。「さわってはいけません」室内を見まわした。「日本人の男性ですが、まだここにいますか」

「どこへ行けるというんです」ルーベンは言った。

　メスネルは足もとに横たわった多くの身体を見まわした。すべて温もりを持ち、規則正しく呼吸している。はっきり言って、もっと無惨な場面を彼はこれまでに何度も見てきた。

「通訳を呼ぶからね」副大統領は指揮官たちに言った。三人ともよそを向いていて、メスネルの到着に気づいていないような顔をしていた。やがて、ようやく一人が視線をあげ、横目で見るように、眉をぴくっと動かしてみせたので、ルーベン・イグレシアスはそれを「ああ、いいとも」という意味にとった。

　副大統領はゲンを大声で呼ぶ代わりに、部屋の端をぐるっとまわって彼のところへ行くことにした。脚を伸ばすにも、客の様子を調べるにも、ちょうどいいチャンスだった。副大統領の顔を見ると、ほとんどの者がたじろぎと微笑の中間のような表情を浮かべた。氷で冷やしていないため、副大統領の顔は横側が異様に腫れあがっていた。傷口をひらくまいとする努力で、縫い目がすでにぱんぱんに張っている。氷。ペニシリンを要求しているわけではない。氷なら家のなかにどっさりある。キッチンには冷蔵庫の横にフリーザーが二台あるし、地下室にも貯蔵用のフリーザーが一台ある。また、それとはべつに、四六時中プラスチック容器に氷を吐きだす以外何もしない機械がキッチンに備えてある。しかし、彼には、自分が指揮官たちの不興を買っているため、角氷がほしいと言っただけで反対の目がひらかなくなる危険のあることがわかっていた。フリーザーの扉のひんやりした白い金属に頬を軽くつけて立つことができたら、どんなに気持ちがいいだろう。氷がなくてもかまわない。それだけで充分だ。「モンシニョール」床に寝ているモンシニョール・ローランドのそばを通るさいに、副大統領は声をかけた。「まことに申しわけありません。つらくないですか。大丈夫？　よかった、よかった」

ここは美しい屋敷で、客がぎっしり横たわっている絨毯も美しいものだった。フリーザー二台と氷を作るだけの機械を備えたこんな豪華な屋敷に、彼がいつの日か住むようになるなどと、誰が思っただろう。それはまばゆいほどの幸運だった。父親は荷物を平台のカートに――最初のころは列車のために、のちには航空機のために――運ぶのを仕事にしていた。母親は八人の子供を育てながら、野菜を売り、針仕事の内職をやっていた。こうした話がこれまで何度語られたことか。刻苦勉励して偉くなったルーベン・イグレシアス。一家のなかで初めて高校を出た息子！　彼はカレッジに通うために掃除夫として働いた。ロースクールに通うために、掃除夫をやりながら判事の事務官としても働いた。そのあとは法曹界で成功を収め、政界という危なっかしい梯子《はしご》を着実にのぼっていった。身長とともにそれが幸いして、副大統領候補として迎えられた。クリスマスを祝うパーティのときに法律事務所のシニア・パートナーの娘を妊娠させて逆玉の輿に乗った話や、妻とその両親の野心が彼の尻を叩いた話は、けっして語られることがなかった。そんな話が人の興味を惹くわけはないというのだった。

つづれ織りのウィングバック・チェアのそばに横たわっていた男が、ルーベンの印象ではドイツ語ではないかと思われる言葉で何か尋ねた。ルーベンは「わかりません」と答えた。

通訳のゲンはホソカワ氏のすぐそばで横になっていた。彼がホソカワ氏の耳に何やらささやくと、年上の男は目を閉じて、ほんのわずかにうなずいた。ルーベンはいままでホソカワ氏のことをすっかり忘れていた。誕生日おめでとう、とひそかに思った。工場誘致の話は今年はもうお流れだね。彼らからそう遠くないところに、ロクサーヌ・コスと伴奏者がいた。ロクサーヌは前夜より――そんなことが可能ならの話だが――さらに美しく見えた。髪がほどけ、肌はこの休息の機会をずっと待っていたかのように輝いていた。「いかがですか」彼女は英語でささやきかけ、自分の頬に手を持っていって、彼の怪我を心配していることを示した。ゆうべから何も食べていないせいかもしれないし、あるいは、疲労か、失血か、感染症のせいかもしれないが、その瞬間、ルーベンは意識が遠のくのを感じた。ロクサーヌが自分の頬に手を触れたときの――立ちあがって彼の頬に触れることができないために、そうしたのだ――しぐさを思い浮かべ、彼女が立ちあがってこちらの頬に触れるさまを想像しながら、ルーベンは床にしゃがみこみ、かかとでバランスをとって両手を前の床につき、意識の薄れそうな感覚が消えるまで頭を低く垂れた。ゆっくりと視線をあげて彼女の目を見ると、その目には狼狽《ろうばい》が浮かんでいた。「いや、大丈夫ですところではなさそうだった。その瞬間、伴奏者に気づいた。率直に言って、伴奏者は大丈夫どころではなさそうだった。ロクサーヌ・コスがこちらにあれだけの気遣いを示せるのなら、となりに横たわっている男にも目を向けるべきだという気がした。青白かった顔色がどす黒くなっているし、目をあけて胸を浅く上下させているものの、彼のまわりには静けさが漂っていた。副大統領に言わせれば、それはよくない徴候だった。「彼は？」と低く言って指さした。

ロクサーヌは初めて気づいたかのように、となりの伴奏者に目をやった。「インフルエンザにかかったと言っています。とても神経質な人なので」

こうして低くささやかれると、言葉の意味はよく理解できなくとも、彼女の声の響きにぞくっとするものを感じた。

「通訳！」アルフレード指揮官が叫んだ。

ルーベンは立ちあがってゲンに手をさしのべるつもりでいたが、ゲンのほうが若くて、立ちあがるのも速く、副大統領を助け起こそうと手を伸ばしてきた。ルーベンの腕をとった。まるで、急に盲目になった彼に手を貸して室内を案内しようとするかのようだった。

こうした環境に置かれると、人はなんと急速に絆《きずな》を強め、大胆な結論に到達できるものだろう。ロクサーヌ・コスは彼が昔から愛してきた女性となった。ゲン・ワタナベは彼の息子となった。屋敷はもはや彼のものではなくなった。彼の知っている人生は、政治家としての人生は、終わってしまった。世界じゅうの人質すべてが、多かれすくなかれ、こんな感覚を持つのではないか、とルーベン・イグレシアスは思った。

「ゲン」メスネルが追悼の意を示すかのような厳粛な面持ちで彼と握手した。「副大統領に医薬品が必要です」ゲンにフランス語で告げ、それを通訳してもらった。

「愚かな男の要求を検討するのに時間がかかりすぎている」ベンハミン指揮官が言った。

「氷は？」ルーベンは自ら提案し、氷の心地よさを思い浮かべただけでうっとりした。アンデスの山頂をおおう雪。テレビで見たオリンピックの愛らしいスケート選手たち。人形のようなウェストに薄く透ける小さな布をつけた若い女たち。彼の頬がカッとほてり、スケート靴の銀のエッジから青白い氷のかけらが舞いあがった。氷に顔を埋めたいと思った。

「イシュマエル」指揮官は少年の一人にいらいらと命じた。「キッチンへ行け。タオルと氷を持ってくるんだ」

　壁にもたれていた少年の一人で、みんなのなかでいちばん粗末な靴をはいたチビのイシュマエルは、うれしそうな顔になった。その任務に抜擢されたのが誇らしかったのかもしれないし、副大統領の役に立ちたかったのかもしれないし、キッチンをのぞいてみたかったのかもしれない。そこには残り物のクラッカーや、くずれたカナッペのトレイが置いてあるにちがいない。「わが国の人民は、氷がほしくたって誰にももらえんのだぞ」アルフレード指揮官が苦々しげに言った。

「たしかに」ゲンの通訳をうわの空で聞きながら、メスネルは言った。「歩み寄ってもらえる点はあるでしょうか」

「女は解放する」アルフレード指揮官は言った。「女に危害を加えることには興味がない。労働者も解放する。聖職者も。病人もすべて。そのあとで、残った者のリストを点検しよう。さらに何人か解放できるかもしれん。それと引き換えに差し入れを要求する」彼はきれいにたたんだ紙片を胸ポケットからとりだし、左手に残っている三本の指でつかんだ。「必要な品がここに書いてある。二枚目は報道機関の前で読みあげてくれ。われわれの要求だ」アルフレードの心づもりでは、今回の計画はもっとうまく運ぶはずだった。なにしろ、この屋敷のエアコン設置を以前に担当して、設計図のコピーをくすねてきたのが、彼のいとこだったのだから。

メスネルは紙片を受けとると、ざっと見てから、ゲンに読んでくれるよう頼んだ。ゲンは自分の手が震えているのに気づいて驚いた。通訳の内容に影響を受けた覚えはこれまで一度もなかったからだ。「人民の代表として、〈マルティン・スアレスの家族〉は人質をとり――」

メスネルは片手をあげてゲンをさえぎった。「〈マルティン・スアレスの家族〉？」

指揮官はうなずいた。

「〈真実への道〉ではなくて？」メスネルは声を落とした。

「あんた、われわれのことを〝理性的な〟と言ったじゃないか」侮辱されたことで声をたかぶらせて、アルフレード指揮官は言った。「何を考えてるんだ。〈真実への道〉の連中が話し合いに応じるとでも思ってるのか。女を解放するとでも思ってるのか。わたしは〈真実への道〉のやつらを知っている。あそこでは、価値のないやつは射殺されるんだぞ。われわれが誰を射殺した？　われわれは人民の役に立とうとしている。わかるか」彼がメスネルのほうへ一歩近づくと、メスネルは相手の意図に気づいたが、ゲンが二人のあいだにすっと割りこんだ。

「われわれは人民の役に立とうとしている」ゲンは落ちついた口調でゆっくりと通訳した。そのあとの「わかるか」は重要ではないので省略した。

メスネルは自分の勘違いを詫びた。単純な勘違い。この組織は〈真実への道〉ではなかったのだ。安堵で笑みがこぼれそうになるのを必死に抑えなくてはならなかった。「人質の第一陣が解放されるまでに、どれぐらい時間がかかりますか」

アルフレード指揮官には答えられなかった。歯をぎりっと噛みしめた。いちばん無口なエクトル指揮官までが、サヴォヌリー絨毯に唾を吐いた。イシュマエルが二枚の布巾《ふきん》に角氷をどっさり包んで戻ってきた。キッチンに氷が大量にストックされているしるしだった。ベンハミン指揮官が包みのひとつを彼の手から叩き落としたため、透明なダイヤのような氷が絨毯に落ちてころがっていった。近くにいた者はみんな、氷を拾って口に放りこんだ。イシュマエルはすくみあがり、残った包みを軽いお辞儀とともに副大統領にあわててさしだした。ルーベンは必要以上の注意は惹かないようにするのがいちばんだと思いながら、会釈を返した。ほんの些細なことがきっかけで、横っ面にまたも銃を叩きつけられることになりかねない。氷を顔にあて、痛みにたじろぎ、冷たさがもたらす深い深い喜びに浸った。

ベンハミン指揮官は咳払いをして、落ちつきをとり戻した。「いまから人質を分ける」と言った。まず、部下たちに命令を下した。「見張りにつけ。油断するな」壁ぎわの少年たちは脚をすっと伸ばし、銃を胸で構えた。「全員、立て」指揮官は言った。

「みなさんにお願いします」ゲンが日本語で言った。「いまから立っていただきます」テロリストたちが人質の発言を禁じていたとしても、ゲンだけは例外だった。ゲンは思いつくかぎりの言語でいまの言葉をくりかえした。セルビア・クロアチア語や広東語といった、含める必要のないのがわかっている言語までも使った。言葉を口にするだけで心がなごんだし、誰も止めようとしなかったからだ。「立て」というのは、そもそも、通訳を必要とするメッセージではない。人間はある種のことに関しては羊のようにふるまうものだ。誰かが立ちはじめれば、あとの者もそれに続く。

みんな、身体がこわばってぎくしゃくしていた。わざわざ靴をはこうとする者もいたし、靴のことなどすっかり忘れている者もいた。片足を床に軽く叩きつけて、鈍ってしまった感覚をとり戻そうとする者もいた。誰もが神経質になっていた。立ちあがることだけが望みだと、ずっと思っていたのに、いざこうやって立ってみると不安だった。姿勢の変化が吉よりも凶と出るような気がしてならなかった。立ちあがったことで、射殺される危険が増したのだ。

「女は部屋の右端に、男は左端に立て」

ゲンはみんながどこの国から来ているのか、誰が通訳を必要としているのか、はっきりわからぬままに、いくつもの言語でその命令をくりかえした。彼の声は鉄道の駅や空港で人々の頭上に流れるアナウンスにも似て、心をなごませる淡々とした響きにあふれていた。

しかし、男も女もすぐに分かれようとはしなかった。代わりに、相手の首に腕をまわしてぴったり抱きあった。何年も前からこうして抱きあうことをしなくなっていた男女が、人前でこうして抱きあったことはたぶん一度もなかったであろう男女が、熱い抱擁《ほうよう》に身を委ねた。ぐずぐずと長びいたパーティのようなものだ。音楽がやみ、ダンスも終わったのに、幾組もの男女が抱きあったままじっと立っている。唯一のぎごちない組み合わせはロクサーヌ・コスと伴奏者だった。彼の腕に抱かれたロクサーヌはひどく小柄で、子供といってもいいほどだった。抱かれることを望んでいる様子ではなかったが、よく見てみると、彼女のほうが伴奏者を支えていた。伴奏者がロクサーヌにぐったりもたれかかっていて、彼女の苦しげな表情から、与えられた重みに耐えきれないことが見てとれた。ホソカワ氏は彼女の苦難に気づいて（妻が東京の家で安全に暮らしている彼には、抱擁する相手がいないため、さっきからそちらを見ていたのだ）伴奏者を腕に抱きとり、自分よりはるかに大柄な男を暖かな日のコートのように肩にかけた。軽くよろめいたが、ロクサーヌの顔にあふれた安堵を見れば、苦にもならなかった。

「ありがとう」彼女は言った。

「ありがとう《サンキュー》」彼はくりかえした。

「この人のこと、お願いできます？」彼女が頼んだそのとき、伴奏者が顔をあげ、体重の一部を自分自身の足にかけた。

「ありがとう《サンキュー》」ホソカワ氏はおだやかにくりかえした。

パートナーのいない男はほかにもたくさんいて——ほとんどがウェイターだったが——この瀕死の白人《グリンゴ》を彼女の肩からひきはがしたのが自分だったらよかったのにと誰もが思いつつ、ホソカワ氏を助けるために進みでて、みんなで力を合わせ、足をひきずりながら、饐《す》えた臭いのする男を部屋の左側まで運んでいった。男の金髪の頭がぐらぐら揺れていて、首が折れたのではないかと心配になるほどだった。ホソカワ氏は一人残されたロクサーヌのことを思って胸を痛め、ふりむいてみた。彼女が自分を見つめていると思いたいところだったが、彼女がじっさいに見ていたのは、ホソカワ氏の腕にもたれかかっている伴奏者だった。彼とのあいだにこうして距離ができると、ロクサーヌにも、その容態がいかに悪化しているかがはっきり見てとれた。

いま、情熱的な数多くの別れを目の前にして、ホソカワ氏は妻をこの国に連れてこようとは考えもしなかったことを、しみじみ思いかえしていた。二人一緒に招待されていることは妻には黙っておいた。ビジネス会議に出るのだと告げ、彼のためにひらかれる誕生パーティのことは内緒にしておいた。妻はいつも娘たちと留守番するというのが、二人のあいだの暗黙の合意になっていた。夫婦で旅行することはなかった。この合意がいかに賢明なことかを、彼はいま痛感していた。不快さと、おそらくは危害からも、妻を遠ざけたのだ。妻を守ってやったのだ。だが、それでも、妻と自分がいまここで一緒に立っていたらどうふるまっただろうと思わずにいられなかった。相手から離れるように言われたら、大きな悲しみに包まれただろうか。

長い時間に思われたが現実には一分にも満たないあいだ、シモン・ティボーと妻のエディットは一言も言葉をかわさなかった。やがて、妻にキスをされて、シモンは言った。

「きみが外に出られると思うとうれしいよ」その言葉はなんであってもかまわなかった。何を言おうと変わりはなかっただろう。彼は二十年間の結婚生活を思いかえしていた。愛を理解することもなく妻を愛してきた歳月を。これはそんな自分への罰なのかもしれない。無駄にすごした歳月への。いとしいエディット。彼女は肩にかけていた軽いシルクのスカーフをはずした。シモンはそれをねだるのをいままで忘れていた。目のさめるようなブルー、国王の晩餐の皿と、神に見捨てられたこのジャングルに棲息する小鳥たちの胸毛に使われているブルー。妻はスカーフを驚くほど小さく丸めて、待ち受ける夫の手に押しつけた。

「バカなまねはしないでね」彼女は言った。妻の別れぎわの頼みだったので、シモンはぜったいにしないと誓った。

だいたいにおいて、人質の別れは行儀がよかった。銃で脅してひき離す必要のあるカップルは一組もいなかった。ついに時間切れだと悟ったところで、男と女は二つに分かれた。あたかも、複雑な舞踏曲がもうじき始まって、すぐまた一緒になり、分かれ、相手を変え、パートナーを見送ってもふたたび自分の腕のなかにとり戻せると思っているかのように。

メスネルが財布から名刺の束をとりだして、指揮官たちに一枚ずつ、ゲンに一枚、副大統領にも念のために一枚渡し、残りはコーヒーテーブルに置いてある皿に入れた。「わたしの携帯電話の番号が書いてあります」と言った。「わたし専用の電話です。わたしと話したいときは、この番号にかけてください。現在、この屋敷にいつでも電話がつながるようにしてあります」

一人一人が戸惑いを感じつつ、名刺を見つめた。彼の口調は人々をランチに誘っているかのようだった。事態の深刻さを理解していないかのようだった。

「何か必要な品が出てくるかもしれません」メスネルは言った。「外の誰かと話したくなるかもしれません」

ゲンは軽く頭を下げた。本当ならメスネルに向かって腰のところまで頭を下げ、この屋敷に入ってきてくれたことへの、みんなを助けるために自分の命を危険にさらしてくれたことへの謝意を示すべきだったが、よその国の人間には理解できないだろうと思ったのだ。そこへホソカワ氏がやってきて、皿の名刺をとり、メスネルと握手してから、顔が床につくぐらい深々とお辞儀をした。

そのあと、ベンハミン、アルフレード、エクトルの三指揮官が男たちのところへ行き、そのなかから、使用人――ウェイター、コック、掃除係――を選びだして女たちのほうへ移らせた。革命によって労働者を解放するのが究極の目的なのだから、彼らを人質にするつもりはなかった。つぎに、重病人はいないかと尋ね、その質問をゲンに数回くりかえさせた。心臓が悪いと言って誰もが騒ぎたてただろうと思いたいところだが、人々は驚くほど静かだった。かなりの高齢者が何人か足をひきずって進みでた。ハンサムなイタリア男性が医療IDブレスレットを見せて、妻の腕のなかに戻った。嘘をついたのは一人だけで、その嘘はばれずにすんだ。ドクター・ゴメスが、自分は数年前から腎臓を悪くしていて透《とう》析《せき》を受ける時刻をすでにすぎていると説明した。彼の妻は恥ずかしさに顔をそむけた。いちばん具合が悪そうなのは伴奏者で、意識が混濁していて自分から頼みごとができる状態ではなかったので、脇の椅子に寝かせられていた。そこなら誰も彼のことを忘れないだろうから。聖職者たちも立ち去る許可を与えられた。モンシニョール・ローランドは残る者たちの頭上で十字を切ってから——慈愛に満ちたしぐさだ——その場を離れたが、アルゲダス神父は、とくに差し迫った用もないので残らせてほしいと申しでた。

「残る？」アルフレード指揮官が言った。

「聖職者が必要でしょう」神父は言った。

アルフレードはかすかに微笑した。初めてのことだった。「正直なところ、出ていきたいんだろう」

「みんなが日曜日までここにいるとしたら、ミサをあげる者が必要です」

「自分たちで祈るさ」

「お言葉ですが」目を伏せたまま、神父は言った。「残らせてもらいます」

それで決まりだった。モンシニョール・ローランドはなすすべもなく成り行きを見守るしかなかった。すでに女性たちとともに立っていたからだ。その屈辱ゆえに、殺人的な怒りに駆られた。若き神父を片手で絞め殺してやりたかったが、もう手遅れだった。モンシニョールの解放はすでに決まっていた。

副大統領も本来なら病人として解放されてもよかったのだが、自ら願いでる気はまったくなかった。代わりに、高熱でふらつきながら溶けた氷の包みを頬に押しあてたまま、玄関を出てどっしりした門まで行き、人質の解放をマスコミに伝えるよう命じられた。妻のそばにいる暇はほとんどなかった。夫の出世を支えることを自分の生涯の仕事としてきたが、その仕事を夫が投げ捨てるのを見ても文句ひとつ言わない、よくできた妻だった。二人の娘、イメルダとローザのそばにいてやる時間もなかった。二人ともとてもいい子で、この日は一日じゅう横向きに寝たまま、指を使って、彼には理解できない何か複雑なゲームをやっていた。エスメラルダには声をかけずにおいた。感謝をあらわす言葉がなかったからだ。彼女のことが気になった。自分が殺されても、家族は彼女を雇っておいてくれるだろうか。そうあってほしいと思った。すっと伸びた愛らしい背中と、子供たちへの忍耐心を持っているのだから。エスメラルダは小さな石に動物の絵を描くことを子供たちに教え、それらの石から精巧な世界が生まれていた。二階にその石がたくさんある。いずれ自由の身になったら、それを探しにいこう。妻は息子を強く抱きしめていて、やがて、手の圧迫で息子が泣きだした。息子がテロリストに奪われて男性グループへ連れていかれることを妻は恐れていたのだが、ルーベンは妻の指をなでて安心させた。「この子は誰も数に入れやしないよ」と言った。マルコの頭にキスをした。少年っぽい匂いがむせかえる絹のような髪にキスをした。それから玄関へ行った。

この役目にはマスダ大統領より彼のほうが合っていた。大統領はあらかじめ書かれた原稿がないと、何もしゃべれない人間だった。頭は悪くないのだが、臨機応変に動くことができない。おまけにカッとなりやすく、妙なプライドがあって、床の上と玄関を往復するよう命じられたりしたら、堪忍袋の緒を切らしていたことだろう。軽率に何か口走って射殺され、ひいては全員が射殺されることになっていたかもしれない。副大統領はこのとき初めて、マスダがテレビドラマを見るために自宅にいてくれてよかったと思った。おかげで、自分がみんなの召使いとなり、まじめな役を演じて、妻と、わが子と、愛らしい乳母と、有名なロクサーヌ・コスの命を救うことができたのだから。いま彼に与えられた特別な任務は、副大統領の才能にぴったりのものだった。メスネルも出てきて、玄関前の石段に一緒に立った。曇ってきていたが、大気はすばらしく澄んでいた。門の外の連中が銃をおろし、女性たちが遅い午後の陽ざしにドレスをきらめかせながら出てきた。たまたま通りかかった者がいたら、警察やカメラマンさえいなければ、パーティの席ですべてのカップルが喧嘩をして、女性だけが早めに一人で出てくることにしたのだろうと思ったかもしれない。みんな、泣きじゃくっていて、もつれた髪が垂れていた。化粧ははげ落ち、スカートは握りしめた手で持ちあげられていた。ほとんどの女性が靴を手に持つか、屋敷に忘れてくるかしていて、歩道に敷きつめられた泥板岩でストッキングがずたずたになっていたが、そんなことには誰も気づいていなかった。沈みかけている船か、炎上するビルが背後にあるかのようだった。屋敷から遠ざかるとともに、彼女たちの泣き声が激しくなった。そのあとから、自分たちには責任のない悲惨さを目のあたりにして途方に暮れた様子で、わずかな数の男性——使用人と病人——が出てきた。

# 3

状況説明。女性はすべて解放された。ただ一人をのぞいて。

残された女性は列のなかほどにいた。あとの女性たちと同じように、ひらいた玄関の外よりもリビングのほうをふりかえり、一夜だけでなく数年にわたってそこで眠っていたように感じられる床をふりかえっていた。外に出られない男たちのほうを——じっさいに知っている相手は一人もいなかったが——ふりかえっていた。このパーティの主賓であった日本人の紳士だけはべつで、もちろん個人的な知り合いではないが伴奏者に手を貸してくれた人なので、感謝の気持ちを示すために彼を捜しだし、微笑を送った。部屋の奥にかたまった男たちは全員が悲しい目をして、いらいらしながら、足から足へ体重を移していた。ホソカワ氏は彼女に微笑を返し——それは威厳に満ちた小さな答礼だった——頭を下げた。ホソカワ氏一人をのぞいて、男たちの頭からロクサーヌ・コスのことは消えていた。彼女のことも、彼女が歌うアリアのくらくらするほどの高音も忘れていた。まばゆい午後の戸外へ出ていくそれぞれの妻を、もう二度と会えないかもしれないと思いつつ見つめていた。

胸のなかの愛が喉にあふれて、息ができなくなりそうだった。エディット・ティボーが、副大統領の妻が、美しいエスメラルダが出ていった。

ロクサーヌ・コスもドアのすぐそばまで来ていた。たぶん、ドアから五、六人目のところだっただろうが、そのとき、エクトル指揮官が進みでて彼女の腕をとった。とくに攻撃的なしぐさではなかった。どこかへエスコートしようとしたのかもしれないし、列の先頭へ連れていこうとしたのかもしれない。「待て《エスペラ》」指揮官はそう言って、壁のほうを指さした。鉢に入った梨と桃が描かれたマティスの大作のそばに一人で立てというのだ。この絵は国内にたった二点しかないマティスの作品のひとつで、パーティのために美術館から借りてきたのだった。ロクサーヌはとまどって、瞬間的に通訳のほうを見た。

「待って」ゲンは英語でやさしく言った。たったひとつの単語にできるかぎり穏和な響きを持たせようとした。待てといっても、彼女を解放しないという意味ではない。出ていくのが遅くなるだけだ。

ロクサーヌはその言葉を理解し、しばらく考えこんだ。英語で聞いてもなお、本当に待てと言っているのだろうかと疑った。子供のころの彼女は待ったものだった。学校で列にならんでオーディションの順番を待った。だが、この数年、彼女に待てと言った者は一人もいなかった。人々が彼女を待つようになった。彼女のほうは待たなかった。誕生パーティ、ばかげた国、銃、危険といったゴタゴタのなかに、待つことまでが含まれるとは。とんでもない侮辱だ。ロクサーヌが乱暴に腕をふりほどくと、指揮官の眼鏡が鼻からずり落ちた。「あのね」肌に触れる男の手の感触に耐えきれなくなり、彼女はエクトル指揮官に言った。「もうたくさんよ」ゲンは通訳しようと口をひらきかけたが、考えなおした。それに、彼女がまだ話しつづけていた。「わたしは仕事をするために、つまり、パーティで歌うためにここに来て、それをすませたのよ。人質にすべき理由のある人たちと一緒に床に寝るよう言われて、それにも従ったわ。でも、それももうおしまい」伴奏者が身体を丸めてすわっている椅子のほうを、彼女は指さした。「彼は病気なの。わたしがついていなくては」と言った。ただ、それは彼女の主張のなかでもっとも説得力に欠けるものだった。ぐったりと前のめりの姿勢で椅子にかけ、無風状態の日の旗のように両腕を脇にだらっと垂らした伴奏者の姿は、病人というより死人に近かった。ロクサーヌが話しはじめても、顔をあげようともしなかった。列の動きが停止し、自由の身になって出ていこうとしていた女たちまでが足を止めて、ロクサーヌの言っていることが理解できるかどうかにはかかわりなく、彼女のほうを見つめた。ロクサーヌ・コスがいまこそ出ていくときだと思ったのは、不安定なこの一瞬、言葉が通訳される前の避けがたい沈黙の一瞬のあいだだった。彼女は軽やかに身をひるがえし、大きくひらいて待ち受けている玄関ドアのほうへ歩を進めた。エクトル指揮官が手を伸ばして彼女を止めようとし、腕をつかみそこねたので、髪をむんずとつかんだ。こういう髪をした女はすぐにつかまってしまう。何本かのやわらかな長いロープにつながれているようなものだ。

つづけざまに三つのことが起きた。その一、リリック・ソプラノのロクサーヌ・コスが透明な高い声をあげた。驚きと、髪をひっぱられて首ががくっとのけぞった瞬間の痛みが溶けあって生まれたような声だった。その二、パーティに招かれた客が（伴奏者を例外として）一人残らず進みでて、反乱の瞬間がきたことを明白にした。その三、下は十四歳から上は四十一歳までのテロリストのすべてが、手にしていた銃の撃鉄を起こし、カチッという大きな金属音をきっかけに、たったひとコマに編集されたフィルムのごとく全員が静止した。部屋じゅうがじっと待ち、時間が止まり、やがて、ロクサーヌ・コスはドレスの乱れを直そうともせず、髪に手をふれようともせずに、まわれ右して、一枚の絵の横に立った。それはどう見ても二流の作品だった。

そのあと、指揮官たちが小声で相談を始め、兵士たち——小さなゲリラたち——までが身を乗りだして、それを聞きとろうとした。指揮官たちの声が混じりあっていた。〝女〟という言葉が聞こえ、つぎに、〝けっして〟〝同意〟という言葉が聞こえた。やがて、指揮官の一人が低い困惑した声で〝あの女は歌える〟と言った。三人が頭を寄せあっていたため、誰が言ったのかはわからなかった。三人の誰であってもおかしくなかった。ここにいる全員の誰であってもおかしくなかった。

人質をとる理由としては、もっとひどいものがいくらでもある。人質にするのは、その人物に価値があるから、金や自由やこちらが求める人物と交換できるだけの価値を持っているからだ。拘束しておく方法が見つかりさえすれば、相手は一種の交換用チップになりうる。ならば、歌という価値によって（誰もがロクサーヌの声の響きに憧れているのだから）人を拘束するのも、同じことではないだろうか。テロリストたちは本来の攻撃目標を手に入れるチャンスがなかったため、代わりのものを奪おうと決めていた。それは、空調ダクトの低くて暗い空間にうずくまるまで、自分がそれを求めていることに生まれてから一度も気づかなかったもの、すなわち、オペラであった。ホソカワ氏が生き甲斐としてきたものを、彼らは手に入れることにしたのだった。

ロクサーヌはあざやかな色の果物を描いた絵のかかった壁にもたれて、一人きりで待ち、くやし涙を流していた。指揮官たちが声をはりあげるなかで、残りの女性が、そして、使用人がぞろぞろ出ていった。男たちは苦渋の表情を浮かべ、若きテロリストたちは銃を構えた姿勢をくずさなかった。椅子のなかでいっとき眠りこんでいた伴奏者が目をさまして立ちあがり、自分の共演者が背後にいることに気づきもせぬまま、厨房スタッフに助けられて部屋から出ていった。

「これで楽になった」さきほどまで人質に埋めつくされていた床を、大きな円を描くようにして歩きながら、ベンハミン指揮官が言った。「やっと息がつける」

室内にいても、解放された人質が盛大な拍手喝采《かっさい》で迎えられているのが聞こえてきた。

庭の塀の向こうでカメラのフラッシュがまばゆく光った。ざわめきのなかで、みんながロックし忘れていた玄関ドアをあけて、伴奏者が戻ってきた。力まかせにドアをあけたため、ドアが壁に激突し、壁の木肌にノブの傷跡が残ったほどだった。テロリストたちはこの乱入者を撃とうとしたが、伴奏者だと気がついた。「ロクサーヌ・コスが外にいない」伴奏者はスウェーデン語で言った。その声は不明瞭で、子音が歯のあいだにひっかかっていた。

「彼女が外にいない！」

呂律がまわっていないため、さすがのゲンもそれが何語かを理解するのにしばらくかかった。ゲンの知っているスウェーデン語はほとんどがベルイマンの映画から仕入れたものだった。学生時代に字幕と音声を比べながら学んだのだ。そのため、彼がスウェーデン語でできる会話はもっとも暗い話題にかぎられていた。「ここにいる」ゲンは言った。

怒りに駆られて伴奏者の健康が一時的によみがえったかに見えた。一瞬ではあるが、土気色だった頰に血が戻ってきた。「女は全員解放されたじゃないか！」彼はトウモロコシ畑のカラスを追い払おうとするかのように両手を宙でふりまわし、急速に青ざめていく唇が唾の泡で明るく光った。ゲンは彼の言葉をスペイン語に通訳した。

「クリストフ、ここよ」ロクサーヌが言って、小さく手をふった。パーティ会場でしばらく離れていただけというような雰囲気だった。

「ぼくが身代わりになる」膝を危なっかしくぐらつかせ、いまにも倒れそうになりながら、伴奏者はわめいた。それは笑いたくなるほど古めかしい申し出だった。ただし、室内のすべての者が承知していたように、彼を求めている者は一人もおらず、全員が彼女を求めていた。

「つまみだせ」アルフレード指揮官が言った。

少年のうち二人が進みでた。これだけ急激で不可解な体調の悪化を示しているのでは逃げられるはずがないと誰もが思っていたのに、伴奏者は少年たちの脇を走り抜け、ロクサーヌ・コスのそばの床にぐったりすわりこんだ。少年の一人が大きな金髪の頭の中心に銃を向けた。

「誤って女を撃つんじゃないぞ」アルフレード指揮官が言った。

「なんて言ってるの!」ロクサーヌ・コスが涙声でわめいた。

ゲンがしぶしぶ通訳した。

誤って。こういう状況下でよくあることだ。殺意はない。弾丸が数インチそれるだけのこと。ロクサーヌ・コスは息を呑み、室内のすべての者を呪った。未熟なテロリストの狙いがそれたために殺されるなどというのは、彼女の望んできた死に方ではない。伴奏者の呼吸が異常なほど速く浅くなった。目を閉じてロクサーヌの脚に頭をもたせかけた。最後の力をふりしぼって怒りを爆発させたために、消耗しきってしまったのだ。たちまち昏睡に陥った。

「やれやれ」ベンハミン指揮官はミスの連続でしかなかった屋敷の占拠のなかでも最大のミスを犯した。「好きにさせてやろう」

指揮官の口からその言葉が出たとたん、伴奏者は前のめりに倒れて薄黄色の泡のようなものを吐いた。ロクサーヌは彼の脚をまっすぐに伸ばしてやろうとしていた。今回は誰も手伝ってくれなかった。「せめて、この人を外へ連れだしてちょうだい」とがった声で彼女は言った。「具合が悪いのがわからないの？」彼の容態が悪化していることは誰の目にも明らかだった。じっとり汗ばんだ冷たい肌をしていて、その色は腐った魚の身のようだ。

ゲンが彼女の要求を通訳したが、無視された。「大統領はいない、オペラ歌手が一人だけ」ベンハミン指揮官が言った。「わたしに言わせれば、ろくでもない交換だ」

「ピアノの伴奏者つきなら、多少は女の価値が高くなる」アルフレード指揮官が言った。

「伴奏者の身代金なんか、一ドルもとれないぞ」

「この女は拘束しておく」エクトル指揮官が静かに言った。それでオペラ歌手の問題にケリがついた。エクトルはいちばん口数のすくない指揮官だが、すべての兵士が彼を恐れていた。あと二人の指揮官ですら、彼の前では神経を遣っていた。

人質はすべて――ゲンも含めて――壁にもたれたロクサーヌと伴奏者の反対側にかたまっていた。アルゲダス神父が小声で祈りをあげてから、彼女の力になろうとしてそちらに進みでた。もとの場所へ戻るようベンハミン指揮官に命じられると、つまらない冗談を言われたかのように、そして、冗談なら罪を犯したことにはならないと言うかのように、微笑して、うなずいてみせた。自分の心臓の高鳴りに、脚を通り抜けて力を奪った恐怖に、神父は驚いていた。もちろん、撃たれることへの恐怖ではなかった。向こうが撃ってくるとは思っていなかったし、撃たれたとしても、それはそれでかまわなかった。彼の恐怖は、釣鐘形をしたスズランの香りと、彼女の髪の温かな金色の光沢からくるものだった。十四の年に自分の心をキリストに捧げ、すべての煩悩《ぼんのう》を背後へ押しやって以来、彼がこの種のことで頭を悩ませたことは一度もなかった。なのにどうして、この恐怖と混乱のさなかに、多くの命が危険にさらされているときに、幸運のもたらす強烈なめまいを感じたのだろう。想像を絶する幸運だ！　副大統領の妻のいとこであるアナ・ロヤに気に入られ、彼女が自分の代わりにとてつもない頼みごとをしてくれて、その頼みがこころよく聞き入れられたおかげで、部屋のうしろに立ち、生まれて初めて、生のオペラを、しかも、そんじょそこらのオペラではなく、万人が認める当代最高のソプラノ歌手ロクサーヌ・コスの歌を聴くことができたのだから。そもそも、彼女がこんな国に来てくれただけでも光栄なことだ。司祭館の地下で簡素なベッドに横たわっていたなら、自分が住んでいるこの街にロクサーヌが一夜滞在していることを思っただけで感動し、奇跡の贈物として受け止めたことだろう。ところが、彼女をじかに見る機会に恵まれ、つぎには運命によって（惨事の前触れかもしれないが、それでもやはり、すべての運命と同じく、これも神の御心であり、神の望みなのだ）いまこの場に居合わせ、不格好に投げだされた伴奏者のひょろ長い手足と格闘している彼女に手を貸すために進みでて、スズランの香りを嗅ぎ、なめらかな白い肌がピスタチオ色のドレスの襟もとに消えるさまを目にできるぐらい近くに寄ることができたのだ。髪が目の上に落ちてこないよう、ヘアピンを何本かさしたままになっているのが見えた。すばらしい贈物。彼にはそうとしか思えなかった。あのような声は神から授かったものにちがいないと信じていたので、自分がいま神の愛のすぐそばに立っていることを実感した。胸の高鳴りも、手の震えも、まさにそれにふさわしいものだった。神のそばにいながら心が愛に満たされないなどということが、どうしてありうるだろう。

　ロクサーヌが彼に笑みを見せた。やさしさにあふれた、だが、いまの状況にぴったりの笑みだった。「どうしてわたしを解放してくれないのか、あなたはご存じ？」と小声で訊いてきた。

　彼女の声の響きを聞いて、神父は初めて失望の波に襲われた。彼女への失望ではなく、自分自身に対する失望だった。英語。英語を学ぶことが大切だと誰もが言っていた。観光客はどんな英語を口にしていただろう。「楽しい一日を《ハヴ・ア・ナイス・デイ》」？　しかし、これがとんちんかんな返答だったらどうしよう。気分を害されたらどうしよう。何かを求めているのかもしれない。カメラのフィルムとか、道案内とか、もしかしたら、お金とか。彼は祈った。最後に、悲しい思いで、自分に理解できる唯一の単語を口にした。「英語」

「ああ」ロクサーヌは同情の面持ちでうなずくと、自分のやっていたことに注意を戻した。二人で伴奏者の手足の位置を直し、すくなくとも楽そうに見えるようにしてから、アルゲダス神父は自分のハンカチをとりだして、淡く光っている嘔吐《おうと》物を拭きとった。医学の知識があるふりをしようなどとは思ったこともないが、病人を見舞うのに膨大な時間を費やしてきたし、彼のおこなってきた秘蹟はほとんどが終油の秘蹟だったので、その二つの体験から、あれだけ美しいピアノを聴かせてくれたこの男には病者の塗油の秘蹟より終油の秘蹟のほうがふさわしいことを認めざるをえなかった。「カトリック？」神父は伴奏者の胸に手を触れて、ロクサーヌ・コスに訊いた。

ロクサーヌは自分のためにピアノを弾いてくれていた男が神との関係を持っているのかどうか、まったく知らなかった。ましてや、その関係がどの教会を通じて築かれたものなのか、知るはずもなかった。肩をすくめた。すくなくとも、神父とそれぐらいの意思の疎通はできた。

「カトリカ？」神父はまったくの個人的な好奇心からそう尋ね、礼儀正しく彼女を指さした。

「わたし？」ロクサーヌはドレスの胸に手を触れた。「ええ」それから、うなずいた。

「シ、カトリカ」たった二つの簡単な単語だったが、スペイン語で答えられたことが誇らしかった。

返事を聞いて神父は微笑した。伴奏者に関しては〝もし死が迫っているのなら〟〝もしカトリックなら〟という二つの大きな〝もし〟がついている。だが、魂の永遠の休息という問題がかかわっているのなら、慎重を期すよりも、過ちを犯したほうがまだましだ。ユダヤ教徒に終油の秘蹟をおこなって、そののちに彼が快復したとしても、彼の時間をすこし奪ったというほかにどんな被害があるだろう。しかも、今回は政治がらみの事件で人質にされた意識不明の男が相手なのだ。神父はロクサーヌの手を軽く叩いた。子供の手のようだ！　白くて、やわらかくて、手の甲が丸みを帯びている。指のひとつに、氷のようなきらめきを放つダイヤに囲まれた、ウズラの卵ほどもある濃い緑色の宝石がはまっていた。ふだんなら、こういう指輪をはめた女性たちを見れば、貧しき者のために寄付してくれればいいのにと思うだけだが、今日の彼はこういう指輪を彼女の指にそっとはめる瞬間の喜びを想像していた。不埒な考えであることは百も承知で、額に冷や汗がにじむのを感じた。しかも、ハンカチはなかった。「ちょっと失礼」とことわって、指揮官たちのところへ話をしにいった。

「あそこにいる男ですが」アルゲダス神父は声をひそめた。「まちがいなく死にかけています」

「死にかけてなどいない」アルフレード指揮官は言った。「女を外へ連れて出ようと企んでるんだ。死にそうなふりをしているだけだ」

「そうは思えません。脈拍、肌の色」神父は肩越しにふりかえった。その視線が、グランドピアノと、パーティのために活けられてからずいぶんになる百合とバラの巨大な花束を通り越し、絨毯の端に何かが大量にこぼれたような格好で伴奏者が横たわっている場所にたどりついた。「ふりをするのが不可能なこともあります」

「やつは残ることを選んだんだ。玄関の外へ出してやったのに、勝手に戻ってきた。死にかけている男のすることではない」アルフレード指揮官は顔をそむけた。手をさすった。指をなくしてから十年になるのに、いまだにうずくことがある。

「待つように言われた場所に戻れ」ベンハミン指揮官が神父に命じた。人質の半数がいなくなったので、問題の半分が解決したような気がして、はかない安堵のひとときを楽しんでいたところだった。はかない一瞬であることはわかっていたが、それを楽しむための静かな時間がほしかった。部屋が広々として見えた。

「終油の秘蹟をおこなうために、キッチンから油をとってきたいのですが」

「キッチンはだめだ」ベンハミン指揮官が頭をふりながらいった。若き神父に無礼な態度をとろうとして、煙草に火をつけた。神父も、伴奏者も、出ていくよう命じられたときに出ていけばよかったのだ。人質として残るかどうかは、当人の決めることではない。神父に無礼な態度をとったことはほとんどなかったので、小道具として煙草が必要だった。マッチをすり、それを絨毯に落とした。煙を神父の顔に吹きつけたかったが、さすがにできなかった。

「油がなくてもできます」アルゲダス神父は言った。

「終油の秘蹟など必要ない」アルフレード指揮官が言った。「死にはしないんだから」

「わたしは油を頼んだだけです」神父は丁重に言った。「終油の秘蹟の許可を求めたわけではありません」

どの指揮官も、彼を押しとどめ、殴りつけ、兵士の一人に命じて彼の背中に銃をつきつけさせ、列に戻らせたいと思ったが、そこまで踏みこむことは誰にもできなかった。それは教会の力か、周囲から恋人だと思われている男の上にかがみこんだオペラ歌手の力か、どちらかのせいだった。アルゲダス神父はロクサーヌ・コスと伴奏者のところに戻った。彼女は伴奏者のシャツのいちばん上のボタンをはずして、胸の鼓動を聴いていた。ロクサーヌの髪が伴奏者の首筋と肩にこぼれていた。伴奏者に意識があれば、それを知って有頂天になったことだろうが、彼女の力をもってしても意識は戻らなかった。神父の力をもってしてもだめだった。アルゲダス神父は彼のそばにひざまずき、終油の秘蹟の祈りをあげはじめた。祭服とローブを身にまとい、儀式のための油と美しいロウソクがあればもっと荘厳だっただろうが、簡素な祈りだけのほうが神に近づけるような気がした。伴奏者がカトリックであればいいのだがと思った。大きく広げられたキリストの腕に向かって、その魂が飛翔していくことを願った。

「慈悲深き父なる神は御子の死と復活を通じて人々を救い、罪の赦しのためにわたしたちのあいだに聖霊をお遣わしになりました。教会を通じて、神があなたに赦しと平和を与えてくださいますように」アルゲダス神父はこの男に対して、あふれんばかりのやさしさを、息苦しいまでの愛の絆を感じた。この男はロクサーヌのためにピアノを弾いてきた。来る日も来る日も彼女の歌声に耳を傾け、それによって、彼という人間を作りあげた。神父は深い誠意をこめて、「あなたの罪を赦します」と血の気の失せた耳にささやきかけた。たしかに、伴奏者が犯したかもしれないあらゆる罪を心から赦す気になっていた。「父と子と聖霊の名において」

「終油の秘蹟なの？」ロクサーヌ・コスはそう尋ね、彼女のために疲れを知らぬ働きを続けてきたじっとりと冷たい手をとった。言葉が理解できなくとも、カトリックの儀式だったら、どこにいてもそれとわかる。これはどう考えてもいい徴候ではなさそうだ。

「贖罪という聖なる神秘によって、全能の神が現世と来世の罰のすべてからあなたを解放してくださいますように。あなたのために天国の門をひらき、永遠の喜びのなかへあなたを迎えてくださいますように」

ロクサーヌ・コスは呆然としていた。まるで催眠術師が目の前で懐中時計を揺らしているが、指をパチッと鳴らすところまではいっていないかのようだった。「すばらしいピアニストだったわ」と言った。一緒に祈りたかったが、正直なところ、祈りの文句を思いだすことはもうできなかった。「時間に几帳面だったし」とつけくわえた。

「主にお願いしましょう。慈悲の愛をもってわれらが兄弟のもとを訪れ、この聖なる塗油を通じて救済をお与えください、と」アルゲダス神父は親指を自分の舌にあてた。濡れたものが必要だが、ほかに何も思いつけなかったからだ。伴奏者の額にその指をつけて言った。「この聖なる塗油を通じて、愛と慈悲にあふれた主が聖霊の恩寵をもってあなたを助けてくださいますように」

ロクサーヌ・コスの目に、祈りの文句を暗記しようとする自分のそばにのしかかるように立っている尼僧たちの姿が浮かんできた。その腰にぶら下げられた紫檀《したん》のロザリオが目に浮かび、その息にまじったコーヒーの匂いと、尼僧服の生地にこもったかすかな汗の臭いが漂ってきた。シスター・ジョウン、シスター・メアリ・ジョゼフ、シスター・セリーナ。一人一人を思いだせるのに、祈りの文句は一言も出てこない。「わたしたち、リハーサルのあとでときどき、サンドイッチとコーヒーを注文したものだったわ」ロクサーヌは言った。もっとも、神父には彼女の言葉の意味が理解できなかったし、伴奏者にはもはや彼女の声は聞こえなかった。「それから、しばらくおしゃべりするの」伴奏者は彼の子供時代の話をしたものだった。スウェーデン生まれ？　それとも、ノルウェー？　冬はきびしい寒さだが、そこで生まれ育っているので、寒さをとくに意識したことはなかったという。ボール遊びは母親が全面的に禁じていた。彼の手のことをとても心配していたからだ。

ピアノのレッスンに大金を投じてきたのだから。

アルゲダス神父は伴奏者の手にも塗油をおこなった。「あなたを罪から解放してくださった主が、あなたを救い、天国に迎えてくださいますように」

ロクサーヌは彼の美しい金色の髪を手にとり、指にからめた。髪には生気がなかった。若くしてこの世を去った人物の髪のように見えた。正直なところ、彼女は伴奏者をうっとうしく思っていた。以前は何ヵ月にもわたって、なごやかに音楽活動を続けてきた。彼は自分の音楽を知っていた。その演奏には情熱がこもっていたが、彼女より目立とうとすることはけっしてなかった。物静かで、控えめで、彼のそんなところがロクサーヌは気に入っていた。それ以上親しくなろうとは思わなかった。彼にはなんの関心もなかったので、もっと親しくすべきかどうかと迷ったことすらなかった。やがて、今回の旅に彼も同行することになった。飛行機の車輪が滑走路を離れるやいなや、伴奏者はロクサーヌの手を握りしめ、以前から胸に抱いていたせつない愛の重荷を打ち明けた。知らなかったのか？ずっときみのそばにいて、きみが歌うのを聴いていたのに。伴奏者は彼女のシートに身を寄せ、その胸に耳を当てようとしたが、彼女はそれを押し戻した。十八時間のフライトのあいだ、たえずそれがくりかえされた。ホテルに向かうリムジンのなかでもそうだった。伴奏者は子供のように懇願し、涙を見せた。彼女がこれまでのリハーサルに着た服をひとつ残らず挙げてみせた。リムジンの窓の外を、木の葉や蔓《つる》植物の鬱蒼《うっそう》たる壁がすごいスピードで通りすぎていった。わたしはどこへ行こうとしているの？　彼が一本の指をすべらせてスカートにさわろうとしたので、彼女は手の甲でそれを払いのけた。

ロクサーヌは頭を垂れ、目を閉じて、彼の髪をひと房はさんだまま両手を握りあわせた。「祈りはそれだけですばらしいものです」シスター・ジョウンはそう言っていた。ロクサーヌの大好きなシスターで、まだ若く、なかなかの美人だった。デスクの引出しにいつもチョコレートが入っていた。「あなたが望むものとは一致しないこともあります。でも、いずれそれを賛美することになるでしょう」シスター・ジョウンはよく、集会の前に子供たちのために歌うよう、ロクサーヌに頼んだものだった。シカゴの厳冬のさなかであっても、《マリアさま、あなたに花の冠を》という歌を。

「この人、いつもシカゴの話を聞きたがったわ。わたしはシカゴで育ったのよ」ロクサーヌはつぶやいた。「オペラハウスの近くで育つのがどういうものか、知りたがっていた。こう言ってたわね――イタリアで暮らすと、よそへ行く気がしなくなる。北欧のあの冬を耐え忍ぶことはもうできない」

アルゲダス神父は顔をあげて彼女を見つめ、何を言っているのか推測しようと必死になった。告解だろうか。祈りだろうか。

「食べものが悪かったのかしら」ロクサーヌは言った。「アレルギー性のものがあったのかもしれない。こちらに来る前から具合が悪かったのかもしれない」そういえば、彼はずっと以前からの知り合いではなかった。

しばらくのあいだ、三人とも静かになった。伴奏者は目を閉じ、オペラ歌手と神父はその閉じた目を見おろしていた。やがて、ロクサーヌ・コスが何かを思いつき、ためらうことなく伴奏者のポケットに手を伸ばして、財布とハンカチとミントの包みをひっぱりだした。財布の中身を調べてから下に置いた。パスポートが入っていた。スウェーデン。ロクサーヌが彼のズボンのポケットに手を深くすべりこませると、アルゲダス神父が祈りを中断して彼女を見つめた。ポケットのなかから、キャップをかぶせた使用ずみの皮下注射器と、ゴムの蓋がついたガラスの小瓶が出てきた。小瓶はからっぽで、底に一滴か二滴残っているだけだった。インシュリンだ。インシュリンが切れてしまったのだ。本来なら、真夜中までにホテルに帰れる約束になっていた。一回分以上のインシュリンを用意してくる必要はどこにもなかった。ロクサーヌはこの重大な証拠品をてのひらにのせて、すばやく立ちあがった。アルゲダス神父が顔をあげて見守るなかで、指揮官たちのところへ飛んでいった。「糖尿病《ダイアビーティズ》！」と叫んだ。どの言語でも、発音はほぼ同じに決まっている。こうした医学用語はラテン語から派生したもので、全員が理解できる一本の木のようなものだ。彼女は男たちのいる壁のほうへ顔を向けた。誰もが彼女を見つめていて、まるで今宵もオペラ鑑賞の一夜であり、今日の演目は、伴奏者の悲劇的な死を描く《悲しきピアノ》とでもいうかのようだ。

「糖尿病」ロクサーヌはゲンに言った。

ゲンは神父に協力したいと思っていたので、ここで前に進みでて、指揮官たちが通訳なしでも理解したにちがいないことを説明した。「あの男は糖尿病性の昏睡に陥っています。まだ息があるのなら、彼を救うのに必要な薬が外のどこかにあるはずです」指揮官たちは伴奏者の様子を見にいき、ベンハミン指揮官は大理石の暖炉に自分の煙草を放りこんだ。その暖炉はかなり大きな子供が三人入れるぐらい広かった。事実、副大統領の三人の子供も、暖炉の灰が捨てられて掃除が終わると、そこにみんなでもぐりこみ、魔女に食べられてしまうふりをしたものだった。アルゲダス神父は正式な祈りを終えて、いまは両手を組み、頭を垂れて、伴奏者のそばにひざまずいているだけだった。あの世に旅立った彼が神の永遠の愛のなかに慰めと喜びを見いだしてくれるよう、無言で祈っていた。

目をあけた神父は、自分と伴奏者がもはや二人きりではないことを知った。周囲に集まった人々に、アルゲダス神父はおだやかな笑みを見せた。「わたしたちをキリストの愛から引き離すことが誰にできるでしょう」説明の代わりにそう言った。

ロクサーヌ・コスが床にくずれ落ちたとき、淡い緑のシフォンのドレスが四月の風にそよぐ新緑の葉のようにふわりと広がったその姿は、さながら一幅の絵であった。母親にそれはそれは大切にされてきた彼の手を、自分の前でシューマンの歌曲を疲れも見せずに何時間も弾きつづけた手を、ロクサーヌは両手で包みこんだ。手はすでに冷たくなり、何時間ものあいだすぐれなかった顔色は、目のまわりが黄色味を帯び、唇の近くが淡い紫色に染まって、短時間のうちによけいひどくなっていた。ネクタイはすでにはずされ、シャツのボタンも同じくはずされていたが、黒の燕尾服と白のチョッキは身につけたままだった。演奏用の装いのままだった。ロクサーヌが彼をいやな男だと思ったことは一度もなかった。すばらしいピアニストだった。飛行機のなかで二人きりになったとたん、彼が胸の想いを打ち明けてきたことだけが、彼女の気分を害していたが、彼が亡くなったいまとなっては、それすら許せそうな気がしていた。

男たちはみな壁ぎわを離れ、リビングの反対側までやってきて、テロリストの一団と肩を触れあうようにして立っていた。さっきまでは、誰もが伴奏者に反感を持ち、あんな華麗なピアノ演奏ができるとは運がよすぎる、ほかの男からロクサーヌ・コスを守ろうとする態度が生意気すぎると思っていた。だが、彼が死んだとたん、みんながその死を悼《いた》んだ。彼は結局、彼女のために死んだのだ。部屋の反対側での、彼らに理解できない言語による一幕ではあったが、話の展開は誰の目にも明らかだった。伴奏者は自分が糖尿病であることを彼女に隠していた。自分の命を救ってくれるインシュリンを要求するよりも、彼女のそばにいるほうを選んだ。哀れな伴奏者、われらの友。彼はみんなの仲間になった。

「くそ、死んでしまった！」ベンハミン指揮官は両手をあげた。そう思っただけで持病の帯状疱疹が悪化し、その痛みときたら、顔面の神経の末端を焼けた針で縫い合わせられているかのようだった。

「誰だっていずれは死ぬ」アルフレード指揮官が冷たく言った。彼自身、自分では思いだせないぐらい頻繁に死に直面してきた。腹に銃弾を食らって危うく死ぬところだった。それから半年もしないうちに指を二本吹き飛ばされ、去年は首のすぐ脇を弾丸が通りすぎていった。

「われわれがここにいるのは、この連中を殺すためではない。大統領を拉致して逃げるためだ」

「大統領はいない」アルフレードが指摘した。

エクトル指揮官はぜったいに人を信用しないタイプだったので、手をおろし、死んだ男の首筋に自分の細い指を押しあてた。「こいつを撃って、死体を外に出してはどうかな。おれたちがどんな人間かを、外の連中に思い知らせてやるんだ」

ひたすら祈りつづけていたアルゲダス神父が顔をあげ、きびしい目で指揮官たちをにらみつけた。死んだばかりの仲間を撃つという思いつきに、スペイン語のできる人質たちは震えあがった。ロクサーヌ・コスがスペイン語を話せないことをそれまで知らなかった者たちも、いまやそれを確信した。なぜなら、指揮官たちが冒瀆《ぼうとく》的な話をしているあいだも、彼女は顔を両手に埋め、スカートをふわりと広げたまま、同じ姿勢を保っていたからだ。ロタール・ファルケンという名のドイツ人はこの場の状況を漠然とつかむ程度のスペイン語しかできなかったので、人垣のなかをゲンににじり寄り、通訳を頼んだ。

「やるだけ無駄だと伝えてください」ロタールは言った。「傷口からの出血がないのですから。いまここで彼の頭を撃ち抜いても、銃創によって死亡したのでないことはすぐ見抜かれてしまうでしょう」ロタールは〈ヘキスト〉という製薬会社の副社長で、遠い昔に大学で生物学を専攻していた。伴奏者の死に特別胸を痛めていた。インシュリンが会社の主力商品だからだ。インシュリンの製造において、〈ヘキスト〉はドイツのトップに立つ企業であった。ドイツの本社に戻れば、至るところにインシュリンがある。あらゆる種類のインシュリンの無料サンプルが配布を待っている。カチャカチャ音を立てるガラスの小瓶が冷蔵庫にぎっしりならび、誰でも自由に持っていけるようになっている。ロタールがパーティにやってきたのは、〈ナンセイ〉がパーティの主催国にエレクトロニクス工場を建設しようと考えているのなら、〈ヘキスト〉もここでの製造を考えてもいいかもしれないと思ったからだった。彼はいま、インシュリンの欠乏で死んだ男を見つめていた。男の命を救うことはできなかったが、すくなくとも、もう一度殺されるという侮辱から救いだすことはできるだろう。

ゲンはすべてがじっさいよりも陰惨に響くよう配慮して言葉を選び、ロタールの話を指揮官たちに伝えた。ゲンもやはり、哀れな伴奏者が銃弾を撃ちこまれるところを見たくなかったからだ。

エクトル指揮官が銃を抜き、じっと考えこみながらこの光景を見つめた。「ばかばかしい」と言った。

そこでロクサーヌ・コスが顔をあげた。「あの人、誰を撃つ気なの？」とゲンに訊いた。

「いえ、誰も」ゲンは彼女を安心させた。

ロクサーヌは目の下を指で真一文字に拭った。「でも、銃を掃除するわけでもなさそうよ。とうとうわたしたちを殺す気になったのかしら」その声は疲れていて、事務的で、つぎの予定があるのでいまの状況を知っておきたいと言っているかのようだった。

「本当のことを伝えたほうがいいよ」副大統領がスペイン語でゲンにささやいた。「これを阻止できる者がいるとすれば、たぶん彼女しかいないと思う」

ロクサーヌにとって何がいちばんいいことか、彼女に何を告げ、何を伏せておくべきかを決めるのは、本来ならゲンの責務ではないはずだ。ゲンは彼女を知らない。このようなことを彼女がどう受け止めるかもわからない。だが、ロクサーヌは、立って議論中の者が相手の手首をつかむのと同じように、ゲンの足首をつかんでいた。ゲンは自分の足首に触れたこの有名な歌手の手を見おろして、当惑に包まれた。

「英語で！」ロクサーヌは言った。

「連中は彼を撃つことを考えています」ゲンは本当のことを告げた。

「もう死んだのよ」その点に誤解があってはならないと思い、ロクサーヌは言った。

「〝死んだ〟って、スペイン語でどう言うの？」

「ディフントです」ゲンは言った。

「ディフント！」彼女の声は徐々に高い音域へ移っていった。立ちあがった。いずれかの時点で靴を脱ぐという失敗をしてしまったため、男ばかりの部屋のなかで、もともと小柄な女性だったのが、さらに小さく見えた。副大統領でさえ彼女より数インチ高い。だが、ロクサーヌが肩をそびやかし、顔をあげた瞬間、意志の力で大きくなったように見えた。観客から遠く離れたステージに立つ日々が長年にわたって続いたために、自分の声だけでなく全存在を強く印象づけるコツを会得したかのようで、湧きあがる怒りで彼女はいっきに大きくなり、ついに周囲を圧してそびえ立った。「これだけは覚えておいて」指揮官たちに向かって言った。「あの人に弾丸を撃ちこむなら、まずわたしの身体を撃ってからにしてちょうだい」ロクサーヌは伴奏者に申しわけない気持ちでいっぱいだった。べつの席を用意してほしいと客室乗務員に要求したが、飛行機は満席だった。機内で彼をおとなしくさせておくために、ひどく冷たい仕打ちをしてしまった。

ロクサーヌがゲンに指をつきつけると、ゲンはしぶしぶ、彼女の言葉を指揮官たちに伝えた。

ギャラリーのごとく彼らをとりまいていた男たちはこれを聞いて感動した。なんという愛！　彼は彼女のために死んだ。彼女は彼のために死のうとしている！

「あなたたちは女を一人拘束している。世界じゅうの人がその名前を知っているアメリカの女を。わたしを殺せば、かならずや――すべて通訳してくれる？」ロクサーヌは通訳に言った。「神の怒りがあなたたちとその人民にふりかかるでしょう」

ゲンはこれを明瞭に、シンプルに、一語一語通訳していったが、通訳がなくても、室内の者はみな、彼女の言わんとすることを理解していた。イタリア語でプッチーニを歌う彼女を理解するのと同じことであった。

「この人をここから運びだしてちょうだい。お望みなら、玄関先の石段までひきずっていってもいいけど、無傷で故郷へ送り届けてくれるよう、外の人たちに頼んでちょうだい」

ロクサーヌ・コスの額にうっすらと汗がにじみ、炎に包まれたジャンヌ・ダルクのような輝きを彼女に与えていた。言うべきことをすべて言いおえると、彼女は息を吸い、強靭な肺をいっぱいに膨らませてから、ふたたび腰をおろした。指揮官たちに背中を向けて身をかがめ、伴奏者の胸に頭をもたせかけた。その動かぬ胸に体重をあずけているうちに、徐々に落ちつきが戻ってきた。彼の身体が安らぎを与えてくれることに驚き、死んでしまったから好意が持てるだけなのかと考えもした。冷静さが戻ってきたところで、自分の言わんとすることを補強するために、彼に口づけをした。彼の唇は固く抵抗する歯の上でぐにゃっと冷たく感じられた。

人だかりの真ん中からホソカワ氏が進みでて、ポケットに手を入れ、アイロンのかかった清潔なハンカチをロクサーヌに渡した。こんなに不自由な環境に置かれたことが、さしだせるもののほとんどないことが、彼には歯がゆくてならなかったが、彼女はこのハンカチがほしくてたまらなかったのだと言いたげに受けとって、目の下に押しあてた。

「みんな、もとの場所に戻れ」これ以上愁嘆場を見せられてはたまらないと思って、ベンハミン指揮官は言った。暖炉のそばに置かれた大きなウィングバック・チェアのひとつに腰をおろし、煙草に火をつけた。することが何もなかった。本当なら彼女を殴りつけたいところだが、それはできなかった。リビングで暴動が起きるに決まっているし、自分のところの若い兵士たちが彼女を守ろうとして銃をぶっぱなすことがないとも言いきれない。自分でも理解できないのは、なぜ伴奏者に哀れみを感じるのかということだった。アルフレードの言うように、この男だけが死んだわけではない。自分の周囲では毎日のように、知人の半数が死んでいくような気がする。ただ、その連中はさまざまな方法で命を奪われ、虐殺されていて、それが彼の眠りを妨げているのだが、こちらの男は――伴奏者は――静かに死んでいったにすぎない。なぜか、その二つがまったく同じだとは思えない。彼は獄中にいる弟のことを思った。来る日も来る日も冷たく暗い穴ぐらにすわって、死んだも同然の人生を送っている弟。こちらが要求を通して弟の釈放をかちとるまで、あとしばらくのあいだ——たぶん一日か二日でいいから——命を消さずにいてくれるだろうか。伴奏者の死が指揮官を不安にさせていた。救出の手が間に合わなければ、そのまま死んでしまうこともあるのだ。彼は煙草から顔をあげた。「ここから離れろ」人垣に向かって言うと、人々はみなあとずさった。ロクサーヌですら立ちあがり、言われたとおりに遺体から離れた。疲れた表情だった。指揮官は部下たちに持ち場に戻るよう命じた。パーティの客は向こうですわって待つように言われた。

　アルフレードが電話のところへ行き、電話に何ができるのかよくわからないというように、ためらいがちに受話器をとった。戦争行為に携帯電話を含めるべきではない。すべてが軽薄な感じになってしまう。彼はグリーンの野戦服のズボンについている多数のポケットのひとつに手を入れて、名刺をとりだし、メスネルの番号をダイヤルした。病人が、いや、死者が出たので、遺体の回収作業について協議する必要があると、メスネルに告げた。

　伴奏者がいなくなると、大きな変化が訪れた。すべてが変わってしまった。読者はたぶん、つぎのような文章を期待しておられたことだろう。〝百十七人の人質がいなくなると、すべてが変わってしまった〟、もしくは〝自分たちは人質を殺すことが目的でここにいるのではないと、テロリストが言明したいま、すべてが変わってしまったように見えた〟という文章を。だが、じつはそうではなかった。みんながひしひしと感じていたのは伴奏者を失ったつらさであり、妻や恋人を送りだして、豪華なイブニングドレスで出ていく彼女たちを見送ったばかりの男たちまでが、死亡した男のことに思いを向けていた。みんな、彼のことはまったく知らなかった。多くの者が彼をアメリカ人だと思っていた。自分たちの体内ではインシュリンがつねに分泌されているのに、愛する女のそばにいたいがために インシュリンの欠乏で死んでしまった男がいる。自分も同じことをするだろうか、と一人一人が自分の心に問いかけ、たぶん無理だろうという結論に一人一人が到達した。伴奏者はまさに、彼らが若いときに失ってしまった愛の無謀さそのものだった。みんなが理解していなかったのは、大きなソファの隅にすわり、ホソカワ氏のハンカチを手にしてひっそりと涙に暮れているロクサーヌ・コスが伴奏者に恋心を抱いたことは一度もなく、プロの演奏家という枠を離れてつきあったこともほとんどなく、彼が自分の想いをロクサーヌに告白しようとしたときにそれが悲劇的な過ちとなった、ということであった。自分の命をいとも簡単に、いとも愚かにさしだせる愛というのは、いずれも報われることのない愛ばかりだ。シモン・ティボーだったら、エディットへの愛を貫こうとして死んでいくような愚かなまねはけっしてしないだろう。逆に、使えるかぎりの卑劣な手段を駆使して、妻とともに人生を送れるように努力するだろう。しかし、必要な事実のすべてが人々にわかっていたわけではないので、事の真相は誰にも理解できず、人々は伴奏者をじっさいよりも気高く勇敢な男として、自分たちにはとてもできない深い愛情を示した男としてとらえたにすぎなかった。

いまや、すべてがよどんでいた。部屋のあちこちを飾っていた巨大なフラワー・アレンジメントはすでに萎れはじめ、白バラの花弁のふちにごく小さな茶色のしみが出てきていた。エンドテーブルやサイドボードに置かれたグラスに残っているシャンパンは、気が抜けて、生ぬるくなっていた。見張りの若い連中は疲労困憊《こんぱい》していて、何人かは壁にもたれたまま眠りこんで床にずるずるすべり落ちたが、目をさましもしなかった。客たちはリビングにとどまり、たまに小声でしゃべる以外はほとんど黙りこんでいた。ある者はふかふかの椅子で丸くなって眠りについた。見張りの連中の忍耐心を試そうなどという者はいなかった。ソファのクッションをとってきて床で寝ている者もいた。前夜を思いださせる光景だが、いまのほうがずっと快適だった。おとなしくリビングにいて、なるべく静かにして、急な行動は避けるべきであることを、みんなが心得ていた。一人で自由にトイレへ行ったときも、トイレの窓から抜けだそうなどと考える者はいなかった。たぶん、暗黙のうちに紳士協定が結ばれたのだろう。伴奏者の、〝われらが〟伴奏者の遺体に対して、ある種の強制的な敬意が払われ、いまや、彼が定めた基準に恥じない生き方をするために、みんなが努力しなくてはならなくなったのだ。

メスネルは入ってくると、まずロクサーヌ・コスに会わせてほしいと要求した。唇を前よりも細くきびしく結んでいて、気配りを忘れてしまったのか、ドイツ語でしゃべりはじめた。ゲンが椅子から大儀そうに立ちあがり、彼の言葉をみんなに伝えるためにそちらへ行った。ハンカチに顔を埋めたままソファにすわっている女のほうを、指揮官たちが指さした。

「今度こそ、彼女を連れていってもかまいませんね」メスネルが言った。それは質問ではなかった。

「大統領をよこしてくれるのなら」アルフレード指揮官が言った。

「彼女が故国まで遺体に付き添っていくのが当然でしょう」それは彼らが以前に見たメスネルではなかった。床に横たわるよう強制された人質であふれていた部屋、銃で強打された副大統領、武器を持った少年たち——そうした光景は彼を疲れさせただけだったが、いまの彼は怒っていた。部屋じゅうにあふれた銃から身を守るための、上腕部につけた小さな赤十字のマークに怒りを覚えていた。

彼の怒りが指揮官たちから珍しくも忍耐心をひきだしたように見えた。「死んだ者には」エクトルが説明した。「誰が横にすわっていようと、わかりはしない」

「女性全員を解放すると言ったじゃないですか」

「われわれは空調ダクトを抜けてここまでやってきた」ベンハミン指揮官が言い、一瞬間を置いてから、修飾語句をつけくわえた。「モグラのように」

「あなたがたを信頼してもいいのかどうか、確認しておく必要があります」メスネルは言った。ゲンはその声の重みを、軽い小槌《こづち》で太鼓を叩くように一語一語を強調するその話し方を、まねできればいいのにと思った。「そちらが何かおっしゃったとき、わたしはそれを信じてもいいのでしょうか」

「われわれは使用人と、病人と、一人をのぞく女性全員を解放した。その一人がべつの女性だったなら、きみもこうまでこだわりはしなかったろう」

「あなたを信じてもいいのでしょうか」

ベンハミン指揮官はしばらく考えこんだ。片手をあげ、頬をなでようとするかに見えたが、思いとどまった。「われわれは同じ側の人間ではない」

「スイス人は誰の側にも立ちません」メスネルは言った。「スイス人の側に立つのみです」

指揮官たちはメスネルにそれ以上告げるべき言葉を持たなかった。メスネルのほうは、足もとに横たわった伴奏者がまちがいなく死んでいることを確認する必要はまったくなかった。神父がテーブルクロスで遺体をおおったのが、そのままになっていた。メスネルはあいさつもせずに玄関から出ていき、手伝いの男を連れて一時間後に戻ってきた。救急車に備えてあるようなキャスターつきの担架《たんか》が運びこまれた。そこに箱や袋がどっさりのっていて、それらをおろしてから、メスネルと手伝いの男が担架を下に置き、大男をのせようとした。最後は、若いテロリスト数人の助けを借りるしかなかった。死によって、伴奏者の身体はずっしり重くなっていた。まるで、生前にひらいたリサイタルや、はてしなく続いた練習の日々が、この最後の瞬間にことごとくよみがえってきて、彼の胸の上で鉛のかたまりのごとくバランスをとっているかに思われた。ようやく担架にのせられて、ストラップで固定され、テーブルクロスのカットワークの陰から繊細な手を垂らしたまま、伴奏者は運びだされていった。ロクサーヌ・コスはソファのクッションを見つめようとするかのように顔をそむけた。ホソカワ氏は彼女がブリュンヒルデのことを考えているのではないか、恋人の遺体を追って火のなかへ飛びこむための馬を求めているのではないかと思った。

「食料を運んでくるのに、ああいう方法はないと思うね」副大統領はとなりにすわっていた知らない男に言った。もっとも、空腹だったし、袋に何が入っているのか知りたくてうずうずしていたのだが。「二回往復してもよかったと思うよ、死者に敬意を払うために」

遅い午後の陽ざしがリビングの高い窓から斜めにさしこんでいて、ずっしりした黄金の筋を床に描いていた。すばらしい部屋だ——ルーベンは思った——この部屋ですごすとしたら、いまが最高の時間帯だ。暗くなる前に彼が帰宅したことはめったになく、大統領の名代として地方に出たりしていて家に帰らないこともけっこうあった。タオルでくるんであった氷はあらかた溶けてしまい、腕を伝って水がたえず滴り落ちていたため、糊の利いた礼装用のワイシャツの袖はびしょ濡れになっていた。それでも、濡れた冷たいタオルが腫れあがった顔に心地よく感じられた。妻と子供たちは今夜どこで眠るのだろう、国民の人気集めを狙う大統領夫妻から自宅に招かれるだろうか、それとも、護衛に守られたホテルの部屋へ行くことになるのだろうか。いとこのアナの家へ行ってくれればいいのだが。すくなくとも、アナなら妻を慰めてくれるだろうし、子供たちが楽しくすごせるように気を配り、人質にされた話をする娘たちに耳を傾けてくれるだろう。予備のベッドを共有したり、ソファベッドで眠ったりしなくてはならないだろうが、たいした問題ではない。マスダ邸の冷たいゲストルームよりずっとましだ。マスダ邸へ行けば、エスメラルダは使用人の部屋へ追いやられるに決まっている。

部屋の反対側の大きな窓がならんだあたりでは、ゲンとホソカワ氏が日本人仲間から離れてすわっていた。そこには複雑な形の儀礼が存在していて、招かれないかぎり、ほかの者が二人のそばに来ることはなかった。こうした前代未聞の状況においてすら、厳然たる社会秩序が保たれているのだ。ホソカワ氏は人と一緒にいたい気分ではなかった。「すぐれた伴奏者だったな」とゲンに言った。「心ゆくまで聴かせてもらった」この部屋にいる男たちのなかで、ジャケットとネクタイをつけたままなのはホソカワ氏一人だった。ふしぎなことに、彼のジャケットにはしわひとつ入っていなかった。

「彼女に伝えましょうか」

「何を？」

「伴奏者に関する社長の言葉を」ゲンは言った。

ホソカワ氏はロクサーヌ・コスを見た。その顔はいまも髪の陰に隠れたままだった。ロクサーヌがすわっているソファには、ほかにも男が何人かすわっていたが、彼女は明らかに独りぼっちだった。神父も近くにいたが、そばについているわけではなかった。神父の目は閉じられ、唇が無言の祈りの言葉を小さく形作っていた。「いや、彼女にもわかっているはずだ」そう言ってから、ホソカワ氏は自信なさげにつけくわえた。「誰もが彼女にそう言っているにちがいない」

ゲンは自分の意見を無理に押しつけはしなかった。黙って待った。自分の役目はホソカワ氏に助言をすることではない。じっと待って、ホソカワ氏自身に結論を出してもらうのがいちばんだとわかっていた。

「彼女の心を乱さずにすむのなら」ホソカワ氏は言った。「悔《く》やみの言葉を伝えてほしい。あの伴奏者は勇気と才能にあふれた男だ、とわたしが思っていたことを、彼女に伝えてほしい」氏はゲンを真正面から見つめた。二人のあいだではめったにないことだった。

「この死がわたしの責任だとしたらどうしよう」ホソカワ氏は言った。

「そんなこと、ありえませんよ」

「わたしの誕生日だったのだ。二人はわたしのためにここに来た」

「仕事だから、二人はここに来たんです」ゲンは言った。「社長とは無関係です」

ホソカワ氏は五十三歳の誕生日から一日すぎたいま、がっくり老けこんだ顔になっていた。今回のようなプレゼントを受けとるというミスを犯し、そのために人生から何年分もの歳月を奪われてしまったように見えた。「だが、彼女に伝えてくれ。わたしが深い悲嘆に暮れていることを」

ゲンはうなずいて立ちあがり、部屋を横切った。だだっ広い部屋だった。表の堂々たる玄関ホールと、奥のダイニングルームを計算に入れなくとも、リビングだけでかなりの広さがあり、ソファと椅子の置かれたコーナーが三つもあって、リビングのなかにリビングがあるという感じだった。コンサートのために家具は隅のほうに片づけてあったが、残された客たちがなんとか快適にすごそうとして、その家具をすこしずつひきずりだし、ふぞろいな形にならべていた。ここに受付デスクがあれば、大型ホテルのロビーそっくりに見えるだろう。ここにピアニストがいれば……ゲンはそう思ったが、考えないことにした。

ロクサーヌ・コスは独りぼっちだったが、背後のそう遠くないところに、ライフルを胸の近くでかかえた若いテロリストが立っていた。ゲンにも見覚えのある少年だった。初めて床に横たわったとき、ロクサーヌ・コスの手をとったのがこの少年だった。あとの者のことはすべてぼやけてごっちゃになっているのに、どうしてこの子だけが記憶に残っているのだろう。顔のせいかもしれない。繊細で、どことなく知的で、それが強烈な印象を与えている。こうした点に気づいたことに、ゲンは気詰まりなものを感じた。やがて、少年が床に向けていた視線をあげ、ゲンに見られていることを知った。一瞬、二人は見つめあい、たがいにあわてて顔をそむけた。ゲンの胃の奥に奇妙な感覚が生じた。そのおかげでロクサーヌ・コスに話しかけるのが楽になった。この少年とちがって、ロクサーヌには彼を怯えさせるところはなかった。

「失礼ですが」ゲンはオペラ歌手に声をかけた。少年のことを心からふり払った。ゲンがみずからの意志で彼女に近づくことは、一生かかってもなかっただろう。自分の同情と遺憾《いかん》の意を表明する勇気を出すこともできなかっただろう。ちょうど、ホソカワ氏が完璧な英語をしゃべれたとしても、彼女に話しかける勇気がなかったのと同じように。だが、その二人が力を合わせれば、いとも簡単に世界をつき進んでいくことができる。小さな勇気が半分ずつ合体して、ひとつの勇敢な存在に変わるのだ。

「ゲン」ロクサーヌは言った。目を赤く泣きはらしたまま、悲しげに微笑した。ソファから手を伸ばして彼の手をとった。この部屋にいるすべての人々のなかで、彼女がはっきり覚えているのは彼の名前だけで、それを口にすると心が安らいだ。「ゲン、さっきはどうもありがとう。あの人たちを止めてくれて」

「わたしは誰も止めてはおりません」ゲンは首をふった。彼女の口から自分の名前が出たことに驚いていた。その響きに驚いていた。彼女の手の感触に驚いていた。

「いいえ、あなたがそばにいて、わたしの言っていることを彼らに伝えてくれなければ、すべてが無意味になっていたでしょう。女がまたわめきちらしていると思われたにすぎなかったでしょう」

「あなたの意見ははっきり伝わっていましたよ」

「あの人たちが彼を撃つ気だと思ったから……」ロクサーヌは彼の手を離した。

「でも、とにかくよかった」ゲンはそう言ってから、口をつぐみ、よかったと言えることが何かあるかどうか考えようとした。「あなたのお友達が安らぎを得られてよかった。ほどなく祖国へ帰してもらえるでしょう」

「そうね」

ゲンとロクサーヌはそれぞれ、祖国に戻る伴奏者の姿を思い浮かべていた。飛行機の窓ぎわのシートにすわって、この国の上空に浮かんだ雲を見つめている姿を。

「わたしの雇い主であるホソカワ氏から、あなたにお悔やみを申しあげるよう頼まれています。あのピアニストはみごとな才能の持ち主だった、彼の演奏を聴くことができて光栄だった、と伝えてほしいと言われました」

ロクサーヌはうなずいた。「その方のおっしゃるとおりです。クリストフはすばらしいピアニストでした。ふつう、伴奏者に目を留める方はあまりいらっしゃいません。なんてやさしい言葉をかけてくださったんでしょう。あなたの雇い主は」彼女はひらいた手をゲンのほうへさしだした。「その方からハンカチをもらいました」それは小さな白いハンカチで、手のなかで丸まっていた。「くしゃくしゃにしてしまったみたい。こんなのお返ししても、あちらはご迷惑でしょうね」

「もちろん、あなたに持っていてもらうのが氏の望みでしょう」

「お名前をもう一度教えてくださる？」

「ホ・ソ・カ・ワ」

「ホソカワ」ロクサーヌはうなずいた。「その方のお誕生日だったのね」

「はい。その点に関しても、とてもすまながっています。責任感の強い人なので」

「お誕生日だったことが？」

「あなたとお友達が誕生祝いの演奏をするために、ここにいらしたことがです。あなたがこんな災難にあったのは自分のせいだ、とホソカワ氏は思っています。たぶん、あなたのお友達にしても……」ゲンはふたたび口をつぐんだ。露骨にしゃべるのは無神経というものだ。近くで見ると、澄んだ目と長い髪をしたロクサーヌは顔の感じがとても若くて、まるで少女のようだった。だが、すくなくとも自分より十歳は年上で、三十代の後半であることはまちがいない。

「ミスタ・ホソカワに伝えてちょうだい」ロクサーヌは言った。いったん言葉を切って、顔に垂れかかった髪をかきあげ、ヘアピンで留めた。「いえ、それじゃ失礼ね。自分で伝える暇がないぐらい忙しいわけでもないのに。あちらは英語をお話しにならないの？　そう、じゃ、通訳をお願い。わたしたちのなかで、いま仕事を持っているのはあなただけね。あなたにできない言葉なんてあるの？」

そのことを考えただけで、ゲンは口もとをほころばせた。自分がしゃべれない言語をリストにすれば膨大なものになる。「一言もしゃべれない言語がほとんどです」と言った。いま彼が立ちあがると、ロクサーヌ・コスは部屋を横切るために彼の腕に片手をかけた。いまにも気を失いそうな様子で。その可能性はたしかにあった。苛酷な一日を送ったのだから。部屋のそこかしこで男たちが顔をあげ、会話を中断して二人を見つめた。長身の若い日本人通訳がソプラノ歌手に腕を貸して、広々としたリビングを歩いていくその姿を。彼女の手が男の袖口をつかみ、白い指が男の手首にもうすこしで届きそうな光景を目にするのは、なんと奇妙で魅惑的なことだろう。

視線をよそへ向けておこうと努力していたホソカワ氏だが、ゲンがロクサーヌ・コスを連れてやってくるのに気づいたとたん、ワイシャツの襟もとから深紅の色が広がるのを感じ、彼女を迎えるために立ちあがった。

「ミスタ・ホソカワ」ロクサーヌは彼に手をさしだした。

「ミス・コス」ホソカワ氏は頭を下げた。

ロクサーヌが椅子のひとつにすわり、ホソカワ氏がもうひとつにすわった。ゲンはもうすこし小さなべつの椅子を持ってきて、そのまま待った。

「あなたが今回のことに責任を感じていらっしゃると、ゲンから聞きました」ロクサーヌは言った。

ホソカワ氏はうなずいた。心からの誠意をこめて彼女に話しかけた。生涯にわたって親しくしてきた二人のあいだに生まれるたぐいの誠意であった。だが、生涯とはなんだろう。この午後？　この夕方？　テロリストたちが時計をリセットしたため、時間のことはもう誰にもわからなかった。罪悪感という重荷に喉を絞めつけられているいま、多少角《かど》が立っても本音で話したほうがいいと、ホソカワ氏は決心した。この国から幾度も招待を受け、すべてことわってきたが、ロクサーヌ・コスが来ると言われたとたん承知したのだと、彼女に話した。この国に援助の手をさしのべるつもりはまったくなかった。彼女のオペラの熱狂的な賛美者だと告げ、その公演を観た都市の名前をいくつも挙げた。伴奏者の死については自分にも責任の一端があるにちがいないと言った。

「いいえ」ロクサーヌは言った。「ちがうわ。わたしはさまざまな場所で歌っています。こういう個人のパーティで歌うことはめったにありません。率直に申しあげて、それだけのお金を出せる人がほとんどいませんもの。でも、過去にそういう経験がないわけではありません。わたしはあなたのお誕生日を祝いたくてやってきたんじゃないんです。失礼を承知で申しあげると、どなたのお誕生日なのかも覚えていませんでした。しかも、これまでに聞いた話からすると、この人たちが狙っていたのはあなたじゃなくて大統領だったそうですね」

「だが、こうなるきっかけを作ったのはわたしです」ホソカワ氏は言った。

「それとも、わたしかしら。本当はことわろうと思っていました。何回かおことわりするうちに、莫大なギャラを提示されました」ロクサーヌは身を乗りだした。その瞬間、ゲンとホソカワ氏のほうも頭を下げた。「悪く思わないでください。責任はわたしにあるのかもしれません。今回の件に関しては、責任を負うべき者がおおぜいいます。あなたが悪いのではありません」

この瞬間〈マルティン・スアレスの家族〉のメンバーがすべてのドアをあけはなち、銃を投げ捨て、すべての者に出ていくよう命じたとしても、ホソカワ氏がロクサーヌ・コスに許されたことを知った瞬間に感じたものより大きな安堵に包まれることは、おそらくなかっただろう。

伴奏者を運びだすための担架にのせてメスネルが運んできた袋をかかえて、数人の少年兵が人々のあいだをまわり、サンドイッチと缶入りソーダ、ラップにくるまれたチョコレートケーキのスライス、ペットボトルの水を配っていた。ほかに何もなくとも、食料だけは豊富なようで、三人がサンドイッチをひとつずつとると、少年は袋をふってみせて、もっとたくさんとるよう無言で促した。いや、ひょっとすると、ロクサーヌ・コスと一緒にいるおかげで特別扱いされたのかもしれない。

「わたし、夕食の時間まで残されることになりそうね」ロクサーヌはそう言いながら、白い包み紙をまるでプレゼントのようにひらいた。分厚いパンのあいだに肉がはさまれていた。オレンジがかった赤い色はソースのせいか、色の薄い唐辛子のせいだろう。彼女が膝に広げた紙に汁が滴った。二人の男は彼女が食べはじめるのを待ったが、長く待つ必要はなかった。ロクサーヌは飢えたように食べはじめた。「この写真を撮りたがる人たちがいるでしょうね」サンドイッチを持ちあげて言った。「わたし、食事にはすごくうるさいほうなのに」

「非常事態のときはべつですよ」ホソカワ氏が言って、ゲンが通訳した。ホソカワ氏は彼女がサンドイッチを食べるのを見て喜んでいた。悲しみのあまり健康を損ねてしまう危険はなさそうだと見て、ほっとしていた。

ゲンのほうは、しみのついたパンにはさまれている脂《あぶら》でぎとぎとした肉を見て（なんの肉だろう？）、自分がいかに空腹だったかを実感していた。腹ぺこだった。唇にオレンジ色の脂がついてはいないかと気になって、ロクサーヌ・コスとホソカワ氏から顔をそむけた。だが、サンドイッチを半分も食べないうちに、グリーンの野球帽をかぶった少年が彼のところにやってきた。みんな、ようやく、少年たちの区別がつくようになってきていた。この少年はチェ・ゲバラの写真のバッジを帽子につけていた。胸にナイフをかかえた少年もいれば、ほかに、キリストの心臓が描かれた安物の肩衣《スカプラリオ》を喉の上のほうに紐でくくりつけている少年もいた。ひどく大きな子や小さな子などさまざまで、何人かは頰にぽつぽつ髯が生えはじめていたし、ニキビに悩まされている子もいた。ロクサーヌのそばにいるのをゲンが見かけた少年は、聖母に似た華奢な骨格の顔をしていた。さて、いまゲンに近づいてきた少年は、理解するのがひと苦労のたどたどしいスペイン語で、指揮官たちがいますぐ彼に会いたがっていると告げた。

「ちょっと失礼します」ゲンは英語と日本語で言ってから、食べかけの食料を包みなおし、戻ってきたときに無事に残っていることを願いつつ、椅子の下へこっそり押しこんだ。とくにケーキが食べたくてたまらなかった。

エクトル指揮官は鉛筆を使って黄色い便箋《びんせん》にメモをとっていた。自分の書くものについてはきわめて几帳面な男だった。

「名前は？」暖炉のそばの赤いオットマンに腰かけた男に、アルフレード指揮官が尋ねた。

「オスカル・メンドーサ」男はポケットからハンカチをとりだして口を拭った。ケーキを食べおえたばかりだった。

「身分証明書のたぐいは？」

メンドーサ氏は財布をとりだし、運転免許証と、クレジットカードと、五人の娘の写真をさしだした。エクトル指揮官が免許証のデータを書き写した。住所もメモした。ベンハミン指揮官は写真を手にとってじっくりながめた。「職業は？」と尋ねた。

「建築請負業」彼らに住所を知られたことをメンドーサ氏は不愉快に思った。彼の家はここからわずか二、三マイルしか離れていない。ホソカワ氏の今回の訪問の目的はこの国への工場進出にあると聞いていたので、建設工事の入札に参加するつもりでいた。ところが、代わりに床の上で眠り、妻と愛しい娘たちにいつまで続くかわからない別れを告げ、自分が射殺される危険を考えねばならない立場に追いやられてしまった。

「健康状態は？」

メンドーサ氏は肩をすくめた。「きわめて上々だと思うよ。こうしてピンピンしてるし」

「だが、たしかかね？」ベンハミン指揮官は何年も前に帯状疱疹を診《み》てもらいに街へ行ったときの、医者が自分に対して使っていた口調を思いだそうとした。「持病のようなものはないかね？」

メンドーサ氏は腕時計の内部構造について尋ねられたような顔になった。「知りませんよ、そんな」

　ゲンが彼らの背後にやってきて、さらにいくつか質問が続くあいだじっと待っていた。役にも立たない返事をひきだすという点だけが、すべての質問に共通した特徴だった。指揮官たちは人質をもうすこし減らそうとしているのだった。死ぬ危険のある者がほかにもいないかどうか、確認しようとしていた。伴奏者の死で、指揮官たちは神経をぴりぴりさせていた。しばらくのあいだ静まりかえっていた外の群衆が、白いテーブルクロスに包まれた遺体を目にしたとたん、ふたたび騒ぎはじめていた。「ひと・ごろし！　ひと・ごろし！」と叫んでいた。通りのほうから、拡声器を使ったメッセージや要求が集中砲火となって飛んできていた。交渉のまとめ役をとしゃしゃりでてくる連中のおかげで、電話が鳴りどおしだった。もうじき、テロリスト全員に睡眠をとらせなくてはならない。指揮官たちはゲンには理解できない暗号めいた言葉で口論していた。エクトル指揮官が口論を中断して拳銃をとりだし、暖房の上の時計を撃った。人質を半分に減らしたとはいえ、監視の必要な連中がまだまだ多すぎる。指揮官たちは人質のあいだをまわって質問をおこない、返事と氏名をメモしていった。ゲンはスペイン語が通じない場合の通訳をひきうけた。とにかく、指揮官たちが期待をかけているのは外国の連中だった。外国の政府なら外貨で身代金を払ってくれるだろう。指揮官たちは失敗に終わった自分たちの使命を再考せねばならない立場に追いこまれていた。大統領を手に入れるのが無理だとしても、これまでの苦労に対する報奨がほかに何かあるはずだ。室内の人質すべてと話をして、評価とランク分けをおこない、山岳地帯に建つ刑務所から同志を解放するさいにもっとも利用価値が高いのは誰かを見きわめようという計画を立てた。だが、調査のプロセスには科学的根拠が欠けていた。人質たちは質問を受けると、自分の重要性を低く抑えて返事をした。

「いや、正確に言うと、わたしが会社を経営しているわけじゃありません」

「わたしは多数からなる取締役会のメンバーの一人にすぎません」

「外交官なんてポストは、世間で思ってるほど重要なものじゃないんです。義兄の口利きでこうなっただけでして」

積極的に嘘をつこうとは誰も思っていなかったが、真実のへりをつかんでひきずりおろしていた。指揮官がメモをとっていることがみんなを神経質にしていた。

「この情報はすべて、外にいるわれわれの仲間がチェックすることになっている」アルフレードが何度もくりかえし、ゲンがそれをフランス語、ドイツ語、ギリシャ語、ポルトガル語に通訳した。そのたびに〝外にいる彼らの仲間〟という表現に変えた。本来ならば、通訳たるもの、そのような変更を加えてはならないのだが。

ベンハミン指揮官は、いまだ実現に至っていないナンセイ・プロジェクトの出資者になる可能性ありと思われていたデンマーク人に質問をおこなっていたが、途中で顔の左上に焼けるような痛みを感じつつ、ゲンのほうを向いた。「なんでそんなに頭の回転が速いんだ」と、非難めいた口調で言った。まるでこの家のどこかに知性の蓄えがこっそり隠されていて、ゲンがそれを独占しているかのような言い方だった。

ゲンは頭の回転が速いどころか、疲れはてていた。空腹だった。眠りの精が彼に子守歌をうたっていた。サンドイッチの残りが食べたくてたまらなかった。「えっ？」と訊きかえした。静かに寄り添ってすわっているホソカワ氏とロクサーヌ・コスの姿が見えた。通訳がテロリストの雑用に追われて忙しいために、二人だけでは会話ができないのだ。

「いったいどこで何ヵ国語も身につけたんだ」

ゲンは自分の話をすることにはまったく興味がなかった。サンドイッチは椅子の下に無事に残っているだろうか。ケーキは？　自分たちは解放組に入れるだろうかと考え、たぶん無理だと悟って、悲しいあきらめに包まれていた。「大学で」とそっけなく答えて、指揮官から質問を受けていた男のほうへ視線を戻した。

指揮官たちが拘束組と解放組のリストを作成したとき、本来ならば、ゲンは解放組のトップにくるはずだった。身代金がとれる見込みはないし、権力もないのだから。ディナーのためのタマネギをみじん切りにしていた連中と同じ使用人であり、労働者であった。しかし、リストができあがってみると、ゲンの名前はどこにもなかった。どういうわけか、指揮官たちは彼のことなど考えもしなかったのだ。といっても、彼がホソカワ氏を置いて出ていくわけはないのだが。あの若い神父と同じく、残るほうを選んでいただろう。だが、出ていきたいかどうかを尋ねられれば、誰だってうれしいものだ。聞きとり調査が終わって最終的な決定がなされたときは、夜も遅くなっていた。部屋のあちこちでスタンドが灯された。ゲンはリストの写しを作る仕事を命じられた。作戦全体の秘書のような立場になってしまった。

結局、通訳も含めて（ゲンは自分で自分の名前を加えておいた）、三十九人の人質が残ることになった。最終的な数字は四十人になった。アルゲダス神父がまたしても出ていくのを拒んだからだ。兵士十五人と指揮官三人だから、テロリスト一人につき人質がほぼ二人という割合で、それなら無理がないだろうと指揮官たちは判断したのだった。もともとは十八人のテロリストが大統領一人を拉致する予定だったのだから、新たにこの数字に落ちついたのは、これならどうにかやっていけるだろうと考えた結果であった。指揮官たちが望み、最良の策だと思っていたのは、よぶんな人質の解放をすこしずつ進めていくことだった。全員をもう一週間拘束してから、自分たちの要求を通すのと交換に、今回は数人、次回は数人といった具合にすこしずつ解放していくやり方であった。だが、テロリストたちは疲れていた。人質が要求や不満をぶつけてくるからだ。落ちつきのない子供が部屋にあふれているようなもので、その全員を静かにさせ、機嫌をとり、遊んでやらなくてはならない。そんな連中には早く出ていってもらいたかった。

副大統領は部屋を片づけずにはいられなくなった。グラスを集めて大きな銀のトレイにのせていった——そのトレイがメイドの手でダイニングルームの食器棚にしまわれているのを、彼は知っていたのだ。キッチンへ行くと、見張りがついてきたが、停止を命じられはしなかったので、フリーザーの扉にしばらく頰を押しあてた。濃い緑色のポリ袋を持ってリビングに戻り、サンドイッチの包み紙を拾いはじめた。包み紙のなかにはパン屑《くず》ひとつ残っていなくて、オレンジ色の脂が小さくたまっているだけだった。誰もが空腹だったのだ。テーブルやラグに散らばっていたソーダの空き缶も拾った。厳密に言えば、テーブルもラグも彼のものではないが。この屋敷のなかで、彼はいつも幸福だった。帰ってくると、家のなかはいつも明るくて、子供たちが笑いながら友達と廊下を走りまわり、掃除用具置場に電動床磨き器が用意してあるにもかかわらず、美しいインディオのメイドたちが手と膝をついて床磨きに精を出し、ドレッサーの前にすわって髪をブラッシングする妻が香水のかぐわしい香りをさせていたものだった。これが彼の家だった。副大統領はいまの状況に耐えていくために、屋敷をいつもの状態に戻そうという努力をせずにはいられなかった。

「不自由はありませんか」やわらかなパン屑をてのひらに拾い集めながら、副大統領は客たちに尋ねた。「大丈夫ですか」みんなの靴をソファの下へ押しこめたかった。青い絹張りの椅子を本来の置き場所である部屋の反対側へひきずっていきたかったが、礼儀がそれを押しとどめた。

濡れ布巾をとってこようと、もう一度キッチンへ行った。サヴォヌリー絨毯の目のつんだ織り糸から、グレープジュースらしきものを拭きとりたかったのだ。部屋の反対側に、オペラ歌手がきのう誕生日を迎えた日本人の男と一緒にすわっているのが見えた。困ったことに、頭がずきずきしているため、副大統領は二人の名前を思いだすことができなかった。二人は身を寄せあっていて、ときおり女が笑い、つぎに男が楽しそうにうなずいていた。さきほど亡くなったのは彼女の夫ではなかったのか。日本人の男が何かをハミングすると、女が耳を傾け、うなずき、やがて、ひそやかな声で同じ旋律をくりかえした。なんと甘い声だろう。窓からたえず流れこんでくる騒々しいメッセージが邪魔で、彼女が何を歌っているのかを聴き分けるのはむずかしかった。聞こえてくるのは旋律だけ、そして、彼女の声の澄んだ響きだけで、ちょうど、少年時代に丘を駆けおりて修道院の前を通りすぎたときのようだった。ほんの一瞬、修道女たちの歌声が聞こえてくる。足を止めて耳を澄ますよりも、さっと駆け抜けるほうが気分がいい。走っているうちに、音楽が身体のなかに流れこんで、彼の髪をそよがせる風となり、歩道を叩く彼自身の足音になる。絨毯の汚れを拭きとりながら、やわらかな彼女の歌声を耳にするのも、ちょうどそれに似ていた。一羽の小鳥がべつの小鳥に返事をしていて、その返事は聞こえるが、もともとの悲しげな呼びかけは聞こえないというような感じだった。

メスネルはつぎに呼ばれたときはすぐさまやってきた。副大統領でありながら下男の役も務めるようになったルーベン・イグレシアスが、彼を通すために玄関へ行かされた。時間がたつにつれて、哀れなメスネルは疲れがひどくなり、日焼けもひどくなっていた。一日がなんと長いのだろう。伴奏者が亡くなったのは今日のことだったのだろうか。みんながパリッとした服を着こんで、小さめのポークチョップを食べ、ドヴォルザークのアリアに耳を傾けたのは、昨夜のことにすぎなかったのだろうか。いや、ドヴォルザークというのはディナーがすんでから小さなグラスで飲んだ酒のことだったろうか。女性たちと、ドレスのやわらかなシフォン地と、宝石と、宝石をはめこんだ飾り櫛と、牡丹《ぼたん》の花をかたどった小さなサテンのイブニングバッグが室内にあふれていたのは、そんなに最近のことだったのだろうか。大掃除がおこなわれて、窓ガラスも窓枠もきれいになり、透き通ったレースのカーテンと分厚いカーテンが洗濯ののちにふたたび吊るされ、とにかくすべてがピカピカに磨きあげられたのは、ついきのうのことだったのだろうか。それもすべて、大統領と、この国に工場を建設する気になってくれるかもしれない有名なホソカワ氏を、ディナーに迎えるためであった。副大統領の胸に初めて疑問が浮かんだのはそのときだった。マスダ大統領はなぜ、この家でパーティをひらくように頼んだのだろう。そんなに重大な誕生パーティなら、大統領官邸でひらけばよかったではないか。最初から出るつもりがなかったとしか思えないではないか。

「感染症を起こしているようですね」メスネルが言って、青白い指先をルーベンの燃えるような額にあてた。携帯電話をパチッとひらいて、英語とスペイン語まじりで抗生物質を要求した。「種類まではわかりません。とにかく、顔に強打を受けた場合に処方する薬を」通話口を手でおおって、ルーベンに言った。「何か――」ゲンのほうを向いた。「アレルギーはスペイン語でなんと言うんですか」

「アレルヒーア」

ルーベンはずきずきする頭をうなずかせた。「ピーナツのアレルギーがあります」

「なんの電話をしてるんだ」ベンハミン指揮官がゲンに訊いた。

ゲンは副大統領の薬を頼むためだと説明した。

「薬などいらん。薬をとりよせる許可を出した覚えはない」アルフレード指揮官が言った。「副大統領のやつ、感染症について何を知ってるというんだ。こっちは腹に弾丸を食らったこともあるというのに、こいつら、感染症のことでガタガタ言ってやがる。

「インシュリンじゃありません、もちろん」メスネルが言って、電話をパチッと閉じた。

アルフレードは聞こえないふりをした。書類をめくっていた。「さあ、リストだ。こっちのリストが人質として残す連中。こっちが解放する連中」メスネルの前のテーブルに黄色い便箋を置いた。「それから、これがわれわれの要求。最新版だ。要求が完璧かつ全面的に受け入れられるまで、これ以上の人質の解放はおこなわない。われわれはきわめて理性的にふるまってきた。今度は政府が理性的になる番だ」

「伝えておきます」メスネルはそう言って、便箋をとりあげ、たたんでポケットに入れた。

「人質の健康に関して、われわれはとても良心的な態度をとってきた」アルフレードは言った。

ゲンは急に疲れを感じて、会話を停止させようと軽く片手をあげ、〝良心的《コンシエンスード》〟にあたる英語を思いだそうとした。ようやく浮かんできた。

「医者が必要な者はすべて解放する」

「彼も含めて？」メスネルは副大統領のほうへ頭を傾けた。副大統領は熱のせいで自分だけの複雑な世界に迷いこんでいて、彼らのやりとりにはなんの関心も向けていなかった。

「あの男は残しておく」アルフレード指揮官はぶっきらぼうに言った。「大統領をとらえそこねたから、代わりに何か手に入れないとな」

〝要求〟のリスト（金、政治犯の釈放、飛行機、飛行機に乗るまでの交通手段など）のほかに、もうひとつリストがあった。このリストの作成に手間がかかったのだ。こまごました必需品のリストであった。おもしろくもない内容で、よぶんな人質が解放される前に運びこまなくてはならない品々もまじっていた。枕（五十八個）、毛布（五十八枚）、歯ブラシ（五十八本）、果物（マンゴー、バナナ）、煙草（フィルター付きが二十カートン、フィルターなしが二十カートン）、袋入りキャンディ（あらゆるタイプのもの、ただし、リコリスをのぞく)、チョコレート・バー、バター、新聞、電気座布団といった具合に、リストは延々と続いていた。屋敷のなかの指揮官たちは、外の連中が大々的な品物集めに駆りだされ、必要な品々を調達すべく真夜中に必死になっている姿を思い浮かべた。みんながガラスのドアをがんがんノックして、商店主を叩き起こし、商店主は天井のライトをつけざるをえなくなる。朝まで悠長に待っていて誰かの気が変わったりするような事態は、誰もが避けようとしているのだ。

残っていた客がダイニングルームに集められ、人質リストと解放リストが読みあげられるのを聞くことになったとき、大きな興奮が広がった。それは気まぐれな運命のいたずらによって賞罰が決められる椅子とりゲームのようなもので、こうして運試しをすることを一人一人が喜んでいた。帰宅できる見込みのないホソカワ氏やシモン・ティボーのような人々ですら、心臓をドキドキさせながらほかの男たちとともに立っていた。ロクサーヌ・コスは今度こそ出ていけると、すべての男が思っていた。女を一人残しておくのはわずらわしいし、トラブルのタネになりがちだ。彼女がいなくなるのを誰もが残念に思い、早くも別れを惜しむ気持ちになっていたが、彼女が出ていく姿を見たいと、すべての者が思っていた。

指揮官たちが名前を読みあげ、左か右のどちらかへ行くよう命じた。どちらの側が解放組かは伏せてあったが、言われなくとも明らかだった。タキシードの仕立てを見ただけで、誰が残るかを識別できるほどだった。自分の運命を覚悟した人々のまわりに陰鬱な闇がたちこめて、楽しげにはしゃぐ残りの連中から彼らを遠ざけた。一方の側では、さほど大物ではないとみなされた男たちが妻のもとに帰り、自分のベッドで心地よいシーツに包まれて眠り、子供と犬から歓迎を受け、無条件の愛のしるしに思いきりべたべた甘えられようとしている。しかし、反対側に集まった三十九人の男と一人の女は、自分たちが足止めを食い、しばらくここで暮らすしかなく、監禁された身の上であることを、いまようやく理解しはじめたところだった。

# 4

みんなが窓の外を見つめてすごすときに目にしているのは〝ガルア〟と呼ばれるものであることを、アルゲダス神父がゲンに説明し、それをゲンがホソカワ氏に通訳した。霧より濃厚だが、小糠雨より軽く、現在彼らが拘束されている都市を羊毛のごとく灰色におおうという。もっとも、彼らに都市の景観が見えるわけではなかった。屋敷からは何ひとつ見えない。ロンドンや、パリや、ニューヨークや、東京にいるのと変わりなかった。屋敷をとりまいているのが青い花をつけた草のそよぐ野原であろうと、交通渋滞であろうと、同じことだった。見ることができないのだから。文化やローカル色を示すものはどこにもなかった。いつまで悪天候が続くのか予測できない土地であれば、どこにいようと同じことだ。ときおり、塀の向こうから拡声器の指示が流れてきたが、その数もしだいに減ってきて、まるで、霧に邪魔されて声が届かないことがあるかのようだった。ガルアは四月から十一月まで不定期にうっとうしくはびこるもので、アルゲダス神父は、十月ももうじき終わりでいまに太陽が輝きはじめるから、元気を出すようにと言った。若き神父は二人に笑顔を見せた。微笑するまではハンサムといってもいい顔立ちなのに、笑みが大きすぎるのと、歯が不格好な角度で曲がって重なりあっているのとで、急におかしな顔に見えてくる。幽閉の日々を送っているにもかかわらず、アルゲダス神父は以前と変わらず快活で、何かにつけて微笑の材料を見つけだしていた。人質ではなく、人質を元気づけるために雇われた人間のように見えた。それは彼が熱心にとりくんでいる仕事だった。両腕を広げ、片手をホソカワ氏の肩に、反対の手をゲンの肩に置いてから、頭を軽く下げて目を閉じた。祈りをあげようとしたのかもしれないが、たとえそうだとしても、ほかの者に祈りを強制することはなかった。「元気を出してください」ふたたびそう言ってから、ひきつづき、人々のあいだをまわりはじめた。

「善良な若者だ」ホソカワ氏が言うと、ゲンもうなずき、二人とも窓の外に視線を戻した。二人はこの天候をどう思っているのだろうと、神父が気にかける必要はなかった。天候にはどちらも無頓着だった。ガルアを黙って受け入れていた。ただ、見通しが利かないことにいらだっていた。窓の外に目をやっても、通りと庭を隔てる塀すら見えない。木々の形を見分けるのも、樹木と灌木を区別するのもむずかしい。塀の向こうに設置された投光照明が夜を昼に変え、野球のナイトゲームのような偽りの昼を作りだしているのと同じく、ガルアが昼の光を黄昏《たそがれ》に変えていた。一言でいうなら、ガルアの季節に窓の外を見たとき、人が本当に目にするのは昼でも夜でも季節でも場所でもなく、ガルアそのものなのだ。一日はふだんの直線的な歩みを止めてしまい、一時間一時間が輪を描いてスタート地点に立ち戻り、一瞬一瞬がくりかえし再現されることになる。すべての者が理解している形での時間はすでに過去のものなのだ。

だから、ホソカワ氏の誕生パーティの一週間後から物語を再開するのが、この作品にふさわしいことであろう。どっちみち、最初の一週間はこまかいことの連続で、新しい生活に慣れるための退屈な日々であった。最初はかなりきびしかった。銃が人質に向けられ、命令が出されてみんなが従い、人々はリビングの絨毯の上にならんで眠り、きわめて個人的な用件についても許可を求めていた。やがて、じつにゆっくりと、こまかい規則がくずれはじめた。人々は好き勝手に立ちあがるようになった。許可をとらずに歯を磨くようになり、雑談を始めても制止されずにすむようになった。ついには、空腹になるとキッチンへ行ってサンドイッチをこしらえるようになった。ナイフ類がすべて没収されてしまったため、パンにバターを塗るときはスプーンの背を使うしかなかった。指揮官たちはヨアヒム・メスネルのことがやたらと気に入っていて（その思いを口に出すことはなかったが）、交渉役だけでなく、生活物資を屋敷に運びこむ役も彼がやるべきだ、箱を一個ずつ持って門をくぐり、延々と続く歩道を一人で歩いてくるべきだと主張した。そこで、パンとバターを玄関まで運ぶのは、休暇がとっくに終わっているはずのメスネルの役目になった。

時計の秒針はなかなか進まないのに、どれだけ状況が変化したかを見てみるがいい――

本当に一週間しかたっていないのだろうか。銃が背中につきつけられていた状態から、掃除用具置場にしまいこまれる状態へ移行するには、ふつうは一年以上かかるはずだが、犯人グループはすでに、人質側に反乱を起こすつもりがないことを見抜いていたし、人質はその見返りとして、テロリストに射殺される危険がないことを察していた——というか、ほぼ察していた。もちろん、いまも監視は続いていた。銃を盲人の杖のように構えて、二人の少年が外の庭を巡回し、三人が屋敷の部屋部屋をまわっていた。指揮官たちが少年に命令を出しつづけていた。少年の一人はときおり銃口で人質をこづいて、部屋の反対側へ行くよう命じていた。人質たちの移動を見るのがおもしろいという、ただそれだけの理由からだった。夜になると歩哨が立ったが、午前零時になる前にかならず眠りこんでいた。銃が指からすべり落ちて、床の上でカタンと音を立てても、目をさましはしなかった。

ホソカワ氏の誕生パーティに招待された客たちは、窓から窓へとうろついたり、あるいはカードゲームをやったり、雑誌をながめたりしながら、一日の大半をすごしていて、まるで世界が巨大な鉄道の駅に変わってしまい、どの列車も遅れているために、つぎのアナウンスを待っているかのようだった。みんなを混乱させていたのは、この時間の不在だった。ベンハミン指揮官は副大統領の幼い息子マルコのものである太いクレヨンを見つけて、毎日、ダイニングルームの壁にくっきりした青い斜線をひいていた。斜線が六つになると、そのあとに×印をひとつ続けて、一週間がすぎたことを示した。独房に閉じこめられている弟のルイスも、日を記憶しておくために指の爪でレンガにひっかき傷をつけているのだろうと、ベンハミンは想像していた。もちろん、この屋敷には時間を忘れないための伝統的な方法がいくらでもあった。カレンダーが数枚あり、キッチンの電話の横には予定表と日めくりがあり、多くの男が時間と同時に日付もわかる腕時計をしていた。また、こうした手段が使えなくなったとしても、ラジオかテレビをつければ、自分たちに関するニュースに耳を傾けるあいだに、今日が何日かをいとも簡単に知ることができるはずだった。だが、それでも、ベンハミン指揮官は古風なやり方がいちばんだと信じていた。肉切りナイフでクレヨンを削って、壁のコレクションに斜線を加えていった。それがルーベン・イグレシアスをひどくいらだたせていた。自分の子供がそんな野蛮なことをしたら、思いきり懲らしめたことだろう。

ここにいる男たちは例外なく、自由時間という概念にまったくなじんでいない連中だった。裕福な連中は夜遅くまでオフィスで仕事をしていた。運転手つきの車で自宅に向かうあいだも、うしろのシートで手紙の口述をおこなっていた。若く貧しい連中もそれに劣らず必死に仕事をしていた。ただし、異なる種類の仕事だった。割るべき薪や、掘るべきサツマイモがあった。銃の撃ち方、走り方、隠れ方などを学ぶための訓練があった。ところがいま、まるきりなじみのなかった怠惰な時間が訪れたため、誰もが腰をおろして見つめあい、椅子の腕を指でひっきりなしに叩いているのだった。

しかし、時間というこの大海原のなかで、ホソカワ氏は〈ナンセイ〉への懸念をまったく感じていないようだった。外の霧を見つめているあいだも、自分が監禁されたことで株価に影響が生じたかどうかという思いは、いっさい浮かんでこなかった。誰が自分のデスクにすわって決定を下していようと、気にもならなかった。自分の人生そのものであり、息子も同然だった会社なのに、小銭を落としたときのように、あっというまに遠い存在になってしまった。ホソカワ氏はタキシードのポケットから小さなスパイラル・ノートをとりだし、ゲンに正確な綴りを尋ねたあとで、〝ガルア〟という言葉を自分のリストにつけくわえた。誘因——鍵となるのはそれだった。日本にいたころ、イタリア語のテープを何回聴いても、ホソカワ氏はその内容を覚えることができなかった。ディモーラ（住まい）、パトローノ（守護者）といった美しい言葉も、耳にしたとたん記憶から消えていった。ところが、いまは人質にされてまだ一週間しかたっていないのに、覚えたスペイン語はじつに豊富だった！　アオーラは〝いま〟、センタールセは〝すわる〟、ポネールセ・デ・ピエは〝立つ〟、スエーニョは〝眠る〟、レケテブエノは〝たいへんよろしい〟。ただし、この最後の表現は見下したような荒っぽい口調をともなうのがつねで、「よくやった」というよりも、「バカなおまえには大きな期待なんかしていなかったんだ」ということを人質に告げていた。また、習得せねばならないのは言語だけではなかった。多くの名前も覚えなくてはならなかった。人質の名前、犯人グループの名前（これは相手から名前を聞きだすことができた場合にかぎられていたが)。出身国がさまざまに異なっているため、何かの連想から記憶しようとしても簡単にはいかず、なじみのある言葉を手がかりにして覚えていくのも無理だった。リビングには、ホソカワ氏にとって面識のない、だが、氏が知り合っておくべき男たちがあふれていた。誰もが笑みをかわし、会釈しあっていた。ホソカワ氏は自分ももっと努力を重ねて、自己紹介できるようにしなくてはと決心した。〈ナンセイ〉では、できるだけ多くの社員の名前を覚えるようにしていた。自分が接待するビジネスマンの名前と、その妻(奥さんはお元気ですかと尋ねるだけで、会ったことは一度もない)の名前も覚えることにしていた。

ホソカワ氏の人生は平穏無事なものではなかった。会社を大きくするかたわら、さまざまなことを学んでいった。だが、いまやっているのは異なる種類の学習だった。子供のころの勉強と同じだった。すわってもいいですか。立ってもいいですか。ありがとう。お願いします。リンゴはなんと言うんですか。パンは? そして、ホソカワ氏は言われたことを覚えていった。イタリア語会話のテープとちがって、いまの状況では、覚えることがすべてだったからだ。これまでの自分がいかにゲンに頼ってきたか、そして、いまもいかに頼っているかを痛感した。もっとも、いまはゲンが指揮官たちの通訳をするあいだ、こちらから質問するのを待たなくてはならないことが多くなっている。イグレシアス副大統領が二日前に、キッチンの引出しからノートとペンをとりだし、親切にもホソカワ氏にプレゼントしてくれた。「どうぞ。遅くなりましたが、誕生日の贈物です」ホソカワ氏はそのノートにアルファベットを書き、ゲンに頼んで一から十までの数字を書いてもらい、毎日そこへスペイン語の単語を加えようと計画していた。それらの単語を何度も何度も書いてみた。うんと小さな文字で書くよう心がけた。いまは紙もたくさんあるが、節約の必要に迫られるときが来るかもしれないと気づいたからだった。最後に自分で文字を書いたのはいつのことだっただろう。彼の考えは人の手でパソコンに打ちこまれ、保存され、メールで送りだされた。ホソカワ氏はいまの単純な反復のなかに、自分で文字を書くという久しぶりの体験のなかに、安らぎを見いだしていた。イタリア語への意欲もふたたび湧いてきて、イタリア語の単語を日に一つか二つ教えてくれるようゲンに頼んでみようと思った。人質のなかにイタリア人が二人いて、彼らの話が聞こえてくると、接続の悪い電話に耳を傾けるときのごとく、内容を理解しようと思わず耳をそばだててしまう自分に気づくのだった。イタリア語は彼にとってそれぐらい大切な言葉だった。そうだ、英語も学ばなくては。自分の口からミス・コスに話しかけることができたらどんなに楽しいだろう。

ホソカワ氏は腰をおろして、鉛筆の先端でノートを叩いた。欲張りすぎだ。覚えようとする単語が多すぎると、虻蜂とらずになってしまう。ひとつひとつの単語をきちんと覚えて、翌日になっても忘れないようにしたいなら、スペイン語の単語を一日に十個、それも名詞十個を記憶に刻みつけ、つぎに動詞一個を完璧に活用させられるまで練習するのが、自分にできる精一杯のことだ。

ガルア。ホソカワ氏は窓辺にすわって、しばしば、塀の向こう側にいる連中のことを考えた。最近は拡声器より電話を使うほうが多くなってきた警察と軍隊。彼らも濃霧に濡れているのだろうか。車のなかにすわってコーヒーを飲んでいるのだろうか。軍の司令官たちは車のなかに腰をおろし、銃を持った若い連中は、歩兵連中は、冷たい雨がうなじを遠慮なく流れ落ちるなかで、直立不動の姿勢をとっているのだろうか。

それらの兵士も、副大統領の屋敷のリビングを監視している少年たちと似たようなものだろう。ただ、軍隊のほうはたぶん、何歳以上という規定があるはずだが。こちらの少年たちは正確には何歳ぐらいだろう。最年長に見えた子たちもスタンドのまばゆい光のなかで見てみると、年齢が上なのではなく、身体が大きいだけであることが明らかになった。手に入れたばかりの部屋の広さが珍しいのか、リビングのなかを駆けまわり、いろいろなものにぶつかっていた。すくなくとも、この少年たちには喉仏があり、しつこいニキビとまばらに生えはじめた鬚がまじりあっていた。危険なのは最年少の子供たちで、その幼さが物騒だった。その髪には子供特有の重みと光沢があった。つるつるの肌と幼い小さな肩をしていた。小さな手でライフルの銃身を握りしめ、表情を出すまいと努力していた。人質がテロリストを観察し、その時間が長くなればなるほど、テロリストの印象は幼くなっていった。これがパーティに乱入してきたのと同じ連中だろうか。あの凶悪なけだものと同じ連中だろうか。いまの彼らは、口をあけ、腕をねじって、床の上で眠りこむようになっていた。寝顔はごくふつうの十代の子供たちだ。この部屋の大人たちが何十年も前に忘れてしまったひたむきな集中力で、ひたすら眠りをむさぼっていた。なかには兵士でいることが好きな子たちもいた。つねに銃を持ち歩いていた。その銃でときおり大人をこづき、憎悪の目でにらみつけて威嚇するのだ。そんなときは、武器を持った大人よりも、武器を持った子供のほうが危険な存在に見えてくる。気まぐれで、理性がなく、何かにつけて衝突したがるのだから。あとの連中は屋敷のなかをまわって暇をつぶしていた。ベッドの上で飛び跳ねたり、洋服だんすの服を着てみたりした。渦巻きながら流れていく水を見るのが楽しくて、トイレの水を何度も流していた。最初のうちは、人質に話しかけてはならないという規則があったが、一部の子はそれすら守らなくなっていた。ときたま人質に声をかけてくるようになっていた。指揮官が打ち合わせで忙しいときはとくに。「どこから来たの?」というのが彼らの好きな質問だった。ただ、返事が理解されることはめったになかった。とうとう、ルーベン・イグレシアスは自分の書斎へ行き、出身地を地図で示せるようにと、大きな地図帳を持って戻ってきた。だが、状況はいっこうに改善されないようだったので、見張りの少年を息子の部屋へ行かせて、台座つきの地球儀を持ってこさせた。固定された地軸を中心として、青と緑の美しい惑星がなめらかに回転するようにできている。

「パリ」シモン・ティボーが彼の街を指さした。「フランス」ロタール・ファルケンがドイツを示し、ラスムス・ニルソンがデンマークを指でさした。子供の遊びには興味がないのか、アキラ・ヤマモトがそっぽを向いてしまったため、ゲンが日本の場所を教えた。ロクサーヌ・コスはてのひらでアメリカ全体をおおってから、シカゴを示す点を爪で叩いた。少年たちが地球儀をつぎのグループへ持っていくと、みんな、質問はわからなくても、ゲームのやり方は理解してくれた。「ここがロシア」人々は言った。「ここがイタリア」「ここがアルゼンチン」「ここがギリシャ」

「どこから来たの？」イシュマエルという少年が副大統領に訊いた。この少年は副大統領が負傷したときにキッチンから氷を運んできた子なので、彼のことを自分の人質だと思っている。いまだに、頼まれなくとも日に三回か四回ずつ、ルーベンのために氷を運んできていた。炎症を起こした頬の腫れがどうしてもひかないので、氷は副大統領にとって救いだった。

「ここだよ」副大統領はそう言って床を指さした。

「これで教えて」イシュマエルは地球儀を持ちあげた。

「ここ」ルーベンは片足で絨毯を叩いた。「これがわたしの家。わたしはこの街に住んでいる。きみと同じ国の人間なんだ」

イシュマエルは副大統領を見あげた。ロシア人たちを遊びに誘いこむほうが簡単だ。

「これで教えて」

そこで、ルーベンは少年と地球儀を前にして床にすわりこみ、自分の国を指さした。平らなピンクの部分だった。「住んでるのはここだよ」イシュマエルはみんなのなかでもとりわけ小さく、少年っぽい白い歯をした、まだまだ幼い少年だった。ルーベンはこの子を膝にのせて、抱いていてやりたいと思った。

「ふうん、そこに住んでるのか」

「わたしだけじゃない」ルーベンは言った。うちの子たちはどこにいるんだろう。いまはどこで眠ってるんだろう。「きみもだ」

イシュマエルはためいきをつき、副大統領の愚鈍さにがっかりして、床から立ちあがった。「遊び方、知らないんだね」と言った。

「遊び方は知らない」ルーベンはそう言いながら、少年のブーツの嘆かわしい状況を見てとった。いまにも右の靴底がはがれ落ちてしまいそうだ。「いいかい、よくお聞き。二階のいちばん大きな寝室へ行って、部屋のなかのドアを片っ端からあけてごらん。女の人の服がぎっしり入ったクロゼットが見つかるから。そのクロゼットに靴が百足ぐらい置いてある。探せば、きみにぴったりのサイズのテニスシューズが何足かあるはずだ。ブーツもあると思うよ」

「女の靴なんてはけないよ」

ルーベンは首をふった。「テニスシューズもブーツも女物じゃない。そこにしまってあるだけなんだ。こんなこと言っても無駄だろうが、わたしを信用してくれ」

「ここにじっとすわってるなんてばかげている」フランツ・フォン・シューラーが言った。ゲンはそれをシモン・ティボーとジャック・メテシエのためにフランス語に通訳し、つぎに、ホソカワ氏のために日本語に通訳した。ほかにも二人のドイツ人がいた。彼らは火のない暖炉のそばに立ってグレープフルーツジュースを飲んでいた。すばらしいご馳走だった。グレープフルーツジュースは。上等のスコッチよりおいしかった。鋭い酸味が舌に広がり、生きている実感を与えてくれた。このジュースが運びこまれたのは今日が初めてだった。「このテロリストどもは素人《しろうと》だ。外の連中と変わりゃしない」

「で、何が言いたいんだ」シモン・ティボーが訊いた。ティボーは妻が残していったブルーの大きなスカーフを首に巻いて背中に垂らしていた。このスカーフが災いして、真剣な問題になると、誰も彼の意見に耳を傾けようとしなくなっていた。

ピエトロ・ジェノヴェーゼがそばを通りかかり、通訳してほしいとゲンに頼んだ。フランス語はけっこうできるが、ドイツ語はだめだった。

「銃だって、われわれの目から隠そうともしていない」ドイツ語のわかる者は一人もいそうにないのに、フォン・シューラーは声をひそめて言った。みんながゲンの通訳を待った。

「よし、銃をぶっ放して脱出しよう。テレビみたいに」ピエトロ・ジェノヴェーゼが言った。「それ、グレープフルーツジュースかい？」いま会話に加わったばかりだというのに、すでに退屈そうな表情になっていた。彼の仕事は空港の建設だった。国内産業の発展につれて、空港も拡張が必要となる。

ゲンは片手をあげた。「ちょっと待ってください」まだドイツ語を日本語に通訳している最中だった。

「ナイフを持ったティーンエイジャー一人をやっつけるかどうか決める前に、通訳一ダースと国連の調停が必要になりそうだな」ジャック・メテシエが独り言のようにつぶやいた。かつてフランスの国連大使を務めた経験があるので、わけもわからずそう言っているのではなかった。

「全員の同意が必要だと言っているのではない」フォン・シューラーが言った。

「一人でやってみる気かい」ティボーが言った。

「みなさん、ご静粛に」ゲンはすべてを日本語に通訳しようとしていた。それが彼の第一の任務なのだ。全員の便宜を図るために働いているのではない。ただし、誰もがそれを忘れてしまっている。ゲンはホソカワ氏のために働いているのだ。

二カ国語以上での会話はぎごちなく、信用する気になれなくて、まるで口いっぱいに綿を詰めこまれ、ノボカインを注射されてしゃべっているような感じだった。自分の考えをじっくり検討して発言の順番を待つということは、誰にもできなかった。待つことにも、几帳面に意見を述べることにも、慣れていない男たちだった。意見を述べたり、わめきたてたりする必要があれば、すぐさまそうしたがる連中だった。ピエトロ・ジェノヴェーゼはジュースがもっとないか調べようとして、キッチンへ行ってしまった。シモン・ティボーはてのひらでスカーフをなでつけてから、カードゲームをする気はないかとジャック・メテシエに尋ねた。「反乱の片棒をかついだりしたら、うちの奥さんに殺されるよ」とフランス語で言った。

ドイツ人三人は早口でひそひそ話しあっていた。ゲンは耳を貸そうともしなかった。

「ここの気候は飽きないね」窓辺に戻りながら、ホソカワ氏がゲンに言った。二人はしばらくならんで立ち、ほかのすべての言語を頭から締めだした。

「反乱を起こそうとは思われないんですか」ゲンが訊いた。窓に自分たちの姿が映っているのが見えた。二人は窓ガラスのすぐ近くに立っていた。二人の日本人、どちらも眼鏡をかけていて、片方は背が高く二十五歳年下だが、ほとんど共通点を持たぬ人々ばかりのこの部屋で、ゲンは初めて、自分たちがいかによく似ているかを見てとった。

ホソカワ氏は窓ガラスに映った二人の姿に見入っていた。いや、もしかしたら、ガルアを見つめていたのかもしれない。「いずれ何かが起きるだろう」と言った。「そのときが来たら、われわれの手ではもう止められない」その思いに、彼の声は重苦しくなった。

少年兵たちは日々の大半を屋敷内の探検についやし、パントリーで見つけたピスタチオを食べたり、バスルームに置いてあるラベンダー入りハンドローションの香りを嗅いだりしてすごしていた。屋敷には珍しいものが数かぎりなくあった。かつて目にした民家と同じぐらいの広さを持つクロゼット、誰も使わない寝室、色とりどりの紙やリボンを巻いたもの以外何も入っていない戸棚。みんなの好きな部屋は、長い廊下のつきあたりにある副大統領の書斎だった。分厚いカーテンの向こうに窓があって、窓枠のすぐ下に布張りのベンチシートが二つ置いてある。そこにすわれば、足を折り曲げて何時間でも庭をながめていられる。この書斎には革のソファが二つと革の椅子が二つ置いてあり、本もすべて革で装幀されていた。デスクに置かれた鉛筆立てや、吸取り紙の縁さえも革製だった。室内は、熱い太陽の下に立つ牛の群れにも似た、心安らぐなつかしい匂いに満ちていた。

この部屋にはテレビがあった。テレビを見たことのある子はほとんどいなかった。木の箱で、湾曲したガラスがついていて、こちらの顔がとても奇妙な形になって映しだされる。その形はかならずゆがんでいる。そうか、これがテレビなんだ。テレビがどんな功績をあげたかについて、すごい噂があれこれ流れていたが、そんなものは誰一人信じなかった。なにしろ、誰もテレビの番組を見たことがないのだから。セサルという少年が画面に顔を近づけ、口の両端に指をかけて唇をひっぱり、そこに映しだされた姿をおもしろがった。

ほかの少年たちもじっと見ていた。セサルは白目をむき、舌をブルルと震わせた。つぎに、口にかけていた指をはずして胸の前で両手を組み、空調ダクトのなかで待機していたあの初めての夜にロクサーヌ・コスが歌っていた曲を、いまも記憶に残っているとおりにまねて歌いはじめた。歌詞はよく覚えていなかったが、音の響きはそっくりだし、旋律も正確だった。茶化しているわけではなく、まじめに歌っていて、その歌がまたみごとだった。つぎの旋律が思いだせなくなったところで、急に歌うのをやめ、腰を折ってお辞儀をした。向きを変えて、テレビ画面の百面相ごっこに戻った。

テレビのスイッチを入れたのはシモン・ティボーだった。深い意味はなかった。歌声が聞こえたので書斎に入ってきたのだ。誰かが風変わりで美しい昔のレコードをかけているのだと思い、好奇心に駆られたのだった。やがて、少年が百面相を始めたのを見て――なかなか剽軽な子供だ――自分の顔が映っている場所にいきなり映像があらわれたら大喜びするにちがいないと考えた。すわり心地のよさそうな革椅子の肘掛けにのっていたリモコンをとり、電源のボタンを押した。

みんなが悲鳴をあげた。犬のようにわめきちらした。火事か、殺人か、警察の手入れかと思いたくなる声で、「ヒルベルト！　フランシスコ！　ヘスース！」と叫んだ。とたんに、銃の安全装置をはずす鋭い金属音が響きわたり、ほかの少年兵と三人の指揮官が駆けこんできた。指揮官に突き飛ばされてシモン・ティボーは壁に激突し、唇を切ってしまった。

「バカなまねはしないでね」エディットは別れぎわにそう言って、唇で彼の耳に軽く触れた。しかし、〝バカなまね〟には何が含まれるのだろう。テレビをつけることも？

駆けこんできた少年の一人が——ヒルベルトという大柄な少年——ライフルの丸い銃口をティボーの喉につきつけ、青いシルクのスカーフを気管の上のやわらかな皮膚に押しつけた。蝶をコルクボードに留めるような感じで、彼の動きを封じた。

「テレビ」ティボーはやっとの思いで言った。

そのとたん、混みあった書斎のなかで、みんなの注意がシモン・ティボーからそれた。ティボーが脅威とみなされ、注目の的となったときに劣らぬすばやさで、少年たちの銃が彼から離れた。ティボーは壁伝いにずるずるすべり落ち、恐怖に身を震わせながら床にうずくまった。いまは全員がテレビを見つめていた。黒っぽい髪をした魅力的な女性が汚れた衣類を両手でカメラのほうへさしだして、困ったものだと言いたげに首をふってから、洗濯機につっこんだ。彼女の唇はあざやかな赤、背後の壁はどぎつい黄色だった。「これで汚れもすっきりよ」とスペイン語で言った。ヒルベルトは床にしゃがみこんでじっと見ていた。

シモン・ティボーは咳きこんで喉をさすった。

もちろん、指揮官たちは前にテレビを見たことがあった。ただ、ジャングルに入って以来、もう何年もテレビにはごぶさただった。彼らも書斎に来ていた。ここにあるのはとても高級なテレビで、カラー映像が楽しめる二十八インチのものだった。リモコンが床に落ちてしまったので、アルフレード指揮官が拾いあげ、ボタンを押してつぎつぎとチャンネルを替えていった。サッカーの試合。デスクの前にすわって本を読んでいる背広にネクタイの男。銀色のパンツ姿で歌っている若い女。バスケットに入った一ダースの子犬。新鮮な興奮が沸きあがり、新たな映像があらわれるたびに、みんなの口から「わあ」という声が洩れた。シモン・ティボーは誰にも気づかれないように書斎を抜けだした。セサルの歌のことは頭をよぎりもしなかった。

人質は来る日も来る日も、すべてが終わることを願いつづけた。祖国に、妻に、プライバシーに焦がれた。そうでない日は、率直に言って、この子供たちから、彼らのむっつりした顔や眠そうな顔から、追っかけっこや食欲から、とにかく逃げだしたいと思った。みんな、いくつぐらいだろう。尋ねてみても、嘘をついて二十五歳だと答えるか、質問の意味がわからないと言いたげに肩をすくめるかのどちらかだった。ホソカワ氏は自分が子供のことに疎いのを自覚していた。日本にいるときも、どう見ても十歳以下としか思えない若造が車のハンドルを握っているのを、しばしば目にしたものだ。彼自身の娘たちも時間の流れから考えるとありえないようなことをたえず父親に見せつけていて、たとえば、うつろな目をしたハローキティの柄のパジャマを着て家のなかを走りまわっていたと思ったら、つぎの瞬間には、今夜はデートで、七時に男の子が迎えに来るなどと言いだす。娘たちがデートする年ごろになったとは信じられなかったが、この国の基準からすると、テロ組織のメンバーになってもおかしくない年齢らしい。ホソカワ氏はデイジーの形をしたプラスチックのバレッタで髪をまとめ、白い短いソックスをはいた自分の娘たちが、ナイフの鋭い切っ先でドアのフレームをえぐっている姿を想像しようとした。

だが、娘たちが母親のベッドで身体を丸め、ニュースを見ながら父親の帰りを待って泣いている以外の姿は想像できなかった。ところが、誰もが心底驚いたことに、若い兵士のなかに少女が二人まじっていることが判明した。一人は単純なことで正体がばれてしまった。十二日目あたりに、頭を掻こうとして帽子をとり、三つ編みの髪が垂れ落ちたのだ。頭を掻きおわっても、三つ編みを帽子のなかへねじこもうとはしなかった。自分が少女であることを隠そうとは思っていないようだった。名前はベアトリス。名前を尋ねられれば、誰にでも喜んで答えていた。かわいい顔にも、繊細な物腰にも恵まれていなくて、少年として充分に通用するタイプだった。少年たちと同じく、いつでも撃てる態勢で銃を構えていたし、その必要がなくなってからもつねに無表情な目を保っていた。なのに、平凡の極みのような子であるにもかかわらず、人質たちはこの世のものとも思えぬ珍しいものを――たとえば、雪原におりたった美しいヤママユ蛾を――見るような目で彼女を見つめていた。どうしてここに少女がまじってるんだ。みんな、どうしてそれに気づかなかったんだ。もう一人の子に関しては、さほど苦もなく推測できた。理論的に考えれば、少女が一人まじっているなら、ほかにも何人かいる可能性がある。そこで、たちまち、みんなの目が物静かな少年に向けられた。質問されてもけっして返事をせず、最初からあらゆる面が不自然で、やけに美しく、やけに神経質な子だった。髪の生え際がいわゆる富士額になっているため、顔が完璧なハート形をなしていた。唇は丸みを帯びていてやわらかだった。視線はつねに伏し目がちで、まるで、濃いまつげの重みでまぶたが持ちあがらないかのようだった。体臭もほかの少年とはちがっていて、甘く温かな匂いだったし、首は長くてすんなりしていた。ロクサーヌ・コスに憧れているらしく、夜になると彼女の部屋の外の廊下で眠り、ドアの下から入りこむすきま風を自分の身体を盾にして防いでいた。ゲンがその子に——前に彼をひどく落ちつかない気分にさせた子に——目をやったとたん、彼の胸に押しこめておいた不安が長く低い波となって流れでた。

「ベアトリス」シモン・ティボーが言った。「あっちにいる少年だが。きみの妹かい」

ベアトリスは鼻を鳴らして首をふった。「カルメンが？　妹？　頭がどうかしてんじゃないの」

自分の名前を耳にして、部屋の向こうでカルメンが顔をあげた。ベアトリスの口から名前がばれてしまった。この世に秘密などというものは存在しない。カルメンはながめていた雑誌を放りだした（イタリアの雑誌で、映画スターや王族のきらびやかな写真がたくさん出ていた。記事のなかには、カルメンには読めないけれど、彼らのきわめて個人的な生活に関する重要な情報が含まれているにちがいない。副大統領の妻が使っているベッドの横のナイトテーブルの引出しから、この雑誌は見つかった）。リボルバーを持ってキッチンへ行き、ドアをしめてしまった。あとを追おうとする者は誰もいなかった。銃を手にして怒り狂っている十代の少女。どこへも行けないのだから、いずれ自分の意志で出てくるだろう、と誰もが思った。もう一度彼女を見たい、帽子をかぶっていない姿を見たい、彼女を少女として見つめる時間がほしいと思ったが、待つ必要があれば喜んで待つつもりだった。これが本日午後のドラマであるなら、テロリストの一人が二、三時間ばかり閉じこもろうというのなら、ぼんやり霧雨をながめているより、こうしてはらはらしているほうが楽しくすごせる。

「少女だってことに、もっと前に気づくべきだった」ルーベンはここからわずか二、三マイルのところに住んでいる建設業者のオスカル・メンドーサに言った。

オスカルは肩をすくめた。「うちには娘が五人いる。この部屋に少女がいても、おれの目には入らないね」そこで口をつぐみ、自分の言わんとすることを再考してから、副大統領のほうへ身を寄せた。「この部屋でおれの目に入る女は一人だけだ。わかるだろ？　大人の女が一人。この部屋に女は一人しかいない」彼は部屋の向こう端へ意味ありげに頭を傾けた。そこにはロクサーヌ・コスがすわっていた。

ルーベンはうなずいた。「なるほど」と言った。「なるほど」

「いまも考えてたんだが、愛してるって告白するのに、これ以上のチャンスはないと思う」オスカルは片手で顎をさすった。「いますぐ告白しようってわけじゃないんだよ。今日でなくてもいいんだ。いや、まあ、今日でもかまわないけどさ。一日一日が長いから、夕食のころには、ぴったりのタイミングになってるかもしれない。その瞬間が来るまで予測はできない。そうだろう？ その立場にじっさいに身を置いてみないとね」オスカルは大男で、身長は六フィートを軽く超えていて、肩幅も広い。建設会社の社長でありながら気軽に現場の作業に加わって、板を運んだり、石膏板をとりつけたりしているおかげで、いまだに頑健だ。こうして、会社で働く男たちにみごとな手本を示しつづけている。オスカル・メンドーサは副大統領の耳に小声でささやこうとして、身を乗りださなくてはならなかった。「だが、ここにいるあいだにかならずやってみせるからな。この言葉を忘れないでくれ」

ルーベンはうなずいた。ロクサーヌ・コスは何日も前にイブニングドレスを脱ぎ捨てて、いまは、彼の妻のものである黄褐色のパンツと、妻のお気に入りのカーディガンに着替えていた。カーディガンはベビーアルパカの極細毛糸で編んだ濃紺のもので、二年目の結婚記念日に彼がプレゼントしたのだった。ルーベンは見張りの少年に二階まで一緒に来てほしいと頼んだ。みずからクロゼットへ行き、カーディガンを出してソプラノ歌手のところへ持っていった。「寒くないですか」と訊いてから、カーディガンを彼女の肩にそっとかけた。妻の大好きなカーディガンを早々とロクサーヌに渡してしまうのは裏切りだろうか。カーディガンのおかげで、二人の女がきわめて喜ばしい形でひとつに溶けあった。恋しくてたまらない妻の服を美しいゲストが身につけ、カーディガンの編み目にいまも妻の香水の残り香がしみこんでいるおかげで、ロクサーヌのそばを通るだけで二人の女の香りに触れることができた。それでもまだ不足だというなら、ロクサーヌがはいているのは、乳母のエスメラルダのものである見慣れたスリッパだった。妻の靴では小さすぎたからだ。整頓が行き届いたエスメラルダの小さなクロゼットに頭をつっこむのは、なんとわくわくする体験だったことか！

「彼女に愛の告白をする気はあるかい」建設業者は言った。「ここはあんたの家だ。あんたに優先権を譲って、おれは待つことにしよう」

ルーベンは客の思慮深い勧めについて考えた。「ないとは言いきれないが……」ロクサーヌのほうを見ないようにした。うまくいかなかった。彼女の手をとり、屋敷の裏手をとりまく幅広の石のベランダへ星を見にいこうと誘うところを想像した。いやいや、外へ出る許可がおりればという意味だが……。なんといっても、自分は副大統領。それが彼女をクラッとさせるかもしれない。すくなくとも、彼女は長身ではない。小さな妖精、ポケット版ヴィーナスだ。彼はそれに感謝した。「わたしのここでの立場を考えると、適切なことではないかもしれない」

「じゃ、何が適切なんだ」オスカルが言った。その声は軽やかで、無頓着だった。「どうせ殺される運命なんだぞ。ここにいる連中か、外で待機してる連中の手で。銃撃戦になるだろう。どこかで恐ろしいミスが起きるに決まっている。外の連中にしてみれば、われわれが不当な扱いを受けていないことが世間に洩れては困るんだ。最後にわれわれが死亡することが大切なんだ。人々のことを、大衆のことを、考えてみろ。大衆に誤った考えを植えつけるわけにはいかないはずだ。あんたは政府の人間だ。こうしたことについては、おれよりよく知ってるだろう」

「ありうることだ」

「だったら、彼女への告白を控えることになんの意味がある？　おれだったら、人生最後の日々に自分がなんらかの努力をしたという証がほしいね。あの若い日本人に、通訳に、頼んでみようと思っている。そのときが来たら。自分の言いたいことがはっきりしたら。ああいう女には、せっかちに近づいちゃいけないんだ」

ルーベンはこの建設業者が気に入った。今回が初対面だったが、同じ街に住んでいるという事実のおかげで、隣人のような、つぎは旧友のような、さらにそのつぎは兄弟のような気分になっていた。「ああいう女の何を知っているというんだね」

オスカルはくすっと笑って、兄貴分の肩に手を置いた。「チビの副大統領。おれの知識はじつに豊富なんだ」それは大ぼらだったが、こういう場所には大ぼらがぴったりだった。これまでなじんできた自由をすべて奪われてしまったいま、彼のなかに、もっと小さな新しい自由がかすかな光を灯しはじめていた。考えごとにふける自由、こまかい記憶をたどる権利。妻と五人の娘から離れているおかげで、矛盾点や誤りを指摘されずにすみ、その重荷から解放されたことで、空想にふけっているあいだ、頻繁に修正を加えなくてもすむようになった。善き父親として人生を送ってきたが、いまのオスカル・メンドーサはふたたび少年の目で人生を見ていた。娘というのは父親と若者が奪いあうもので、そこでは父親が勇敢に闘い、つねに破れることになっている。彼は娘たちを一人ずつ失っていくことを覚悟していた。理想を言うなら、結婚の儀式のなかで。あるいは、現実的に考えるなら、すっかり暗くなった海辺に止めた車のなかで。オスカル自身も青春真っ盛りのころは数多くの娘を相手にして、やわらかな髪が生えているうなじのつけねあたりを軽く執拗に噛むことによって、良識やきびしいしつけを彼女たちの心から消し去ったものだった。こんなときの娘たちは子猫と同じで、うなじに触れられると簡単にとろけてしまう。そこで彼の誘惑の言葉をささやく。二人で一緒にやれるさまざまなこと。彼がガイド役を務める暗黒のすばらしい探検。彼の声が麻薬のように娘たちの耳の三半規管にしたたり落ち、やがて娘たちはすべてを忘れ、自分の名前すら忘れ、彼のほうを向いて自分をさしだす。マジパンのように甘くやわらかな肉体を。

そんなことを考えて、オスカルは身を震わせた。ふたたび少年の役を演じる用意ができたそのとき、自宅のまわりに列を作る少年たちの姿が浮かんできた。父親を人質にとられた娘たちの悲痛な嘆きをやわらげようとする少年たち。ピラール、ほんとにつらいだろうね。イサベル、閉じこもってちゃだめだよ。テレサ、そんなに悲しんでばかりじゃ、お父さんがいやがるよ。ほら、これ見て。きみのために花を持ってきたんだ（あるいは、小鳥だったり、毛糸玉だったり、色鉛筆だったり。なんであろうと同じことだ）。玄関をロックしておくだけの知恵が妻にあるだろうか。少年たちが迷惑な存在であることを見抜くだけの才覚は、妻にはおそらくないだろう。昔、妻がまだ少女だったころ、癌《がん》で死にかけていた彼女の父親を彼が見舞いに行ったときと同じく、いまも少年たちの嘘をすなおに信じてしまうだろう。

オペラ歌手の尻を追っかけようなんて、自分も何を考えてるんだろう。それにしても、あの二人の少女——ベアトリスとカルメン——は何者なんだ。ここで何をしてるんだ。父親はどこにいるんだ。田舎のほうで武装蜂起しようとして射殺されたのかもしれない。守ってくれる父親もなしに、この少女たちはどうやって少年たちを遠ざけておけるのだろう。この屋敷には少年がうじゃうじゃしている。髪は汚れてべとべと、爪は短く嚙みちぎられ、おっぱいにさわるチャンスを狙っている物騒で不機嫌な少年たち。

「憂鬱そうだね」副大統領が言った。「愛がどうのって話は、きみの性に合わないんじゃないか」

「いつになったら、ここから出ていけるんだろう」オスカルは言った。ソファにすわりこみ、めまいがするかのように、頭を下げて膝にのせた。

「ここから出ていく？　射殺されると言ったのはきみじゃないか」

「考えが変わった。殺されてたまるか。この手で誰かを殺すことはあっても、この命は誰にも渡さない」

ルーベンは彼のとなりに腰をおろして、いいほうの頰を友の広い肩にもたせかけた。

「きみの意見がころころ変わっても、わたしは文句なんか言わないよ。とにかく、こうしてしゃべってるほうが楽しいものな。生き延びることを考えよう」ふたたび立ちあがった。

「ここで待っててくれ。キッチンへ行って、きみのために氷を持ってこよう。氷がどんなに気分をよくしてくれるか、きみには信じられないと思うよ」

「ピアノは弾けるの？」ロクサーヌ・コスがゲンに訊いた。

ゲンは彼女が近づいてくるのに気づいていなかった。室内に背を向けて、出窓からガルアをながめていた。ながめながら、目を緊張させないコツを、気分をほぐすコツをつかもうとしていた。ものの形が見分けられるような気がしはじめたところだった。ホソカワ氏が期待に満ちた目でゲンを見た。ロクサーヌが何を言ったかを知りたくてうずうずしているのが明らかだ。ゲンのほうは、質問が自分に直接向けられたものだったため、彼女に返事をすべきか、その前に通訳すべきか、一瞬、迷ってしまった。結局、通訳を先にしてから、「いいえ、残念ながら弾けません」と彼女に答えた。

「あなたなら弾けると思ったのに」ロクサーヌは言った。「いろんなことができる人だから」ゲンの連れのほうを見た。「ミスタ・ホソカワはどうかしら」

ホソカワ氏は悲しげに首を横にふった。こうして人質にされるまで、彼は自分の人生をりっぱな業績と成功という面から見てきた。いまでは、それが挫折の長いリストに変わっている。英語も、イタリア語も、スペイン語もできない。ピアノも弾けない。弾こうと努力したこともない。彼もゲンもレッスンすら受けたことがない。

ロクサーヌ・コスは伴奏者の姿を求めるかのように室内を見まわしたが、伴奏者はすでにはるか彼方に去ってしまい、その墓は現在、スウェーデンの早霜におおわれていることだろう。「自分に何度も言い聞かせてるのよ。もうじき終わるって。いまは仕事を離れて休暇をとってるだけなんだって」彼女はゲンを見あげた。「といっても、こんなの、休暇とは思えないけど」

「そりゃそうです」

「この悲惨な場所に閉じこめられて、二週間近くたってしまった。歌わずに一週間がすぎたことは、病気のときをのぞいて一度もなかったのに。近いうちにレッスンを再開しなくては」ロクサーヌが二人に顔を寄せると、二人も反射的に彼女のほうに身をかがめた。「ほんとのことを言うと、ここでは歌いたくないのよ。あの連中を喜ばせるなんていやだもの。あと二日ほど待ってみたほうがいいかしら。もうじき解放してくれるかしら」彼女はふたたび室内を見まわして、膝の上で組まれた人々の手のなかに特別に優美な手はないかと探してみた。

「弾ける者がぜったいいるはずです」もうひとつの話題をとりあげるのを避けるために、ゲンはそう言った。

「このピアノ、すごく上等よ。わたしもすこしは弾けるけど、自分で伴奏できるほどではないの。あの人たちに頼んで、新しい伴奏者を誘拐してきてもらうわけにもいかないし」それから、ロクサーヌはホソカワ氏に直接話しかけた。「歌っていないと、どうしていいかわからなくなってしまうの。わたしには休暇を楽しむ才能がないみたい」

「わたしも似たようなことを感じます」ホソカワ氏は言った。一言ごとに声が細くなっていった。「オペラが聴けなくなったときに」

これを聞いて、ロクサーヌは微笑した。なんと威厳にあふれた人だろう。ほかの人たちの顔には恐怖が浮かび、ときにはパニックが広がることもある。自分たちが置かれた状況を考えれば、パニックを起こすのも当然で、ロクサーヌも毎晩のように泣きながら眠りについていた。ところが、ホソカワ氏はパニックには無縁のようだ。というか、顔に出さないようにしている。そして、ロクサーヌも彼のそばに立ったときだけは、うまく説明できないながら、なぜかパニックを忘れることができた。彼のそばにいると、ぎらつく光から逃れてどこか静かで暗いところに入りこんだような気がしてくる。誰にも見られる心配のない場所で、ステージの緞帳のずっしりしたベルベット地にくるまっているような気分だ。「伴奏者を見つける手伝いをしてください」ロクサーヌは彼に言った。「そうすれば、わたしたちの問題は両方とも解決するわ」

いまでは彼女の化粧もすっかり落ちてしまっていた。最初の二、三日は、トイレへ行って、イブニングバッグに入っている口紅をつけていたが……。やがて、髪をきついゴムで束ねて、サイズの合わない他人の服を着るようになった。日一日ときれいになっていく、とホソカワ氏は思った。歌ってほしいと彼女に頼みたくなることが何度もあったが、遠慮していた。なぜなら、彼のために歌ったばかりに、彼女にこれだけの災いがふりかかったのだから。カードゲームに誘うことも、ガルアをどう思うかと尋ねることも、彼にはできなかった。自分から彼女を追い求めようとはしなかったし、その点はゲンも同じだった。彼女に話しかけたくてうずうずしている男たちが（ただし、神父だけは例外で、彼女にはこの神父がどうもよく理解できなかった）ある種の敬意を払うかのように、彼女をそっとしておこうと決めていることに、二人は気づいていた。そのため、ロクサーヌは何時間も一人きりですわっていた。泣いていることもあれば、本をめくったり、ソファでうたた寝したりということもあった。彼女の寝姿を見るのはみんなの喜びだった。専用の寝室と護衛係という特権に恵まれた人質はロクサーヌただ一人で、護衛係は彼女の部屋の外で寝ていた。もっとも、それが彼女を閉じこめておくためなのか、ほかの者を締めだすためなのかは、誰にもよくわかっていなかったが。その係がカルメンだったことがわかったいま、重要人物にくっつくことによって男たちから身を守ろうとしているのではないかと、みんなが思っていた。

「副大統領が弾くかもしれない」ホソカワ氏は意見を出した。「上等なピアノを持っているのだから」

ゲンが副大統領を捜しにいくと、副大統領はいいほうの頬を肩に押しあて、悪いほうの頬を――赤と青に彩《いろど》られ、いまもエスメラルダの縫った糸がびっしり残っている頬を――上に向けて、椅子の上で眠っていた。傷の周囲に肉が盛りあがってきていた。はちきれんばかりだ。「あのう」ゲンがささやきかけた。

「ん？」目を閉じたまま、ルーベンは言った。

「ピアノは弾けますか」

「ピアノ？」

「リビングにあるピアノです。弾けますか」

「パーティのために運ばせたんだ」ルーベンは完全に目がさめてしまわないよう努力しながら答えた。夢のなかで、流しの前に立ってジャガイモの皮をむいているエスメラルダの姿を見ていたのだ。「うちにもピアノが一台あったんだが、音がよくないと言って、業者が持っていってしまった。もちろん、いいピアノなんだよ。うちの娘はそれでレッスンしてきた。ただ、今回の要求水準には満たなかった」副大統領は言った。とても眠そうな声だった。「あのピアノはわたしのものではない。二台とも、わたしのピアノではないんだ」

「でも、弾き方はご存じですね」

「ピアノ?」ルーベンはようやく彼に視線を向けてから、首をまっすぐ伸ばした。

「そうです」

「弾けない」ルーベンはそう言って微笑した。「残念ながら」

ゲンも残念だと思った。「そろそろ抜糸したほうがいいと思いますよ」

ルーベンは自分の顔にさわった。「はずしても大丈夫だろうか」

「ええ、たぶん」

ルーベンは皮膚をもとどおりにくっつけたことが大手柄であるかのように、にっこり笑った。二階のバスルームからマニキュアセットをとってくるよう頼もうと思って、イシュマエルを捜しにいった。甘皮用のハサミが武器として没収されていなければいいのだが。

　ゲンもまた、新しい伴奏者を見つけるためにその場を離れた。すぐれた語学の才が必要とされる仕事ではなかった。どこの国の言葉でも、ピアノはほとんどピアノで通じる。小さな身ぶりをまじえて頼めば、ロクサーヌ・コス一人でも用が足りるだろうが、彼女はホソカワ氏のそばに残り、何も見えない窓の外を彼と二人で見つめていた。

「ピアノは弾けますか」ゲンはまず、ダイニングルームで煙草を吸っていたロシア人たちに尋ねた。彼らは青い靄《もや》の向こうから目を細めてゲンを見つめ、首をふった。「ついてないなあ」両手で心臓をおおって、ヴィクトル・フョードロフが言った。「弾けるようになるなら、何と引き換えにしても惜しくないのに！　ピアノ教師を派遣するよう赤十字に頼んでくれたら、彼女のために練習しよう」あとの二人のロシア人が笑いだし、カードを投げ捨てた。「ピアノ？」ゲンはつぎのグループに尋ねた。屋敷のなかをまわって、すべての客に質問した。ただし、ジャングルのなかでピアノの練習は不可能だろうと思い、テロリストのグループは除外した。ペダルの上をトカゲが這い、湿気で鍵盤がたわみ、頑固なツタがずっしりした木製の脚にからみつく光景が浮かんできた。スペイン人のマヌエル・フローレス、フランス人のエティエンヌ・ボワイエ、アルゼンチン人のアレハンドロ・リバスは、すこしなら弾けるが楽譜が読めないと言った。アンドレアス・エピクテトスは、若いころはみごとな演奏をしたが、もう何年もピアノにさわっていないと言った。「毎日、母に強制的に練習させられたんだ。家を離れることになった日、家の裏庭に楽譜を残らず積みあげて火をつけた。母の見ている前でね。それ以後、ピアノには指も触れていない」

残りの連中は「だめ。弾けない」と答えた。人々は自分が受けたわずかなレッスンや、自分の子供が受けているレッスンのことをこまごまと語りはじめた。それらの声がからみあい、リビングのあらゆる場所から、ピアノ、ピアノ、ピアノという言葉が響いてきた。ゲンには、こんな教養のないグループが人質にされたのは前代未聞ではないかと思われた（その評価のなかには自分自身も含まれていた）。これほど重要な楽器に手を触れようともしなかったとは、みんな、長年のあいだ何をやってきたのだろう。ピアノが弾けたらと誰もが願っていた。以前はそうではなかったとしても、いまは確実にそうだった。ロクサーヌ・コスの伴奏ができるようになりたかった。

そのとき、ゲンとも長いつきあいのある〈ナンセイ〉の副社長、テツヤ・カトウが笑みを浮かべ、何も言わずにスタインウェイのピアノに歩み寄った。彼は髪が白くなりかけた五十代初めの華奢な男で、ゲンの記憶によれば、ひどく寡黙なタイプだった。数字にとても強いという評判だ。ドレスシャツの袖は肘の上で折り返され、タキシードの上着はとっくに脱ぎ捨てられていたが、思いきりきどってピアノのベンチに腰かけた。鍵盤の蓋をあけて、両手を鍵盤に軽く走らせ、指ならしをする彼を、リビングにいる連中が見守った。いまだにピアノの話をしている連中もいて、ダイニングルームからロシア人たちの声が聞こえてきた。やがて、「お静かに」という言葉を人々にかけることもなく、テツヤ・カトゥが演奏を始めた。曲はショパンのノクターン第二番変ホ長調作品九‐二だった。それは彼がこの国に来て以来、頭のなかでもっとも頻繁に聴いていた曲、誰も見ていないときにダイニングルームのテーブルのふちでひそかに練習していた曲だった。家にいたときは、楽譜を見てページをめくっていたものだ。彼はいま、曲が完璧に頭に入っていることを確信した。目の前に浮かんでくる音符を寸分の狂いもなく忠実に追っていった。父親のように慕ってきたショパンを彼がこれほど身近に感じたのは、初めてのことだった。演奏から離れて二週間になるため、指の感覚がひどく変で、皮膚がすっかり新しくなってしまったような気がした。鍵盤に触れたとたん、二週間のあいだに伸びた爪がカッンと軽くぶつかる音がした。フェルトにおおわれたハンマーがピアノの弦をやさしく叩きはじめ、やがて、この曲を聴いたことがない者ですら、旋律になつかしさを感じはじめた。屋敷のあちこちから、テロリストと人質が同じように集まってきて、耳を傾け、心に大きな安らぎを感じていた。テツヤ・カトウの指の動きは繊細で、鍵盤の上でつぎつぎと場所を変えて休息しているにすぎないかのようだった。やがて、彼の右手から不意に、水のごとき旋律が流れはじめた。その音の軽やかさと高さに、人々はピアノの蓋の下をのぞいて鈴を探してみたい誘惑に駆られたほどだった。カトウは目を閉じた。そうすれば、ここは自宅で、自分のピアノを弾いているのだと思うことができる。妻は眠っている。独身でいまだに親と同居中の二人の息子も眠っている。彼らにとって、カトウのピアノの旋律は空気のようなもの、なじんではいるが意識しなくなって久しいものになっていた。いま、こうしてグランドピアノを弾くうちに、眠っている妻子の姿が浮かんできて、カトウはそれを――息子たちの安らかな寝息と、片手で枕を抱きかかえた妻の姿を――ノクターンの調べに織りこんだ。妻子に寄せるやさしさが旋律にこめられた。鍵盤に指を触れるその様子は、妻子を起こすまいと気遣っているかのようだった。ここに集まった一人一人が感じながらも口に出すことができずにいたのは、愛と孤独感であった。前のピアニストはこんなにうまく弾いただろうか。誰にも思いだせるはずがなかった。あの男の才能は目に見えないものであり、ソプラノ歌手をひきたてるのがその役目だったが、いま、副大統領の屋敷のリビングに集まった人々は飢えたようにカトウの演奏に耳を傾けていた。こんな豊かな栄養を与えられたのは生まれて初めてのことだった。

ここにいる男たちの大半はカトウのことを知らなかった。大部分の者がこの時点まで、彼の存在にほとんど気づいていなかったため、ある意味では、みんなの前で演奏するためにカトウが外の世界からやってきたようにも思われた。カトウと親しい者たちですら、彼がピアノを弾くことも、通勤電車に乗る前に毎朝一時間ずつ練習していることも知らなかった。カトウにとっては、べつの人生、秘密の人生を持つのが大切なことだった。だが、いま、秘密を守ることはさほど重要に思えなくなっていた。

みんながピアノのまわりに集まっていた。ロクサーヌ・コス、ホソカワ氏、ゲン、シモン・ティボー、神父、副大統領、オスカル・メンドーサ、チビのイシュマエル、ベアトリス、カルメン。カルメンはキッチンに銃を置いてリビングにあらわれ、みんなと一緒に立っていた。ロシア人も全員来ていた。反乱の相談をしていたドイツ人も。泣いていたイタリア人も。あとの連中より年配のギリシャ人二人も。少年たちも集まっていた。パコ、ラナート、ウンベルト、ベルナルド、その他全員。ずっしり寄り集まった少年たちの凶暴な肉体が、ひとつひとつの音符とともにやわらいでいくかに見えた。指揮官までがやってきた。一人残らずやってきて、とうとう五十八人がリビングに集まり、演奏を終えたテツヤ・カトウはみんなの喝采のなかで頭を下げた。ピアニストが探し求められていなければ、カトウがこの午後ピアノの前にすわって演奏することはおそらくなかっただろう。あとの男たちが玄関ドアを見つめるのと同じ目でピアノを見つめていたのは事実だが……。みんなの注目を浴びるようなことは避けただろうし、ピアノを演奏しなければ、この物語に彼の出番はまったくなかっただろう。しかし、ピアニストが探し求められ、それが特殊な求めであったため、彼は進みでることにしたのだった。

「うまい、うまい」失われた伴奏者の代わりがようやくあらわれたことを知り、ベンハミン指揮官は気分が軽くなった。

「みごとなものだ」演奏をひきうけたのが〈ナンセイ〉の社員だったことを、ホソカワ氏は心から誇らしく思った。カトウとは二十年来のつきあいだ。彼の妻のことも、子供たちの名前も知っている。よくもまあ、ピアノのことを知らずに今日まで来られたものだ。

一瞬、部屋が静まりかえり、やがて、少女であることがつい最近明らかになったばかりのカルメンが、ゲンにすらよくわからない言葉で何かを言った。

「アンコール」神父がカルメンに教えた。

「アンコール」カルメンは言った。

カトウがカルメンに頭を下げると、彼女は口もとをほころばせた。こんな子を少年とまちがえることがよくもできたものだ。帽子で隠していても、じつに愛くるしい顔立ちなのに。みんなに見られているのに気づいて、カルメンはキッチンに戻るつもりだったのが戻れなくなり、曲線を描くピアノの脇から離れることもできなくて、目を伏せた。尻の片方をピアノの木肌にもたせかけると、彼の演奏につれて弦の振動が伝わってきた。彼女に頭を下げてくれた者はこれまで一人もいなかった。彼女の願いに耳を貸してくれた者もいなかった。もちろん、音楽を演奏してくれた者も一人としていなかった。

カトウはつぎつぎと曲を弾き、やがて、室内の者はみな、ここから出ていきたくてうずうずしていたことを忘れてしまった。ようやく彼が演奏を終了し、疲労で手が震えだしたために、アンコールにはもう応えられなくなったとき、ロクサーヌ・コスが彼と握手をして頭を下げた。彼女が歌って彼が弾くという協定が、このとき結ばれたのだった。

5

ゲンは多忙だった。まず、ノートに書き加える新しい単語十個とその発音を知ろうとするホソカワ氏に必要とされていた。それから、〝その新聞、もう読みおわりました？〟をギリシャ語やドイツ語やフランス語でどう言うのかを知りたがる人質たちに必要とされ、スペイン語が読めない者に新聞を読んでやるために必要とされていた。交渉の通訳係としてメスネルに毎日のように必要とされていた。一日の大半は指揮官たちに必要とされていた。ゲンはホソカワ氏の通訳なのに、指揮官たちは彼のことを氏の秘書だと勝手に思いこんでいた。彼をこき使うようになっていた。秘書を使える身分になったことがうれしくて、指揮官たちはほどなく、ゲンを夜中に叩き起こして、政府への最新の要求リストを口述するから鉛筆と便箋を持ってすわるようにと命じるまでになっていた。彼らの要求することはゲンの目から見れば未熟だった。政府を転覆させるために大統領を誘拐することが彼らの計画だったとしても、そこから先は考えていないようだった。いまでは、貧しい者に配る金のことがしきりに話題になっていた。刑務所に放りこまれたかつての知人の名前がつぎつぎと挙げられて、ゲンにはそれが無限に続くように思われた。夜も遅くなると、指揮官たちは自分たちの権力と寛大さに酔いしれて、すべての人間を釈放するよう要求しはじめるのだった。それは政治犯だけにとどまらなくなってきた。幼なじみの自動車泥棒、ケチなこそ泥、鶏を盗んだ連中、親しくなればそんなにワルではないとわかるひと握りの麻薬密売人などのことも彼らの頭に浮かんできた。「こいつを抜かすなよ」アルフレードはそう言って、ゲンの肩をうるさくこづくのだった。「こいつがどんなに苦労してきたか、誰もわかってないんだ」彼らはゲンの達筆を賞賛し、副大統領の長女の部屋でタイプライターを見つけてからは、ゲンのタイプのうまさに感心した。ときどき、タイプの最中に、エクトルが「英語で！」と言い、つぎにアルフレードが「ポルトガル語で！」と言うこともあった。ゲンがさまざまな言語でタイプするのを肩越しに見守るのは、なんと驚嘆すべき経験だったろう！ 信じられないほど精巧なおもちゃを手に入れたようなものだった。深夜になってから、ゲンが自分だけの楽しみのために、ウムラウトのキーがついていないタイプライターを使ってすべてをスウェーデン語でタイプしなおすこともたまにあったが、それもそろそろ楽しめなくなっていた。ゲンの見たところ、莫大な富にも権力にも縁のない人質は二人だけだった。彼自身と神父で、働かされているのもこの二人だけだった。もちろん、副大統領も働いていたが、それは人に命じられたからではなかった。客が快適にすごせるよう配慮するのがいまも自分の責任だと思っているのだ。つねにサンドイッチを配り、カップを拾い集めていた。皿を洗い、床を掃《は》き、日に二回ずつトイレの床にモップをかけていた。腰に布巾を巻きつけたその姿は、まるでホテルの魅力的なコンシェルジェのようだった。そして、こう尋ねるのだ。「紅茶はいかがですか」「まことに申しわけありませんが、おすわりになっている椅子の下に掃除機をかけさせてもらえないでしょうか」みんな、ルーベンのことが大好きだった。彼がこの国の副大統領であるという事実は完全に忘れられてしまった。

つぎに言うべきことを指揮官たちが決めるのをゲンが待っていたとき、ルーベン・イグレシアスが彼に伝言を持ってきた。ピアノのところに来てほしいというのだった。ロクサーヌ・コスとカトウのあいだで相談すべきことがどっさりあったのだ。この大切なときにゲンがいなくては始まらないではないか。みんな、ソプラノ歌手のご機嫌とりに必死だったし、できればもう一度彼女の歌を聴きたいと思っていたので、指揮官たちもゲンを行かせることを承知した。ゲンは教室の外へ呼ばれた小学生になったような気がした。鉛筆がきれいにならんだ筆箱、真っ白なノート、出席簿の順番がたまたまそうなっていたおかげで窓ぎわの席にすわることができた幸運などを思いだした。よくできる生徒ではあったが、彼の記憶には、教室から出ていきたくてうずうずしていた瞬間がいくつも刻みつけられている。ルーベン・イグレシアスがゲンの腕をとった。「世界の問題はあとまわしにしてもいいと思うよ」とささやき、それから、誰にも聞かれる心配のない低い声で笑った。

ピアノのそばには、カトウ、ロクサーヌとともに、ホソカワ氏がいた。オペラに関する熱心な話し合いが日本語に通訳されるのを聞き、ロクサーヌ・コスの会話を日本語で聞くのは、わくわくすることだった。彼女がじかに話しかけてくる言葉を聞くのと、ほかの誰かに話しかけたり、誰かと音楽に関する話をしたりしているのを聞くのとは、ちがっていた。立ち聞きをすることで人は利口になっていくものだ。人が身につける知恵というのは、ドアをくぐった瞬間に半分ほど洩れ聞いた言葉のように、偶然耳にしたものから入ってくるのだ。ホソカワ氏は人質にされて以来、耳の聞こえない人々と同じ不自由を感じていた。スペイン語をこつこつ学んでいる最中ではあったが、知っている単語を耳にするのはごくまれだった。人の話に耳を傾ける時間がもっとほしいと思いながら人生を送ってきたのに、いざその時間が与えられると、耳を傾けるべき対象が何もなかった。聞こえてくるのは、彼には理解できない早口の声と、塀の向こうでときおりあがる警察のわめき声だけだった。副大統領はオーディオ装置を持っていたが、彼の好みは民俗音楽にかぎられているようだった。彼のCDは甲高い笛と素朴な太鼓を演奏する楽団のものばかりだった。その音楽を聴いていると、ホソカワ氏は頭痛がしてくる。だが、指揮官たちは民俗音楽に胸を躍らせ、新しいCDがほしいと氏が頼んでも、耳を貸してくれなかった。

だが、いま、ホソカワ氏は自分の椅子をピアノのそばへ持っていき、話に聴き入っていた。カトウが説得に応じてもう一度演奏してくれるかもしれない、あるいは、うまくすればロクサーヌ・コスが歌ってくれるかもしれないとの希望を胸に、人質とテロリストを含めた全員がリビングに残っていた。ロクサーヌを見つめるカルメンの目はとくに熱っぽかった。自分ではロクサーヌの護衛係のつもりで、それが自分の責任だと思っている。片隅に立ち、かたときも注意をそらすことなく、彼らの協議を見守っていた。ベアトリスはしばらくのあいだ三つ編みの端を嚙みながら、同じ年ごろの少年たちと雑談していた。つぎの音楽がすぐには演奏されそうになかったので、テレビを見ようと、何人かの仲間と一緒にこっそり出ていった。

大物演奏家二人との同席を許されたのは、ホソカワ氏とゲンだけだった。「朝はまず音階練習をしなくては」ロクサーヌが言った。「朝食のあとで。何曲か歌うことにするわ。ベッリーニ、トスティ、シューベルト。ショパンがお弾きになれるのなら、この曲も大丈夫でしょ」ロクサーヌは鍵盤に指を走らせて、シューベルトの《ます》の最初の部分を弾いた。

「楽譜さえあれば」カトウは言った。

「食事を運んでくれてるんだから、楽譜だって大丈夫よ。わたしのマネジャーに言って箱に楽譜を詰めさせ、こちらに送ってもらいましょう。誰かが航空便で届けてくれるわ。希望の曲を言ってちょうだい」紙はないかとロクサーヌがあたりを見まわしたので、ホソカワ氏はすかさず、ジャケットの内ポケットからノートとペンをとりだした。うしろのほうの真っ白なページをひらいて彼女に渡した。

「まあ、ミスタ・ホソカワ。あなたがいらっしゃらなければ、この幽閉生活はまるでちがったものになっていたでしょう」

「ノートとペンなどよりすばらしいプレゼントを、いくつももらっておいでとは思いますが……」ホソカワ氏は言った。

「プレゼントの値打ちは、それをくださった方の誠意によって決まるものよ。それに、もらう側が心から望んでいる品であれば、いっそう値打ちがあるわ。これまでに、あなたはハンカチと、ノートと、ペンをくださいました。わたしがほしいと思った三つのものをすべて」

「わたしが持っているわずかな品はすべてあなたのものです」彼女の軽い口調には合わない生真面目な顔で、ホソカワ氏は答えた。「靴もさしあげましょう。腕時計も」

「今後のために何か残しておいてくださいな。わたしをびっくりさせるために」ロクサーヌはページを一枚ちぎって、ホソカワ氏にノートを返した。「勉強を続けてください。ここでの暮らしが長くなったら、みんな、ゲンを必要としなくなるかもしれないわね」

ゲンはそれを通訳して、ついでにつけくわえた。「わたしは失業というわけですね」

「あの人たちと一緒にジャングルに戻ればいいのよ」ロクサーヌは肩越しに指揮官たちのほうを見ながら言った。三人とも暇なものだから、彼女を見つめていた。「あの人たちが喜んで仕事をくれると思うわ」

「わたしはゲンを手放しませんよ」ホソカワ氏は言った。

「でもね」ロクサーヌはほんの一瞬、ホソカワ氏の手首に触れた。「思いどおりにならないことだってあるでしょ」

ホソカワ氏は彼女に笑いかけた。自分たちがごく自然に話せるようになり、時間をつぶすのが急に楽になったことを思うと、頭がくらくらしそうだった。カトウがピアノを弾いてくれなかったら、どうなっていただろう！　ギリシャ人かロシア人の一人が弾いていたかもしれない。そのときは、英語がギリシャ語に通訳され、ギリシャ語が英語に通訳されるのを聞きながら、自分の通訳であるはずのゲンにはすべてのやりとりを日本語に直している暇がないのだとあきらめて、またしても仲間はずれの気分を味わうことになっていただろう。面倒でなければフォーレの楽譜もすこしほしいとカトウが頼むと、ロクサーヌは笑いだし、いまの暮らしのなかでは面倒なことなどひとつもないと言った。すばらしいカトウ！　彼はロクサーヌにはほとんど関心がないようだった。彼が目を離せずにいるのはピアノのほうだった。昔から勤勉な社員だったし、いまでは最高のヒーローだ。すべてが解決したら、給料をうんとあげてやらなくては。

メスネルがいつものように、午前十一時にやってきた。玄関先で少年兵二人が彼のボディチェックをおこなった。靴を脱がせてなかをのぞきこみ、小型の武器が隠されていないか調べた。彼の脚を軽く叩き、腋の下も探った。それはばかげた習慣で、疑惑からではなく、退屈から生まれたものだった。指揮官たちは少年兵に戦闘の心構えを叩きこんでおくべく苦心していた。十代の子供たちは副大統領の書斎の革のソファに寝そべって、テレビを見ることが多くなっていた。のんびりシャワーを浴びたり、デスクで見つけた優美な銀のハサミを使ってたがいの髪をカットしたりしていた。そこで、指揮官は夜の見回りと監視の任務を倍にふやした。二人一組の少年たちに屋敷内を巡回させ、さらにべつの二人を外へ出して、霧雨に濡れた庭のへりを歩かせた。巡回に出かけるとき、少年兵たちは装塡ずみのライフルを手にしていて、ウサギを撃つような格好でそれを構えていた。

　メスネルはこのボディチェックに辛抱強く耐えていた。ブリーフケースをひらき、靴を脱いだ。腕を左右にまっすぐ広げ、靴下だけになった足を大きくひらいて、奇妙な小さい手が自分の身体を好き勝手に探れるようにした。一度、一人が脇腹をくすぐったので、メスネルはあわてて腕をおろした。「いい加減にしろ《バスタ》!」と言った。こんなに素人っぽいテロ集団を見たのは初めてだ。いったいどうやってこの屋敷を制圧できたのかと、彼は頭をひねるばかりだった。

　メスネルをくすぐったラナートという少年をベンハミン指揮官が殴りつけ、彼の銃をとりあげた。指揮官がひたすら望んでいたのは、軍隊の規律に似たものだった。「そんなことはしなくていい」ときびしく言った。

メスネルは椅子に腰をおろし、靴紐を結んだ。この連中にはもううんざりだった。いまごろは今回の旅行のことを忘れ、スナップ写真を現像し、旅仲間に配り、アルバムに貼っていたはずなのに。窓からの眺めが美しく、大切にコレクションしているデンマーク製のモダンな家具で統一された、ジュネーブの贅沢なアパートメントに戻っていたはずなのに。午前中には、秘書のひんやりした手から郵便物の束を受けとっていたはずなのに。ところが、いまも仕事に出かけて、テロ集団の様子を尋ねている。スペイン語の勉強をしたことがあるので、一応ゲンに通訳を頼んではいるが――それは語彙《ごい》を補ってもらうためであると同時に、安心感を求めてのことでもあった――気軽な会話の多くは自力で進めることができた。

「この状況にはもううんざりだ」指揮官はそう言いながら、両手を後頭部に向けてすべらせた。「きみのところの連中がなぜ解決策を見いだせないのか、教えてもらいたい。きみの注意を惹くために、われわれのほうで人質の殺戮にとりかからねばならんのかね」

「いいですか、まず、彼らはわたしのところの連中ではありません」メスネルは靴紐をぎゅっとひっぱった。「また、あなたが求めるべきはわたしの注意ではありません。わたしへのあてつけのために人を殺すなんてやめてください。わたしの頭はあなたたちのことで一杯なのですから。本当なら、二週間前に家に帰っていたはずなのに」

「こっちだって二週間前に家に帰ってたはずなんだ」ベンハミン指揮官はためいきをつい

た。「だが、われわれは兄弟たちが解放されるのを見届けなくてはならない」ベンハミン指揮官の言う兄弟とは、もちろん、革命のための同志たちと、実の弟ルイスの両方だった。政府への抗議のためにビラ配りをするという犯罪をおかして、いまは山岳地帯の刑務所に生きながら葬られているルイス。弟が逮捕されるまで、ベンハミンは革命の指導者になろうとは思ってもいなかった。小学校の教師だった。国の南のほうの、海に近いところに住んでいた。帯状疱疹に悩まされたことも一度もなかった。

「問題はそこですね」メスネルは室内を見まわし、集まっている人々の数をすばやくかぞえた。

「で、進展はあったのか」

「今日聞いたところでは、何もありません」メスネルはブリーフケースに手を入れて、書類の束をとりだした。「これをどうぞ。向こうの要求です。あなたのほうも、わたしを通じて要求したいものが新たに出てきたら――」

「セニョリータ・コス」ベンハミン指揮官は彼女のいるほうへぐいと親指を向けた。「彼女から要求が出ている」

「いいですとも」

「セニョリータ・コスはつねに何かしら必要としている」指揮官は言った。「女を人質にとるというのは、男を人質にとるのとはまったくちがう。前には考えたこともなかったが。

われわれの人民が求めるのは自由。女が求めるのはほかのもの。たとえば、ドレスとか」

「手配しておきます」メスネルはそう言って頭を軽く下げたが、すぐに立ちあがって帰ろうとする様子はなかった。「あなたのために用意するものは何かありませんか」あからさまには言わなかったが、指揮官の帯状疱疹のことが気にかかっていた。無惨な赤いネットが日に一ミリずつ指揮官の顔に広がっていて、もうじき、左目の冷たい涙のなかに先端を浸そうとしているかに見える。

「わたしが頼みたい品は何もない」

メスネルはうなずき、そろそろ失礼しますと言った。ベンハミンにはあと二人の指揮官よりも好感が持てた。理性的な男だし、おそらく教養もあるだろう。だが、彼に対しても、犯人グループと人質の誰に対しても、本物の好意を持つに至らないよう、メスネルは必死に自分を抑えていた。情に流されてしまうと、効率よく仕事を進めることができなくなりがちだ。それに、こういう事件がふつうどういう結末を迎えるかを、メスネルは知っている。個人的な関わりは避けたほうが無難だろう。

しかし、ロクサーヌ・コスに分別ある規則は適用されなかった。彼女はほぼ毎日のように、自分のほしい品を要求してきた。指揮官たちはほかの人質の要求には洟《はな》もひっかけないくせに、彼女が相手だとすぐに折れる。メスネルも彼女から何か頼まれるたびに、わたしが会いたい人はあなたよと言われているような気がして、心臓の鼓動が速くなるのを感じていた。彼女の頼みは、日によってちがい、デンタルフロスだったり、マフラーだったり、また、ハーブの喉飴だったりした。その喉飴がスイス製だと知って、メスネルは得意に思った。ほかの人質も、ほしい品があるときはロクサーヌに頼むのが習慣になった。男物の靴下やヨットの雑誌を頼むとき、ロクサーヌはまばたきひとつしなかった。

「いい知らせをお聞きになった？」ロクサーヌが言った。

「いい知らせがあるのですか」メスネルは理性的にふるまおうとした。彼女のどこに惹かれるのかをつきとめようとした。横に立てば、彼女の髪の分け目を見おろすことができる。ふつうの女となんら変わりはない。そうだろう？　ひょっとすると、目の色が変わっているのかもしれない。

「ミスタ・カトウがピアノを弾くのよ」

自分の名前を耳にして、カトウがピアノのベンチから立ちあがり、メスネルに頭を下げた。二人はまだ一度も紹介されていなかった。冷静な態度と、玄関ドアを意のままに出入りする魔法のような能力をそなえたメスネルに、すべての人質が深い敬意を寄せていた。

「とりあえず、わたしは練習を再開することができるわ」ロクサーヌは言った。「ここから運よく出られたときのために、きちんと歌えるようにしておきたいの」

メスネルは自分にもその練習を聴くチャンスがあればいいのにと言った。ほんの一瞬、心が波立ち、嫉妬に似ていなくもないものを感じた。人質はつねにここにいるのだから、ロクサーヌが歌う気になるのが朝一番であろうと、夜の夜中であろうと、いつでも歌声を聴くことができる。メスネルはポータブルのCDプレイヤーと、見つけられるかぎりのロクサーヌのCDを買い求めていた。夜になると、国際赤十字が支払いをしてくれている二つ星ホテルの部屋で横になり、《ノルマ》や《夢遊病の女》の彼女の歌声に耳を傾けていた。彼女が《清らかな女神よ》を歌うあいだ、自分は寝心地の悪いベッドに寂しく横になり、天井のクモの巣みたいなひび割れを見つめているのに、人質はみんな、副大統領の屋敷の豪華なリビングに集まっているのだ。

いいかげんにしろ――メスネルは自分を叱った。

「これまで、リハーサルはいつも非公開だったのよ」ロクサーヌは言った。「わたしのミスを耳にする権利は誰にもないと思ってるから。でも、ここじゃ、非公開にしようと努力しても無駄でしょうね。全員を屋根裏へ追いやるわけにはいかないし」

「屋根裏にいても、歌声は聞こえます」

「耳に綿を詰めてもらえばいいわ」ロクサーヌはそう言って笑いだし、メスネルは心が騒いだ。新しい伴奏者があらわれて以来、屋敷のなかのすべてが以前よりしのぎやすくなったようだ。

「で、わたしにできることが何かありますか」ゲンが秘書に変身したのなら、メスネルは使い走りの少年に変身していた。スイスにいたときの彼は、交渉にあたるエリート集団の一員だった。四十二歳にして、赤十字で大きな成功をおさめていた。食料品を箱に詰めたり、洪水の被災地に車で毛布を届けたりしたことは、二十年近くのあいだ一度もなかった。ところが、いまでは、オレンジ風味のチョコレートを探して街じゅう駆けずりまわったり、パリの友人に電話をかけて小さな黒い容器に入った高価なアイクリームを送ってくれるよう頼んだりしている。

「楽譜が必要なの」ロクサーヌはそう言って、自分で書いたリストを渡した。「わたしのマネジャーに電話して、今夜のうちに送るよう伝えてちょうだい。何か問題がありそうなら、飛行機に乗って直接届けにくるよう、マネジャーに言ってちょうだい。明日までに手に入れたいの」

「明日は無理ですよ。もうすこし余裕を見てもらわないと」メスネルは言った。「イタリアではもう夜になっています」

メスネルとロクサーヌは英語でしゃべり、二人の個人的な会話をゲンが目立たぬように日本語に通訳していた。アルゲダス神父がピアノににじり寄った。邪魔をしようというのではなく、話の内容を知りたくてたまらなかったからだ。

「ゲン」神父はささやいた。「彼女は何をほしがってるんですか」

「楽譜です」ゲンは答え、つぎの瞬間、その質問がスペイン語だったことに気づいた。

「パルティトゥーラです」

「メスネルには心当たりがあるのでしょうか——誰に頼めばいいのか。どこを探せばいいのか」

ゲンは神父に好意を持っていたので、口出しされるのを迷惑だとは思わなかったが、会話が日本語に通訳されるのをホソカワ氏とカトウが首を長くして待っているいま、英語で進められる会話に追いつけなくなっていた。「イタリアにいる彼女のスタッフに連絡をとるそうです」ゲンはアルゲダス神父に背中を向けて、本来の役目に戻った。

神父がゲンの袖をひっぱった。ゲンは片手をあげて、待ってほしいと頼んだ。

「しかし、どこに楽譜があるか、わたしは知ってるんです」神父はひきさがらなかった。

「ここから二マイルと離れていません。わたしの知人にマヌエルという音楽教師がいて、うちの教会の助任司祭をしています。わたしにレコードを貸してくれます。ご希望の楽譜は彼のところにすべてあるはずです」神父の声が高くなっていた。アルゲダス神父は善行をほどこすことに生涯を捧げてきた人物なので、このところ、なすべき善行が見つからなくて落ちこんでいた。ルーベンの洗濯を手伝い、朝はすべての毛布をたたんで枕とともに壁ぎわにきれいに積み重ねていたが、もっと深遠な内容の助力と導きを与えたくてうずうずしていた。彼が望んでいるのは、彼にとって重要なのは、人の力になることだけなのに、みんなに慰めを与えるどころか、迷惑がられる一歩手前にいる自分を意識せずにはいられなかった。

「神父さまはなんておっしゃってるの？」ロクサーヌが訊いた。

「なんて言われたんですか」ゲンは神父に訊いた。

「楽譜はここにあります。電話してください。必要なものすべてをマヌエルが持ってきてくれるでしょう。マヌエルの持っていない楽譜があっても――そんなことは想像できませんが――かならず見つけてくれるはずです。セニョリータ・コスのためだと一言おっしゃれば大丈夫。いや、その必要もないでしょう。マヌエルはクリスチャンです。理由がなんであれ、必要だとおっしゃれば、かならず力になってくれます」神父の目は興奮に輝いていた。自分の心臓をさしだそうとするかのように、胸の前に両手をさしのべた。

「ベッリーニはお持ちかしら」通訳された言葉に耳を傾けたあとで、ロクサーヌが尋ねた。「歌曲集が必要なの。オペラの総譜も必要なの。ロッシーニ、ヴェルディ、モーツァルト」彼女は神父に身を寄せて、不可能な頼みを率直に切りだした。「オッフェンバック」

「オッフェンバック！《ホフマン物語》ですね！」神父のフランス語の発音はうまくはないにしても、どうにか通じるものだった。レコードのジャケットに書かれているのを見たことがあるだけだった。

「持ってらっしゃるかしら」ロクサーヌはゲンに言った。

ゲンがその質問をくりかえすと、神父は答えた。「彼の楽譜を見たことがあります。電話してください。名前はマヌエル。指揮官の許可がおりれば、わたしが喜んで電話しましょう」

ベンハミン指揮官は二階の部屋に閉じこもって炎症を起こした顔に温湿布をあてている最中で、邪魔するわけにいかなかったので、メスネルがエクトル指揮官とアルフレード指揮官に頼んでみると、二人は退屈そうな無関心な顔でうなずいた。

「セニョリータ・コスのためです」メスネルは説明した。

エクトル指揮官はうなずき、彼に目を向けもせずに追い払おうとした。メスネルが部屋を出ようとしたとき、アルフレード指揮官が「電話は一回だけだぞ！」とどなった。即座に承知したため、自分たちの権威をきっちり示すことができなかったと思ったのだろう。彼らは書斎にいて、大統領の大好きなテレビドラマを見ているところだった。ヒロインのマリアが恋人に、あなたのことはもう愛していないと告げていた。そう告げれば恋人が絶望して街を離れ、マリアへの横恋慕ゆえに彼を殺そうとしている実の兄から逃れられると計算してのことだった。メスネルはドアのところにしばらく立って、テレビのなかの娘が泣いているのを見つめた。その悲しみが真に迫っていたので、目を離すことができなくなった。

「マヌエルに電話しましょう」リビングに戻って、メスネルは言った。ルーベンがキッチンへ行って電話帳を持ってくると、メスネルは神父に携帯電話を渡して、ダイヤルの仕方を教えた。

三回目のコールで相手が出た。「もしもし《アロ》！」

「マヌエル？」神父は言った。「マヌエル、もしもし？」感極まって声が詰まるのを感じた。屋敷の外にいる人物！ 前世からやってきた亡霊に出会ったような気分だった。側廊を祭壇に向かって歩いていく銀色の幻。マヌエル。幽閉生活が始まってまだ二週間にもならないのに、マヌエルの声を聞いたとたん、世の中から忘れられてしまったような気がした。

「どなたです？」その声は疑いに満ちていた。

「あなたの友達、アルゲダス神父ですよ」神父の目に涙があふれた。片手をあげて人々のもとから離れ、片隅へひっこんで、カーテンの光沢あるひだのなかへ身をひそめた。

電話の向こうで長い沈黙が続いた。「いたずらかね」

「マヌエル、ちがうよ。わたしが電話してるんだ」

「神父さま？」

「いまいるのは——」神父はそう言いかけて口ごもった。「わたしは身柄を拘束されている」

「そのことはすべて知っています。神父さま、大丈夫ですか。待遇はまともですか。そこから電話ができるんですか」

「わたしは大丈夫。元気にしている。電話は——できない——特別に許可をとったんだ」

「毎日、神父さまのためにミサをあげています」今度は声を詰まらせたのはマヌエルのほうだった。「昼食をとりに帰ってきたんです。ちょうど玄関を入ったところでした。電話をもらうのが五分早かったら、わたしは家にいなかったでしょう。ほんとに大丈夫ですか。おそろしい噂がいろいろ入ってきてます」

「わたしのためにミサを？」アルゲダス神父はずっしりしたカーテンを片手でつかみ、そのやわらかな生地に頬をもたせかけた。彼の覚えているかぎりでは、叙階式の前の日曜日に二十三人の仲間とともにミサをあげてもらったことがあり、それが最初で最後だった。これまでは自分が人々のために祈ってきて、今度はその人々が自分のために祈ってくれている。おおぜいの声のなかに、神が自分の名前を聞いてくださっている。「ここにいるすべての者のために祈ってもらいたい。人質のために。テロリストのためにも」

「祈っていますとも」マヌエルは言った。「でも、ミサは神父さまの名前であげられています」

「信じられない」神父はつぶやいた。

「楽譜はあるの？」ロクサーヌが尋ね、つぎにゲンが神父に尋ねた。

アルゲダス神父は我に返った。「マヌエル」咳払いをして、声のなかから感情を追い払おうとした。「頼みがあって電話したんだ」

「なんなりと、友よ。犯人グループが金を要求してるんですか」

裕福な人々が周囲におおぜいいるなかで、音楽教師に金の無心をする役目が自分にまわってきたところを想像して、神父は口もとをほころばせた。「そういうことではない。楽譜が必要なんだ。ここにオペラ歌手がいて――」

「ロクサーヌ・コスですね」

「何もかも知ってるわけか」心配してくれる友人に心を慰められて、神父は言った。「レッスンのために、彼女が楽譜をほしがってるんだ」

「ピアノの伴奏をやってた男が死んだそうですね。テロリストに殺されたんでしょ。両手を切り落とされたと聞いてます」

アルゲダス神父はショックを受けた。人質にされた自分たちに関して、ほかにどんな噂が流れているのだろう。「根も葉もない噂だ。伴奏者は自然死だったんだ。糖尿病でね」自分たちを拘束している連中を弁護してもいいのだろうか。いや、いくら犯人グループとはいえ、ピアニストの手を切り落としたなどという不当な非難を受けるいわれはない。「ここの状況はそうひどくない。正直なところ、わたしはつらいとは思っていない。代わりの伴奏者も見つかったし。ここにいる人質の一人で、すばらしい演奏のできる人だ」神父は声をひそめて、ささやき声になった。「もしかしたら、最初のピアニストよりうまいかもしれない。ロクサーヌ・コスの希望する楽譜は広範囲にわたっている。オペラの総譜、ベッリーニの歌曲、伴奏者のためのショパン。ここにリストがある」

「彼女が必要とするもので、わたしが持っていないものは、ひとつもないでしょう」マヌエルは自信たっぷりに言った。

この友人が紙と鉛筆を探している音が神父の耳に届いた。「わたしも彼女にそう言ったんだ」

「ロクサーヌ・コスにわたしの話をしたんですか」

「もちろん。だから、こうやって電話してるんじゃないか」

「わたしの名前も出してくれたんですか」

「きみの楽譜を見て歌いたいと言っている」神父は言った。

「閉じこめられていても、神父さまは善行をおこなうことができるんですね」マヌエルはためいきをついた。「なんと光栄なことでしょう。いますぐ持っていきます。昼食なんかもう抜きだ」

二人の男はリストを検討し、つぎに、アルゲダス神父がゲンと一緒に再チェックをおこなった。話がまとまったところで、神父は友人に電話口で待つように言った。ためらったのちに、ロクサーヌのほうへ電話をさしだした。「何か言ってほしいと、彼女に頼んでください」とゲンに言った。

「何を？」

「好きなことを。なんだっていいんです。オペラの題名をあげるように頼んでください。

やってもらえるでしょうか」

ゲンがロクサーヌ・コスに頼むと、彼女は神父の手から小さな電話を受けとり、耳にあてた。「もしもし?」

「もしもし?」マヌエルはオウム返しに英語で言った。

ロクサーヌは神父を見て微笑した。題名をあげるあいだ、彼の目をまっすぐに見つめていた。「《ボエーム》」と言った。「《コジ・ファン・トゥッテ》」

「すごい」マヌエルはつぶやいた。

「《ジョコンダ》、《カプレーティとモンテッキ》、《蝶々夫人》」

あたかも、神父の胸にまばゆい光があふれたかのようだった。その燃えるようなまばゆさに目がうるみ、夜中に教会の扉を必死で叩く男のように、心臓がドクドクいいはじめた。両手をあげてロクサーヌに触れることができたなら、はたして自分を抑えることができたかどうか、神父にはわからなかった。だが、そうなってもかまわないと思った。彼女の声に、その口調の音楽的な響きに、オペラの題名が彼女の唇からリズミカルに流れでて電話のなかに消え、二マイルほど彼方のマヌエルの耳に流れこんでいくことに、うっとりするばかりだった。神父はそのとき、何がなんでも生き延びなくてはと決意した。楽譜が散乱するマヌエルの狭いアパートメントでキッチンのテーブルにすわり、この瞬間の喜びを思いだして心ゆくまで語りあう日を、かならず迎えなくては、と。友人とそうやってコーヒーを飲むためだけにでも、ぜったい生き延びてやろうと決めた。二人で思い出話に花を咲かせ、ロクサーヌが口にした題名を順番にあげていくうちに、マヌエルよりも自分のほうが幸運に恵まれていたと、アルゲダス神父は思うことだろう。電話中のロクサーヌが見つめていたのは、こちらの顔だったのだから。

「電話を貸してくれ」通話がすむと、シモン・ティボーがメスネルに言った。

「指揮官から、一回だけと指示されています」

「あっちが何を指示しようと関係ない。そのくそったれ電話をよこすんだ」

「シモン」

「あいつら、どうせ、テレビを見てるんだろ。電話をくれ」

メスネルはためいきをついて彼に電話を渡した。「一分だけですよ」

「わかった、わかった」シモンは言った。すでに番号をダイヤルしはじめていた。電話が五回鳴り、そのあとに留守電メッセージが流れた。それは彼自身の声で、外出中なので折り返しこちらから電話すると、まずスペイン語で、つぎにフランス語で言っていた。メッセージを吹きこむのをエディットにやらせておけばよかった。おれも何を考えてたんだろう。シモンは手で目をおおって泣きだした。自分の声を聞くのは耐えられないことだった。メッセージがすむと、ビーッと長く鈍い音がした。「大好きだ《ジュ・タドール》」シモンは言った。「愛し《ジュ・》てる《テーム》、大好きだ《ジュ・タドール》」

いまはすべての者があちこちに散り、昼寝をしたり、トランプの一人遊びをしたりするために、自分の椅子へゆっくりと向かっていた。ロクサーヌが歩き去り、カトウが息子たちにあててふたたび手紙を書きはじめると（今日は書くことがどっさりできた！）、ゲンはカルメンが部屋の反対側でいつもの持ち場についていることと、その視線がもはやオペラ歌手にも伴奏者にも向いていないことに気づいた。彼女が見つめているのはゲンだった。前に見つめられたときに感じたのと同じこわばりを、ゲンは感じた。少年のふりをしていた時期に愛らしすぎて不審を持たれていたその顔は、まばたきもせず、動きもせず、呼吸すらしていないように見えた。今日のカルメンは帽子をかぶっていなかった。目はつぶらで、黒っぽく、ここで視線をそらしたら、彼をずっと見つめていたことがばれてしまうと思っているかのように、ゲンを凝視していた。

語学の天才であるゲンは、自分の言葉でしゃべるしかない状況に追いこまれると、何を言えばいいのかわからず途方に暮れてしまうことがしばしばあった。ホソカワ氏がいまもここにすわっていたなら、あちらへ行って少女が何を望んでいるか尋ねてくるようにと、ゲンに命じたかもしれない。そうすれば、ゲンはためらうことなく少女のもとへ行き、そう尋ねたことだろう。自分の心は機械でできていて、ほかの誰かが鍵をまわしたときしか作動しないのだと、過去にふっと思ったことがあった。仕事は大の得意だし、一人ですごすのも大の得意だった。本とテープがそろったアパートメントに一人ですわって、ほかの男が女をひっかけるような調子で言語を選びだす。まずは口あたりのいい会話から入り、つぎに情熱を傾ける。床に本をばらまいて適当に拾いあげる。ミウォシュをポーランド語で、フロベールをフランス語で、チェーホフをロシア語で、ナボコフを英語で、マンをドイツ語で読む。つぎに、それを入れ換える。ミウォシュをフランス語で、フロベールをロシア語で、マンを英語で。それはゲームのようなもの、彼が自分のためだけに演じる余興で、言語をたえず入れ換えることで頭の冴えを保つことができたが、だからといって、リビングの向こうからこちらをじっと見つめている少女に近づいていけるわけではなかった。ひょっとしたら、彼に対する指揮官たちの見方が正しかったのかもしれない。

カルメンはほっそりしたウェストに太い革のベルトをしていて、ベルトの右のほうに拳銃がさしこんであった。緑の野戦服は仲間の服に比べるとそれほど汚れていなくて、ズボンの膝のほころびは、エスメラルダが副大統領の顔を縫うのに使ったのと同じ針と糸で繕ってあった。針仕事を終えたエスメラルダが針を刺したままの糸巻きをサイドテーブルに置きっぱなしにしていったので、カルメンはチャンスをつかむなり、ポケットにこっそり入れておいたのだ。ゲンがどんな仕事をしているかを知って以来、この通訳と話をしたいと願ってきたが、自分が少女であることを悟られずに話をする方法がどうしても思いつけずにいた。やがて、ベアトリスがその問題を解決してくれたので、いまはなんの秘密もなく、待つ理由もなくなった。ただ、壁にはりつけられたような気がして、そこから一歩も動けなかった。彼には何度か見つめられた。いまも見つめられている。事態はそこまでしか進展しないように思われた。歩き去ることもできず、彼のほうへ歩いていくこともできない。この場所で一生をすごすことになりそうだ。カルメンは自分の攻撃性を、訓練のなかで指揮官に叩きこまれたすべてのことを思いだそうとしたが、人民の幸福のために必要なものを奪うのと、自分のために頼みごとをするのとは、まったくちがっていた。頼みごとに関しては、カルメンは何ひとつ知らなかった。

「ゲン」メスネルが彼の肩に勢いよく手を置いた。「たった一人ですわっているあなたを見たのは初めてです。みんなが言いたいことを持っていながら、誰もそれを表現する方法を知らない――あなたはときどき、そんなふうに感じているのでしょうね」

「ときにはね」ゲンはうわの空で言った。カルメンのいるほうへ息を吹きかけたら、彼女が気流に乗って舞いあがり、羽のように漂い去るのではないかという気がした。

「環境の侍女というところかな、あなたもわたしも」メスネルはフランス語でゲンに語りかけた。祖国スイスにいるときにしゃべっている言葉だった。「侍女に相当する男性名詞はなんでしょう」

「エスクラーブかな」ゲンは言った。

「そうか、奴隷ですね。でも、あまりいい響きではない。このまま侍女で通すことにしましょう。女性名詞でもかまいはしない」メスネルはピアノのベンチにゲンとならんで腰かけ、ゲンの視線の先を目で追った。「まさか……」声をひそめた。「あちらにいるのは女の子じゃありませんか」

ゲンはそうだと答えた。

「どこから来たんだろう。女の子はいなかったのに。テロ軍団をさらに呼び寄せる方法を連中が見つけたわけじゃないでしょうね」

「最初からここにいたんです。二人とも。われわれが気づかなかっただけで。あの子はカルメン。もう一人はベアトリスといって、いまはテレビを見ています」

「気づかなかった？」

「ええ、たぶん」自分だけは気づいていたと、ゲンは確信した。

「いま書斎へ行ってきたばかりですが」

「じゃ、また、ベアトリスが目に入らなかったわけだ」

「ベアトリス。そして、ここにいるのがカルメン。やれやれ」メスネルは立ちあがった。

「だったら、われわれ全員、目がどうかしているにちがいない。通訳をお願いします。あの少女と話してみたいので」

「あなたのスペイン語で大丈夫ですよ」

「わたしのスペイン語はたどたどしいし、動詞の活用もまちがいだらけです。さあ、立って。彼女のほうを見て、ゲン。向こうもじっと見てますよ」それは真実だった。カルメンはメスネルが自分に近づいてこようとしているのに気づいて怖くなり、まばたきすらできなくなっていた。いまは肖像画の人物が前を見つめるのとほぼ同じ視線で、彼らのほうを見ていた。リマの聖女ローザに、かなうはずもない願いをかなえてくれるよう祈った。自分の姿を見えなくしてくれるようにと。「任務に失敗すれば死刑という条件つきで、あなたを見張るよう命じられたか、あるいは、何か言いたいことがあるかのどちらかですね」ゲンは立ちあがった。自分は通訳だ。あちらへ行ってメスネルの言ったことを通訳しなくては。それでも、胸のなかに奇妙な動揺を感じていた。むずがゆさに似ていなくもない感覚だが、肋骨の奥のほうにその感覚は存在していた。

「こんな意外なことなのに、誰も一言も教えてくれませんでしたね」メスネルは言った。「みんな、新しい伴奏者のことで頭がいっぱいだったんです」一歩ごとに膝がばらばらになっていくのを感じながら、ゲンは言った。大腿骨、膝蓋骨、脛骨。「少女たちのことはすっかり忘れていました」

「テロリストは男ばかりだと思っていたのだから、わたしもかなりの性差別主義者ってわけだ。いまはもう新しい時代ですからね。少女がテロリストになるのも少年に劣らず簡単なことだと気づくべきでした」

「わたしには想像できません」

二人が三フィートのところまで近づいたとき、カルメンは右手を銃にかける力を見いだし、とたんに、二人はそれ以上近づくのをやめた。

「われわれを撃つつもりですか」メスネルはフランス語で言った。簡単な文章だが、スペイン語で言うのは無理だった。〝撃つ〟にあたるスペイン語を知らなかったからだ。あとでかならず調べておこうと決心した。ゲンが通訳したが、その声はおずおずしていた。カルメンは目を大きくひらき、額を汗でじっとり濡らしたまま沈黙を続けた。

「彼女、ほんとにスペイン語がしゃべれるんですか。そもそも、口がきけるんですか」メスネルがゲンに言った。

ゲンはスペイン語がしゃべれるかと彼女に訊いた。

「すこし《ポキート》」カルメンは低く答えた。

「撃たないで」メスネルは善意に満ちた声で言って、銃を指さした。

カルメンは銃にかけていた手を放し、胸の前で腕を組んだ。「撃たない」と言った。

「年はいくつ？」

カルメンは十七だと答え、二人は彼女が真実を言っているのだろうと思った。

「母国語はなんですか」メスネルが彼女に尋ねた。

「ケチュア語」彼女は言った。「みんなケチュア語をしゃべるけど、スペイン語も知ってる」つぎに、ここで初めて、自分の望みを告げることにした。「わたし、スペイン語をもっと勉強したい」その言葉は鈍いしわがれ声となって出てきた。

「きみのスペイン語は上手だよ」ゲンは言った。

この褒め言葉にカルメンの表情が変化した。これを拡大解釈して笑顔と称することは誰にもできないだろうが、眉が持ちあげられ、その顔が陽ざしにひきよせられるかのように二人を見あげて、一センチほど傾けられた。「もっと上手になりたいと思ってる」

「なぜまた、あなたのような女の子がこういう集団に加わることになったんですか」メスネルが言った。ゲンは無遠慮すぎる質問だと思った。だが、メスネルはスペイン語もかなりできるから、自分がまったくべつの質問に置き換えたら、すぐにばれてしまうだろう。

「人民を解放するために闘っている」カルメンは言った。

メスネルは首のうしろを掻いた。「つねに〝人民の解放〟ですね。人民というのが誰をさしているのか、あるいは、彼らを何から解放したいのか、わたしにはどうもよくわかりません。いろいろ問題があることは認めますが、〝人民の解放〟というのはとても曖昧です。率直に言って、銀行強盗と交渉をおこなうほうが簡単です。連中が求めているのは金だけだから。金を手にして、さっと姿を消す。人民なんて関係ない。じつにわかりやすい。そう思いませんか」

「その質問はわたしに対して？　それとも、彼女に？」ゲンが訊いた。

メスネルはカルメンを見て、スペイン語で謝った。「失礼なことを言ってしまいました」とゲンに言った。「わたしのスペイン語はとても下手です」とカルメンに言った。「しかし、わたしも上達すべく努力しているところなのです」

「ええ《シ》」カルメンは言った。こんなふうに二人としゃべっていてはならない。いつ指揮官たちが入ってくるかわからない。誰に見られるかわからない。ここは人目がありすぎる。

「待遇はまともですか。健康状態はいいですか」

「ええ《シ》」彼女はくりかえした。なぜそんなことを訊かれるのか、よくわからなかったが。

「すごい美少女だ」メスネルはフランス語でゲンに言った。「印象的な顔だ。ほぼ完璧なハート形をしている。ただし、彼女には内緒ですよ。死ぬほど恥ずかしがるタイプのようだから」それから、メスネルはカルメンのほうを向いた。「何か必要なものがあれば、われわれのどちらかに言ってください」

「ええ《シ》」単音節の返事をするのが、彼女にできる精一杯のことのようだった。

「シャイなテロリストというのは、そうそうはいませんね」メスネルはフランス語で言った。長い退屈なパーティで居心地の悪いひとときをすごしているかのように、三人はそこにじっと立っていた。

「きみ、音楽が好きなんだね」ゲンは言った。

「とてもきれい」彼女はつぶやいた。

「さっきのはショパンだよ」

「カトウがショパンを弾いたんですか」メスネルは言った。「ノクターンを？　聴けなくて残念だったな」

「ショパンが弾いた」カルメンは言った。

「ちがう」ゲンが言った。「弾いたのはセニョール・カトウ。彼の弾いた曲を作ったのがセニョール・ショパン」

「とてもきれい」彼女はふたたび言った。突然、その目に涙があふれて、唇が軽くひらいた。何かを言うためではなく、息をするためだった。

「どうしました」メスネルが尋ねた。彼女の肩に手をかけようとしたが、思いとどまった。ヒルベルトという大柄な少年が部屋の向こうから彼女を呼んだ。自分の名前を耳にしたとたん、彼女のなかに動く力が戻ってきたかに見えた。あわてて涙を拭い、会釈もせずに二人の男のわきを通り抜けた。二人の男はふりむいて、彼女が広々としたリビングを駆け抜け、少年とともに廊下の奥へ姿を消すのを見守った。

「たぶん、音楽に感動したんでしょう」メスネルは言った。

ゲンは立ったまま、いまさっきまで彼女がいたからっぽの場所を見つめていた。「女の子にとっては苛酷でしょうね。こんな毎日は」

メスネルは誰にとっても苛酷だと言いかけて、ゲンの言わんとすることを理解し、すなおな心でそれに同意した。

　メスネルが帰っていくと、屋敷にはいつも悲しみが漂い、それが何時間も続くのだった。屋敷のなかはとても静かで、塀の向こうから警察が流している退屈なメッセージには誰も耳を傾けていなかった。望みはない、降伏しろ、交渉には応じない。メッセージはだらだら続き、やがて、言葉が溶けあって鈍い響きを帯び、巣のまわりを飛びかうスズメバチの腹立たしげなうなりに変わっていく。面会時間が終わって、そのあとは監房に腰をおろし、外はもう暗くなっただろうかと考える以外に何もすることのない囚人たちの気持ちが、みんなにも理解できるようになった。彼らが午後の憂鬱なひとときにどっぷり浸かって、訪ねたこともない年老いた親戚連中のことを考えていたとき、ふたたびメスネルのノックが響いた。シモン・ティボーが首に巻いたブルーのスカーフから顔をあげ、ベンハミン指揮官が玄関に出るよう副大統領に合図した。ルーベンは腰に巻いた布巾をあわててほどいた。銃を持った連中が身ぶりで彼をせかした。メスネルであることをみんなが知っていた。玄関にやってくるのはメスネルしかいない。

「なんとうれしい驚きでしょう」副大統領は言った。

　メスネルは玄関前の石段に立ち、腕にかかえた重い箱を落とすまいと必死になっていた。指揮官たちはときならぬこのノックを、交渉進展のしるし、この事件にケリをつけるチャンスの訪れととった。そこまで希望をなくし、そこまで希望に焦がれていたのだ。荷物が運ばれてきただけだとわかったとたん、失望に押しつぶされるのを感じた。指揮官たちが望んでいたのはそんなものではなかった。「いつもの訪問時間ではない」アルフレド指揮官がゲンに言った。「こちらの許可する訪問時間はメスネル当人にも伝えてある」アルフレード指揮官はそれまで椅子のなかで眠っていた。副大統領の屋敷に来て以来、ひどい不眠症に悩まされていて、ようやく彼が手に入れたわずかな眠りを邪魔した者はそれを後悔することになる。彼はいつも、弾丸が耳のそばをビュッと通りすぎる悪夢にうなされていた。目をさますと、シャツはびしょ濡れになり、心臓は激しい動悸《どうき》を打ち、眠る前よりもぐったり疲れていた。

「今回は特別だと思ったものですから」メスネルは言った。「楽譜が届いたのです」

「われわれは軍隊だ」アルフレードはとげとげしく言った。「音楽学校ではない。明日、いつもの時刻に訪ねてこい。そうしたら、楽譜の差し入れを許可するかどうか、こちらで協議する」

ロクサーヌ・コスがあれはわたしの楽譜かとゲンに尋ね、ゲンがそうだと答えると、立ちあがった。神父も玄関ドアに近づいた。「マヌエルからですか」

「塀のすぐ向こうに来ています」メスネルは言った。「あなたのためにこのすべてを届けに来てくれたのです」

アルゲダス神父は組んだ両手を自分の唇につけた。力と慈悲にあふれた神よ、わたしたちはあなたに感謝と賛美を捧げるために、どんなときでも、どんな場所でも、御旨のままに行動します。

「二人とも腰をおろせ」アルフレード指揮官が言った。

「これを玄関のなかへ入れておきます」メスネルはそう言って、腰をかがめようとした。楽譜の重いことといったら、驚くほどだった。

「だめだ」アルフレードは言った。頭痛がしてきた。譲歩することにはつくづくうんざりだった。こういう状況のもとでは、なんらかの秩序があって然《しか》るべきだし、権力への敬意があって然るべきだ。銃を持っているのはこちらではないか。そこに重きを置くべきではないのか。箱を運びこむのは禁止だとこちらが言えば、運びこんではならないのだ。ベンハミン指揮官がアルフレードの耳に何事かささやいたが、アルフレードは自分の主張をくりかえすだけだった。「だめだ」

ロクサーヌがゲンの腕をひっぱった。「あれ、わたしのじゃないの？　あの人たちにそう言って」

ゲンは箱がミス・コスのものかどうかを尋ねた。

「セニョリータ・コスのものは何もない！　きみたちと同じく、彼女も囚人なのだ。ここは彼女の家ではない。彼女だけに適用される特別な郵便サービスは存在しない。彼女が箱を受けとることは許さない」アルフレードの口調に、若いテロリスト全員が直立不動の姿勢をとり、威嚇の構えをとった。といっても、多くは自分の銃に手をかけただけだったが。

メスネルはためいきをついて、腕にかかる重みを移動させた。「では、明日あらためてうかがいます」彼はいま、英語でしゃべっていた。ロクサーヌ・コスに向かって語りかけ、指揮官たちへの通訳はゲンにまかせることにした。

メスネルがまだ玄関先にいるうちに、屋敷に背中を向けはじめてもいないうちに、ロクサーヌ・コスが目を閉じ、口をひらいた。あとで考えてみると、アルフレード指揮官の視点からいっても(彼はこれを反乱行為とみなしていたかもしれない)、声という楽器そのもののためからいっても、これは無謀なやり方だった。ロクサーヌは二週間のあいだ歌っていなかったし、ウォームアップ用の音階練習もしていなかった。ロクサーヌ・コスは副大統領夫人のパンツに副大統領の白いドレスシャツという装いで広いリビングの真ん中に立ち、プッチーニの《ジャンニ・スキッキ》から《私のお父さん》を歌いはじめた。ふつうはオーケストラの伴奏がつくものだが、伴奏のないことには誰も気づいてもいなかった。オーケストラと一緒のときのほうが声の響きがすばらしかっただの、室内がきれいに掃除されてロウソクの灯りに輝いていたときのほうがよかっただのという者は、一人もいなかっただろう。花やシャンパンがないことなど、みんな、気にもしていなかった。それどころか、いまは、花もシャンパンも不要な飾りだったことを悟っていた。ずっと歌っていなかったなんて本当だろうか。彼女の声がしなやかで温かかったときも、こんなに美しい響きではなかった。数が多すぎてすべてをリストにするのは不可能なほどのさまざまな理由から、人々の目が涙にうるんでいた。もちろん、涙の理由は音楽の美しさにあったが、同時に、自分たちの人生が挫折したことにもあった。最後に彼女の歌を聴いたときのことを思いだし、そのとき自分の横にいた女性のことをなつかしんだ。肉体のなかに含まれうるかぎりの愛と憧れがわずか二分半の歌となって流れだし、彼女の声が最高音部にさしかかったときには、人々が人生のなかで与えられたすべてのものと失ったすべてのものがひとつになり、耐えがたいほどの重みとなってのしかかってきたかに思われた。ロクサーヌの歌が終わった瞬間、まわりの者は呆然となり、身を震わせながら沈黙のなかで立ちつくした。メスネルは雷に打たれたかのように壁によりかかった。彼はパーティには招待されていなかった。ほかの人々とちがって、ロクサーヌの歌を生で聴いたのはこれが初めてだった。

ロクサーヌは深く息を吸いこんでから肩をまわした。「あの男に伝えてちょうだい」とゲンに言った。「これで終わりだと。あの箱をいますぐわたしによこすか、この失敗した社会的実験が続くあいだ、わたしの歌もあのピアノも聴けずにすごすか、どちらかを選ぶように、と」

「本気ですか」ゲンは訊いた。

「はったりじゃないわ」

そこで、ゲンが彼女の言葉を伝えると、すべての者の目がアルフレード指揮官のほうを向いた。指揮官は鼻柱をつねって頭痛を抑えようとしたが、効果はなかった。音楽で頭が混乱し、判断力をなくしていた。自分の信念を通すことができなくなっていた。彼はいま、自分が幼い少年だったころに猩紅熱《しょうこうねつ》で死んでいった妹のことを考えていた。ここにいる人質連中はわがままな子供みたいなもので、つねにより多くを手に入れようとしている。苦労がどういうものか、まったくわかっていない。彼としては、すぐにでも屋敷を出ていき、塀の向こうで待ち受けている運命に――終身刑であろうと、頭に受ける銃弾であろうと――喜んで身を委ねたい気分だった。ほとんど睡眠がとれないので、的確な判断が下せる状態にはなかった。頭に浮かぶ決断はどれも狂気の沙汰に思われた。アルフレードは向きを変えて部屋を出ていき、長い廊下を歩いて副大統領の書斎に向かった。しばらくするとテレビのニュースのかすかな声が聞こえてきた。ベンハミン指揮官はメスネルに屋敷に入るよう告げ、楽譜以外のものが入っていないかどうか箱の中身を徹底的に調べるよう、鋭い声で兵士たちに指示した。彼はそれが自分の判断であり、自分がこの場の責任者であるかのように見せようとしたが、もはやそうでないことは彼自身の目にも明らかだった。

兵士たちはメスネルから箱を受けとり、中身を床にあけた。ばらばらの楽譜や、製本されたものなどで、何百枚ものページは歌のアルファベットに、すなわち、音符におおわれていた。兵士たちはそれらをより分け、分類し、ページのあいだに紙幣がはさまっているかもしれないと言いたげに、手にした楽譜をふってみていた。

「徹底してますね」メスネルは言った。「警官がひとつひとつ調べるのを、わたしは外で見てたんですよ。なのに、また最初から調べなきゃいけないなんて」

カトウが少年たちのところへ行き、その横に膝をついた。楽譜の点検がひとつすむたびに、彼らからそれを受けとった。ロッシーニとヴェルディを丹念により分け、ショパンはショパンでひとつにまとめた。ときどき、その手を止め、拍子をとって首をふりながら、作曲家からの手紙を読むかのように楽譜のページに目を走らせた。とくに興味を惹かれたものがあると、ロクサーヌのところへ持っていって手渡し、腰を折ってお辞儀をした。ゲンに通訳を頼みはしなかった。ロクサーヌが知る必要のあることはすべて楽譜のなかにあった。

「マヌエルからくれぐれもよろしくとのことです」メスネルがアルゲダス神父に言った。「ほかに必要な品があれば、かならず見つけてくると言っていました」

神父は自分が高慢の罪を犯したことを自覚していたが、それでも、楽譜を屋敷に持ちこむことに協力できたのがうれしくてたまらなかった。ロクサーヌの声の響きにいまも頭がくらくらしていて、自分の考えをきちんと表現することができずにいた。窓のほうへ目をやり、ひらいているかどうか見ようとした。わずかなメロディでも、音符ひとつでもいいから、歩道に立つマヌエルの耳に届いているよう願った。この囚《とら》われの日々のなかで、なんという幸福にめぐりあえたのだろう。キリストの愛の神秘を彼がいまほど身近に感じたことはなかった。ミサをあげていたときも、聖体拝領をしたときも、さらには、聖職に就いた日ですら、これほど身近ではなかった。自分には理解できない運命のなかへ盲目的に足を踏み入れることがおのれに課せられた運命であることを、いまようやく悟りはじめた自分に、彼は気がついた。運命のなかに報奨があり、自分の心を神に捧げることのなかに言葉にできない荘厳さがあった。すべてを失ったことを確信した瞬間、何を得たかを見てみるがいい！

ロクサーヌ・コスはその日はもう歌わなかった。喉を酷使してしまったからだ。いまはホソカワ氏とともに窓辺の小さなソファにすわって、楽譜に目を通すだけで満足していた。どちらかが何か言いたくなると、ゲンを呼ぶことにしていたが、意外だったのはめったに彼を必要としないことだった。彼女にとってホソカワ氏は心を癒してくれる人だった。言葉がなくても、こちらの言いたいことを完璧に理解してくれていると、彼女は信じていた。自分が何を見ているかが彼にも伝わるように、低い声で楽譜の一部をハミングして、それから二人でそのページに目を走らせた。ホソカワ氏は楽譜を読むことができなかったが、それをすなおに受け入れていた。歌詞に使われている言語も、オペラ歌手の言語も、この屋敷の主の言語も、ホソカワ氏にはしゃべることができなかった。自分の失ったすべてのものが、自分の知らないすべてのものが、前ほど気にならなくなっていた。代わりに、自分に与えられたものに感動していた。遅い午後の陽ざしを浴びて、楽譜に目を通している女の横にすわるひととき。ソファにすわった二人のあいだに彼女が楽譜を置く瞬間、その手が彼の手を軽くなで、やがて、彼女が楽譜を読みつづけるあいだ、その手が彼の手に重ねられる。

しばらくしてから、カトウが二人に近づいてきた。ロクサーヌにお辞儀をし、つぎにホソカワ氏にもお辞儀をくりかえした。「ピアノを弾いてもかまわないでしょうか」と、雇い主に尋ねた。

「大歓迎だ」ホソカワ氏は言った。

「この方が楽譜に目を通す邪魔にならないでしょうか」

ロクサーヌはピアノを弾くまねをしてみせるホソカワ氏を見つめてから、カトウに向かってうなずいた。

「どうぞ」と、うなずきながら言った。カトウが持っている楽譜のほうへ手を伸ばした。

カトウはそれを彼女に渡した。「サティです」

「サティ」ロクサーヌは微笑して、もう一度うなずいた。カトウはピアノのところへ行き、弾きはじめた。前に彼が演奏したときは、誰も知らない天才が部屋のなかに、自分たちのなかにいたことを、誰もが信じられずにいたが、今回はそのときとはちがっていた。ロクサーヌの歌には及びもつかなかった。彼女が歌ったときは、すべての者の心臓が鼓動を止め、歌が終わるまで待つしかないように思われたものだった。サティのほうはただの音楽だった。その美しさにうっとりしても、麻痺することはなかった。カトウが演奏を続けるあいだ、男たちは本を読んだり、窓の外をながめたりしていられた。ロクサーヌはときたま手を止めて目を閉じてはいたが、楽譜をめくりつづけていた。音楽の重みを完璧に理解していたのはホソカワ氏と神父だけだった。ひとつひとつの音が鮮やかだった。二人からは時間の感覚が失われていた。音楽、それは彼らが生きているこの瞬間の人生をあらわすものであった。

音楽を理解していた者がもう一人いたが、それは客ではなかった。廊下に立ってリビングの一隅を見つめていたカルメンで、言葉であらわすすべは知らなかったが、すべてを完璧に理解していた。いまが彼女の人生でもっとも幸福なひとときで、その理由は音楽にあった。子供のころの彼女は、夜になると藁布団の上で夢を見ていたが、夢のなかでいまのような喜びに出会ったことは一度もなかった。山中でひっそり暮らしていた一家にとっては、レンガとガラス窓でできていて、暑すぎも寒すぎもしない家があるというのは理解を超えることだった。彼女にとっても、花畑そっくりの模様が織りこまれたとても大きな絨毯や、金箔の飾りがついた天井や、暖炉の左右に立ってマントルピースを頭で支えている青白い大理石の女たちが世界のどこかに存在するなどというのは、信じられないことだった。そして、音楽と、絵と、自分がライフルを手にして巡回する庭だけでも、充分に満足できるのに、それに加えて、食料が毎日運びこまれていた。大量に運ばれてくるため、残さずに食べようといくらがんばっても、いつも一部を捨てることになった。深くて白い浴槽がいくつもあり、曲線を描く銀色の蛇口をひねれば、熱い湯がいくらでも出てきた。ふかふかの白いタオルや、枕や、サテンで縁どりされた毛布が積み重ねられていた。また、屋敷のなかは広々としていて、ふらっと姿を消してしまえば、誰にも居所を知られずにすむほどだった。たしかに、指揮官たちは人民のためにより善きものを望んでいるが、自分たちもその人民ではないのか。このままなんの進展もないとしても、この贅沢な屋敷に全員が足止めを食うことになるとしても、それがこの世で最悪の不幸と言えるだろうか。カルメンは必死に祈った。自分の祈りにさらに信頼性が加わることを願って神父のそばに立ち、ひたすら祈りつづけた。彼女が願ったのはささやかなことだった。神が自分たちを見おろして、いまの生活のすばらしさを見てとり、このままそっとしておいてくれるよう祈ったのだった。

今夜はカルメンが見張りをする番だった。全員が眠りにつくまで、長いあいだ待たなくてはならなかった。懐中電灯の光で本を読む者もいれば、みんなでざこ寝している広いリビングで寝返りを打つ者、伸びをする者もいた。子供のような連中ばかりで、水を飲みに起きたり、トイレへ行くために起きたりしている。しかし、全員がようやく静かになったところで、カルメンは彼らの身体のわきをそっと通って、ゲンの様子を見にいった。ゲンはいつもの場所にいて、雇い主が寝ているソファのすぐそばの床で仰向けになって眠っていた。眼鏡をはずし、それを片手で軽く握って眠っていた。感じのいい顔、驚異的な知識が詰まっている顔だ。まぶたをおおったなめらかな薄い皮膚の下で彼の眼球がぴくぴく動いているのが、カルメンにもわかったが、彼が夢を見ているのだとしても、その他の部分は静止したままだった。息遣いは静かで規則正しかった。この人の頭のなかをのぞければいいのにと、カルメンは思った。言葉がぎっしり詰まっていて、言語別に区分けされ、きちんと積み重ねられているのではないだろうか。それに対して、自分の脳はからっぽのクロゼットみたいなものだ。彼に拒絶されるかもしれないが、それでなんの害があるというのだ。いま持っているものを失うわけではない。一言頼むだけでいい。口に出して頼めばすむことなのに、そう思っただけで喉が完全に詰まってしまった。ピアノ演奏や聖母の絵に触れた経験がこれまでに何度あっただろう。人に頼みごとをした経験がこれまでに何度あっただろう。カルメンは息をひそめてゲンのとなりの床に横たわった。彼女の動きは木の葉と同じぐらい静かで軽やかだった。横向きに寝そべって、寝ている彼の耳に口を近づけた。頼みごとをするのは苦手だが、静かにすることにかけては天才的だった。森のなかで軍事教練を受けるとき、小枝一本折らずに何マイルも走れるのはカルメンだった。足音ひとつ立てずに背後から近づいて、相手の肩を叩くことができるのはカルメンだった。空調ダクトの蓋をはずすために最初に送りこまれたのもカルメンだった。彼女なら誰にも気配を悟られずにすむからだ。誰にも足音を聞かれずにすむからだ。カルメンはリマの聖ローザに祈りを捧げた。勇気をくださいと頼んだ。音を立てずに動ける才能がほしくて何度も祈りをあげてきたあとで、彼女はいま、音を求めていた。

「ゲン」ささやきかけた。

ゲンは夢のなかでギリシャの浜辺に立ち、海をながめていた。背後の砂浜のどこかで、誰かが彼の名前を呼んでいる。

彼女の心臓が胸のなかでドクドクいっていた。血流の勢いのすごさに耳がワーンと鳴った。耳をすました瞬間に聞こえてきたのは聖女の声だった。「やるならいまよ」聖ローザが彼女に言った。「わたしがあなたとともにいるのは、いまこの瞬間だけですよ」

「ゲン」

そしていま、彼を呼ぶ声が遠ざかっていき、ゲンは浜辺を離れてそれを追おうとした。その声を追って眠りの世界を離れ、目をさました。副大統領の屋敷で目をさますたびに、ゲンはひどい混乱に陥っていた。どこのホテルの部屋だっけ？　なんで床に寝てるんだろう。やがて、記憶が戻ってきて、あわてて目をひらいた。ホソカワ氏が呼んでいると思ったのだ。ソファのほうを見あげたが、そのとき、肩に誰かの手を感じた。首をまわすと、美しい少年がそこにいた。いや、少年ではない。カルメンだ。その鼻がいまにも彼の鼻に触れそうだった。ゲンはびくっとしたが、恐怖は感じなかった。この子が横になってるなんてずいぶん変だな——そう思っただけだった。

窓の外で長いあいだ煌々《こうこう》と輝いていた投光照明を、軍がしばらく前から消しているため、最近は夜がふたたび夜らしく見えるようになっていた。「カルメン?」ゲンは言った。月の光に照らされた彼女のこの顔をメスネルに見せたいものだ。彼女の顔を評したメスネルの言葉はまさに正しかった。ハート形の顔。

「シーッ、静かに」カルメンは彼の耳の奥にささやきかけた。「聞いて」でも、言葉はどこにあるんだろう。横になっていることに心から感謝した。心臓の動悸が耐えがたいほどだった。暗いなかでこうして震えている姿を、この人に見られてしまうだろうか。床の木材の奥底に伝わる震えを気取られてしまうだろうか。着ている服と肌がこすれあう音を聞かれてしまうだろうか。

「目を閉じて」聖ローザがカルメンに命じた。「わたしに向かって祈りなさい」

突然、カルメンの肺に空気があふれた。「読み方を教えて」彼女は早口で言った。「スペイン語で字を書くことを教えて」

ゲンは彼女を見た。彼女の目は閉じていた。自分が彼女のそばに横たわったのであって、その逆ではないような気がしてきた。彼女のまつげは濃くて、薄紅色の頰に黒い影を落としていた。眠ってるんだろうか。寝言を言ってるんだろうか。彼女にキスしようと思えば、一インチたりとも動かずにできそうだったが、その考えは心から追い払った。

「スペイン語が読めるようになりたいんだね」彼女に劣らぬひそやかな声で、ゲンはくりかえした。

すごい——カルメンは思った——この人、静かにするコツを知ってる。わたしと同じように、声を立てずにしゃべる方法を知ってる。彼女は息を吸ってから、まばたきして黒い目をひらいた。「それと、英語も」とささやいた。笑みがこぼれた。抑えきれなかった。自分の望みをすべて彼に告げることができたのだ。

つねにほかの者のうしろにひっこんでいる恥ずかしがり屋のカルメン、彼女が笑顔になれるなんて、誰にわかるだろう。だが、この微笑を見れば、なんだって約束したくなってしまう。彼はようやく眠りからさめようとしていた。いや、ひょっとしたら、すこしも目ざめていないのかもしれない。彼女をほしがっていながら、それを自覚していなかったのだろうか。彼女をほしがるあまり、こうしてそばに横たわる彼女の姿を夢に見ているのだろうか。意識から遠ざけられていることがずいぶんあるものだ、とゲンは思った。自分自身にも明かそうとしない秘密が人にはずいぶんあるものだ。「わかった」ゲンは言った。

「英語もだね」

カルメンは無謀で大胆になっていた。それだけ喜びが大きかったのだろう。手を伸ばして彼の目をおおった。目をそっとなで、もとどおりにつぶらせた。その手は冷たくてやわらかだった。金属の匂いがした。「眠りに戻って」彼女は言った。「眠りに戻って」

# 6

何年もあとになって、現実にその場にいた人々がこの時期の幽閉生活を思いだすとき、彼らの目に映るその日々は二つにくっきり分かれていた。楽譜の箱が届く前と、届いたあと。

箱が届く前は、テロリストたちが副大統領の屋敷を支配していた。人質のほうは直接的な脅しを受けていないときでも、自分自身の死という避けがたい運命に怯えていた。稀有《けう》な幸運に恵まれたおかげで、就寝中に射殺された人質はまだ一人も出ていなかったが、このころの彼らは、未来に――解放される前か、もしくはあとに――待ち受けている運命をはっきりと理解していた。いずれは一人残らず死んでいくのだ。そんなことは昔からわかっていたはずだが、いまは夜ごとに死神がやってきて、みんなの胸の上にすわり、冷酷な飢えた表情でみんなの目をのぞきこんでいた。この世は危険な場所で、一人一人の安全などという概念は寝る前の子供に親が語って聞かせるお伽噺《とぎばなし》にすぎないのだ。曲がり角をまちがえれば、すべてが消えてしまう。人々は最初の伴奏者の無意味な死について考えた。

彼の死を悼む気持ちはあった。だが、代わりのすばらしいピアニストがいかに簡単に見つかったかを考えてみるがいい。人々は娘や妻に会えないことを悲しんでいた。この屋敷で生きてはいるが、それにどんな意味があるのだろう。死神がすでに、彼らの肺の奥から空気を吸いだしていた。おかげで人々は弱く無気力になっていった。パワフルだった企業のトップが窓のそばの椅子にぐったりすわって外をながめ、外交官がグラビアには無関心なまま雑誌をめくっていた。ときには、ページをめくる気力すらない日もあった。

ところが、メスネルが楽譜の箱を屋敷に運びこんで以来、すべてが変わった。テロリストたちが出入口をふさぎ、銃を持ち歩いている点は同じだったが、いまではロクサーヌ・コスの手に指揮権が移っていた。六時に彼女の朝が始まり――部屋の窓から光がさしこむと同時に目がさめるからだ――目がさめたとたん、レッスンへの意欲が湧いてくる。風呂に入り、それから、トースト二切れと紅茶の朝食をとる。カルメンが彼女のために用意して、副大統領に選んでもらった黄色い木のトレイにのせて運んでくるのだ。カルメンが少女だとわかって以来、ロクサーヌは彼女がベッドにならんで腰かけ、彼女のカップで紅茶を飲むのを許すようになっていた。たまった油みたいに艶やかで黒いカルメンの髪を三つ編みにするのが、ロクサーヌは好きだった。指にかかるカルメンの髪の重みだけが意味を持っているように思える朝もあった。自分はこの少女の髪を編むために拘束されているのだと思うことにすれば、心が慰められた。ロクサーヌは《フィガロの結婚》に出てくる侍女のスザンナ。カルメンは伯爵夫人ロジーナ。髪が分けられ、太くて黒いリボンのような三つ編みにされ、完璧な形に整えられる。二人がかわせる言葉は何もなかった。ロクサーヌが三つ編みを終えると、今度はカルメンが彼女のうしろに立ち、その髪に光沢が出るまでブラッシングしてから、自分とそっくりの三つ編みにする。こうして、一緒にすごす午前中のいっときだけ、二人は姉妹になり、女友達になり、一心同体になる。二人でいると幸せだった。キッチンで少年たちにまじってパントリーのドアにサイコロをぶつけて遊んでいるベアトリスのことは、二人とも考えもしなかった。

七時にはピアノの前でカトウがロクサーヌを待ち、音を立てずに鍵盤に指をすべらせている。ロクサーヌは〝オハヨウゴザイマス〟という日本語の朝のあいさつを覚えた。カトウは〝グッド・モーニング〟〝サンキュー〟〝バイバイ〟といったわずかなフレーズを知っていた。相手の言語に関する知識はおたがいにそれが限度だったので、休憩をとるために中断するときも、寝る前に廊下ですれちがうときも、「おはよう」をくりかえしていた。二人の会話は楽譜をやりとりすることで成り立っていた。二人の関係はけっして対等とは言えなかったが、カトウは寝具代わりにしているコートの山に横たわって、神父の友人が届けてくれた楽譜に目を通し、ときたま、自分の聴きたい曲や、ロクサーヌの声にぴったりだと思われる曲を選びだしていた。自分の提案を押しつけるのは生意気なようにも思ったが、それもまあ、いいではないか。大企業の副社長であり、数字ばかり扱ってきた彼が、いきなりロクサーヌの伴奏者に格上げされたのだ。もはやこれまでの彼ではない。当人が想像だにしなかった人間になってしまった。

音階練習が始まるのは七時十五分だった。最初の日は、みんなまだ眠っていた。ピエトロ・ジェノヴェーゼはピアノの下で寝ていて、和音が奏でられた瞬間、サン・ピエトロ寺院の鐘が鳴っているのだと思った。いや、そんなことはどうでもいい。活動のときが来たのだ。ソファで涙にくれる時間や、窓の外をながめている時間が長すぎた。いまは音楽があり、伴奏者がいる。ロクサーヌ・コスは危険を冒して《ジャンニ・スキッキ》を歌い、声が健在であることをたしかめた。「みんな、だめになりかけてるわ」きのう、ゲンの通訳でホソカワ氏にそう告げたばかりだった。「わたしたち全員が。もううんざり。誰かがわたしを撃つ気なら、歌ってるときに撃てばいいのよ」それを聞いたホソカワ氏は、彼女の身は安全だと思った。歌っている彼女を撃つことは誰にもできないだろう。その延長で、あとの者の安全も確保されるはずだ。そこで、音楽を聴こうとして、みんながピアノのまわりに集まってきた。

「下がって」ロクサーヌは両手でみんなを追い払った。「わたしには空気が必要なの」

その朝、ロクサーヌが最初に歌ったのは《ルサルカ》のアリアだった。まだホソカワ氏を知らないときに、まだ何ひとつ知らないときに、誕生パーティの席で歌ってほしいと氏からリクエストがあった曲であることを、彼女は覚えていた。ロクサーヌの大好きなストーリーだった。水の精が人間の女になりたいと願う。そうすれば、冷たい波の代わりに本物の腕で恋人を抱くことができるから。ロクサーヌはほぼすべての公演でこの曲を歌ってきたが、この朝のような哀れみと理解が曲にこめられたことは一度もなかった。ホソカワ氏は彼女の声に変化を聴きとり、思わず涙を浮かべた。

「彼女の歌うチェコ語はまるで母国語のようだね」ゲンにささやいた。

ゲンはうなずいた。ロクサーヌの歌声の美しさにも、水の精ルサルカにぴったりの透明な声の質にも、異議を唱えるつもりはないのだが、この女性はチェコスロヴァキアの言葉など一言も知らないのだとホソカワ氏に告げたところで、それは無意味なことだった。ロクサーヌはひとつひとつの音節にこめられた情熱を歌いあげていたが、じつをいうと、その音節が集まって、彼女にとって意味のある単語を作りあげているわけではなかった。ロクサーヌが発音どおりに歌詞を記憶し、ドヴォルザークへの愛と英語に翻訳されたストーリーへの愛を歌いあげていても、チェコ語そのものが彼女にとってなじみのない言語で、まったく理解できないまま通りすぎていっていることは、きわめて明白だった。だが、もちろん、それが犯罪になるわけではない。ゲン以外の誰にそれがわかるだろう。ここにはチェコ人は一人もいないのだから。

ロクサーヌ・コスは午前中の三時間を集中レッスンにあて、声に余力があると思えば、夕方、食事の前にふたたび歌うこともあった。そのひとときだけは、自分の死に思いを向ける者は一人もいなかった。人々の思いは、ロクサーヌの歌声と、曲と、高い声域の持つ甘い輝きに向けられていた。ほどなく、一日が三つに分かれるようになった。彼女の歌を待つ時間、彼女の歌に聴き惚れる時間、そして、彼女の歌を思いだす時間。

権力が自分たちの手から離れていっても、指揮官たちが気に病む様子はなかった。使命達成が絶望的になったことはそれほどの重圧でもないようで、安らかに熟睡できる夜が多くなった。ベンハミン指揮官はダイニングルームの壁に日を刻みつづけていた。交渉に集中できる時間がふえてきた。指揮官のあいだでは、歌のレッスンも彼らの計画の一部だったかのような会話がかわされていた。歌は人質の心を静めてくれる。兵士たちの集中力を高めてくれる。また、塀の外から流れてくる騒音を鎮めるという意外な効果もあった。窓があけてあるので、通りにいる人々にもロクサーヌの歌声が聞こえているのはまちがいない。彼女が口をひらいて歌いだしたとたん、絶え間なく続いていた拡声器のわめき声がぴたっとやんだのだ。数日後には、拡声器はまったく使われなくなっていた。人々は外の通りの様子を想像した。群衆が押しあいへしあいしているが、ポテトチップスを食べる者や咳をする者は一人もおらず、みんなが全身を耳にして、レコードや夢のなかでしか耳にしたことのない歌声に聴き入っている。これこそが指揮官たちのお膳立てした毎日のコンサート。というか、指揮官のほうで勝手にそう思いこむようになっていた。人民への贈物、軍隊に対する陽動作戦。要するに、彼女を拘束したのは理由があってのことだったのだ。

「もっと歌わせるようにしよう」指揮官たちの専用オフィスとして使っている階下のゲストルームで、エクトル指揮官が言った。彼は天蓋《てんがい》つきのベッドに寝そべって、刺繡に飾られた象牙色の掛け布団にブーツの足をのせていた。ベンハミンとアルフレードは巨大なピンクの牡丹の模様におおわれたそろいの椅子にすわっていた。「日にもう二、三時間歌うのが無理な理由はどこにもない。外の連中を油断させるために、歌う時間を決めなおそう」

「何を歌うかも、こっちから指示しよう」アルフレードが言った。「スペイン語で歌わせるべきだ。いまはイタリア語ばかりじゃないか。われわれの言葉ではない。それに、ひょっとすると、彼女がメッセージを歌に託して伝えている可能性もある」

しかし、ベンハミン指揮官はこうした妄想にときたま惑わされつつも、ロクサーヌ・コスから与えられるもののすべてに感謝すべきであることを自覚していた。「こちらから頼むのはよくないと思う」

「頼むのではない」エクトルはそう言って、頭の下の枕をふくらますために手をうしろへやった。「命じるんだ」その声はそっけなく、冷たかった。

ベンハミン指揮官はしばらく待った。彼女の歌声が流れていて、その声の響きが通りすぎていくなかで、どう説明すればいいかを考えた。わかりきったことじゃないか――仲間にそう言いたかった――あれが聞こえないのか。「音楽はべつだと、おれは思う。おれはそう理解している。こうした状況を作りあげたのはわれわれの手柄だが、無理に歌わせようとすれば……」ベンハミンは肩をすくめた。顔にさわろうとして片手をあげたが、思いなおした。「すべてを失ってしまう危険がある」

「女の頭に銃をつきつけてやれば、一日じゅう歌いつづけるさ」

「まず小鳥で試してみるんだな」ベンハミン指揮官はおだやかな口調でアルフレードに言った。「われらがソプラノ歌手と同じく、小鳥にも権威を理解する能力が欠けている。無知な小鳥には恐怖心がないから、結局は、銃をつきつけた人間がバカ面をさらすことになるだけだ」

ロクサーヌが歌いおえると、ホソカワ氏は彼女のために水をとりにいった。彼女の好みに合わせて、冷やしてあるが氷は入っていない水を。ルーベン・イグレシアスが先日キッチンの床をモップで掃除し、ワックスをかけたばかりなので、床全体が静かな湖面に反射する光のごとくきらめいていた。彼女のために午前中に沸かして冷ましておいた水のポットを手にとりながら、ホソカワ氏は考えた——いまが人生でもっとも幸せなときではないだろうか。いや、そんなはずはない。自分の意志に反して知らない国で人質にされ、毎日、子供に銃口をつきつけられている。食事は硬い肉をはさんだサンドイッチと缶入りソーダだけだし、五十人以上の男と同じ部屋でざこ寝している。ときたま洗濯機を使うことができきるが、たんすから着替えの下着を出してもらえないかどうか、副大統領にそろそろ頼んでみようと思っている。なのに、急に軽やかな気分になり、みんなに深い愛しさを感じるようになったのはなぜだろう。ホソカワ氏は流しの上の大きな窓の外に目をやり、悪天候の靄を見つめた。子供のころの暮らしは貧しくはなかったが、苦労の連続だった。十歳のときに母親が死んだ。父親は悲しみに耐えていたが、やがて身体をこわし、カツミ・ホソカワが十九歳になった年に妻のもとへ行った。二人の妹は結婚して、はるかな人生のなかへ姿を消した。うん、あの家庭生活はそれほど幸せではなかった。〈ナンセイ〉を大きくするのにつぎこんだ最初の何年間かは、彼の記憶のなかではハリケーンによく似ていた。すさまじい暴風が吹き荒れて、そのへんにころがっている品をすべて呑みこんでしまう日々だった。夜はほとんどデスクにつっぷして眠りこみ、休暇も、誕生日も、季節の移り変わりも知らずにすごしていた。たゆみない努力から、巨大企業と莫大な財産を築きあげたが、それで幸福になれただろうか。幸福というのは、意味は明瞭なのにその重要性が理解できなくて、彼が途方に暮れてしまう言葉であった。

そうして残ったのは彼自身の家族だった。妻と二人の娘。ここがむずかしいところだ。自分の家族からも幸せを得ることができなかったのなら、それは完全に自分一人の責任ということになる。妻は彼の伯父が親しくしていた友人の娘だった。彼の国では見合い結婚の時代はすでに過去のものとなっていたが、それでも、彼の場合は周囲が縁談を世話しなくてはならなかったからだ。自分で妻を見つける時間がなかったからだ。見合いのとき、二人は彼女の実家のリビングにすわって、お菓子を食べながら、ろくに口もきかずにすごした。当時の彼は働きづめで疲れていたし、結婚したあとですら、妻がいるのを忘れてしまうことがよくあった。午前四時に帰宅し、長い黒髪を枕に広げてベッドで眠っている妻を見て驚くことがあった。そうか、これが自分の妻かとひそかに思い、そのかたわらで眠りにつくのだった。といっても、ずっとその状態が続いたわけではない。しだいに頼りあうようになった。夫婦らしくなっていった。彼女は申し分のない妻であり、申し分のない母親であり、彼も彼なりに妻を愛していた。だが、それで幸せだったと言えるだろうか。妻のことを思いだすとき、彼が感じるのは幸せではなかった。会社から帰る彼を待って、飲みものをつぎ、開封して整理した郵便物をさしだす妻の姿を思い浮かべることはできても、目の前に見えるのは幸せな夫婦の姿ではなく、二人の暮らしを円滑に進めていくための一種の効率のよさであった。彼女はりっぱな女性であり、従順な妻であった。ミステリを読む妻の姿を目にしたことはあったが、妻がそれを話題にしたことは一度もなかった。ハガキを書かせれば達筆だった。子供たちにとってはやさしい母親だった。彼は不意に、自分は妻を本当に理解していたのだろうかと疑問に思った。妻を幸せにできたのだろうかという疑問にとらわれた。彼の幸せは妻とはべつのところにあり、夜の接待を終えて帰宅したあとの、ステレオの前ですごすひとときがそれだった。幸せとは、彼の言葉の使い方が正しければ、これまでは音楽でしか味わったことのないものだった。音楽に幸せを感じる点はいまも変わっていない。変わったのは、その音楽が生身の人間という形をとったことだった。ロクサーヌが彼とならんでソファに腰かけ、楽譜に目を通す。ピアノのそばに立つときには、横にすわってほしいと彼に頼む。ときたま彼の手を握る。ドキッとするほど魅力的なそのしぐさに、彼は息もできなくなる。「この曲は好き？」と彼女が尋ねる。「何を歌いましょう？」と彼女が尋ねる。それはかつての彼には想像もつかなかったことだ。生身の人間のぬくもりと音楽の合体。そう、彼女の声、何よりもすばらしいのは彼女の声だが、優雅な手や、肩にかかった艶やかな髪や、うなじのあたりの白いやわらかな肌も彼の心をとらえていた。彼女には大きな力があった。彼が知っているビジネスマンのなかに、これだけの敬意を集めた人物がはたしていただろうか。また、それ以上に気になるのは、ロクサーヌが彼を選んで横にすわらせたのはなぜかという謎だった。世の中にはこんな幸せがあるというのに、よくもまあ、それを一度も耳にすることなく今日まで生きてこられたものだ。

ホソカワ氏ははっと我に返った。グラスに水をついだ。リビングに戻ると、ロクサーヌがゲンと一緒にピアノの前にすわっていた。「ずいぶん待たせてしまった」彼は言った。

ロクサーヌはグラスを受けとり、ゲンの通訳に耳を傾けた。「完璧な水を用意してくださったからだわ」と言った。「完璧をめざすには時間がかかるのよ」

ゲンはなめらかな大理石のカウンターに札束をすべらせる銀行員のごとく、二人の言葉を通訳した。話の内容は半分しか聞いていなかった。ゆうべのことを解明しようと、いまも必死になっていた。あれは夢ではなかった。あんな夢は見たことがない。自分が見つめていた少女に、カルメンという名の少女に頼みごとをされて承知したが、彼女はいまどこにいるのだろう。朝から一度も姿を見ていない。こっそり廊下をのぞこうとしたが、そのたびに、銃を持った少年たちにリビングへ押し戻された。人質がうろつくのを少年たちが大目に見る日もあれば、人生最大の楽しみは銃で人質をこづいて押し戻すことだと思っているように見える日もあった。いつ、どこで、彼女に会えばいいのだろう。ゲンのほうからは何ひとつ質問しなかった。カルメンからはっきり指示されたにもかかわらず、彼女が立ち去ったあと、眠りに戻ることはもうできなかった。犯罪者たちとともに空調ダクトを通り抜けるなどということが、よくまあ、あんな少女にできたものだと、ゲンは驚かずにはいられなかった。だが、こちらに何がわかるというのだ。カルメンはもしかしたら、人を殺したことがあるかもしれない。銀行強盗をやったり、大使館の窓に火炎瓶を投げこんだりしたことがあるかもしれない。メスネルの言ったとおりで、いまは新しい時代なのだ。

　ベアトリスが近づいてきて、ゲンの肩を乱暴に二回叩き、ホソカワ氏とロクサーヌのおしゃべりと、ゲンのひそかな思いの両方をさえぎった。「もうマリアの時間？」テレビドラマの始まる時刻に遅れたくなくて、そう尋ねた。質問を終えたとたん、三つ編みの湿った端を口のなかにすっと戻して、ふたたび一心不乱に噛みはじめた。ゲンはもつれた髪が彼女の胃のなかで腫瘍になっていくところを想像した。

「あと十五分だよ」ゲンは腕時計を見ながら言った。ほかの多くのことと同様、テレビドラマが始まる時刻を知らせるのも彼の役目になっていた。

「時間になったら教えて」

「いつものあの番組?」ロクサーヌが訊いた。

ゲンはうなずいてから、スペイン語でベアトリスに言った。「時計を見ればわかるだろ」

「時計なんか見たくない」ベアトリスは言った。

「毎日、ぼくに訊いてるじゃないか。五回は訊いてるぞ」

「ほかの人にも訊いてるよ」ベアトリスはとげとげしい声で言った。「あんただけじゃないもん」侮辱されているのかと考えこむあいだに、ベアトリスの小さな目はよけい小さくなった。

ゲンは腕時計をはずした。「手を出してごらん」

「その子にあげるのかい」ホソカワ氏が尋ねた。

「なんで?」ベアトリスが疑わしげに言った。

ゲンは日本語で言った。「時計なんかないほうが楽ですから」それからベアトリスに言った。「きみへのプレゼントだ」

プレゼントと言われて、ベアトリスはうっとりした。人から何かもらった経験はほとんどない。テレビのなかでは、マリアの恋人が彼女にプレゼントをする。彼の写真が入ったハート形のロケット。それを恋人が首にかけてくれるが、つぎの瞬間、マリアは彼を追い返す。しかし、恋人が出ていったとたん、それを唇に押しあてて泣きじゃくる。プレゼントという言葉にはすてきな響きがある。ベアトリスが手をさしだすと、ゲンが腕時計をはめてくれた。

「この長い針を見てごらん」ゲンはそう言って、ガラス蓋を指で叩いた。「これがてっぺんの12のところに来たら、番組が始まる時間だよ」

ベアトリスは時計をじっと見つめた。とてもきれいだ。丸いガラス。やわらかな茶色い革のバンド。髪の毛ぐらいの細さの針が文字盤をゆっくりとたゆみなくまわっている。プレゼントとしては、これこそ最高で、ロケットよりもすてきだ。なぜって、腕時計は実用的でもあるのだから。「この針？」ベアトリスは三本の針のひとつを指さした。針《ハンド》が三本か。変なの。

「長針が12のところに来て、短針が1のところに来ればいいんだ。簡単だろ」

だが、それは簡単ではなく、ベアトリスは忘れてしまいそうで不安だった。時計の読み方をまちがえたら、番組を見逃してしまう。いまの説明が正しく理解できていなかったら、もう一度尋ねなくてはならない。そんなことをすれば、ゲンにバカにされるに決まっている。「時間だよ」と彼に教えてもらっていたときのほうが楽だった。それが彼の仕事なのだ。こっちはやることがどっさりあるし、人質はみんな怠け者だ。「こんなのいらない」ベアトリスはバンドをはずそうとした。

「どうしたんだ」ホソカワ氏が訊いた。「彼女、その時計が気に入らないのかね」

「ややこしすぎると思ってるようです」

「困った子だな」ホソカワ氏はベアトリスの手首に手をかけて止めようとした。「これを見てごらん。すごく簡単だよ」自分の手首をさしだして、自分の腕時計を彼女に見せた。ゲンのに比べると豪華で、ローズピンクを帯びた金色のまばゆいコインのようだ。「針《ハンド》が二本」そう言いながら、彼はベアトリスの両手をとった。「きみと同じだ。とても簡単なことだ」ゲンが通訳をした。

「三本あるよ」ベアトリスは動いているのがわかる唯一の針を指さした。

「それは秒針。一分は六十秒で、一分で秒針がひとまわりすると、長い針が一分だけ進む」ホソカワ氏は時間について説明した。秒から分へ、そして、時間へ。腕時計を最後に見たのがいつだったのか、いま何時だろうと最後に思ったのがいつだったのか、彼には思いだせなかった。

ベアトリスはうなずいた。ゲンの腕時計の文字盤に指を走らせた。「もうじきだね」

「あと七分だ」ゲンは言った。

「あっちで待つことにしようっと」ベアトリスは彼に礼を言おうかと思ったが、それが正しいことなのかどうかわからなかった。勝手に腕時計をとりあげることもできたはずだ。よこせと言えばすんだはずだ。

「その番組、カルメンも見るのかい？」ゲンは尋ねた。

「ときどきね」ベアトリスは言った。「けど、忘れることもある。あたしとちがって、ほんとのファンじゃないんだ。今日は庭を巡回する番だから、窓のそばに立たないと番組は見られない。あたしなんか、庭の巡回のときは窓のそばに立つことにしてる」

ゲンはリビングの端の、庭に通じる背の高いフレンチドアのほうへ目をやった。庭には何もなかった。ガルアと、花壇からこぼれそうな花々があるだけだった。

ベアトリスはゲンが誰を捜しているのかを知り、むっとした。ゲンのことがちょっぴり好きだったし、向こうも自分のことが好きにちがいないと思っていた。だって、プレゼントをくれたのだから。「あんたもやればいいだろ」と、つっけんどんに言った。「男の子たち、みんな、ほうぼうの窓のとこで待ってるよ。カルメンが来るのを待ってんだ。あんたも行って、一緒に立ってなよ」もちろん、それは事実ではなかった。兵士のあいだでデートは許されていないし、それは一度も破られたことのない規則だった。

「カルメンにひとつ質問されたんだ」ゲンはそう言いかけたが、声の響きが自然ではなかったのでやめることにした。ベアトリスに説明する義務があるわけではない。

「あんたが腕時計くれたって、カルメンに言うからね」ベアトリスは自分の手首を見た。

「あと四分」

「急いだほうがいい。ソファの場所をとられてしまうぞ」

ベアトリスはその場を離れたが、走りはしなかった。あと何分あるか正確に知っている者のごとく歩き去った。

「あの子、なんて言っていた？」ホソカワ氏がゲンに尋ねた。「腕時計をもらって喜んでいたかね？」

ゲンはその質問をロクサーヌのために英語に通訳してから、ベアトリスが喜んでいたかどうかはまったくわからない、と二人に答えた。

「腕時計をあげたのは利口なやり方だったと思うわ」ロクサーヌが言った。「あんなすてきなプレゼントをくれた相手なら、あの子も撃とうとは思わないでしょうから」

しかし、何が銃撃を阻止する役に立つのか、いったい誰にわかるというのだ。「ちょっと失礼していいですか」

ホソカワ氏はゲンを行かせた。かつては、何か言いたいことが浮かんだときのために、四六時中ゲンをそばに置いておこうとしたものだが、いまの彼は沈黙のなかに心地よさを見つけることを学びはじめていた。ロクサーヌがピアノに両手を置いて、ドビュッシーの

《月の光》の最初の部分を弾いた。それから、ホソカワ氏の片手をとって、もう一度そのメロディを弾いた。とてもゆっくりと、美しく、悲しみをこめて。ホソカワ氏は何度も何度も彼女についてゆき、ついには、一人でもけっこううまく弾けるようになった。

ゲンは窓のところへ行き、外を見つめた。霧雨はやんでいたが、大気は重くよどんでいて、まるで黄昏どきのようだった。暗くなるにはまだ早すぎると思って腕時計に目をやり、時計がないことに気づいた。なぜ彼女を待ってるんだろう。文字を読むことを教えたいから? そんなことまでひきうけなくても、用事はどっさりある。室内のすべての者が通訳してもらう必要のある考えを胸に抱いている。一人きりの時間を、窓の外をながめる時間を、ほんのすこし見つけられただけでも、幸運なことなのだ。これ以上仕事をふやす必要はない。

「わたしはこの窓から何時間も外をながめていた」一人の男がロシア語でゲンに話しかけてきた。「何も起きはしない。それだけは約束できる」

「ときには、ながめるだけで満足できることもあります」ゲンは視線を前方に据えたまま言った。ロシア語を話す機会はこれまでほとんどなかった。自分のアクセントが変だというのは自覚していた。ゲーネフを読むときに使う言語だった。ロシア語はプーシキンやツルゲーネフを読むときに使う言語だった。多数の鋭い子音を自分の声でどうにか発音できるのを耳にするのは、気分のいいものだった。もっと練習する必要がある。語学の練習という面から見れば、ネイティブ・スピーカーがおおぜい集まっているこの部屋は、まさに理想的な場所だった。ヴィクトル・フョードロフは背の高い男で、大きな手と、巨大な壁のような胸をしていた。フョードロフ、レドベド、ベレゾフスキーという三人のロシア人はたいてい彼らだけで固まって、カードで遊んだり、無尽蔵に蓄えられているかに見える煙草を吸ったりしていた。どこに煙草がしまってあるのか、誰もはっきりとは知らなかった。フランス人はスペイン語をいくつか理解できるし、イタリア人は学校で習ったフランス語を多少は思いだせるのに対して、ロシア人は日本人と同じく、言語の面で孤立していた。ごく簡単なことを言っても、怪訝な表情を向けられるだけだった。

「とても忙しそうだね」フョードロフが言った。「ときどき、きみが羨ましくなる。あちこち飛びまわるきみの姿を、われわれはじっと見てるんだ。みんながきみの注意を惹こうとしている。きみのほうは、何もすることのないわれわれを羨んでるにちがいない。一人の時間がもうすこしほしいだろうね。窓の外をながめる時間が」このロシア人が言おうとしているのは、まことに恐縮だが自分もきみに用を頼みたい、ひとつ通訳してもらいたいことがある、重要な用でなければ頼むのを遠慮するところだが、ということだった。

ゲンは微笑した。フョードロフは髭剃りの習慣を捨て去り、二週間ちょっとのあいだにその顎鬚は印象的なものになっていた。この屋敷から解放されるころには、トルストイそっくりになっているだろう。「いくら忙しくても、時間は充分にあります。歴史上もっとも長い日々ですからね。ほら、わたしは腕時計をはめるのをやめました。時間を知らずにすごすほうが幸せだろうと思って」

「それは感心だ」ロシア人はゲンのむきだしの手首を見つめた。太い人差し指でその皮膚を叩いた。「まことに賢明な考えだ」

「ですから、わたしの時間をとりあげているとは思わないでください」

フョードロフは団結のしるしに、自分も腕時計をはずしてポケットに入れた。新たな自由を楽しむように、巨大な手をぐるぐるまわした。「さて、これで話ができる。おたがい、時間を捨て去ったのだから」

「そうですとも」ゲンは答えたが、そう言ったとたん、銃を構えた二つの人影が庭の塀ぎわを歩いてきた。さきほどまでの雨に、ジャケットと帽子が濡れていた。巡回中なら周囲に監視の目を走らせているだろうと、ゲンは想像していたが、そうではなく、どちらの人影もじっとうなだれていた。どちらがカルメンなのか、見分けるのは困難だった。雨模様のなかで距離があるため、カルメンは少年に戻っていた。彼女が顔をあげてこちらを見てくれるよう、愚かなことと知りつつも彼女を見つめていたことに気づいてくれるよう、ゲンは願った。愚かと知りつつ彼女の顔が見たくてずっと待っていただけに、心がはずんだ。人影のどちらかがカルメンであり、怒れる十代の少年ではないという条件つきではあったが。

フョードロフはゲンを見つめ、二つの人影が窓の外を通りすぎるのを見つめた。「あいつらに目を光らせてるんだね」と、低い声で言った。「利口なやり方だ。わたしは面倒になってしまった。最初はつねにあいつらの数をかぞえてたんだが、至るところにいるからね。ウサギみたいに。夜になると新たな連中を呼びこむんじゃなかろうか」

ゲンは指をさして、あれはカルメンだと言いたかったが、どう説明すればいいのかわからなかった。代わりに、同意のしるしにうなずいておいた。

「だが、連中のことで時間を浪費するのはやめておこう。きみの時間を浪費するなら、もっといい方法がいくらもある。煙草は？」フョードロフは小さなブルーの箱に入ったフランス煙草をとりだした。「吸わない？　勝手に吸ってもいいかな」

彼がマッチをすった瞬間、副大統領が灰皿を持って飛んできたように思われた。副大統領はそれを二人の前の小さなテーブルに置いた。「ゲン」礼儀正しく会釈しながら言った。「ヴィクトル」二人にお辞儀をしたあと──日本人をまねて覚えたあいさつだ──自分に理解できない会話を邪魔するのは遠慮して、そのまま立ち去った。

「すばらしい男だ、ルーベン・イグレシアスは。わたしもこの悲惨な国の国民だったらいいのにという気にさせられる。そうすれば、彼が大統領選に立候補したとき、投票できるからね」フョードロフは煙草の煙を吸いこんでから、ゆっくりと吐きだした。頼みごとを切りだすのにふさわしい方法を見つけようとしていた。「きみにも想像できると思うが、われわれはオペラのことをずいぶんと考えてきた」

「そうですね」

「人生がこれほど意外性に満ちたものだなんて、誰に想像できただろう。いまごろは全員が死んでいるか、死んでいなくとも、たえず命乞いをしているものと思っていたのに、代わりにここにすわって、オペラのことを考えている」

「先のことは誰にも予測できません」カルメンが視界から完全に消え去る前にちらっとでも姿を見られないものかと思い、ゲンはかすかに身を乗りだしたが、すでに遅すぎた。

「わたしは昔から音楽に深い関心を寄せてきた。ロシアではオペラがとても重要だ。きみも知っているね。聖なる存在と言ってもいいほどだ」

「想像できます」ゲンはいま、腕時計があればいいのにと思っていた。時計があれば、カルメンの巡回時間を計って、つぎに窓の外を通りすぎるまでに何分かかるか知ることができる。彼女自身が一種の時計のようなものなのだから。フョードロフの腕時計を借りようかと思ったが、フョードロフの心はほかのことに向いているようだった。

「オペラがロシアに根づいたのは遅かった。イタリアでは言葉そのものがオペラの歌唱法にぴったりだったが、われわれの国ではもっと長くかかった。とにかく、ややこしい言語だからね。現代のロシアのオペラ歌手はみなすばらしい。わが国の歌手たちに対して不満はまったくないが、いま考えてみるに、真の天才は一人しかいない。偉大な歌手、華麗な美声の持ち主はおおぜいいるが、天才は一人だけだ。わたしの知るかぎり、彼女がロシアに来たことは一度もない。真の天才とともに同じ屋敷に閉じこめられる確率というのは、きわめて小さいと思わないかね」

「同感です」

「彼女とともにここですごしながら、何も言えずにいるなんて、不幸なことだ。いや、率直に言って、いらだたしいことだ。明日解放されることになったらどうする？　むろん、そう願ってはいるが、残りの生涯にわたって自分にこう言いつづけるのではないだろうか――おまえは彼女に一度も声をかけなかった。彼女が同じ部屋にいたというのに、おまえは何か言おうという努力すらしなかった。そんな後悔をかかえて生きていくのは、どういう気がするものだろう。彼女が歌を再開するまでは、それほど気にしていなかったんだが。自分の考えや、周囲の状況のことだけで頭が一杯だったからね。ところが、歌声がしじゅう流れるようになって、すべてが変わってしまった。そう思わないかね」

ゲンも同意せざるをえなかった。これまでそんなふうに考えたことはなかったが、たしかにそうだ。何かがちがってきた。

「わたしが知らない国で人質にされ、憧れの女性もともに人質となっているときに、きみのようにやさしい心を持ち、わたしの言語と彼女の言語の両方を話せる男がいてくれる確率というのは、はたしてどれぐらいあるものだろう。どれぐらいの確率か教えてくれないか。何百万分の一というところか！　要するに、わたしはその思いに突き動かされて、きみのところにやってきた。きみに通訳を頼みたいと思っている」

「そんな堅苦しいことは抜きにしましょう。ミス・コスと話をするぐらいお安いご用です。さっそく行きましょう。おっしゃりたいことをわたしが伝えます」

そう言われて、ロシアの大男は青くなり、煙草の煙を神経質そうに三回続けて吐きだした。男の肺があまりに巨大なものだから、彼の注意がいきなり煙草に向いたことで小さな煙草はほとんどなくなってしまった。「あわてる必要はないんだ、友よ」

「明日解放されるかもしれませんよ」

フョードロフはうなずき、笑みを浮かべた。「きみは逃げ道を残しておいてくれないんだな」小さな吸殻になった煙草をゲンに向けた。「きみは考えている。わたしに告げている——愛を告白するときが来たと」

ゲンは〝告白する〟という動詞の意味を自分がとりちがえたのかもしれないと思った。ほかにも意味があるのかもしれない。ロシア語を話すことはできるが、自分の知識には微妙なニュアンスが欠けている。「何も告げてはいませんよ。ミス・コスと話したいのなら、彼女は向こうにいると言っただけです」

「明日にしよう、なっ？　朝になったら話すことにする」フョードロフは片手でゲンの肩をバンと叩いた。「解放という幸運がめぐってくるといけないからな。明日の朝でもかまわないかね」

「彼女が歌いおえたらすぐにな」フョードロフは言った。もう一言つけくわえた。「だが、彼女をせかさないよう気をつけないと」

ゲンは思慮深いやり方だと彼に言った。

「よかった、よかった。おかげで自分の考えをまとめる時間ができた。今夜は徹夜になりそうだ。きみはまことにすばらしい。きみのロシア語はまことにすばらしい」

「恐縮です」ゲンは言った。できることなら、しばらくでもプーシキンの話をしたいものだと思った。『エフゲニー・オネーギン』や『スペードの女王』に関して知りたいことがいくつかあったのだが、フョードロフは立ち去ってしまった。第二ラウンドに向けて準備を終えたボクサーのごとく、のっしのっしと自分のコーナーに戻っていった。あとの二人のロシア人が煙草を吸いながらフョードロフを待っていた。

副大統領はキッチンに立って、野菜の箱をのぞいていた。カボチャ、濃い紫色のナス、トマト、甘みのある黄色いタマネギ。彼に言わせれば、これは屋敷を包囲した連中が今回の人質事件にうんざりしてきたことを示す悪い徴候だった。危機的状況というのはどれぐらい持続するものだろう。六時間？　二日間？　そのあとで催涙ガスを投げこめば、犯人側は全員投降する。ところが、なぜか今回の二流テロ組織の前では、救出作戦がいっこうに進まない。人質の数が多すぎるせいかもしれない。副大統領の屋敷にめぐらされた塀のせいかもしれない。あるいは、誤ってロクサーヌ・コスを殺すことを恐れているせいかもしれない。どこに原因があるにせよ、人質事件はすでに二週目をすぎていた。事件がもはや新聞の第一面をにぎわすことがなくなったのも、あるいは、夕方のニュースの二番手か三番手になってしまったのも、充分にうなずけることだった。世間の人々にはそれぞれの暮らしがある。もっと現実的な立場をとるようになっていく。目の前にある食料がいい例だ。副大統領は自分たちのことを、最後の捜索ヘリが北に旋回して本土めざして飛び去るのをなすすべもなく見ている難破船の生存者のようなものだと思った。食料にそれが端的にあらわれていた。最初は調理ずみのものばかりで、サンドイッチや、チキンとライスのキャセロールが届けられた。つぎは、パンと肉とチーズの包みがべつべつのトレイにのって届けられ、それをこちらで組み合わせなくてはならなかった。だが、今度のは——今度のは、まるきりちがっている。生のチキンが十五羽。ピンク色をしていて、冷たくて、腹からにじみでる脂が調理台を汚している。何箱もの野菜。袋に入った乾燥豆。缶入りショートニング。たしかに、量はたっぷりあるし、チキンは歯ごたえがありそうだが、問題はどうやってこれらを変身させるかだ。どうやれば、ここにあるものがディナーに変わるのだろう。ルーベンはこの問題に答えを出すのは自分の責任だと信じていたが、自分の家のキッチンに関する知識はゼロだった。水切りがどこにあるのか知らなかった。マジョラムとタイムの区別もつかなかった。妻なら知っているだろうか。じつをいうと、家事はずっと以前から使用人任せだった。この何週間か、床を掃いたり、寝具をたたんだりするうちに、ルーベンはそれに気づきはじめた。自分は社会で重きをなしていたかもしれないが、家庭内のこととなると、甘やかされた愛玩犬になっていた。少年のころから、家事を手伝わされたことはいっさいなかった。テーブルセッティングをさせられたことも、ニンジンの皮むきを命じられたこともなかった。姉や妹が彼のベッドを整え、彼の服をたたんでいた。人質にされて初めて、自宅の洗濯機と乾燥機の使い方を覚えざるをえなくなった。片づけなくてはならない用事が毎日延々と続いていた。朝起きた瞬間から、丸めた毛布のなかへ疲れはてて倒れこむ瞬間まで、いっときも休まず働きつづけていても、屋敷のなかを見慣れた状態に保っておくことはできなかった。つい最近まで、この屋敷はどんなに輝いていたことか！　いったい何人の女が屋敷じゅうを飛びまわって、埃を払ったり、もみ革で磨きをかけたり、シャツやハンカチにアイロンをかけたり、天井の隅からほとんど目につかないようなクモの巣をとりのぞいたりしていたのか、彼には見当もつかなかった。女たちは玄関ドアの底部につけられた真鍮《しんちゅう》を磨いていた。パントリーにはいつも、甘いケーキやビーツのピクルスなどがどっさり用意してあった。どの女もあちこちの部屋に自分のボディパウダーのかすかな香りを残していくため（パウダーは彼の妻が毎年、一人一人のふわふわのパフが上についていた)、タルカム・パウダーをふりかけたヒヤシンスみたいな香りがあらゆるものにしみこんでいた。彼の注意を惹こうとする品も、彼のとりなしを求める品も、屋敷のなかにはいっさいなかった。わが子を風呂に入れ、髪をブラッシングし、寝かしつけるときですら、使用人のやさしい手に任せきりだった。屋敷のなかは完璧だった。いついかなるときも、非の打ちどころがなかった。

なのに、この客どもときたら！　皿を流しに運ぼうともしないとは、何様のつもりなんだ。すくなくともテロリストについては、彼も大目に見ることができた。大部分が子供なのだし、おまけに、育ったのがジャングルのなかだ(彼はここで、自分の母親のことを思いだした。彼が玄関ドアをしめ忘れると「おまえみたいな子はジャングルへ追っ払ったほうがいいかしらね。ジャングルにいれば、玄関ドアのことなんかで頭を悩ませずにすむもの！」と言ったものだった)。人質たちは使用人や秘書を使うことに慣れている連中だし、コックやメイドを雇ってはいても、そうした連中が働いているところを目にしたことはたぶん一度もなかっただろう。家事をまかされているのは使用人であり、しかも、静かに、効率よく進めているため、働いている姿を屋敷の主人が目にすることはけっしてない。

もちろん、ルーベンのほうで家事をすべて無視することもできただろう。ここは彼個人の屋敷ではないのだから。こぼれた缶入りソーダの水たまりのなかで絨毯が腐っていくのをながめ、ぎゅう詰めのくずかごの周囲に散らばったゴミをよけて歩くこともできただろうが、彼は何よりもまずホスト役であった。パーティらしき雰囲気を維持していかなくてはという責任を感じていた。だが、彼がほどなく知ったのは、家事をやるのが楽しいということだった。楽しいだけでなく、自分にはその才能があると、自惚《うぬぼ》れではなく信じるようになった。手と膝をついて床にワックスをかけると、彼の努力に応えて、床にみごとな光沢が生まれる。数多くの家事のなかで、彼がいちばん好きなのはアイロンがけだった。テロリストがアイロンをとりあげなかったことを、ルーベンは意外に思った。しかるべき使い方をすれば、とても重くて、信じられないぐらい熱いのだから、銃に劣らぬ破壊力を発揮できる。ワイシャツを脱いで待っている男たちのためにアイロンをかけながら、ルーベンは自分の手でどれだけの被害を与えられるか考えてみた。もちろん、テロリスト全員をやっつけるのは無理だが（アイロンは弾丸よけになるだろうか）、こちらが射殺される前に、二人か三人ぐらいなら殴り倒すことができるだろう。アイロンがあればテロリストと闘える。そう思うことで、多少は無力さが薄れて、男らしい気分になれた。銀色のとがった先端をワイシャツのポケットにもぐりこませ、つぎは袖にすべらせる。蒸気の靄を自分の息で吹き払ううちに汗がにじんでくる。仕上がりを左右する鍵は、短期間のうちに彼が悟ったように、襟にあった。

アイロンがけなら大丈夫。一人でちゃんとやれる。だが、生の食材となると、途方に暮れるばかりで、立ちつくしたまま、目の前に置かれたすべてのものを見つめるしかなかった。チキンを冷蔵庫に入れることにした。肉を生温かくするのは禁物だ。その程度のことなら知っている。手伝ってくれる者を探しにいくことにした。

「ゲン。セニョリータ・コスと話がしたいんだが」

「あなたも？」ゲンは訊いた。

「わたしもだ」副大統領は言った。「すると、列ができているのかね。番号札をもらったほうがいいかな」

ゲンは首を横にふり、二人でロクサーヌに会いにいった。「ゲン」彼女は何日も二人に会っていなかったかのように、両手をさしだした。「副大統領」楽譜が届いて以来、ロクサーヌは変わった。というか、もとの彼女に戻った。いまでは、アリアを六曲歌うために莫大なギャラでパーティに呼ばれた有名なソプラノ歌手に近くなっていた。ふたたび、超有名人だけに見られるオーラを帯びるようになっていた。こうして彼女のそばに立ったびに、ルーベンはかすかな無力さに包まれた。ロクサーヌは彼の妻のセーターを着て、宝石の色をした小鳥の柄の黒いシルクのスカーフを首に巻いていた（ああ、パリ製のそのスカーフを妻はどんなに大切にしていたことか。身につけるのは年にせいぜい一、二回で、買ったときの箱に大切にしまっていた。その宝物を自分はさっさとロクサーヌに渡してしまった！）。ルーベンは突然、自分が彼女のことをどう思っているか、彼女の音楽が自分にとっていかなる意味を持っているかを、ロクサーヌに伝えたいという欲求に負けそうになった。羽をむしられたチキンを思いだすことで自制心をとり戻した。「失礼なことを申しあげたら許してください」緊張のあまりかすれた声で、副大統領は言った。「われわれ全員のために、あなたはすでにすばらしい貢献をしておられます。あなたの練習は神からの贈物です。もっとも、なぜあれを練習と呼べるのか、わたしにはわかりませんが。練習というのは、まだ改善の余地があるという意味でしょう」ルーベンは指を目にあてて、頭をふった。疲れていた。「いや、こんなことを言いに来たのではない。あなたにお願いしたいことがありまして」

「歌ってほしい曲があるの？」ロクサーヌはスカーフのふちをなでた。

「曲名などわたしにわかるはずがありません。あなたの選ぶ曲ならどんなものでも、わたしがずっと聴きたかった曲なのです」

「とても感動的な意見ですね」ゲンがスペイン語でルーベンに言った。

「ルーベンはゲン個人の意見には興味がないことをはっきり示す表情で、彼を見た。「キッチンで助言してくれる人が必要なんです。手伝ってくれる人が。いや、誤解しないでください。あなたに働けというつもりはありません。ただ、夕食の支度をするにあたって、ほんのすこし指図をいただければ、こんなありがたいことはないのですが」

ロクサーヌはゲンを見てまばたきした。「あなた、この人の言葉を聞きちがえたのね」

「そんなことはありません」

「もう一度聞いてみて」

語学が得意な者にとってのスペイン語は、トライアスロン選手にとっての石蹴り遊びみたいなものだ。ロシア語とギリシャ語ができるのなら、スペイン語の文章を誤解することはまず考えられない。いまのは食事の支度についての表現であって、人間の魂について論じたものではない。そもそも、スペイン語は彼が一日じゅう通訳している言葉であり、共通語にいちばん近いものだ。「もう一度言ってもらえますか」ゲンはルーベンに言った。

「食事の手伝いをしてくれる人が必要なのだと、この人に伝えてくれ」

「お料理するの？」ロクサーヌが訊いた。

ルーベンはそれについてしばらく考え、自分が求めているのは料理をならべるときの手伝いでもなく、食べるときの相伴《しょうばん》役でもない、だから、残されたのは料理することだけだという結論に達した。「料理です」

「この人どうして、わたしにお料理ができるなんて思ったのかしら」ロクサーヌはゲンに訊いた。

ルーベンは英語が下手だが、まったくできないわけではないので、彼女が女性だからだと指摘した。「二人の少女兵士は、たぶん地元の料理のほかは何も知らないでしょう。みんなの口にはとても合わないと思います」ゲンを通じて彼は告げた。

「ラテン的な考え方ね。そう思わない？」ロクサーヌはゲンに言った。「怒る気にもなれないわ。文化のちがいを心にとめておくことが大切ですものね」ルーベンに笑顔を向けた。やさしい笑みだが、心の内はいっさい出ていなかった。

「賢明なことだと思います」ゲンはそう言ってから、ルーベンに伝えた。「この人には料理はできません」

「すこしならできるだろう」ルーベンは言った。

ゲンは首をふった。「まったくできないと思います」

「生まれたときからオペラを歌ってきたわけではあるまい」副大統領は言った。「子供時代があったはずだ」裕福な家で育ち、ありとあらゆる贅沢品を与えられて甘やかされてきた彼の妻でさえ、料理はちゃんと習っている。

「まあね。しかし、食事の支度は誰かがやってくれてたんだと思います」

会話の輪からはずれたロクサーヌはソファに置かれた金色のシルクのクッションにもたれて、両手を上にあげ、肩をすくめた。魅力的なしぐさだった。皿を洗ったことも、エンドウ豆の莢をむいたこともない、しなやかな手。「傷跡がずいぶんきれいになりましたねって、この人に伝えてちょうだい」彼女はゲンに言った。「何かやさしい言葉をかけてあげたいから。あの騒ぎのとき、例の若い女の子がいてくれたことを、神さまに感謝しなきゃね。あの子がいなかったら、この人、顔を縫いあわせる仕事をわたしに頼んできたかもしれない」

「あなたは裁縫もしないってことを、彼に伝えておきましょうか」ゲンは言った。

「早く伝えたほうがいいわよ」ソプラノ歌手はふたたび微笑して、副大統領に別れの手をふった。

「きみは料理ができるかね」ルーベンがゲンに訊いた。

ゲンはその質問を無視した。「食事のことでシモン・ティボーが文句ばかり言っているのを耳にしました。あの口ぶりからすると、食べるものにはうるさいようですね。とにかく、彼はフランス人です。フランス人なら料理ができるはずです」

「二分前だったら、わたしも女性について同じことを言っていただろう」ルーベンは言った。

しかし、シモン・ティボーのほうは見込みがあった。生のチキンの話を聞いたとたん、顔を輝かせた。「それに野菜も？　ありがたい。まだめちゃめちゃにされていないものが届いたなんて」

「この人で決まりですね」ゲンは言った。

三人は広大なリビングをうろついている男たちと少年たちの迷路を抜けて、キッチンまで歩いた。ティボーはすぐさま野菜のところへ行った。箱からナスをとりだして、両手の上でころがした。つややかな皮に自分の顔が映っているのがわかるほどだった。濃い紫のエナメル革みたいな皮に自分の鼻を押しあてた。ナスの香りはさほど強くないが、それでも、黒ずんだ肥沃な土の香りと、生命の香りがかすかに感じられ、思わずかぶりつきたくなった。「すばらしいキッチンだ」ティボーは言った。「鍋を見せてください」

そこでルーベンが引出しや戸棚をあけ、シモン・ティボーが几帳面に在庫調べを始めた。泡立て器、ボウル、レモン絞り器、クッキングシート、二重鍋。鍋類はありとあらゆるタイプのものが、ありとあらゆるサイズでそろえてあった。最大のものになると、からっぽでも三十ポンドの重さがあり、骨格の小さな二歳児ならそのなかに隠れることもできそうだ。五百人のカクテル・パーティを楽々とこなせるキッチンだった。大人数の料理を用意できるキッチンだった。「ナイフ類はどこだろう」ティボーは言った。

「ナイフはちんぴら連中のベルトにはさまれている」副大統領は言った。「肉切りナイフでわれわれを叩き切るか、もしくは、パン切りナイフでギコギコやって死に至らしめるつもりだろう」

ティボーはスチール製のカウンターを指で軽く叩いた。見た目はりっぱだが、パリの自宅では彼とエディットは大理石を使っていた。大理石の上でペストリーの皮を作ると、みごとな仕上がりになる。「それも悪くないな」彼は言った。「悪くない。ナイフは連中にあずけておくとしよう。ゲン、指揮官たちのところへ行って、届いた食料を調理するか、生のチキンを生で食べるか、どちらかを選ばなきゃならないと伝えてくれ。もっとも、生のチキンに尻込みする連中ではなさそうだが。われわれに刃物を扱う権限がないことは承知しているので、薄切りやみじん切りをやってくれる兵士を二、三人貸してもらいたいと、指揮官に伝えてほしいんだ。少女二人と、できれば、あのとても小柄な少年を」

「イシュマエルだね」ルーベンは言った。

「その少年を責任者にすればいい」ティボーは言った。

兵士たちは庭の巡回を交替していた。というか、すくなくとも、さらに二人の少年兵が帽子をかぶって外に向かうのをゲンは目にしたが、カルメンの姿はどこにもなかった。すでに屋敷に戻っているのなら、人質には出入りできないどこかの部屋にいるのだろう。ゲンは自分が出入りを許されているすべての場所をこっそり探ってみたが、成果はなかった。

「ベンハミン指揮官」ダイニングルームで、ハサミを手にして新聞に目を通している指揮官を見つけて、ゲンは声をかけた。指揮官は自分たちに関係した記事を切り抜いていた。新聞から記事をとりのぞいておけば、みんなに真実を知られずにすむかのように。テレビは一日じゅうつけてあったが、ニュースの時間になると、人質はいつも部屋から追いだされた。だが、廊下にいても、ニュースの断片を耳にすることはできた。「差し入れの食料に変化がありました」外交のことはティボーの専門だが、ゲンはこちらの望むものを手に入れるためには自分が交渉したほうがいいと確信していた。それは国民性のちがいなのだ。

フランス人はへりくだるという経験をほとんどしていない。

「で、その変化とは？」指揮官は顔をあげもしなかった。

「調理されていないのです。野菜とチキンが箱で送られてきました」すくなくとも、チキンの羽はむしってあった。生きたままではなかった。だが、おそらく、ディナーの材料が自分で歩いて玄関ドアから入ってくるのも、ミルクが山羊のお腹のなかに温かくしまいこまれたままで到着するのも、時間の問題だろう。

「だったら調理すればいい」指揮官は第三面の真ん中にまっすぐハサミを入れた。

「副大統領とティボー大使が調理にあたるつもりでいますが、そのためにはナイフが何本か必要です」

「ナイフはだめだ」指揮官はうわの空で言った。

ゲンはしばらく待った。ベンハミン指揮官は切り抜いた記事をくしゃくしゃに丸めて、小さな硬い紙の玉にした。「あいにくですが、そうはいきません。わたし自身、料理のことはほとんど知りませんが、ナイフがなくては食事の支度ができないと思います」

「ナイフはだめだ」

「でしたら、ナイフに人をつけてはどうでしょう。チキンや野菜を刻む仕事を二、三人の兵士に命じてくだされば、その子たちの手でナイフを管理できます。大量の食材が来てるんですよ。なにしろ、五十八人もいるのですから」

ベンハミン指揮官はためいきをついた。「ここに何人いるかは、わたしも知っている。きみの口から聞かされずにすめば、ありがたいのだが」彼は新聞の残りを手でなでつけて、もとどおりにたたんだ。「ちょっと訊きたいんだが、ゲン。チェスはできるかね」

「チェスですか。やり方だけなら知っています。うまいとはとても言えません」

指揮官は指をテントの形に組んで、唇に押しあてた。「キッチンの手伝いには少女たちを行かせよう」と言った。帯状疱疹が目の上に広がりはじめていた。ごく初期の段階ではあるが、悲惨な結果になるのは明らかだ。

「もう一人お願いできませんか。できれば、イシュマエルを。とてもいい子です」

「二人で充分だ」

「ホソカワ氏がチェスをやります」ゲンは言った。野菜を刻む少年一人とひきかえに雇い主をさしだすとは不謹慎なことだが、チェスに関してはホソカワ氏は名人級の腕前だった。長いフライトのときなど、チェスをやろうと、いつもゲンを誘ってくるが、ゲンのほうがせいぜい二十手ぐらいしか持ちこたえられないものだから、いつも失望している。ここでチェスをやるのはベンハミン指揮官のみならず、ホソカワ氏にとっても楽しいことだろうと、ゲンは思った。

ベンハミンが顔をあげた。赤く腫れあがった顔に喜びが浮かんでいるように見えた。

「男の子の部屋でチェスのセットを見つけたんだ。小さな子供にチェスを教えているのかと思うと、ほほえましい気がする。人格形成にもってこいの道具だと思う。わたしもうちの子全員にチェスを教えたものだ」

ベンハミン指揮官に子供がいようとは、家庭や、妻や、ここにいるグループ以外の存在があろうとは、ゲンは想像もしていなかった。テロリストの住まいがどこにあるかなど、考えたこともなかったが、ふつうはどこかにテントをはり、ジャングルの木々の頑丈な枝にハンモックを吊るしているのではないだろうか。それとも、革命運動に身を捧げるというのは日常的なことなのだろうか。朝、妻に行ってきますのキスをして、バスローブ姿のままテーブルでコカのお茶を飲んでいる妻を残していくのだろうか。夜になると家に帰り、脚を伸ばして煙草を吸いながら、チェスボードに駒をならべるのだろうか。「わたしももうすこしチェスがうまければいいんですが」

「だったら、わたしが教えてやろうか。わたしからきみに教えられることがあるなんて想像もできないが」兵士たちのなかでは、ベンハミン指揮官がゲンの語学の才能にもっとも敬意を寄せていた。ロシア語と英語とフランス語がしゃべれれば、たぶんどんなことでもできるだろうと、誰もが思っていた。

「ご親切に感謝します」ゲンは言った。

ベンハミンはうなずいた。「都合のいいときに来てほしいと、ホソカワ氏に頼んでくれ。通訳の必要はない。そうだ、〝チェック〟と〝チェックメイト〟にあたる日本語をここに書いておいてくれ。ホソカワ氏がゲームをしに来てくれるなら、こっちもそれぐらいは覚えておかないと」ベンハミン指揮官はくしゃくしゃに丸めた新聞記事のひとつをとり、ふたたび広げた。鉛筆を渡してくれたので、ゲンは見出しの上にその二つの言葉を書いた。彼が目にした見出しには〝ポコ・エスペランサ〟、つまり〝希望はほとんどなし〟と書いてあった。

「夕食の支度を手伝う連中を行かせよう」指揮官は言った。「呼べばすぐ来るはずだ」ゲンは頭を下げた。必要以上に丁重なしぐさだったかもしれないが、それを見ている者は誰もいなかった。

武器を持った十代の少年がすべてのドアに不機嫌な顔でよりかかっている屋敷に閉じこめられたら、選択の自由はすべて奪い去られてしまい、自由もなく、信頼もなく、チキンを切り分けるナイフを渡してもらうだけの自由や信頼すら存在せず、人々が信じてきたもっとも単純なこと——つまり、自分たちにはドアをあける権利があり、外へ出る自由があるという思い——も、もはや通用しなくなってしまうように、外部の者の目には映るかもしれない。だが、代わりの自由が生まれていた。ゲンは真っ先にホソカワ氏のところへ飛んでいきはしなかった。チェスの話をしにいきはしなかった。今夜まで延ばしたところで、どんなちがいがあるだろう。自分が遅くなったことなど、ホソカワ氏は気づきもしないだろう。スペイン語と日本語の両方ができて氏に用件を伝えられる人間は、自分以外には一人もいない。ホソカワ氏は部屋の向こうで、ローズウッドのピアノのベンチにロクサーヌ・コスとならんで腰かけていた。そっとしておこう。ロクサーヌのそばにいるのを喜んでいるようだから。ロクサーヌはピアノで彼に何かを教えていて、その手が、そしてつぎには彼の手が、鍵盤の上を動いていた。何度もくりかえされる単調な音階が部屋のBGMになっていた。この段階で断言するのはまだ早いが、スペイン語の練習をしたときより、音楽のほうが上達の見込みがありそうだ。しばらくそっとしておこう。遠く離れていてさえ、彼女が低い音階の鍵盤に手を伸ばすさいにホソカワ氏に身を寄せるのが、ゲンにも見てとれた。ホソカワ氏は幸せそうだった。ゲンがそれを知るのに氏の顔を見る必要はなかった。ゲンは雇い主が聡明で、努力家で、理性的な人間であることを知っていたし、不幸な人間だとはけっして思っていなかったが、氏が人生に喜びを見いだしていると思ったこともなかった。だから、いまのこの喜びをそっとしておくことにした。こちらで勝手に決断を下せば、ホソカワ氏は邪魔されることなくピアノの練習に専念できるし、自分は副大統領とティボー大使がソースをめぐって議論しているキッチンに戻ることができる。

「キッチンの手伝いには少女たちを行かせよう」ベンハミン指揮官はそう言った。

その言葉が《月の光》から抜きだされたリフレインのように、ゲンの頭のなかをぐるぐるまわりつづけた。彼はキッチンへ行き、スイングドアを通り抜けた瞬間、ガッツポーズをとった。楽々とＫＯ勝ちをおさめたプロボクサーのように。

「おっ、あれを見てくれ！」副大統領が叫んだ。「天才少年が意気揚々と戻ってきた」

「キッチンの手伝いやナイフの交渉をさせておくのでは、彼の才能の無駄遣いだな」ティボーはいずれフランス大使としてスペインへ行くことになるだろうと初めて思ったときに習っておいた達者なスペイン語で、そう言った。「この若者を北アイルランドへ送りこむべきだ。ガザ地区へ送りこむべきだ」

「メスネルの任務を彼にやらせたほうがいい。そうすれば、われわれはここから出られるだろう」

「たった数本のナイフのことです」ゲンは謙虚に言った。

「ベンハミンと話をしたのかね」ルーベンが訊いた。

「もちろん、ベンハミンと話したに決まってるさ」ティボーは目の前に積みあげた料理本のひとつをぱらぱらめくっていた。その指が行から行へすばやく行き来するさまは、まるで速読をしているかのようだった。「ゲンの手柄だ。なあ？　アルフレードとエクトルなら、生のチキンを食べろと主張したことだろう。兵士たちを鍛えたほうがいいと言って。良き同志はなんて言ったんだい」

「少女たちを手伝いに行かせると。イシュマエルについては拒否されましたが、彼があわれてもわたしは驚きませんね」ゲンは箱からニンジンをとりだして、流しで洗った。

「あいつら、わたしのときは銃で顔を殴りつけたのに」副大統領は軽い口調で言った。

「きみには助っ人をよこしてくれる」

「シンプルに、チキンのワイン煮込みなんかどうだろう」ティボーが言った。

「ワインは没収されてしまった」ルーベンは言った。「頼みごとがあるときは、またゲンを送りこめばいい。連中がすべて飲んでしまっていなければ、たぶん、屋敷のどこかにしまいこんであるだろう」

「ワインなしか」シモン・ティボーはワインが危険なナイフででもあるかのように、悲しげに言った。なんと不幸なことだろう。パリではワインのことなど気にせずにいられた。ストックを切らしても平気だった。半ブロック行けば、ほしいワインが売られていて、ケースでも、ボトルでも、グラスでも買えるからだ。秋に〈ブラッスリー・リップ〉の奥のテーブルで飲むブルゴーニュのグラスワイン。周囲の真鍮の手すりがグラスに反射して、温かな黄金の光を放っている。エディットは濃紺のセーターを着て、うしろでまとめた髪をさりげないシニョンに結い、白い手でグラスを包みこんでいる。その光景がどれほど鮮明に浮かんでくることだろう。光、セーター、エディットの指に包まれたワインの深紅の色。〝闇の奥〟へ赴任することになったとき、二人はケース入りのワインを二十四箱送っておいた。干魃《かんばつ》がきても街の住民すべての渇きを充分に癒せそうな量だった。ティボーはじっとりした土の地下室にすぎなかった場所をセラーに変えようとした。フランスのワインはフランスの外交の要石となっている。ティボーはそれをペパーミントのごとくばらまいた。パーティの客が遅くまで居残るようになった。門へ続く小道にぐずぐずと立ち、おやすみ、おやすみと言うが、いっこうに帰る様子を見せない。最後はエディットが家に入って、一人に一本ずつワインをとってきて、遠慮する手にそれを押しつける。やがて、客は闇のなかへ散っていく。貴重なワインをしっかりかかえて、運転手つきの車に戻っていく。

「これはわたしの血だ」客がようやく退散すると、ティボーは妻に向かってグラスをかざす。「わたしが血を流すときはきみのためだ。男たちのためではない」二人で一緒にリビングをまわって、くしゃくしゃのナプキンを拾い、皿を重ねる。家政婦はとっくに家に帰らせた。これは親密さをあらわす行為、愛の純粋な表現なのだ。ようやく二人きりになれた。二人で自分たちの家を片づけるのだ。

「ワインなしのチキン料理はないのかな」ルーベンは身を乗りだして本を見た。自分の屋敷にこんなに本があるというのに、一度も見たことがなかった！　本の持ち主は自分だろうか、それともこの屋敷だろうか。

ティボーはエディットのスカーフを肩のうしろへ払った。ローストにしようかとつぶやいて、本に目を通すために首をまわした。彼が本に目をやったとたん、スイングドアがひらいて三人が入ってきた。背の高いベアトリス、美人のカルメン、そして、イシュマエル。

みんな、ナイフを二本か三本ずつ持っていた。

「あたしたちを呼んだんだろ」ベアトリスがゲンに言った。「あたし、いまはなんの任務もないんだよ。テレビ見ようと思ってたんだ」

ゲンは壁の時計を見た。「きみの番組はもう終わってるよ」彼女に視線を据えるべく努力した。

「ほかにもいろいろやってるもん」ベアトリスは言った。「おもしろい番組がいっぱいあるんだから。〝女の子を手伝いに行かせろ〟――いつもこれだもんね」

「ここに来てるのは女の子だけじゃないぜ」イシュマエルが自分を守るために言った。

「役立たずのくせに」ベアトリスが言った。

イシュマエルは赤くなり、てのひらのあいだでナイフの木の柄をころがした。

「ここに来て夕食の支度を手伝うよう、指揮官に言われたんだけど」カルメンが言った。

彼女が話しかけた相手は副大統領だった。ゲンには目を向けようとしなかったし、ゲンも彼女を見ないようにしていたから、二人がたがいに見つめあっていたことは人にわかるはずもなかった。

「いやあ、ありがたい」シモン・ティボーは言った。「ナイフの使い方がわからなくてね。ナイフみたいに危険なものを渡されたら、数分もしないうちに、ここが血の海になってしまう。いやいや、われわれが殺人鬼になるわけではないんだよ。自分の指を切り落として、血を流してこの床の上で死んでいくんだ」

「やめてよ」イシュマエルが言って、くすくす笑った。このところ流行っている素人の散髪を、彼もやってもらったばかりだった。豊かな巻毛におおわれていた頭に、いまでは短く刈りこまれた髪が不揃いに生えていた。雑草のごとくつんつん伸びた場所もあれば、きれいになでつけられている場所もあった。まるっきり髪のないところも二、三あって、産まれたてのネズミの肌みたいなピンクの頭皮が小さく光っていた。散髪すれば大人っぽく見えると言われたのだが、じっさいには、病人のような姿になっただけだった。

「きみたちのなかに料理のできる子はいるかね」ルーベンが訊いた。

「すこし」カルメンは黒と白の市松模様の床に置いた自分の足の位置を確認しながら答えた。

「できるに決まってるだろ」ベアトリスはつっけんどんに言った。「あたしたちの食べるもん、誰が作ってくれると思ってんだよ」

「きみたちの親が。ふつうはそうだろ」副大統領は言った。

「あたしたち、大人だよ。自分のことは自分でやれる。小さな子みたいに面倒みてくれる親なんかいやしない」テレビが見られないものだから、ベアトリスはむくれていた。自分の任務をすべてこなしたというのに。屋敷の二階を巡回して、窓辺で二時間のあいだ見張りに立った。指揮官たちと自分の銃を掃除し、オイルをさしておいた。キッチンに呼ばれるなんて不公平だ。午後の遅い時間にはすばらしい番組をやっている。星を散らした柄のベストを着て長いスカートをはいた女の子がカウボーイ・ソングを歌い、かかとの高いブーツで踊るのだ。

イシュマエルはためいきをついて、持っていた三本のナイフを目の前の調理台に置いた。両親ともすでに死んでいる。父親はある晩、男たちの一団に家から連れだされた。以後、その姿を見た者は誰もいない。母親はインフルエンザで十一カ月前に亡くなった。イシュマエルはもうじき十五になる。身体を見たかぎりでは、この事実を裏づける証拠はどこにもないが……。食事を作ってくれる親のいることが子供のしるしであるなら、イシュマエルはもう子供ではない。

「さて、タマネギは知ってるね」ティボーはそう言って、タマネギをかざした。

「あんたよりくわしいよ」ベアトリスは言った。

「では、その危険なナイフを手にとって、タマネギを刻んでくれ」ティボーはまな板とボウルを渡した。まな板はなぜ武器とみなされていないのだろう。両手で左右の端をしっかり握れば、大きな板が誰かの後頭部を殴りつけるのにうってつけのサイズであることは明らかだ。ついでに言うなら、ボウルだって。淡いミントの色をした陶製の重いボウルは、バナナが入っているときは無害そのものに見えるが、割ったときにはナイフとどこがちがうというのだ。陶器の破片で人の心臓を刺すのは、ナイフで襲いかかるのと同じぐらい簡単なことではないか。ティボーはカルメンに、ニンニクをみじん切りにし、ピーマンを薄切りにするよう頼んだ。イシュマエルにはナスをかざして見せた。「皮をむいて、種をとって、刻んでくれ」

イシュマエルのナイフは重くて長かった。皮むきナイフをふりまわして身を守ろうとしているのは誰だろう。グレープフルーツ・ナイフを持っていったのは誰だろう。ナスの皮をむこうとしたイシュマエルは、スポンジ状の黄色い実を三インチも削りとってしまった。ティボーはしばらく彼を見ていたが、やがて両手を伸ばした。「それじゃだめだ」と言った。「食べるところがなくなってしまう。ほら、貸してごらん」

イシュマエルは手を止め、自分の仕事ぶりをじっと見てから、ずたずたにした野菜とナイフをさしだした。刃をティボーに向けていた。キッチンでの礼儀というものを知らないのだろうか。ティボーはナイフとナスの両方を左右の手でそれぞれ受けとった。器用に、すばやく、ナスの皮をむきはじめた。

「それ置いて！」ベアトリスが叫んだ。叫ぶなり、自分のナイフを投げ捨てた。タマネギを切ったために刃がすべりやすくなっていて、刻んだタマネギが湿った重い雪のごとく床に飛び散った。ベアトリスはベルトから銃をひきぬき、大使に狙いをつけた。

「やめろ！」ルーベンは言った。

自分が何をしたのか、ティボーにはまるでわかっていなかった。最初は、少年の皮むきに文句をつけたのでベアトリスが怒っているのだと思った。ナスが問題なのだと思い、まずナスを置いてから、つぎにナイフを置いた。

「大きな声出さないで」カルメンがケチュア語でベアトリスに言った。「騒いだら、みんなが困ったことになるじゃない」

「こいつ、ナイフをとったんだよ」

ティボーはからっぽの両手をあげて、すべすべしたてのひらを銃のほうに向けた。

「おれが渡したんだ」イシュマエルは言った。「おれが渡した」

「この人は皮をむこうとしただけなんだ」ゲンは言った。子供たちが話している言語は彼にはちんぷんかんぷんだった。

「こいつにナイフを渡すのは禁止されてる」ベアトリスがスペイン語で言った。「指揮官にそう言われただろ。誰も聞いてないの？」彼女は銃を構えたまま、濃い眉を下げた。タマネギの刺激で目がひりひりして、まもなく、涙が頬を伝いはじめた。みんながそれを誤解した。

「こうしたらどうかな」ティボーが両手をあげたまま、静かに言った。「全員がわたしから離れて立ち、わたしはイシュマエルにナスの皮のむき方を教える。きみはその銃をわたしに向けたままにしておく。わたしが何か妙なまねをしそうになったら、撃ってかまわない。わたしがひどいことをしたときは、ゲンのことも撃っていいからね」

カルメンはナイフを置いた。

「ちょ、ちょっと――」ゲンが言いかけたが、注意を向けてくれる者はいなかった。ゲンは胸のなかに小さな冷たいしこりを感じた。心臓のなかにサクランボの種がすべりこんだような感じだった。撃たれるのも、人身御供として銃の前にさしだされるのも、まっぴらだ。

「あんたを撃ってもいいの？」ベアトリスが言った。彼は許可を出せる立場にはない。それに、彼女のほうも人を撃とうなどという気はなかった。

「料理に戻ろうよ」イシュマエルは自分の銃を抜いて大使に向けた。真剣な表情をくずすまいとしたが、あまりうまくいかなかった。「必要となれば、おれもあんたを撃つ。ナスの皮のむき方を教えてくれ。おれ、ナスよりつまんない理由で人を撃ったこともあるんだぜ」ベレンヘナ。スペイン語でナスをそう呼ぶ。きれいな単語だ。女の名前にもできそうだ。

そこで、ティボーはナイフをとって作業にとりかかった。二挺の銃をつきつけられて皮をむくあいだ、両手は驚くほど安定していた。カルメンは皮むきには加わらなかった。ニンニクのみじん切りに戻って、勢いよくまな板にナイフを叩きつけた。ティボーは濃い紫色をした皮の深い光沢に視線を奪われていた。「この大きさのナイフで皮をむくのは大変だな。皮のすぐ下にナイフをすべらせるんだ。魚をおろすときのような感じでやってごらがりがりの皮がリボンになって床に流れ落ちた。

「ほらね。こうやってなめらかに。繊細な作業なんだよ」ナスの美しい部分すべてがりボンになって床に流れ落ちた。

するする皮がむけていくのを見ていると、なんだか心が癒される。「うん」イシュマエルは言った。「わかった。今度はおれにやらせて」銃を置いて両手をさしだした。ティボーはナイフの向きを変え、なめらかな木製の柄ともうひとつのナスを彼に渡した。ナスが原因で、あるいは、テレビをつけたことが原因で自分が射殺されたら、それを聞いた妻のエディットはなんと言うだろう。自分が死ぬときはその死に多少なりとも栄誉がほしいと、以前は思っていたものだが。

「よし」ルーベンは布巾で顔の汗を拭った。「ここには、つまらない作業はひとつもないんだよ」

ベアトリスが濃いグリーンのジャケットの袖で涙を拭いた。「タマネギ」と言いながら、オイルをさしたばかりの銃をベルトに押しこんだ。

「わたしにやらせてみようと、きみが思ったら、いつでも喜んで手伝うからね」ティボーは言って、手を洗いに行った。

ゲンは流しのそばに立ち、自分の質問をどんな表現にするのがいちばんいいか、見きわめようとしていた。いかなる表現を使っても不作法なような気がした。フランス語でティボーに話しかけた。「どうして、わたしを撃ってもいいなどと、ベアトリスに言ったんですか」と小声で尋ねた。

「きみを撃つはずがないからだよ。みんな、きみのことが大好きなんだ。わたしが無難なはったりをきかせたのさ。そうすれば、わたしの信用が高まると思ってね。わたしを撃ってもいいとベアトリスに言う——これは危険な賭けだった。みんな、わたしには洟もひっかけないが、きみのことは大切に思っている。ルーベンを撃ってもいいとわたしが言うのとはわけがちがう。あの少女はルーベンのことなら撃ちたがるかもしれない」

「しかしですよ」ゲンは言った。がんがん文句を言いたかったのに、気力が萎えていくのを感じた。ときどき、自分は人質のなかでいちばん気弱な人間ではないかと思うことがある。

「ベアトリスに腕時計をやったそうだね」

「誰から聞いたんです」

「みんな知ってるよ。ことあるごとに、彼女が見せびらかしてるから。自分の腕時計をはずして渡してくれた相手を、撃ったりすると思うかい」

「いや、それは誰にも予測できないことです」

ティボーは手を拭いて、ゲンの首に気軽に腕をまわした。「きみを撃たせたりするものか。わたしの弟を撃たせまいとするのと同じ気持ちだ。なあ、ゲン、この事件が片づいたら、パリに遊びに来てくれ。わたしは事件が解決したらすぐに大使を辞任して、エディットと二人でパリに戻ろうと思っている。きみに旅行する元気が出てきたら、ホソカワ氏とロクサーヌを連れて遊びに来てほしい。よかったら、うちの娘の一人と結婚してくれ。そうすれば、きみはわたしの弟というより、息子になる」ティボーは身を乗りだして、ゲンの耳にささやいた。「そのときは、いまのことがひどく滑稽《こっけい》に思えるだろうな」

ゲンはティボーの息を吸いこんだ。彼の勇気を、無頓着さを、すこしでいいから分けてもらいたいと思った。いつの日か、パリにあるティボーのアパルトマンに全員が集まることを信じようとしたが、その情景は浮かんでこなかった。ティボーはゲンの左目のそばにキスをしてから、彼を放すと、フライパンを探しに立ち去った。「無礼じゃないか」

「フランス語で話すなんて」ルーベンがゲンに言った。

「どうしてフランス語が無礼なんです」

「ここではスペイン語が公用語だからだ。みんなが同じ言語をしゃべっている部屋に最後にいたのがいつだったのか、わたしは思いだすこともできないのに、きみたちときたら、わたしが高校で落第点をとった言語でしゃべりちらすんだからな」たしかに彼の言うとおりだ。スペイン語で話せば、キッチンにいる者たちが説明を待つ必要はないし、意味不明の文章をほかの者が急いで解釈するあいだ、ぼんやり虚空を見つめている必要もない。自分たちに関してじつは何か恐ろしいことが言われているのではないか、という疑念にとらわれる必要もない。キッチンに集まった六人のうち、スペイン語を第一言語としているのはルーベンだけだった。ゲンは日本語だし、ティボーはフランス語だし、ナイフを持った三人は最初に村でケチュア語を覚え、つぎにスペイン語とケチュア語の混成語を身につけたので、個人差はあるものの、それをもとにしてスペイン語も理解できるようになっている。

「すこし休んだほうがいいよ」螺旋形にむいた硬いゴムのようなナスの皮をナイフからぶら下げたまま、イシュマエルが通訳に言った。「ここにいなくてもいいからさ」

そのとたん、自分が刻んでいるニンニクに視線を据えていたカルメンが顔をあげた。昨夜の彼女が一時的に見つけた度胸は、今日はもう消えていて、ゲンを避けることしかできなかったが、だからといって彼に去ってほしいわけではなかった。自分がキッチンに送りこまれたのにはそれなりの理由があるのだと信じたかった。濃い霧のように自分を包みこんでいる羞恥心が、あらわれたときと同じくすみやかに消えてくれるよう、カルメンは聖ローザに祈りを捧げた。

「出ていくつもりはないよ。通訳以外のことだってできる」ゲンは言った。「野菜を洗うこともできる。何かかきまぜる必要があれば、それをかきまぜることもできる」

ティボーが左右の手に巨大な鉄のフライパンをかかえて戻ってきた。ガス台にひとつずつのせていき、三つのバーナーの上にそれぞれフライパンが置かれた。「出ていくという言葉が聞こえたような気がするが。ゲンが出ていくことを考えてるのかね」

「残ることを考えてたんですよ」

「誰も出ていってはならん！　五十八人分の夕食、みんながそれを期待してるんだろ？一人分たりとも、手を失うわけにはいかんのだ。たとえその手が貴重な通訳のものであっても。みんな、われわれが毎晩食事の支度をすると思ってるんだろうか。わたしを仕出し屋扱いする気だろうか。タマネギは刻みおわったかね。タマネギの様子を訊いてもいいだろうか。それとも、わたしを撃つと言って脅す気かい」

ベアトリスがティボーに向かってナイフをふりまわした。涙を流したものだから、顔が濡れて赤かった。「必要があれば撃つつもりだったけど、撃たなかった。だから感謝してもらわなきゃね。くだらないタマネギもちゃんと刻んだよ。もう行っていいだろ」

「夕食の支度がすんだように見えるかい」ティボーはそう言いながら、フライパンに油を入れて、青く輝くガスの火をつけた。「チキンを洗ってきてくれ。ゲンはタマネギを持ってきてくれ。炒《いた》めてほしいんだ」

「なんでそいつがタマネギを炒めんのよ」ベアトリスが言った。「あたしのタマネギだよ。それと、チキンを洗うのはおことわり。ナイフがいる仕事じゃないもん。あたしがここにきたのはナイフを使うためだもんね」

「こいつを殺してやる」ティボーはうんざりした口調のフランス語で言った。

ゲンはタマネギの入ったボウルをとり、それを胸にかかえた。いいタイミングというのがない。いや、考えようによっては、つねにいいタイミングかもしれない。タイルの市松模様六個分の間隔をあけて何時間もここに立ちつくしたまま、一言も言葉を交わさずにいることもできるし、どちらかが前に出て声をかけることもできる。ゲンはカルメンが声をかけてくれることを願っていたが、同時に、全員が解放されてそうした事態にならずにすむことも願っていた。ティボーにタマネギを渡すと、ティボーは二つのフライパンに放りこみ、タマネギはベアトリス自身のようにブツブツパチパチいいはじめた。ゲンは自分のなかに残っていたわずかな勇気をかき集めて、コードなしで壁にぽつんとかかっている電話の横の引出しまで行った。小さなメモ帳とペンを見つけた。〝クチーリョ〟、〝アホ〟、〝チカ〟という単語を一枚のメモにひとつずつ書いて、誰がタマネギを炒めるかでティボーがベアトリスと口論している隙に、そのメモをカルメンのところへ持っていった。これまでに話したことのあるすべての言語と、訪れたことのあるすべての都市と、自分の口から伝えた他の人々の重要な言葉のすべてで、頭をいっぱいにしようとした。彼が自分のためにやろうとしているのは小さなことなのに、それでも両手が震えているのが感じとれた。「ナイフ」と言って、最初のメモを置いた。「ニンニク」それをニンニクの上に置いた。「少女」最後のメモをカルメンに渡すと、彼女はそれをしばらく見つめてからポケットにしまった。

カルメンはうなずき、「ああ」というような声をあげた。はっきりした言葉にはなっていなかった。

ゲンはためいきをついた。前よりましだが、ほんのすこしだけだ。「スペイン語を習いたい？」

カルメンは引出しの取っ手に視線を据えたまま、ふたたびうなずいた。その取っ手の上にリマの聖ローザの姿を見ようとした。曲線を描く銀の取っ手の上でバランスをとっている、ブルーの衣をまとった小さな姿を。祈りを通じて聖ローザの声を聞こうとした。その手で自分の髪を編んでくれたロクサーヌ・コスのことを思った。それが自分に力を与えてはくれないだろうか。

「うまく教えられるかどうかわからないけどね。ホソカワ氏にもスペイン語を教えようとしてるんだ。氏はノートに単語をメモして、それを暗記している。きみにも同じ方法でやってみよう」

しばしの沈黙ののちに、カルメンはさっきと同じ「ああ」という小さな声をあげた。ゲンの言ったことが聞こえたという以外に、具体的な意思表示はまったくなかった。

ゲンはあたりを見まわした。イシュマエルが二人を見ていたが、べつに興味はないようだった。

「ナスの切り方がすばらしい！」ルーベンが言った。「ティボー、このナスを見たかね。角切りのひとつひとつがまったく同じ大きさだ」

「種をとるのを忘れた」イシュマエルが言った。

「種があってもかまやしないさ」ルーベンは言った。「種だっていい栄養になるんだ」

「ゲン、炒めてくれないか」ティボーが言った。

「ちょっと待って」ゲンは片手をあげた。小声でカルメンに言った。「気持ちは変わってない？　ぼくの助けがほしい？」

その瞬間、聖女がカルメンの肩甲骨のあいだを強く押したように思われた。喉のなかに押しこめられていた言葉が、気管にひっかかっていた丈夫な軟骨のごとく飛びだした。

「うん」あえぎながら、彼女は言った。「うん」

「じゃ、勉強しようか」

「毎日」カルメンは〝ナイフ〟〝ニンニク〟と書かれたメモをとり、〝少女〟と一緒にポケットにしまった。「字は習ったのよ。ここしばらく練習してないけど。前は毎日練習してて、そのあとで今度の訓練が始まったの」

ゲンの心に山中で暮らす彼女の姿が浮かんできた。山のなかは夜になるといつも寒く、火のそばにすわったカルメンは熱気で、そして勉強への集中で顔をほてらせ、いまのように黒髪が一筋、耳のうしろに垂れている。安物の便箋と、ちびた鉛筆を手にしている。空想のなかの彼はカルメンの横に立って、彼女が書いたTとHのまっすぐな線や、Qの繊細な曲線をほめている。外からは、暗くなる前に巣に戻ろうとする小鳥たちの最後のさえずりが聞こえてくる。ゲンはかつて、彼女のことを少年だと思いこんでいたので、いまのこの感情に怯えを感じた。「字を復習しよう。まずそこからだ」

「あたし一人が働かなきゃいけないの？」ベアトリスが大声でわめいた。

「いつ？」カルメンは口の形だけでそう言った。

「今夜」ゲンは言った。いまの彼は自分でも信じられないことを望んでいた。カルメンを腕に抱きたかった。彼女の髪の分け目にキスしたかった。指先で彼女の唇に触れたかった。日本語でささやきかけたかった。時間があれば、日本語を教えることもできるかもしれない。

「今夜、食器室で」カルメンは言った。「今夜から勉強よ」

# 7

神父が天候について言ったことは正しかった。もっとも、天候の変化の訪れは彼の予測より早かったけれど。十一月中旬にはガルアの季節が終わっていた。ゆっくりと去っていったのではない。すこしずつ雨量が減っていったのでもない。いきなり終わってしまった。だから、今日はすべてがバスタブに落ちた本のようにずぶ濡れだったと思ったら、つぎの日は、明るく晴れて、さわやかで、抜けるような青空になっていた。それはホソカワ氏に京都の桜の季節を思いださせ、ロクサーヌ・コスにミシガン湖の十月を思いださせた。彼女が歌のレッスンを始める前の早朝のひととき、二人は一緒に立っていた。これまでは見えなかった木の枝に、菊の花のようにあざやかな黄色い色をした二羽の小鳥が留まっているのを、ホソカワ氏が指さして彼女に教えた。小鳥はふわふわの樹皮をしばらくついばんでから、まず一羽が、そしてもう一羽が飛び立った。舞いあがり、塀の向こうへ姿を消した。すべての人質とすべての見張りが、一人また一人と、屋敷じゅうの窓辺に近づき、目をみはり、まばたきし、そしてふたたび目をみはった。多くの者が窓ガラスに手と鼻を押しつけたので、副大統領のイグレシアスはぼろ布とアンモニアの瓶をとってきて、ひとつひとつの窓を拭かなくてはならなかった。「庭を見てくれ」彼は誰にともなく言った。「雑草が花と同じ高さになっている」大量の雨とごくわずかの太陽光のもとでは植物の生長が止まってしまうはずだと、ふつうは思うだろうが、じっさいにはすべてが茂り放題だった。花壇で栽培されている植物のわきに生えた雑草は、大気のなかに遠いジャングルの匂いを嗅ぎつけ、地中に根を伸ばし、副大統領邸の庭を野生に戻そうとして葉を広げていた。雨を一滴残らず飲みほしていた。日射しのない雨季があと一年続いても、生き延びることができるだろう。好き勝手に生長できれば、屋敷を乗っとり、庭の塀を倒してしまうことだろう。なんといっても、この庭はもともと、海辺の砂浜までくねくね伸びている鬱蒼たる蔓植物の連続体の一部だったのだ。屋敷が植物に乗っとられずにすんでいたのは、ひとえに、邪魔だと思われるものをひきぬき、燃やし、残りを刈りこんでくれる庭師がいたおかげだった。だが、庭師は目下、無期限の休暇に入っている。

太陽が顔を出して輝きはじめてからまだ一時間もたっていないのに、そのあいだに、いくつかの植物は五ミリほど伸びていた。

「庭をどうにかしなくては」ルーベンはためいきをついた。といっても、家のなかの雑用に追われる身なので、どこで時間を見つければいいのかわからなかった。第一、庭に出るのを指揮官たちが許可するはずもなかった。必要な品を渡してもらうのもたぶん無理だ。

生け垣を刈りこむハサミ、移植ごて、剪定《せんてい》用のナイフ。庭の納屋にあるものは凶器になりうるものばかりだ。

アルゲダス神父はリビングの窓をあけた瞬間、陽ざしと甘い大気を神に感謝した。彼がいるのは屋敷のなかで、目の前には庭が広がり、塀が立ちはだかっているが、物音を吸いとる雨がやんだおかげで、通りのざわめきを前より鮮明に聴きとれるようになった。塀の向こうからメッセージが叫ばれることはもうなかったが、それでも、銃を持った兵士がおおぜい待機している姿が想像できた。作戦計画が種切れになってしまったか、もはや兵士を必要としない複雑な作戦を立てているかのどちらかだろうと、神父は思った。ベンハミン指揮官が新聞に出ている彼らの記事をひとつ残らず切り抜きつづけているにもかかわらず、テレビから流れるコメントが断片的にみんなの耳に入っていた。現在トンネルを掘っているところで、警察のほうでは屋敷のなかまで掘りつづける予定でいるから、今回の危機は発生したときと同じように、つまり、知らない人間が部屋に乱入して人々の人生のコースを変えるという形で収束するだろうと、テレビで言っていたが、誰もそんなことは信じていなかった。あまりに荒唐無稽《こうとうむけい》だし、なんだかスパイ映画のようで、実現するとは思えない。アルゲダス神父は自分の足もとに、高価な絨毯にのっている安物の黒い編み上げ靴に目をやって、地中深くで何が起きているのだろうと思った。その人々が無事にたどりつけることを、一人残らず無事にたどりつけることを祈ったが、トンネルからの救出を祈願する気にはなれなかった。救出のための祈りはいっさいあげなかった。神の御心を、愛と庇護を求めて祈るだけだった。利己的な思いを心から払いのけようと努力するいっぽうで、神が与えたもうたすべてのものに感謝を捧げた。一例を挙げるなら、ミサがそうだった。前世では（いまの彼は以前の日々をそう考えるようになっていた）、彼が信徒のためにミサをあげられるのは、ほかの司祭たちが休暇か病気のときだけだったし、それも、午前六時のミサか、火曜日のミサにかぎられていた。教会のなかで彼に与えられた任務は、主として、神父になる前にやっていたのと同じものだった。教会の左端の側廊で聖別前のパンを用意したり、ロウソクに火をつけたり、それを吹き消したりしていた。この屋敷では、激しい議論の末に、聖体拝領の道具を運びこむ許可をメスネルに与えようと指揮官たちが合意したので、この前の日曜日、アルゲダス神父はダイニングルームですべての友人を前にしてミサをあげることができた。カトリックでない者も出席し、神父の言っていることが理解できない者もひざまずいた。何か特別な願いがあるときは、誰もが祈りをあげようとするものだ。若きテロリストたちは目を閉じ、顎を胸に深々と埋めていたが、指揮官たちは部屋のうしろでじっとしていた。下手をすれば、まったくちがう状況になっていただろう。最近のテロ組織には、すべての宗教を、とくにカトリック信仰を破壊したがっている者が多い。はるかに理性的な〈マルティン・スアレスの家族〉の代わりに、〈真実への道〉の人質にされていたら、神に祈ることは許されなかっただろう。〈真実への道〉

の連中なら人質を毎日一人ずつ屋根の上へひきずりあげて、マスコミの目にさらしてから、交渉を速めるために人質の頭に銃弾をぶちこんでいたはずだ。深夜にリビングの絨毯に横たわって、アルゲダス神父はこうしたことを考えた。本当に運がよかった。そうとしか思えなかった。祈る自由があるのなら、もっとも深い意味での自由が残っていると言えるのではないだろうか。ミサのときに、ロクサーヌ・コスが《アヴェ・マリア》を歌った。うっとりするような美しい歌声で(それと張りあおうとは神父は思ってもいなかった)、これを凌ぐのは、ローマを含めてどこの教会にも無理なことだった。彼女の声は純粋そのもので、軽やかで、屋根をつき抜けて人々の願いを神のところへ直接運んでいった。かすかに空気をそよがせる小鳥の羽ばたきのごとく、人々の頭上を流れていった。だから、信仰を捨ててしまったカトリック信者も、ほかにすることがなくてやってきただけのカトリック信者以外の者も、神父が何を言っているのかまるで理解できない連中も、そんなものには洟もひっかけない完全な無神論者も、その歌声ゆえに心を動かされ、慰められ、おそらくは信仰のかすかな震えすら感じて、その場を去っていったことだろう。外で何が待ち受けているにせよ、そうしたものから自分たちを守ってくれているかすかに黄ばんだ漆喰壁を、神父は見つめた。塀の高さは十フィートはあるにちがいなく、部分的にツタにおおわれていた。美しい塀で、オリーブ山を囲んでいたといわれる塀に似ていなくもなさそうだ。見たとたんにわかるものではないだろうが、いまの神父には、こうした塀を天の恵みとみなす気持ちが理解できた。

この朝、ロクサーヌは天気に合わせてロッシーニを歌った。《情け知らずの彼女》という曲は七回歌った。明らかに、何かを完璧の域にまで高めようと、楽譜の中心にひっかかっているが自分ではまだつかめずにいる何かを見つけようとしていたのだ。彼女とカトウは独自の方法で意思の疎通を図っていた。彼女が音符の列を指さす。カトウがそこを弾く。彼女がピアノの蓋を叩いて軽くリズムをとる。カトウがふたたび弾く。彼女が伴奏抜きでその部分を歌う。彼が歌抜きでそこを弾く。彼の伴奏で彼女が歌う。二人はそれぞれに感情を忘れ、音楽のことだけを念頭に置いて、それをくりかえす。彼が序奏部分を弾くあいだ、ロクサーヌは目を閉じ、すばらしい演奏だと言いたげにかすかにうなずく。カトウは楽譜を楽々と弾きこなした。手の動きには、虚勢をはった派手なところはなかった。ロクサーヌの歌声にぴったり合うように、小さく軽く弾きつづけた。一人で演奏するときはまたべつだが、伴奏をするときは、近所の人々を起こさないよう気をつけている男のような弾き方だった。

ロクサーヌが背筋をすっと伸ばして立つと、彼女がいかに小柄かを、誰もがすぐに忘れてしまう。彼女はピアノに片手をのせ、つぎに胸の前で両手を組みあわせた。そして、歌いはじめた。日本人の習慣をまねて、靴をはくのをとっくにやめていた。ホソカワ氏は屋敷の主人の伝統を重んじて、人質にされた最初の週は靴をはいたままでいたが、時間がたつにつれて耐えられなくなってきた。家のなかで靴をはくのは野蛮なことだ。家のなかで靴をはくのは人質にされるのと同じぐらい侮辱的なことだ。彼が靴をはくのをやめると、ゲンも、カトウも、ヤマモト氏も、アオイ氏も、オガワ氏も、そしてロクサーヌもまねをした。ロクサーヌは足のサイズが自分とさほど変わらない副大統領から借りたスポーツソックスで、屋敷のなかを歩きまわった。いまもソックス姿で歌っていた。思いどおりの歌い方ができたときは、躊躇《ちゅうちょ》することなく最後までいっきに歌いあげる。彼女の歌がうまくなったかどうかを判断するのは不可能だったが、旋律に対する彼女の解釈には、誰もほとんど気づかないほどのかすかな変化があった。室内にいる一人一人の命を救おうとしているかのような歌い方だった。そよ風を受けて、窓のレースが一瞬揺れたが、それ以外は静かだった。通りからは物音ひとつ聞こえなかった。二羽の黄色い小鳥もさえずりをやめていた。

雨がやんだ朝、ゲンは最後の旋律が消えていくのを待って、カルメンの横へ行った。誰にも気づかれずに話をするには、いまがうってつけだった。ロクサーヌが最後の音符を歌いおわったあと、誰もが衝撃を受けた呆然たる表情であたりを歩きまわっていたからだ。人質が玄関から出ていこうと考えたとしても、誰も止めはしなかっただろうが、出ていくことを考えている者は一人もいなかった。ホソカワ氏がロクサーヌのために水をとりにいこうとすると、彼女も立ちあがってあとを追い、彼の腕に自分の腕をからめた。

「ロクサーヌはあの人を愛してるのね」カルメンがゲンにささやいた。ゲンは〝愛〟という言葉だけを耳にして、ほんの一瞬、彼女の言ったことを誤解した。それから足を止め、いまの文章をすべて思いだした。それができる男だった。テープレコーダーが頭に内蔵されているようなものだ。

「ミス・コスが？　ホソカワ氏を愛してる？」

カルメンはうなずいた。頭をほんのすこし動かしただけだったが、ゲンは彼女の心が読めるようになっていた。愛？

ゲンが目にしながら、見なかったことにしようと必死に努力していたのは、ホソカワ氏がロクサーヌに恋をしているという事実だった。その逆がありうるとは思ったこともなかったので、カルメンに何を見たのかと尋ねた。

「あらゆることよ」カルメンは小声で答えた。「ロクサーヌが彼を見るときの目、彼を選ぶときの様子。いつも彼の横にすわってる。話もできないのに。彼ってすごくおだやかな人でしょ。ロクサーヌは彼と一緒にいたいのよ」

「きみにそう言ったの？」

「もしかしたらね」カルメンは微笑した。「朝、ときどき話しかけてくるんだけど、何を言ってるのか、わたしにはわからないの」

そりゃそうだ――ゲンは思った。自分の雇い主とソプラノ歌手が歩き去るのを見送った。

なれるんだろう」

「ロクサーヌに会えば、誰だって恋をすると思うよ。その彼女がどうして誰かを選ぶ気に

「あなたもロクサーヌに恋をしてるの?」カルメンは訊いた。一週間前には考えられなかったような目でゲンの視線を受け止めた。思わず目をそらしたのはゲンのほうだった。

「いや」ゲンは言った。「してない」ゲンが恋をしているのはカルメンだ。ただ、食器室で毎晩彼女と会って、読み書きを教えてはいるが、思いの丈を告げたことは一度もなかった。二人は母音と子音の話をした。二重母音と所有格の話をした。カルメンがノートに文字を書き写した。ゲンが数多くの単語を教えると、彼女のほうはさらに知りたがった。できるものなら、朝まで彼を眠らせずに、反復と練習とテストを続けたかったことだろう。ゲンははっきり目ざめているとも、完全に眠っているともいえない混乱した夢のような状態で、毎日をすごしていた。ときどき、せつなさに胸を締めつけられるのは恋のせいなのか、それとも、単なる睡眠不足のせいなのかと、いぶかった。ふらっとした。ウィングバック・チェアにすわってうとうとし、眠りこんだ何分かのあいだにカルメンの夢を見た。たしかに彼女は内気だし、ジャングルから出てきたテロリストでもあるが、彼が大学で出会ったどんな女の子にも負けないぐらい頭がよかった。彼女の呑みこみの速さにそれがはっきり出ていた。ほんの小さな指示を与えるだけで充分だった。干草を焼きつくす火のように、教わったことを呑みこんで、さらに多くを求めてきた。毎晩、銃をはずして、ガラ

ス張りの食器棚にしまってある青いグレイビー・ソース入れの横にそれを置いた。膝の上にノートをのせ、とがった鉛筆を手にして、床にすわりこんだ。大学にはカルメンのような女の子はいなかった。カルメンのような女の子はどこにもいなかった。自分の愛する女のいるのが東京でも、パリでも、ニューヨークでも、アテネでもないことを信じるためには、どれほどのユーモアのセンスが必要とされることだろう。自分の愛する女は少年の格好をした少女で、ジャングルの奥の村に住んでいて、こちらが村の名前を知ることは許されない。といっても、名前を知ったところで、その村を見つけだす手がかりになるわけではない。自分の愛する女は読み方を習うために、夜になると、青いグレイビー・ソース入れの横に銃を置いている。彼女は空調ダクトを通ってこちらの人生に入りこんできた。どうやって出ていくのだろうと思うと、睡眠をとるべきわずかな自由時間にも、彼は眠れなくなってしまう。

「ミスタ・ホソカワとミス・コス」カルメンは言った。「世界じゅうの人のなかから、二人はおたがいを見つけたのよ。その確率はどれぐらいだと思う？」

「ホソカワ氏の奥さんはどうなる？」ゲンは言った。雇い主の妻をよく知っているわけではないが、顔を合わせることはけっこうあった。冷たい手と、おだやかな声をした、気品のある女性だ。ゲンのことをワタナベさんと呼んでいる。

「奥さんは日本に住んでるんでしょ」キッチンのほうへ目を向けながら、カルメンは言った。「ここから百万キロも離れてるじゃない。それに、ミスタ・ホソカワは国には帰らないだろうし。奥さんには同情するけど、だからって、ミスタ・ホソカワが一人ぼっちでいる必要はないと思うわ」

「どういう意味だい？　ミスタ・ホソカワは国には帰らないって？」

カルメンはゲンにごくかすかな笑みを見せた。頭をのけぞらせたので、帽子のつばの下に顔がのぞいた。「わたしたちがいま住んでるのはここなのよ」

「永久に続くわけではない」ゲンは言った。

「続くと思うわ」カルメンは声には出さずに、唇の動きだけでつぶやいた。しゃべりすぎたのではないかと心配だった。自分の忠誠心はすべて指揮官たちに向けるべきだとわかっていたが、ゲンに話をするのは、ほかの者に話をするのとはちがっていた。ゲンなら秘密を守ってくれる。食器室も、読み書きの練習も含めて、二人に関するすべてのことが秘密なのだから。カルメンはゲンに全幅の信頼を置いていた。二本の指で彼の手の端をつまんでから、歩き去った。ゲンはしばらく待ってから、彼女のあとを追った。カルメンはひそやかに歩いていて、その動きは小さくてゆったりしていた。彼女がそばを通りすぎても、それに気づく者はいなかった。カルメンは廊下の奥の小さなトイレに入っていった。バラの香りがするきれいなせっけんはすべて消えてしまったし、タオルは薄汚れていたが、洗面台の上にはまだ金色の白鳥が留まっていて、翼の形の栓をひねると、いまもその長い首から水が流れでるようになっていた。カルメンは帽子をとって顔を洗った。指で髪をとかそうとした。鏡に映った顔はひどく粗野で、ひどく浅黒かった。家にいたころは美少女と呼ばれたこともあったが、いまの彼女は本物の美を目の当たりにして、自分にはけっして与えられないものであることを悟っていた。日によっては（めったにないことだが）、カルメンがロクサーヌに朝食を運ぶために部屋に入り、オペラ歌手がまだ眠っているのを見て、トレイを下に置き、彼女の肩に手をかけることもあった。ロクサーヌはまばたきして、淡い色の大きな目をひらくと、カルメンに笑いかけ、掛け布団をめくって、刺繍で飾られた温かなシーツのなかで自分とならんで横たわるよう、身ぶりで示す。カルメンは気を遣い、自分のブーツをベッドの外へ垂らす。ロクサーヌが掛け布団をカルメンの首のところまでひっぱりあげ、二人で目を閉じて、五分だけよぶんな眠りをむさぼる。カルメンはたちまちのうちに、姉妹と母親の夢を見る！　わずか数分の眠りのなかで、みんなが彼女のもとにやってくる。快適なベッドで枕に顔を埋めたカルメンの姿を見たがっているのだ。となりには想像もできないような女性がいる。金色の髪、青い目、ほのかなピンクを帯びた白バラのような肌。ロクサーヌ・コスに恋をせずにいられる者がどこにいよう。

「ゲン！」彼がトイレのドアに近づいたとき、ヴィクトル・フョードロフが声をかけた。「行く場所などどこにもないはずなのに、きみを見つけるのはなぜこうもむずかしいんだ」

「そんなことは考えても――」

「けさの彼女の歌声だが、思わなかったかね。完璧だと！」

ゲンも同意した。

「そこでだ、いよいよ彼女に話をするときが来た」

「いま？」

「いまこそ、完璧なときだ」

「今週に入ってから毎日、あなたに尋ねていたのに」

「だが、わたしのほうは心の準備ができていなかった。ほんとなんだ。だが、けさ、彼女がロッシーニを何度も歌ったときに、彼女ならわたしの欠点を理解してくれると思った。憐れみ深い女性なのだ。今日、わたしはそれを確信した」フョードロフは目に見えないせせらぎで手を洗っているかのように、その大きな手をもみあわせていた。声は冷静だが、目には紛れもないパニックが浮かび、肌にはパニックの強烈な匂いがした。

「いまはちょっと都合が悪いので――」

「わたしの都合に合わせてくれ」フョードロフは言った。それから低い声でつけくわえた。「でないと、話をする勇気がなくなってしまう」フョードロフはびっしり生えていた顎鬚を剃り落とし――カミソリの刃がろくに切れなかったため、痛くて、おまけにひどく時間がかかったが――そのあとに、むきだしのピンクの顔が大きく残っていた。副大統領に頼んで自分の服の洗濯とアイロンがけをしてもらい、そのあいだ、彼自身は腰にタオルを巻いた姿で震えながら洗濯機のそばに立っていた。風呂に入り、煙草一箱とひきかえにヒルベルトから巻きあげた甘皮切りのハサミで、鼻毛と耳の毛を切った。ついでに爪を切り、髪もなんとかしようとしたが、甘皮切りのハサミでそこまでやるのは無理だった。精一杯の努力で身だしなみを整えた。いよいよ、今日がその日なのだ。

ゲンはトイレのドアのほうを頭で示した。「あそこへ行こうと思って」

フョードロフは肩越しにふりむいてから、ゲンを導こうとするかのように片手をさしだした。「なるほど。なるほど、かまわんよ。あまり長くは待てないが。そう急がなくてもいい。ドアの外で待っているから。きみの用足しが終わったとき、通訳を待つ列の先頭に、かならずこのわたしがいるようにしたいんだ」フョードロフのシャツの両脇を汗がしたたり落ちて、過去についた薄い汗じみのなかに新たな濃いしみを残した。あまり長くは待てないと彼が言ったのは、これが原因だったのだろうかと、ゲンは思った。

「一分だけ」ゲンは静かに言ってから、ノックもせずにトイレに入った。

「あなたの言ってることがわかればいいのにと思ってたのよ」カルメンは笑った。言葉をまねようとして、〝わたしはテーブルを砕かない《アイ・ネヴァー・クラッカー・テーブル》〟に似た発音の、ロシア語もどきの口調でしゃべった。

ゲンは自分の唇に指をあてた。トイレは狭く、壁にも床にも黒大理石が使われていて、とても暗かった。鏡のそばの電球が一個切れていた。電球をとりかえるよう、ルーベンに頼んでおかなくては。

カルメンは洗面台の上にすわっていた。「とても大事な用だったみたいね。ロシア人のレドベド？」声をひそめて言った。

いまのはフョードロフだと、ゲンは答えた。

「ああ、あの大きな人。あなたはどうしてロシア語までできるの？　どうして何カ国語もできるの？」

「ぼくの仕事だから」

「ううん、ちがう。何かコツがあるんだわ。わたしもそれを知りたい」

「一分しか時間がないんだ」ゲンはささやいた。すぐ目の前に彼女の髪があった。大理石よりも黒く、深い色をしていた。「フョードロフの通訳をしなきゃならない。ドアのすぐ外で彼が待っている」

「話は今夜にしましょう」

ゲンは首を横にふった。「きみがさっき言ったことについて話がしたい。どういう意味なんだい？　われわれがいま住んでるのはここだっていうのは」

カルメンはためいきをついた。「わたしの語学力じゃ説明できないわ。でも、あなた自身に訊いてみて。この美しい屋敷でみんな一緒に暮らしていくのは、そんなに恐ろしいことだろうかって」このトイレは食器室の三分の一の広さしかなかった。カルメンの膝がゲンの脚に触れた。ゲンが半歩下がったら、便器にぶつかってしまう。カルメンは彼の手をとりたいと思った。この人、どうしてわたしから、この場所から離れていこうとするの？

「いずれ、この状態にも終わりが来る」ゲンは言った。「こういうことは永遠に続くものじゃないんだ。誰かがストップをかけるだろう」

「こちらがひどいことをした場合だけね。わたしたち、誰一人傷つけてないのよ。ここで不幸な思いをしてる者は一人もいないわ」

「一人残らず不幸じゃないか」しかし、そう言うそばから、はたしてそれが真実かどうかゲンは自信が持てなくなっていた。カルメンは顔を伏せ、膝の上の手をじっと見つめた。

「通訳しに行ってきて」と言った。

「ぼくに話したいことがあるのなら……」

カルメンの目が潤んでいた。まばたきして必死に涙をこらえた。ここで泣いたらバカみたい。この屋敷で暮らすのがそんなに恐ろしいことなの？　ずっとずっと一緒にいれば、完璧なスペイン語が話せるようになり、読み書きもできるようになり、英語を習って、できれば日本語もすこし習えるかもしれないのに。でも、それはわたしのわがまま。カルメンにもそれはわかっていた。ゲンが離れていきたがるのも当然ね。わたしからさしだせるものは何もないんだもの。この人の時間を奪ってるだけだもの。「わたしには何もわからない」

フョードロフがドアをノックした。神経のたかぶりがひどくなるばかりで、ノックせずにはいられなかった。「つうう・やぁく・さぁぁん？」歌うように言った。

「ちょっと待って」ドア越しにゲンは叫んだ。

もう時間がない。カルメンの目から涙が二粒こぼれていた。何日も一緒にいたい。言いたいことを残らず言うには、誰にも邪魔されない時間が何週間も何カ月も必要だ。「きみが正しいのかもしれない」ついに、ゲンは彼女に言った。彼女が黒大理石の洗面台に腰かけていて、その背後に鏡があるので、ゲンは彼女の顔とほっそりした背中を同時に見ることができた。金箔の木の葉に縁どられた楕円形の大きな鏡のなかに、彼女を見つめる自分自身の顔がその肩越しに映っていた。自分の顔に愛を見てとることができた。愛がこんなにはっきり顔に出ているのでは、こちらの胸の内もカルメンにすべて知られてしまっているにちがいない。ゲンのすぐ目の前に彼女がいるため、狭いトイレの空気のあらゆる分子が二人のものになり、おたがいの欲望が重くよどんで、二人を近づける役目を果たした。小さく一歩踏みだしただけで、彼の顔がカルメンの髪に埋まり、彼女の腕が彼の背中にまわされ、二人は抱きあった。ここにたどりつくのはとても簡単なことで、大きな安らぎでもあったため、なぜ初めて会ったときから絶えず彼女を抱きしめてこなかったのか、ゲンには理解できないほどだった。

「通訳さん？」フョードロフが言った。いささか不安そうな声になっていた。

カルメンが身を寄せて彼にキスした。キスしている暇などなかったが、いずれその時間ができることを彼に知っておいてほしかった。痛切な孤独のなかでのキスは、人を水からひっぱりあげ、溺れかけていたのを救いだして、苦しいほど濃厚な空気のなかへ送りこむのに似ていた。キス、もう一度キス。「行って」カルメンはささやいた。

ゲンはこの少女とトイレの壁以外は何もほしいと思わないまま、ふたたび彼女にキスをした。息切れとめまいがして、彼女から離れる前にしばらくその肩にもたれなくてはならなかった。カルメンは洗面台からおりて、ドアの手前に立ち、ドアをあけて、彼を外の世界へ送りだした。

「気分が悪いのかね」心配というよりいらだちの口調で、フョードロフが尋ねた。すでにワイシャツの背中がじっとり湿って、彼の肩に貼りついていた。おれにとって楽なことじゃないってのが、この通訳にはわからないんだろうか。これまで長い時間をかけて、まず話をすべきかどうか考えてから、話をすることに決め、その決心をしたあとで、何を言うべきかを決めなくてはならなかった。胸の想いははっきりしていたが、そうした感情を通訳を介して言葉にするのはまったくべつの問題だった。レドベドとベレゾフスキーは応援してくれているが、この二人はロシア人だ。こちらの愛の痛みをすんなり理解できる。率直に言うと、彼らも似たような痛みを経験している。彼らがいずれ勇気をふるい起こして、ソプラノ歌手に近づくために通訳に近づくというのも、ありえないことではない。フョードロフが熱い想いを打ち明けるたびに、それは全員が感染している病気なのだと、彼らは確信するようになっていた。

「待たせてしまってすみません」ゲンは言った。目の前の部屋が砂漠の地平線のごとく溶けていき、ゆらゆら揺れた。トイレの閉じたドアにもたれた。なかにカルメンがいる。二センチ半の厚みもないドアに隔てられて。

「具合が悪そうだな」ロシア人は言った。心配している顔だった。この通訳に好意を持つようになっていたのだ。「声に力がない」

「いや、大丈夫です」

「顔が青いみたいだ。目もひどく潤んでるし。ほんとに具合が悪いのなら、指揮官に言えば解放してくれるはずだ。伴奏者の一件以来、健康問題にはひどく神経をとがらせてるようだから」

ゲンは揺れる家具を静止させようとして目をしばたたいたが、オットマンの色あざやかな縞模様は彼の血のリズムに合わせて脈を打ちつづけていた。彼はまっすぐに立ち、頭をふった。「ほらね」と自信のない口調で言った。「もう大丈夫。この屋敷を出るつもりはありません」高い窓からさしこむ陽ざしを、絨毯に落ちる木の葉の影を見つめた。ロシア人とならんでここに立ったいま、ようやく、カルメンの言っていたことが理解できた。この部屋を見るがいい！　カーテンとシャンデリア、ソファにのっているやわらかな分厚いクッション、色は金色と緑と青で、どの色も宝石のようだ。この部屋にいたくないなどと誰が思うだろう。

フョードロフは微笑して、通訳の背中を叩いた。「なんとすばらしい男だろう！　きみはすべてを人民のために捧げている。ああ、わたしは心からきみに敬服している」

「すべてを人民のために」ゲンはオウム返しに言った。スラブの言葉は舌に広がる洋梨のブランデーのようだった。

「それじゃ、ロクサーヌ・コスに話をしに行こう！　ワイシャツを洗濯しなおす暇はない。ここで中断したら、永遠に勇気をなくしてしまう」

ゲンは彼の先に立ってキッチンに向かったが、じっさいは一人で歩いているのも同然だった。フョードロフのことも、その胸の想いも、彼が何を言うつもりかも、ゲンにはまったく興味がなかった。カルメンのことで頭がいっぱいだった。洗面台に腰かけたカルメン。その姿が永遠に記憶に焼きつくだろう。何年もたってから彼女のことを考えるときも、黒大理石に腰かけて、電気工事用のテープを貼りつけた重いワークブーツをはき、両手を冷たい洗面台につけた、この日の彼女の姿が浮かんでくるだろう。髪をほどいて、真ん中で分けてまっすぐ垂らし、優美な耳にかけている。キスしたときのことを思いだした。彼女が背中に腕をまわしていたが、ゲンにとって最大の喜びは、愛らしいハート形をした彼女らの顔と、濃い茶色の目と、整えていない眉と、触れてみたいと前から思っていたふっくらした唇を見つめることにあった。ホソカワ氏は勉強にすこしも身が入っていない。今日彼に単語をひとつ教えても、翌日にはすっかり忘れている。自分のミスを笑い飛ばして、スペルをまちがえた単語に小さなチェックマークをつける。カルメンはちがっていた。カルメンに何かを教えるのは、絹のようなひだを持つ脳のなかに永遠にそれを刻みこむことだった。彼女が目を閉じて、単語を発音し、綴りを口で言い、紙に書けば、それはもう彼女のものになる。ゲンのほうから質問をくりかえす必要はない。二人は先へ進み、オオカミの群れに追われているかのように夜通し進みつづける。何につけても、彼女はより多くをほしがった。より多くの語彙、より多くの動詞。文法と句読法の規則を彼に説明してもらいたがった。動名詞、不定詞、分詞について知りたがった。レッスンが終わりに近づき、二人とも疲れはてて一言もしゃべれなくなると、カルメンは食器室の戸棚にもたれて目を閉じ、あくびをする。「コンマのことを説明して」金色の皿が二十四人分、コバルトブルーで幅広く縁どりされた皿が六十人分など、食器類が頭上にのしかかり、カップはそれぞれフックに下がったままになっているなかで、彼女は言う。

「もう遅い。今夜、コンマの勉強までする必要はないよ」

カルメンはほっそりした胸に両腕をまわして、背中を床のほうへずり下げた。「コンマは文章の最後につけるのよね」と言って、まちがいを直してほしい、説明してほしいと、彼にせがんだ。

ゲンは目を閉じ、身をかがめて、自分の膝に頭をのせた。眠りの国、それは彼がビザを手に入れることのできない国だった。「コンマは」あくびをしながら彼は言った。「文章を句切り、その内容を整理するのに使われる」

「おお」フョードロフが言った。「きみの雇い主のそばに彼女がいる」

ゲンが顔をあげると、カルメンの姿は消え、彼はフョードロフとともにキッチンにいた。わずか五フィート先に食器室がある。彼の知るかぎりでは、そこに入ったことがあるのは彼とカルメンの二人しかいない。ホソカワ氏とロクサーヌは流しのそばに立っていた。一言もしゃべらないのに、二人がいつも会話をしているように見えるのは妙なものだ。イグナシオ、グアダルーペ、ウンベルトが朝食のテーブルを囲んで銃の掃除をしていた。分解した金属部品を目の前の新聞紙の上に広げて、ひとつひとつの部品にオイルをすりこむという面倒な作業だ。ティボーが彼らと一緒のテーブルにいて、料理の本を読んでいた。「出直したほうがよさそうだ」フョードロフは悲しげな声で言った。「彼女がそう忙しくないときに」

どう見ても、ロクサーヌ・コスが忙しくしているとは思えなかった。その場に立って、グラスの縁に指をすべらせ、ふり注ぐ陽光のほうへ顔を向けているだけだった。「とにかく、彼女の都合を訊いてみましょう」ゲンは言った。自分の義務をはたしてしまいたかった。フョードロフにあちこちついてこられて、いまなら話ができそうだと言われ、その二分後には、やっぱりだめだと言われるのは、もううんざりだった。

フョードロフはポケットから大判のハンカチをとりだし、泥汚れを落とそうとするかのように顔をこすった。「いまやらなきゃいけない理由はどこにもない。よそへ行くことはないんだから。われわれが解放されることは永遠にないんだから。彼女の顔を毎日見られるだけで充分だと思わないかね。それこそ最大の贅沢だ。あとはわたしのわがままにすぎない。彼女にいったい何を言えばいいんだ」

しかし、ゲンは聞いていなかった。ロシア語はけっして彼の得意とする言語ではなかったので、ほんの一瞬でも集中力がとぎれると、すべてがぼやけた子音のかたまりになってしまい、難解なキリル文字がトタン屋根を叩く雹《ひょう》のように飛び跳ねることになる。ゲンはフョードロフに笑いかけ、うなずいた。これが現実の世界だったら、こんな怠惰なやり方を自分に許すことはけっしてなかっただろう。

「すばらしい陽ざしだね」ゲンがそばに立っているのに気づいて、ホソカワ氏が言った。「急に腹が減ってきた。空腹を満たしてくれるのはこの陽ざしだけだ。いまはひたすら窓辺に立っていたい気がする。ビタミン不足かもしれないな」

「ここまで来ると、誰もが何かしら不足していると思います」ゲンは言った。「フョードロフ氏のことはご存じですね」

ホソカワ氏が頭を下げたので、フョードロフはとまどって、同じように頭を下げ、つぎにロクサーヌに向かってお辞儀をした。ロクサーヌも頭を下げたが、フョードロフのお辞儀ほど深くはなかった。輪になった彼らは、長い首を水のなかへつっこんでいる三羽のガチョウそっくりに見えた。「音楽のことでロクサーヌと話をなさりたいそうです」ゲンはまず日本語で、つぎに英語で言った。ホソカワ氏とロクサーヌはそろってフョードロフに笑顔を見せ、フョードロフはハンカチを嚙みちぎってしまいそうな勢いで口に押しあてた。

「では、わたしはチェスをしにいってこよう」ホソカワ氏は腕時計を見た。「十一時にチェスの約束なんだ。そう早すぎもしないだろう」

「席をはずされる必要はないと思いますよ」ゲンは言った。

「だが、ここにいる必要もない」ホソカワ氏はロクサーヌを見た。やさしさに満ちたその表情が、彼の想いのすべてを無言で伝えているように見えた。行ってくるね。チェスをしに。よかったら、きみもあとで来てくれ。そばにすわっててほしい。二人のあいだにかすかな微笑がかわされ、そのあと、ホソカワ氏はスイングドアから出ていった。その足どりには、ゲンがこれまで見た覚えのない軽やかさがあった。ホソカワ氏は頭をまっすぐあげて歩いていった。よれよれになったタキシードのズボンと、薄汚れたワイシャツを、威厳を漂わせて着ていた。

「りっぱな方ね、あなたのお友達は」いままでホソカワ氏がすわっていたからっぽの場所を見つめて、ロクサーヌは静かに言った。

「いつもそう思っていました」ゲンは言った。カルメンから説明されたにもかかわらず、いまだに当惑が消えなかった。二人のあいだにかわされた微笑はゲンにも覚えのあるものだった。ゲン自身も恋をしているが、生まれて初めてのことなので、同じ体験をしている者がほかにもいるというのがなかなか信じられない。もちろん、妻の青いスカーフを旗のように身にまとい、料理本を広げてすわっているシモン・ティボーだけは例外だった。ティボーが恋をしていることは誰もが知っている。

ロクサーヌは巨漢のフョードロフのほうへ顔をあげた。いまはべつの表情になっていた。耳を傾ける用意が、自分の歌への賛辞を受ける用意が、あなたのおっしゃることはわたしにとって大きな意味を持っていますと相手に思わせる用意が整ったのだ。「ミスタ・フョードロフ、リビングへ行ってすわったほうがくつろげます？」

フョードロフは自分に直接向けられた質問の重みによろめいた。通訳された言葉を聞いて当惑した様子だった。ゲンが通訳をくりかえそうとした瞬間に返事をした。「あなたがくつろげる場所なら、わたしもくつろげます。キッチンにいるほうがうれしいです。キッチンというのはいいものですね。こういうところで時間をすごしたことは、個人的にはあまりなかったが」本音を言うと、レドベドとベレゾフスキーを信頼してはいたが、ロシア語や英語を盗みぎきできる者が一人もいない部屋で、自分の愛を告白したかったのだ。銃身がときたまテーブルにぶつかるガチャンという音や、レシピに目を通すティボーの舌打ちのほうが、盗みぎきよりも好ましかった。

「もちろん、わたしに異存はないわ」ロクサーヌは言った。グラスの水を飲んだ。その姿にフョードロフは身を震わせた。水、彼女の唇。思わず視線をそらした。自分は何を言おうとしていたのか。代わりに手紙を書いてくればよかった。そのほうが楽だったのでは？通訳に頼んで英語に直してもらえばよかったんだ。口から出たものであれ、手紙に書いたものであれ、言葉は言葉だ。

「椅子が必要なようだ」フョードロフは言った。

ゲンはその声が消え入りそうなのに気づいて、あわてて椅子をとりに走った。椅子が運ばれてくる前に、ロシア人はすでにぐったりしていて、ゲンは間一髪で彼の尻の下に椅子をすべりこませることができた。何もかもおしまいだと言いたげに大きく息を吐いて、大男は床のほうへ頭を下げた。

「あら、大変」ロクサーヌは彼の上にかがみこんだ。「この人、具合が悪いの？」冷蔵庫の取っ手にかかっていた布巾をとり、自分が飲んでいた水にひたした。ピンク色をした彼の首の広がりに冷たい布巾をあてた。彼女が布巾を手で支えた瞬間、フョードロフは軽いうめき声をあげた。

「どうしたのかしら」ロクサーヌがゲンに訊いた。「ここに入ってきたときは、とても元気そうだったのに。クリストフのときとそっくりだわ。顔色も、気を失いそうな様子も。ひょっとして糖尿病？　さわってみて。冷たい！」

「この人がなんて言ってるのか、教えてくれ」膝のあいだから、フョードロフがつぶやいた。

「どこか具合が悪いのかと、心配しています」ゲンは言った。

長い沈黙が流れ、ロクサーヌがフョードロフの首に指をすべらせて、安定した脈を打っていることをたしかめた。ほっそりした二本の指が彼の大きな耳たぶの下にとどまっていた。

「愛だと彼女に伝えてくれ」フョードロフは言った。

「愛？」

フョードロフはうなずいた。彼の髪は量が多くて、波打っていて、あまり清潔とは言えなかった。こめかみのあたりにかなり白髪が出ているが、ゲンとロクサーヌが見つめる頭頂部はまだ黒々としている。そこだけ見ると若い男のようだ。

「愛の告白だなんて、一言も言わなかったじゃないですか」ゲンはだまされた気がした。困った立場に追いこまれたことを感じた。

「きみを愛してるわけじゃない」フョードロフは言った。「なんできみに愛の話をしなきゃならんのだ」

「そんなことを通訳するためにここに来たのだとは、思いもしませんでした」

必死の努力の末に、フョードロフが身体を起こした。肌はじっとり湿っているだけでなく、色も肌理《きめ》も本物の蛤《クラム》にそっくりだった。「ならば、何を通訳しに来たんだ。きみが適切だと思うことをか。天候の話以外はしちゃいかんのか。きみはいつから、みんながどんな会話をするのがふさわしいかを決めるようになったんだ」

フョードロフの言うとおりだ。ゲンもそれを認めるしかなかった。通訳の個人的感情はここで問題にすべきことではない。会話の編集をおこなうのはゲンの仕事ではない。耳を傾けるのも、彼の仕事とは言いがたい。「わかりました」ロシア語でうんざりした声を出すのは簡単だった。「わかりました、じゃ」

「この人、なんて言ってるの？」ロクサーヌが訊いた。フョードロフが身体を起こしたので、布巾を彼の額に移していた。

「あなたが何を言っているのか、彼女が知りたがっています」ゲンはフョードロフに言った。

「愛の告白をしますか」

フョードロフは弱々しい笑みを浮かべた。これまでのことは忘れるとしよう。軽いめまいを起こしただけで、実害があったわけではない。彼の望みはただ、最初からやりなおすこと、レドベドとベレゾフスキーの前で幾度も練習したときのように演説を始めることだけだった。咳払いをした。「わたしは国で通商大臣をしています」かぼそい声で彼は始めた。「大臣に任命されはしましたが、いつなんどきクビになるかわかりません」指を鳴らしたが、パチンと歯切れのいい音を出すことには成功しなかった。汗ばんでいたため、指がすべって音にならなかった。「ただ、いまのところはとてもいい仕事なので満足しています。何かが手に入ったとき、自分が何を得たのかを知ること、それが人に幸運をもたらしてくれるのです」フョードロフは彼女の目をのぞきこもうとしたが、それは彼の手に余ることだった。下腹がゴロゴロ鳴りだしそうなのを感じた。

ゲンは通訳をおこない、この話がどこへ行きつくかは考えないようにした。

「気分がよくなったかどうか、この人に訊いてちょうだい」ロクサーヌは言った。「顔色が戻ってきたみたい」彼女が首の布巾をはずすと、フョードロフはがっかりした顔になった。

「気分はどうかと、彼女が尋ねています」

「ちゃんと話を聞いてくれてるのかな」

「見ればわかるでしょう」

「大丈夫だと彼女に伝えてくれ。それから、こうも伝えてほしい――この貧しい国に資本を投資するつもりは、ロシアにはまったくなかった、と」フョードロフはロクサーヌ・コスの目にできるだけ長く目を据えていたが、まぶしすぎて耐えられなくなったので、ゲンのほうへ視線をそらした。「ロシア自体が貧しい国であり、そのうえ、支援を必要とする貧しい国をいくつもかかえています。今回のパーティの招待状が届いたとき、友人のベレゾフスキーも――実業界の大物ですが――その場にいて、ぜひ行くべきだと言いました。あなたの歌が聴けるのだから、と。学校で一緒だったんです。ベレゾフスキーとレドベドとわたしは。親友でした。現在、わたしは政界に、ベレゾフスキーは財界に身を置き、そして、レドベドは――レドベドは融資の仕事をやっています。遠い昔に、サンクト・ペテルブルクでともに学んだ仲なのです。サンクト・ペテルブルクの日々が戻ってきたような気がします。あのころはいつも、三人でオペラに出かけたものでした。若かったので、数ルーブル払って、うしろで立ち見です。当時は三人とも金などなかったから。ですが、やがて仕事につき、座席にすわれるようになり、給料があがるにつれて、いい席が手に入るようになりました。自分で金を払ってとった席と、のちに人から贈られるようになった席を見れば、われわれの出世ぶりがわかることでしょう。チャイコフスキー、ムソルグスキー、リムスキー＝コルサコフ、プロコフィエフ。ロシアのオペラは残らず観ました」

　通訳のスピードは遅く、三人とも長い待ち時間に耐えねばならなかった。「ロシアには美しいオペラがいくつもあるわ」ロクサーヌは言った。布巾を流しに置いて、自分の椅子をとりに行った。誰も持ってきてくれる様子がなかったし、長い話になりそうだったからだ。椅子を持とうとすると、セサルという少年が銃を掃除していたテーブルからあわてて立ちあがり、彼女のために運んできてくれた。

「ありがとう《グラシアス》」ロクサーヌは少年に言った。その程度のスペイン語なら知っている。

「すみません」ゲンが言った。彼自身は立ったままだった。「わたしときたら、何を考えてたんでしょう」

「たぶん、ロシア語のことを考えてたのね」ロクサーヌは言った。「それだけで頭がいっぱいだったでしょうから。この話がどこへ向かうのか、あなたにはわかってるの？」

フョードロフが黙ったまま微笑した。いまや頰がピンクに染まっていた。

「ええ、なんとなく」

「だったら、わたしには内緒にしておいてね。びっくりしたいから。本日のお楽しみだわ」ロクサーヌは椅子にもたれて脚を組んでから、片手をさしだし、フョードロフに話の続きを催促した。

フョードロフはしばらく時間をとった。自分の立場を全面的に考えなおした。何週間もかけて計画したのに、自分が選んだやり方はすべてまちがっていたと、いまようやく悟るに至った。彼女に伝えようとしていることは学校時代に始まったものではない。オペラ劇場で始まったものでもない。まあ、ここに来たそもそものきっかけはオペラにあったのだが。彼が伝えようとしていることは、それよりずっと以前に始まったものだ。彼はロシアとそこでの子供時代を思い浮かべ、彼の一家が住んでいたアパートメントの部屋に続くジグザグの階段に自分の身を置いて、ふたたび語りはじめた。ロクサーヌのほうへ身を乗りだした。自分のすわっている場所からだと、ロシアはどちらの方角になるのだろう。「子供のころ、あの街はレニングラードと呼ばれていました。でも、そのことはご存じですね。ペトログラードと称した時代も短期間だけありましたが、それを喜んでいた者は一人もいませんでした。街に名前をつけるときは、昔の名前に戻すか、新たな名前を考えるべきで、両者の折衷などという形はとらないほうがいいのです。あのころは家族がみんな一緒に暮らしていました。父と母、二人の弟、母方の祖母。この祖母が画集を持っていました。かなり大判の本でした」フョードロフは両手をあげて、本の大きさを宙で示した。そのしぐさを信じるとすれば、ものすごく大きな本だ。「祖母の話では、その本は祖母が十五の少女だったときに、ヨーロッパからやってきた崇拝者にプレゼントされたものだそうです。祖母はその男をジュリアンと呼んでいました。本当の話かどうか、わたしにはわかりません。祖母は作り話をするのが好きでしたから。祖母がどういう経緯で本を手に入れたかよりも、戦時中にどうやってその本を手放さずにいられたかが、わたしには大きな謎です。売りに出すことも、暖をとるために燃やすこともなく――一時期、人々はなんでも燃やしましたからね――隠しておくのはむずかしい品だったのに、人に奪われることもなかった。しかし、わたしの少年時代には、戦争はもう何十年も前のことになり、祖母は年寄りになっていました。当時、絵を見るために美術館へ行くということはありませんでした。冬宮のそばを通ることはあっても――華麗な宮殿ですよ――なかに入ったことはなかったですね。たぶん、そんな金はなかったんでしょう。だが、夜になると、祖母が例の画集を出してきて、弟たちとわたしに手を洗ってくるように言うのです。十歳になるまではページに手を触れることも許してもらえませんでしたが、それでも、わたしは絵を見るだけのために手を洗ったものでした。祖母は寝場所にしていたリビングのソファの下に、キルトでくるんだその画集をしまっていました。運んでくるのが大変でも、誰にも手伝わせようとはしませんでした。テーブルがきれいになったことをたしかめると、わたしたちはキルトに包まれた画集をテーブルにのせて、ゆっくり広げたものでした。それから、祖母が腰をおろします。小柄な女性で、みんながその周囲に立ちました。テーブルを照らすライトに祖母はとても神経を遣っていました。画集の色が褪せてはいけないのであまり強くはできないし、かといって、弱すぎるのも困ります。絵を心ゆくまで鑑賞することができなくなりますから。画集を見るためにとってある、なんの飾りもない白い木綿の手袋をはめて、祖母はわたしたちの見ている前でページをめくります。こんなことが想像できますか。うちの一家がひどく貧乏だったとは言いません。ほかの家と同程度の裕福さ、もしくは貧しさでした。アパートメントは狭くて、わたしと弟たちは同じベッドに寝ていました。同じ建物に住むほかの家族となんら変わりありませんでした。ただひとつ、画集をのぞいては。ものすごくりっぱなものでした、その画集は。『印象派の名画』という題がついていました。うちにそんなものがあるなんて、世間の人は誰も知りません。わたしたちは画集の話をすることを固く口止めされていました。誰かが来て奪っていくのではないかと、祖母が恐れていたからです。ピサロ、ボナール、ヴァン・ゴッホ、モネ、マネ、セザンヌなど、何百点という絵が出ていました。夜、ページをめくる祖母のそばでわれわれが見た色彩は奇跡のようでした。ひとつひとつの絵のことを、みんなで学びました。どの絵も大きな敬意を払うに値するものだと、祖母が言っていました。一晩に二ページしかめくってくれないこともあって、わたしが画集をすべて見おわるまでに、たしか一年かかったように思います。とてもすばらしい画集で、印刷がみごとでした。もちろん、これまでにすべての絵のオリジナルを見たわけではありませんが、何年かのちに見た絵はどれもわたしの記憶にあるままでした。祖母はわれわれに、自分は若かったころフランス語をしゃべっていたから、絵の下についている説明文を、昔の記憶をたどりながらできるかぎり読んであげようと言いました。もちろん、その説明文は祖母の勝手なでっちあげでした。毎回、内容が変わるのですから。でも、そんなことはかまいません。どれも美しい話でした。〝これはヴァン・ゴッホがひまわりの花を描いた平原である〟と、祖母は読みあげます。〝ゴッホは一日じゅう、暑い太陽を浴びながら青空の下にすわっていた。白い雲が流れていくと、将来の絵のためにそれを記憶するのだった。ここに出ているこの絵に、そうした雲が描かれている〟。祖母はこうして、説明文を読むふりをしながら、われわれに語りかけていたのです。ときには、ほんの数行しか書かれていないのに、二十分も読みつづけることもありました。それはフランス語がロシア語よりはるかに複雑な言語で、ひとつひとつの単語に数個の文章と同じだけの意味が含まれているからだと、祖母は言っていました。じっくり鑑賞したい絵がたくさんありました。わたしがすべてを記憶に刻みつけるまでに何年もかかりました。いまでも、平原の干草の数や、光がどの方角から来ているかを、覚えています」フォードロフは言葉を切り、自分の話に追いつく余裕をゲンに与えた。待つあいだに、テーブルを囲んでいた家族の姿を思い浮かべた。いまは亡き祖母、いまは亡き父母、二十一歳のときに釣りの事故で溺死した末の弟ドミトリー。残っているのは二人だけだ。弟のミカールのことを考えた。人質にされた兄の消息を、自宅のニュースで追っているにちがいない。自分がここで死んだら――フョードロフは思った――ミカールは支えてくれる家族もなく、この世に独りぼっちで残されることになる。「ときおり、祖母が画集をまったく出そうとしなくなることもありました。疲れたからだと言っていました。美しいものをあまりにたくさん見るのは苦痛だとも言っていました。一週間、さらには二週間がすぎることもありました。スーラに会えないままに！　気が狂いそうになったのを覚えています。絵がなくては生きていけないような、そんな気持ちになっていました。しかし、みんなが気も狂わんばかりに画集を愛したのは、それを見られない時期があり、待ち時間があったからでした。わたしの人生はひょっとすると、ちがうものになっていたかもしれませんが、祖母が大切にしていた画集のおかげで、いまのような人生を歩むことになったのです」彼の声は前よりおだやかになっていた。「なんという奇跡でしょう。わたしは美しいものを愛することを教えられました。美を表現する言葉を覚えました。のちに、それがオペラへ、バレエへ、建築へと広がり、もっとのちには、絵に描かれているのと同じものが、野原や川のなかにも、人々のなかにも、存在することを知るようになりました。すべてはあの画集のおかげです。祖母が人生の終わりに近づいたころには、もう画集を持ちあげることもできなくなり、わたしにとりに行かせるようになりました。手がひどく震えるようになっていたため、ページを破ってしまうのを恐れて、わたしにページをめくらせてくれるようになりました。わたしの手が大きすぎるせいで、祖母の手袋をはめるのは無理でしたが、それを指のあいだに布のようにはさんで使い、画集に汚れをつけないようにする方法を、祖母が教えてくれました」フョードロフはためいきをついた。なぜだか、これが彼をもっとも感動させた思い出だった。「画集はいま、弟のところにあります。弟はモスクワ郊外で医者をしています。二、三年ごとに、画集が二人のあいだを行き来しています。二人とも画集がないと生きていけないのです。べつのものを探そうとしましたが、うまくいきませんでした。あれだけの画集は世界のどこを探してもありません」話すにつれて、フョードロフはくつろいだ気分になってきた。話すのは彼がもっとも得意とすることだ。息が楽にできるようになったのを感じた。この瞬間まで、画集と自分の話の要点に関連性があるとは思ってもいなかった。なぜそれに気づかなかったのかと、いまではふしぎに思うほどだった。「孫のなかに絵の才能のある者が一人もいなかったのが、祖母にとっては悲劇でした。晩年になってからでさえ、わたしが学校でビジネスを学んでいたときに、もう一度絵に挑戦するようにと、祖母はわたしに言ったものです。しかし、結局、わたしに絵の才能はありませんでした。弟のドミトリーなら偉大な画家になっただろうと、祖母が口癖のように言っていましたが、それはドミトリーがすでに死んでいたからにすぎません。死んだ者が相手なら、どんな想像をしようと自由ですからね。どちらの弟も、わたしも、鑑識眼にすぐれていました。偉大な芸術を創造するために生まれた者もいれば、それを鑑賞するために生まれた者もいます。そう思いませんか。鑑賞者になるというのは、それ自体が一種の才能です。画廊で絵を見ている者であろうと、世界最高のソプラノ歌手の声に耳を傾けている者であろうと。誰もが芸術家になれるわけではありません。芸術を目にする者、自分が目にした作品を愛し、そのすばらしさを認識できる者も必要なのです」フョードロフはゆっくりと話をした。ゲンが追いつくのに苦労しなくてすむよう、文章のあいだに長い区切りを入れたが、おかげで、彼の話が終わったのかどうかを判断するのがむずかしかった。

「心温まるお話ね」ようやく、ロクサーヌが言った。

「しかし、この話には大切な点があります」

ロクサーヌはその大切な点を聞くために椅子にもたれた。

「わたしが芸術を深く理解する男であることは、すぐにはわかってもらえないかもしれませんが、そうであることをあなたに知ってもらいたいのです。ロシアの通商大臣、あなたにとってそんなものがなんの意味を持つでしょう。しかし、この地位ゆえに、わたしは自分に特別な資格があると思っています」

ロクサーヌはふたたび、話の続きがあるのかどうかを見るために待ったが、なさそうだったので彼に尋ねた。「なんの資格かしら」

「あなたを愛する資格です」フョードロフは言った。「わたしはあなたを愛しています」

ゲンはフョードロフを見て、目をしばたたいた。自分の顔から血がひくのを感じた。

「なんて言ったの？」ロクサーヌが訊いた。

「頼む」フョードロフが言った。「彼女に伝えてくれ」

ロクサーヌの髪はぎゅっとひっつめられ、副大統領の長女の部屋にあったピンクのゴムでくくってあった。化粧をせず、宝石もつけず、顔をふちどる髪もないため、彼女が世界的オペラ歌手であることを知らない者なら、それほど美人でもないとか、さらには、疲れた顔をしているなどと思ったかもしれない。長時間にわたって話に耳を傾け、フョードロフに視線を向けたまま、よそ見して窓の外をながめることを一度もしなかった彼女を、ゲンは忍耐強い人だと思った。英語のできる気軽な男がほかにいくらでもいるのに、話し相手としてホソカワ氏を選んだことが、彼女の性格をよくあらわしていると思った。ゲンは彼女の歌を心から崇拝していた。それは言うまでもないことだ。毎日、ロクサーヌが歌うたびに、ゲンは深い感動に包まれたが、彼女を愛してはいなかった。愛してほしいと頼まれたこともなかった。愛していると通訳したところで、彼が――ゲンが――自分を愛しているという意味だと、ロクサーヌに誤解されるはずはなかったが、それでもゲンはあがいていた。これまで考えもしなかったことだが、いまじっくり考えてみると、誰かに対して、あるいはほかの誰かのために、愛しているという言葉を口にしたり、書いたりしたことは一度もなかった。家に出すバースデイ・カードや手紙には〝身体に気をつけてください〟と書くだけだった。両親にも、妹たちにも、一度も愛していると言ったことがなかった。これまでの人生でベッドをともにした三人の女性にも、ときたま教室まで一緒に歩いて出かけた女の子たちにも、そんなことは一度も言わなかった。その言葉を口にするという発想がそもそもなかったのだが、女性に愛をささやくのにぴったりの、生まれて初めての日に、自分はほかの男に頼まれて、ほかの女に愛の告白をしようとしている。

「通訳してくれないの？」ロクサーヌは言った。二度目にそう尋ねたとき、彼女の声には前よりかすかに高まった興味だけがこもっていた。フョードロフは両手を握りしめて待っている。その顔にはすでに大きな安堵の表情が広がっていた。言うべきことはすべて言った。力のおよぶかぎりやったのだ。

ゲンは舌にたまっていた唾を呑みこみ、ビジネスライクな態度でロクサーヌを見ようとした。「こう言っています――自分にはあなたを愛する資格がある。あなたを愛している」ゲンは通訳した言葉がなるべく適切な響きを持つよう工夫した。

「わたしの歌を愛してるのね」

「あなたをです」ゲンはきっぱりと言った。これについては、フョードロフに相談する必要は感じなかった。ロシア人は微笑した。

ロクサーヌはついに視線をそらした。深く息を吸い、何かの申し出を受けてそれを検討するかのように、しばらくのあいだ窓の外を見つめた。視線を戻したとき、フョードロフに笑顔を見せた。じつにおだやかな、やさしい表情だったので、ゲンは一瞬、彼女もロシア人に愛情を感じたのかもしれないと思った。こうした告白から望みどおりの効果が生まれることが、はたしてあるのだろうか。自分を愛してくれているという理由だけで、相手の男に惹かれるなどということが。

「ヴィクトル・フョードロフ」ロクサーヌは言った。「すてきなお話だわ」

「ありがとう」フョードロフは頭を下げた。

「ヨーロッパからやってきたジュリアンという若者はどうなったのかしら」彼女は言った。もっとも、独り言のような口調だった。「女にネックレスを贈るのとはわけがちがうわ。ネックレスなら小さな箱に入れておける。とても高価なネックレスでもたいした荷物にはならない。でも、女にそんな画集を贈るのは、よその国からはるばる運んでくるのは、きわめて異例のことだと思うの。紙に厳重に包みこんで汽車で運んでくる若者の姿が目に見えるようよ」

「ジュリアンという男が現実にいたのだと信じるならね」

「いなかったと考える理由はどこにもないわ。お祖母さまのお話を信じても、なんの害もないはずよ」

「ええ、たしかに。これからは、本当にそうだったのだと思うことにします」

ゲンの頭はふたたびカルメンのことでいっぱいになっていた。黒大理石の洗面台に腰かけたまま自分を待っていてくれればいいと思ったが、そんなことはありえないのがわかっていた。たぶん、いまごろは巡回に出て、ライフルを持って二階の廊下を行きつ戻りつしながら、小声で動詞の活用をつぶやいていることだろう。

「愛のことだけど」ついにロクサーヌが言った。

「何も言わないでください」フョードロフがさえぎった。「愛は贈物です。受けとってください。あなたに捧げます。ネックレスか画集があれば、代わりにそれを贈るのですが。わたしの愛に添えてそれを贈るのですが」

「それじゃ、気前がよすぎるわ」

フョードロフは肩をすくめた。「そうかもしれません。ほかの状況だったら、おおげさすぎて、ばかげて見えることでしょう。ほかの状況だったら、起こりえないことでしょう。なにしろ、あなたは有名な女性で、公演を終えたあなたが車に乗りこむときに、その有名な人の手をほんの一秒だけ握らせてもらうことぐらいしか、わたしにはできないのですから。ところが、この屋敷で毎日あなたの歌を聴いている。あなたが夕食をとるのを見つめている。この胸に感じているのは愛です。それをあなたに告げずにはいられません。わたしたちを拘束している連中はじつに礼儀正しいが、最後にはみんなを射殺しようと決めるかもしれない。そういう可能性もあるのです。その場合、この愛をどうしてあの世まで持っていかねばならないのです？　あなたのものをあなたに贈るのは当然ではありませんか」

「でも、わたしにはさしあげるものが何もないとしたら？」彼女はフョードロフの主張に興味を持ったように見えた。

フョードロフは首をふった。「何をおっしゃるんです。多くのものをくださったじゃありませんか。いや、誰が何をあげたかなどどうでもいい。贈物というのは、そんなふうにとらえるものではありません。ビジネスの取引をしているわけではないのだから。あなたもわたしを愛していると言ってくれたら、わたしは喜ぶでしょうか？　あなたの望みはロシアに来て通商大臣と暮らし、公式晩餐会に出て、わたしのベッドでコーヒーを飲むことだと言ってくれたとしたら？　たしかに、考えただけでうっとりしますが、妻が喜ばないでしょう。愛のことを考えるとき、あなたはアメリカ人として考える。ロシア流に考える必要があります。そのほうが視野が広くなる」

「アメリカ人には、アメリカ流に考えるという悪い癖があるのよ」ロクサーヌはやさしく言った。そのあとでフョードロフに笑いかけ、一瞬、三人とも黙りこんだ。話し合いが終わりに近づき、言うべき言葉はもう残されていなかった。

やがて、ついにフョードロフが椅子から立ちあがり、手を打ちあわせた。「わたしはいま、とても爽快な気分です。話を聞いてくれて、あなたは本当に親切な人だ」彼はロクサーヌに手をさしだし、彼女が立ちあがって自分の手を彼にさしだすと、それに唇をつけてから、ほんの一瞬上へ持っていき、自分の頬に押しあてた。「今日のことは永遠に忘れません。この瞬間。あなたの手。男としてこれ以上は望めません」微笑してから、彼女の手を放した。「すばらしい一日でした。あなたからすばらしいものをいただきました」向きを変えると、ゲンには一言も声をかけずにキッチンから出ていった。興奮のあまり、ゲンがいることを忘れてしまっていた。通訳がじつになめらかに進められると、人はそれを忘れてしまうものだ。

ロクサーヌが椅子に腰をおろし、ゲンもフョードロフのすわっていた場所に腰をおろした。「ふうっ。ずいぶん疲れる話だったわ」

「わたしも同じことを考えていました」

「ゲンも大変ね」ロクサーヌは片方へ頭をかしげた。「いくら退屈な話でも、ずっと聞いてなきゃいけないんですもの」

「気詰まりでしたが、退屈ではなかったです」

「気詰まり？」

「知らない人間から愛の告白をされたら、気詰まりではありませんか」いや、そんなふうには思わないのだろう。誰もがひっきりなしに彼女に恋をしているにちがいない。愛の告白やプロポーズの言葉を伝えてもらうために、通訳の一団を雇っておく必要がありそうだ。

「女を愛するとしたら、その女が何を言ってるのか一言も理解できないときのほうが楽よね」ロクサーヌは言った。

「ウサギを持ってきてくれるといいんだが」ティボーが肩越しにフランス語でゲンに叫んだ。デ・ラパン。料理本を指で軽く叩いていた。「きみたち、ウサギは好きかい」テロリストにスペイン語で訊いた。コネホ。

少年たちは作業を中断して顔をあげた。銃の組み立てはほぼ終わっていた。最初からきれいだったのが、いまや、さらにきれいになっていた。銃というのもその存在に慣れてしまえば、銃口が自分のほうを向いていないかぎりは、エンドテーブルに飾るのにぴったりの、しゃれた、品のいい彫刻のように思えてくるものだ。「カバヨ」背の高い少年、ヒルベルトが言った。さほど前のことではないが、テレビをめぐる大騒ぎのときにティボーを撃とうとした少年だ。

「カバヨ？」シモン・ティボーが言った。「ゲン、カバヨってなんだい」

ゲンはしばらく考えこんだ。頭のなかがまだロシア語漬けになっていた。「毛のふわふわしたやつです、ハムスターじゃなくて……」指をパチンと鳴らした。「モルモットだ！」

「みんなが食べたがってるのはカバヨだよ。ウサギじゃなくて」ヒルベルトは言った。「すごくやわらかいんだ」

「ああ」自分の銃を手でおおって、セサルは言った。「モルモットが食えるんだったら、何と引き換えにしてもいい」至福の味わいを思い浮かべて、そっと指先を噛んだ。セサルは汚い肌をしていたが、人質との日々のなかで、その肌がきれいになってきたようだ。

ティボーが料理本を閉じた。パリにいたころ、娘の一人がまだ幼かったときに、まるまる太った白いモルモットを大きなガラス鉢に入れて飼っていた。ミルという名前で、娘がほしがっていた犬の哀れな代用品だった。餌をやるのは結局、エディットの役目になった。来る日も来る日も独りぼっちでガラス越しに一家の暮らしを見つめているモルモットが、エディットは哀れでならなかった。ときどき、本を読むときに、自分の膝にのせてやった。エディットのセーターの裾にもたれて丸くなり、うれしそうに鼻をひくつかせていたミル。そのモルモットを、ティボーは弟のように感じた。いまの彼が求めているのは、モルモットにかつて与えられていた特権、すなわち、妻の膝に頭をのせ、セーターの裾のほうへ顔を向けて横たわる権利だけだったからだ。あのモルモット（とっくの昔に死んでしまったが、いつ、どうやって死んだのか、彼には思いだせなかった）が皮をはがれ、コトコト煮込まれるところを想像しなくてはいけないのだろうか。ミルを夕食に出すなんて。動物に名前をつけてしまったら、それを食べることはできない。心のなかで弟と呼んだ以上は、弟としての自由を享受させてやるべきだ。「どうやって料理するんだね」

モルモットのいちばんおいしい料理法と、生きているうちに腹を割いて運勢を占う方法などについて、会話がつづいた。ゲンは顔をそむけた。

「人が愛しあうのにはさまざまな理由があるものだわ」ロクサーヌが言った。スペイン語ができないので、鉄串にモルモットをさしてじわじわ炙り焼きにするという会話の内容には気づいていない。「誰かが愛してくれるときって、ありのままのわたしを好きになるんじゃなくて、わたしにどんな能力があるかってことのほうが大切みたい。能力のおかげで愛されるのも、そう悪いことじゃないけどね」

「でも、もう一方のほうがいいですよ」ゲンは言った。

ロクサーヌは椅子のほうに脚をひっこめて、膝を胸に抱き寄せた。「そうね。そっちのほうがいいなんて、ほんとは言いたくないけど、たしかにそうだわ。誰かがこちらの能力に惚れこんで愛してくれるのはうれしいことだけど、そんな相手をどうやって愛していけばいいの？　ありのままのわたしを愛してくれる人なら、わたしのことをもっと知ろうとするだろうし、そしたら、わたしも相手のことを知りたくなるでしょうね」ロクサーヌはゲンに笑いかけた。

みんなが――最初は少年たち、つぎはゲンとロクサーヌとティボーという、人質ではなく大人としてセサルの目に映るようになった人々が――キッチンから出ていったあと、セサルは作業の残りを片づけながらロッシーニを歌いはじめた。ほんのいっとき、キッチンが彼のものになったので、めったにない一人の時間を自由に使おうと思ったのだ。太陽が窓からさしこんで、きれいになったライフルにまばゆく反射した。ああ、口のなかの歌詞を耳で聞くのは、なんてすてきなことだろう。この朝、ロクサーヌが何度もくりかえして歌っていたので、セサルはチャンスとばかりにすべての歌詞を頭に叩きこんだ。言葉が理解できなくても関係なかった。歌詞の意味することが伝わってくるからだ。歌詞と旋律が溶けあって彼の一部になった。彼は何度も何度もその曲を歌った。誰かに聞かれてからかわれ、処罰されるのが怖くて、ささやきに近い声しか出せなかった。恐怖があまりに強いため、叱られずにすむとは思えなかった。だが、ロクサーヌのように声をはりあげて、のびのびと歌い、自分の心のなかを探ってそこに何があるのか見てみたいという思いがあった。ロクサーヌが声量を最大にして、もっとも高い音域の旋律を歌いあげるとき、セサルはぞくっとするものを感じた。身体の正面に構えたライフルがなかったら、そのたびに恥ずかしい思いをしていただろう。彼女の歌声からせつないまでの荒々しい情熱が生まれて、彼女が最初の部分を歌いおえる前に彼のペニスがこわばり、歌が進むにつれてどんどん硬くなっていき、やがて、歓びと恐ろしい苦痛の混じりあったなかで途方に暮れることになる。ライフルの銃床がかすかに上下して、彼を解放へと導いていく。頭のくらくらする、しびれるような思いで壁にもたれた。彼女のためだ。この痛いほどの勃起は。その場に居合わせた少年はすべて、彼女にのしかかって、その唇を舌でむさぼり、彼女のなかに自分のものを押しこむことを夢みていた。みんなが彼女に恋をしていて、寝ても覚めても襲ってくるこうした夢想のなかで、彼女もお返しに彼らを愛してくれた。しかし、セサルの場合はそれだけにとどまらなかった。勃起の原因は音楽にあった。まるで、音楽というのが、自分のものを押しこみ、愛をかわし、ファックすることのできる、独立した存在であるかのようだった。

# 8

ゲストルームの奥に、指揮官たちがミーティングをするのに使っている小さなリビングがあり、その部屋で、ホソカワ氏とベンハミン指揮官が何時間もチェスをしていた。帯状疱疹の痛みからベンハミンの心をそらしてくれるのは、このチェスしかないようだった。疱疹が目のなかまで広がったために、感染を起こし、結膜炎にかかってしまい、いまや目が真っ赤に充血してそのふちに膿疱ができていた。チェスに没頭するにつれて、痛みを脇へ押しやることができた。痛みが消え去ることはけっしてなかったが、チェスをやっているときだけは、痛みの中心で生きることから逃れられた。

これまで長いあいだ、人質が出入りできるのは屋敷のごく一部にかぎられていたが、規律がゆるんできたせいか、ほかの場所へもけっこう足を運べるようになっていた。チェスに誘われるまで、ホソカワ氏はこの部屋があることすら知らなかった。小さな部屋で、ゲーム用のテーブルと二つの椅子が窓辺に置かれ、小さなソファがあり、ライティング・デスクもあって、デスクに付属しているガラス張りの書棚には革で装幀された本がぎっしりならんでいた。窓には黄色いカーテンがかけられ、床には青い花柄のラグが敷かれ、クリッパー船の絵が額に入れて飾ってあった。けっして豪華な部屋ではないが、こぢんまりしていて、大きな洞窟のようなリビングで三カ月もすごしたあとのホソカワ氏に、この狭い部屋が大きな安心感を与えてくれた。子供がセーターとコートを着せられたときに経験する、あの心安らぐ窮屈さだ。日本では、ホテルのバンケットルームかオペラ劇場でもないかぎり、人があんな広い部屋にいることはありえないと、彼が初めて気づいたのは、三回目のチェスをしていたときだった。こっちの部屋なら椅子の上に立てば指先を天井につけることができるという事実が、彼は気に入っていた。こぢんまりした親しみやすい世界を作ってくれるものなら、なんであろうと大歓迎だった。この何カ月かのあいだに、人生はこう動いていくのだとホソカワ氏が理解していたもの、あるいは、想像していたものが、ことごとくまちがっていたことが証明された。以前は、何時間もぶっとおしで働き、交渉や妥協を重ねてきたのに、いまは、説明のつかない好意を氏のほうで感じているテロリストを相手に、チェスをやっている。以前は、最高の秩序のもとで暮らしているりっぱな家族がいたのに、いまは、愛しく思いつつも言葉をかわすことのできない人々に囲まれている。以前は、寝る前にステレオでオペラを何分か聴いただけだったのに、いまは、毎日何時間も音楽を聴くことができる。完璧でありながら欠点もあるという、生命を持った温かな歌声を。そして、その声の持ち主である女性が横にすわって笑いながら、彼の手を握っている。外の世界の者は、ホソカワ氏が悲惨な日々を送っているものと信じている。そうでないことを彼の口から人々に説明することは、けっしてできないだろう。外の世界。それを頭から完全に消し去るのは無理なことだった。ここで手にした幸せのすべてがいずれは失われていくのだと思うと、そうしたものをますます強く胸に抱きしめたくなるのだった。

ベンハミン指揮官はチェスがうまかったが、ホソカワ氏と互角の腕前だった。どちらもスピーディにプレイするタイプではなく、時間という概念が発明されていない時代にいるかのように、一手ごとにじっくり時間をかけていた。実力が伯仲していて、時間のかかる点も同じだったので、相手にいらだちを覚えることはぜったいになかった。一度、ホソカワ氏が小さなソファまで行って、自分の番がくるのを待つあいだうとうとしていたことがあった。目をさますと、ベンハミン指揮官は馬の頭から指を離さないよう注意しながら、いまも三つの同じ升目の上でルークを前進させたり、後退させたりしていた。二人の戦略は異なっていた。ベンハミン指揮官はチェスボードの中央を支配しようとする。ホソカワ氏のプレイは守りに徹している。まずポーンを動かし、つぎにナイトを動かす。片方が勝ち、つぎはもう一方が勝ち、二人ともそれに関してはいっさいコメントしない。率直に言って、言葉を使わないほうがゲームをなごやかに進めることができる。巧妙な手に賛辞を贈る必要がないし、危険を見落としても誰も嘆きはしない。二人はクイーンを指で叩き、つぎにキングを叩くことにしていた。チェックのときは一度、チェックメイトのときは二度。ゲンがメモしてくれた単語を二人とも思いだすことができなかったからだ。ゲームを終えるときも静かだった。短い会釈。そして、翌日またすぐ始められるように、駒をならべておく作業。チェスボードに駒を乱雑にならべたままで部屋を出ていこうなどとは、二人とも夢にも思わなかったことだろう。

いかなる基準から見ても広大な屋敷ではあったが、副大統領邸で暮らす人々にはプライバシーのかけらもなかった。ただし、カルメンとゲンだけはべつで、二人は午前二時すぎになると食器室でひそかに会っていた。こんな時刻を選んだのは二人の勉強を秘密にしておくためだった。オペラと料理とチェスのゲームはみんなに公開されていた。ゲストルームはテレビが何時間もぶつぶついっている書斎と同じ側にあるので、若きテロリストの一人が娯楽を求めているときは、チェスには見向きもしない。人質のほうは、ドアのところで銃を構えている兵士の気まぐれによって廊下へ出ることを許されれば、十分か十五分ほどゲームを見物していくこともあったが、その場合、チェスの駒が動くのを一度でも見られれば幸運というものだった。人々はみな、サッカーになじんでいる。チェスのこともスポーツの一種としてとらえようとした。もちろんチェスはあくまでもゲームだが、人々には何かが起きるのを見たいという思いがあった。この部屋は見物人にとって、典礼や、代数の講義や、ハルシオンと同じ効果を持っていた。

この部屋にいても居眠りしないでいられる見物人が二人いた。イシュマエルとロクサーヌだった。ロクサーヌはホソカワ氏がチェスをやるのを見に来るのだが、氏のほうは結局、彼の時間の大半を彼女を見つめてすごすことになる。また、イシュマエルが部屋に腰を据えているのは、いずれベンハミン指揮官やホソカワ氏とチェスをやってみたいからだった。ただ、そんなことが許されるのかどうか、よくわからなかったけれど。若いテロリストはみな、おのれの分をわきまえるべく努力し、分不相応な要求はしないよう気をつけていた。子供がみなそうであるように、彼らもたまには無茶を言うかもしれないが、指揮官たちを尊敬していて、自分のわがままを抑えることを学んでいた。ずいぶん長い時間テレビを見ているかもしれないが、見張りの当番をさぼることはけっしてなかった。アイスクリームを何ガロンも持ってくるようメスネルに頼むこともなかった。それができるのは指揮官だけで、これまでのところ、アイスクリームを頼んだのはたったの二回だった。少年たちが仲間内で喧嘩騒ぎを起こすこともなかった。ときには喧嘩したくてむずむずすることもあるのだが。喧嘩をすれば指揮官からきびしく処罰されるし、エクトル指揮官に至っては一致団結の必要性を教えこむために、少年たちが仲間どうしで殴りあうときよりも長い時間をかけて、力まかせに彼らを殴りつけることにしている。どうしても喧嘩をする必要のあるときや、口論になって殴りあいで片をつけるしかなくなったときは、みんな、地下室で会って、シャツを脱ぎ、おたがいに顔だけは殴らないよう気をつけていた。

規律に反する行為もいくつかあった。その規律は訓練のなかで暗誦し、反復してきたものである。固く守られている規律もあった（上官には敬意をもって話しかけること）。ゆるんで消えてしまった規律もあった（相手のまちがいを正すとき以外、人質には話しかけないこと）。指揮官たちが許可することと、許可しないことは、つねにはっきりしていた。イシュマエルは沈黙のなかでチェスのやり方を覚えていった。室内には口をきく者が一人もいなかったため、駒の名前はわからないままだった。話を切りだすのにもっとも適切な方法を、イシュマエルは頭のなかで練習した。ゲンに頼んで話をしてもらおうかとも思った。ゲンの手にかかれば、どんなことでも、とくべつ重要なことに思えてくる。あるいは、ゲンに頼んでメスネルから話をしてもらってもいい。メスネルが交渉を担当しているのだから。だが、ゲンはこのところひどく忙しそうだし、メスネルのほうは率直に言って、たいした仕事をしているようには思えない。とにかく、全員がここからまだ出られないのだから。副大統領に頼めればいいのにと、イシュマエルは強く思ったが――彼は副大統領をおおいに尊敬すると同時に、自分の友達だと思っている――指揮官たちはルーベンを小バカにしているから、彼が何か頼んでもすべて拒否されるだけだろう。

　つまり、イシュマエルが何か頼みごとをしたいのなら、あてにできる人物は、論理的に言って彼自身しかいないのだ。そこで、さらに二、三日待ったのちに、頼んでみる勇気をふるい起こした。毎日が同じように流れていくのだから、頼みごとをするのにいいタイミングも悪いタイミングもないのだと、彼は判断した。ベンハミン指揮官がちょうど駒の移動を終え、ホソカワ氏がつぎの手を考えようと頭をひねりはじめたところだった。ロクサーヌは小さなソファから身を乗りだして、膝に肘をつき、両手で顎の下を心地よく支えていた。逃げだしかねない何かを監視するかのように、チェスボードを見つめていた。イシュマエルは彼女に話しかけたいと思った。彼女もチェスのやり方を覚えようとしているのだろうか。

「指揮官」イシュマエルは声をかけた。喉の奥に鋭い氷のかけらがひっかかっていた。

ベンハミン指揮官が顔をあげ、まばたきした。少年の存在など目に入ってもいなかった。ずいぶんチビだ。みなしごで、今回の襲撃のわずか二、三カ月前に、彼の伯父が大義のためにテロリスト軍団にさしだしたのだった。一族の男の子はみんなチビだが、いまにずんずん急成長を始めるはずだ、とその伯父は言っていた。しかし、はたして本当だろうか、とベンハミンは疑いはじめていた。イシュマエルの身体は急成長を計画しているようには見えなかった。それでも、ほかの連中に負けないよう必死にがんばり、みんなのからかいに耐えていた。まあ、小柄な子が一人ぐらいいれば重宝でもある。かつぎあげて、窓の奥へ押しこむことができるからだ。「なんだね」

「あのう、指揮官にお願いしたいことがあって」イシュマエルは黙りこみ、心を落ちつけて、最初からやりなおした。「あとで時間を作ってもらえないでしょうか。勝ったほうの人とチェスをやってみたいんです」ホソカワ氏が勝者になる可能性も半分あると、ふと思った。その場合は、無礼な頼みごとをしたことになる。「負けたほうの人でもいいです」

「チェスができるのか」ベンハミン指揮官が訊いた。

ホソカワ氏とロクサーヌはチェスボードに視線を据えたままだった。以前は、相手の言っていることが一語も理解できなくても、礼儀上、とりあえずは相手の顔に目を向けていた時期もあった。いまは、二人ともスペイン語がほとんどできないので、顔をあげようともしなかった。ホソカワ氏は指揮官のビショップをとろうとしていた。ロクサーヌは彼の考えを読みとることができた。

「はい、たぶん。ずっと見てましたから。やり方はわかったと思います」

ベンハミン指揮官は笑ったが、軽蔑の笑いではなかった。ホソカワ氏の腕を軽く叩いた。ホソカワ氏は顔をあげ、鼻の上へ眼鏡を押しあげてから、ベンハミン指揮官がイシュマエルの小さな片手に彼の手をかぶせて、ポーンの上へ持っていき、そのポーンをボードのあちこちへ移動させるさまをじっと見ていた。指揮官が三人のあいだで手を動かした。彼の言わんとすることは明白だった。

「よし、勝ったほうとやってみろ」ベンハミン指揮官は言った。ホソカワ氏は微笑して、少年の肩を軽く叩いた。「すべて了解ずみだ」

イシュマエルは大きな幸運に恵まれたのを感じながら、ロクサーヌの足もとにすわりこみ、彼女と同じように、生きているものを監視するような目でボードを見つめた。チェスをやるのに必要なことをすべて学ぶのに、半ゲーム分の時間しか残されていない。

ゲンがドアのフレームを軽く叩いた。そのうしろにメスネルが立っていた。メスネルの顔はあらゆる部分に疲れがにじんでいたが、髪だけはべつで、日の光に負けないぐらい輝いていた。白いワイシャツ、黒いズボン、黒いネクタイという、あいかわらずの服装で、人質やテロリストと同じく、彼の服もくたびれてきていた。腕を組んでゲームを見つめた。彼は大学のときにチェス部に入っていて、バスでフランスやイタリアへよく遠征していた。もう一度やってみたくなったが、三時間も屋敷のなかにいたりしたら、外へ出たときに、何か重大な成果を手にしたのだと周囲に期待されてしまう。

ベンハミン指揮官がメスネルのほうを見もせずに、片手をあげた。自分のビショップに危険が迫っていることに気づきはじめていた。

メスネルは彼の視線の方向を見つめた。ビショップはさほど深刻な問題ではないことを指揮官に教えようかとも思ったが、ベンハミンのことだから耳を貸すはずがなかった。

「今日の書類を持ってきたと、指揮官に伝えてください」ゲンにフランス語で言った。その程度のことならスペイン語でも言えるが、チェスの最中に声をかけたりしたら、指揮官はこちらをにらみつけることしかしないだろう。

「伝えましょう」

ロクサーヌ・コスが片手をあげてメスネルにふってみせたが、彼女の視線はチェスボードに向いたままだった。イシュマエルも同じで、こちらは恐怖のあまり胆汁が食道をせりあがってくるのを感じていた。もしかしたら、おれにはチェスのやり方なんてわかってないのかもしれない。

「近いうちにわたしたちの救出を予定してらっしゃるの？」ロクサーヌが訊いた。

「誰も動いてくれません」メスネルは軽い口調で言おうとした。「これほどの膠着《こうちゃく》状態は初めてです」彼はロクサーヌの足もとにすわっているイシュマエルに奇妙な嫉妬を感じた。少年がほんの二インチ手をずらすだけで、彼女の足首に触れることができる。

「兵糧攻めという作戦もあるでしょうに」ロクサーヌが言った。「チェスの邪魔をしないよう気をつけているらしく、落ちついた冷静な声だった。「食事はそんなにひどくないわ。外の人たちが事態の進展を本気で望んでるんだったら、もっと質を落とすべきじゃないかしら。こちらが望むものをすべて届けてくれるなんて、わたしたちの解放を真剣に考えてるとは言えないわ」

メスネルは頭のうしろを掻いた。「うーん、あなたのせいかもしれませんよ。あなたがこの屋敷に来る前のご自分を有名だと思っておられたのなら、あなたに関する最近の記事をぜひともお読みになるべきです。あなたに比べれば、マリア・カラスなどちょい役にすぎなくなってしまう。あなたに対して兵糧攻めなど企んだら、政権は今日の午後にでも転覆させられるでしょう」

ロクサーヌは彼を見あげて、舞台用の魅惑的なまばたきをしてみせた。うれしそうな大きなまばたき。「じゃ、ここから生きて出られたら、ギャラを二倍にできるかしら」

「三倍でもいけますよ」

「すてきね」ロクサーヌがつぶやき、歯がちらっと見えた。それを目にしただけで、メスネルは心臓が破裂しそうだった。「政権を転覆させる方法をいまあなたが指揮官の前でおっしゃったのに、指揮官は気づいてもいないようね。それだけが彼の願いなのに、耳に入らなかったんだわ」

ベンハミン指揮官は自分のビショップに手をかけていた。左右に揺らしていた。石の上を流れる水のように、言葉は彼の上を、周囲を、素通りしていった。

メスネルはイシュマエルを見つめた。少年は指揮官がつぎの手を決めるまで息を止めているように見えた。メスネルは過去に担当してきたいかなる交渉にも増して、今回の事件でどちらが勝者になろうが関係ないと思っている自分に気がついた。だが、正確に言うと、そうではない。勝つのはつねに政府側と決まっているのだから。ここにいる連中が全員そろって逃げてしまっても、自分は気にしないだろうというのが、彼の本音であった。政府が掘っている最中のトンネルを、テロリストたちが使ってくれればいいのにと思った。空調ダクトのなかへ這い戻って、そのトンネルに入り、緑豊かなジャングルのどこから来たにせよ、とにかくそこへ戻ってくれればいいのにと思った。さほど聡明な連中ではないが、だからこそ、彼らを待ち受けている処罰に値するほどの極悪人ではないとも言える。メスネルは彼らが哀れでならなかった。ただそれだけのことだった。テロリストに哀れみを感じたことなど、これまで一度もなかったのに。

ベンハミン指揮官がビショップから手を離して代わりにナイトを選ぶと、イシュマエルはためいきをついた。まずい手だ。イシュマエルでもわかることだった。ソファにもたれた。すると、ロクサーヌが片方の腕で彼の肩を包みこみ、反対の手を彼の頭のてっぺんに置いて、自分の髪にさわるときのように、うわの空で彼の髪をなでた。だが、イシュマエルはほとんど気づいていなかった。チェスのゲームから目を離すことができず、ゲームはそのあと六手で終了した。

「うん、いい勝負だった」ベンハミン指揮官が誰にともなく言った。ゲームが終わったとたん、痛みの水門がふたたび口をひらき、あらゆる痛みが戻ってきた。ゲームが終わるたびにやっているように、堅苦しい握手をホソカワ氏とせっかちにかわした。ホソカワ氏が何度かお辞儀をすると、ベンハミンもお返しにお辞儀をした。ほかの誰かの神経性チックが伝染するのにも似て、妙な習慣が身についてしまった。何度もお辞儀をしたあとで身体を起こし、自分の椅子にすわるようにとイシュマエルに合図をした。「ただし、こちらの紳士がもう一度やってもいいと言った場合にかぎる。おまえから無理にねだってはならん。ゲン、明日までゲームを延ばすほうがいいかどうか、ホソカワ氏に訊いてみてくれ」

ホソカワ氏は喜んでイシュマエルとゲームをすると答えた。イシュマエルはすでに、ベンハミン指揮官の暖かな椅子に気持ちよさそうにすわっている。ボードに駒をならべはじめた。

「何を届けに来てくれたんだ」指揮官がメスネルに尋ねた。

「代わり映えしないものばかりです」メスネルは書類をぱらぱらめくった。大統領からの高圧的な手紙。警察本部長からの高圧的な手紙。「向こうは譲歩しないでしょう。一言申しあげておかねばなりませんが、どちらかというと、必死にとりくもうという姿勢が薄れてきたようです。政府はこれまでの展開をさほど深刻に受け止めてはいないのです。人々は今回の事件に慣れはじめています。この前を通りかかっても、足を止めようともしません」彼は軍から毎日あずかってくる要求リストをさしだし、それをゲンが通訳した。テロリストへの要求を書きなおす手間が省かれている日もあった。コピーをとって、鉛筆で日付が変えてあるだけだった。

「まあ、いずれわかるだろうが、われわれは待つことにかけては天才だ。永遠に待つことだってできる」ベンハミン指揮官は書類に目を通しながら、ぞんざいにうなずいた。それから、フランス製の小さなライティング・デスクの蓋をひらいて、前の晩にゲンにタイプさせておいた彼自身の書類をとりだした。「これを向こうに渡してくれ」

メスネルは目を通しもせずに書類を受けとった。同じ内容に決まっている。彼らの要求はこの一カ月のあいだに無謀さを増してきて、一面識もない他国の政治犯の釈放や、貧しい者への食料配布や、選挙法の改正などを求めるようになっていた。エクトル指揮官が副大統領の法律書を何冊か読んでから、そうしたことを思いついたのだ。彼らは要求を縮小するどころか、なんの成果もあがらないため、よけい貪欲になっていた。いつものように脅しをかけてきて、人質を殺すと宣言したが、〝脅し、宣言、要求〟は装飾的な形容詞にすぎなくなっていた。政府が書類に押すスタンプや封印と同程度の意味しか持たなくなっていた。

ホソカワ氏はイシュマエルに先手を譲った。少年はまず三番目のポーンを動かした。ベンハミン指揮官はゲームを見物しようと腰をおろした。

「これについて話しあわなくては」メスネルが言った。

「話すことなどない」

「わたしが思うに」メスネルは話を始めた。責任の重みを感じていた。自分がもっと頭の切れる男だったら、事件はとっくに解決していたかもしれないと思いはじめていた。「あなたのほうで考慮すべきことがいくつもあるはずです」

「シーッ」ベンハミン指揮官は自分の唇に指をあてた。チェスボードを指さした。「ゲームが始まった」

メスネルは不意に疲れを覚えて、壁にもたれた。イシュマエルがポーンから指先を離した。

「玄関までお送りするわ」ロクサーヌがメスネルに言った。

「なんだって?」ベンハミン指揮官が訊いた。

「メスネル氏を玄関まで送ると、彼女が言ったのです」ゲンが答えた。

ベンハミン指揮官は同行しようとも思わなかった。少年が本当にチェスをやれるのかどうか、自分の目でたしかめるほうに興味があった。

「政府はどうする気なのか、教えてください」廊下を歩きながら、ロクサーヌが言った。ゲンも一緒についてきたので、三人は英語でしゃべっていた。

「わたしにはわかりません」

「すこしはご存じでしょ」

メスネルは彼女を見た。彼女に会うたびに、その小柄なことにあらためて驚かされる。夜になってから思いだす彼女の姿は堂々として力にあふれていた。ところが、こうして横に立ってみると、とても小柄で、こちらがコートをはおっていればその下にもぐりこめそうなほど、そして、片方の腕の下に身をひそめて屋敷からこっそり出ていけそうなほどだ。ジュネーブの彼の自宅にはそれにぴったりのトレンチコートがある。父親の形見で、父親は大男だった。メスネルは父親を愛していたし、コートの実用性が気に入っているので、そのコートを愛用し、裾をはためかせながら歩いている。「わたしは下っ端の配達係みたいなものです。書類を持ってくる、書類を持っていく、ロールパンに塗るバターが不足していないかどうか確認する。政府はわたしには重要な話をしてくれません」

ロクサーヌは彼の腕に手をかけた。男に媚びを売るのではなく、十九世紀のイギリス小説に登場するヒロインが紳士と散歩に出かけるときのしぐさだった。メスネルのワイシャツの袖を通して、ロクサーヌの手のぬくもりが伝わってきた。彼女を屋敷に残していくのがつらかった。「ねえ」ロクサーヌはささやいた。「わたし、時間の感覚を失いかけてるの。ここがわたしの生きる場所なんだ、これからもずっとここで生きていくんだって思う日もあるわ。はっきりそうと決まれば、覚悟もできると思うの。わかってくださる？　かなりの長期戦になるようなら、それを知っておきたいの」

毎日のように彼女に会い、午前中は大勢の野次馬とともに表の歩道に立って彼女の歌を聴く――これぞ、めくるめく至福のひとときではないだろうか。「わたしの推測では」メスネルは静かに言った。「かなりの長期戦になるでしょう」

歩きつづける二人のあとを、よく仕込まれた執事のごとく、ゲンがついていった。何かで必要とされたときのために、慎み深くうしろに控えているのだ。彼は話に聴き入っていた。メスネルがはっきり口にした。かなりの長期戦になると。ゲンはカルメンのことを思った。頭のいい少女が学ぼうとしているいくつもの言語のことを思った。それもかなりの長期戦になるだろう。

三人がやってくるのにルーベンが気づいて、少年たちが阻止する暇もないうちに、機敏な足どりで廊下を彼らのほうへ近づいた。「メスネル！　まるで奇跡だ！　あなたを待っていると、あなたがそばを通りかかる。わが国の政府はどんな様子ですか。わたしの後任はもう決まりましたか」

「無理ですよ」メスネルは言った。ロクサーヌが彼から離れて、ゲンのほうへ行ったため、メスネルはあたりの空気が冷えていくのを感じた。

「せっけんが必要です」副大統領は言った。「あらゆる種類のせっけんが。固形せっけん、食器用洗剤、洗濯せっけん」

メスネルは心ここにあらずだった。ロクサーヌとの会話をもっと続けたかった。ゲンの通訳は必要ない。英語なら夢のなかでしゃべることもできるほどだ。ここでは二人きりになれる時間がまったくない。「できるかぎりやってみましょう」

ルーベンの顔が暗くなった。「ややこしいものを頼んでるわけじゃないんですよ」

「明日持ってきます」メスネルは言った。声がやさしくなっていた。なぜ急にこうも気弱になってきたのだろう。スイスに帰りたくなった。あそこに帰れば、廊下ですれちがってもこちらの顔に気づきもしない郵便屋が、部屋番号をまちがえることなく、郵便受けに手紙を入れていってくれる。メスネルは誰にも必要とされない無名の人物になりたかった。

「顔の傷がようやく治りましたね」

副大統領は自分の怒りの愚かしさを、友人に負わせた重荷を自覚しつつ、自分の頬にさわってみた。「治るなんて思ってもいなかった。ひどい傷跡になっている。そう思いませんか」

「それがあれば、国民の英雄になれますよ」メスネルは言った。

「傷はあなたのせいだと、みんなに言いふらすとしよう」ルーベンは顔をあげて、メスネルの水色の目をのぞきこんだ。「バーでナイフの乱闘騒ぎ」

メスネルが玄関まで行って両腕を広げると、ドアのところに立っていた二人の見張り、ベアトリスとヘスースがボディチェックにとりかかった。ベアトリスの手で執拗に探られて、彼はきまりが悪くなった。屋敷に入るさいに徹底的なボディチェックをされるのは、まあ仕方がない。出ていくときにもなぜ同じ手順が必要とされるのか、そこが彼には理解できない。何かをこっそり持ちだすとでも思っているのだろうか。

「あなたがせっけんを盗んでいくんじゃないかと、疑っているのでしょう」メスネルの心を読んだかのように、副大統領が言った。「自分たちは使ってもいないのに、せっけんがどこへ消えてしまったのかと、みんな、ふしぎに思っているのです」

「ソファのとこへ戻れ」ヘスースが言って、銃にのせた二本の指で方向を示した。どっちみち、副大統領は昼寝をしようと思っていたので、あとの指示を待たずに歩きだした。メスネルは別れのあいさつもしないで玄関から出ていった。

そのあいだずっと、ロクサーヌは考えごとをしていた。メスネルのことを考え、この屋敷に自由に出入りできる世界でただ一人の人間という重荷を背負う代わりに、彼自身も人質になりたがっているように見えたことを思いかえした。シューベルトの歌曲、プッチーニのアリア、だめになってしまったアルゼンチン公演、すでにだめになっているであろうニューヨーク公演のことを考えた。この公演の契約交渉には膨大な時間がかかり、当時の彼女は認めていなかったものの、きわめて重要な公演となるはずであった。明日、リビングで何を歌うかを考えた。ロッシーニのべつの曲？ ロクサーヌの考えの大半を占めていたのは、ホソカワ氏のことと、彼が自分にとって大きな支えとなっていることだった。彼がいなかったら、最初の週におかしくなっていただろう。だが、もちろん、彼がいなければ、自分がこの国に来ることは、いやいや、来てほしいと言われることすらなかったはず。自分の人生は時刻表どおりに走る列車のごとく続いていたことだろう。アルゼンチン、ニューヨーク、シカゴに寄って、またイタリアに戻る。いまはそれがすべて停止している。窓辺にすわって、こちらの歌に聴き入っているカツミ・ホソカワの姿を思い浮かべ、言葉をかわすこともできない相手をどうして愛することができるのだろうと、ふしぎに思った。彼女はいま、こうなるに至ったのには理由があったのだと信じるようになっていた。彼の誕生日に自分が招かれたことは、ある意味で、誕生プレゼントのようなものだった。そのおかげで、二人が監禁生活を送ることになったのだから。これがなければ、どうやってめぐりあうことができただろう。言葉をかけることもできない相手、世界の反対側に住んでいる相手のことを知る方法が、ほかにあっただろうか。黙ってすわって一緒に待つという空白の時間が大量に与えられないかぎり、ありえないことだ。そうそう、カルメンをなんとかしなくては。それが先決だ。

「ねえ、カルメンのことなんだけど」ロクサーヌはゲンに言った。二人はチェスのゲームがどうなっているかを見るために、さっきの部屋に戻る途中だったが、廊下の真ん中の、近くにドアがひとつもない場所で、彼女がゲンを呼び止めた。

「カルメン？」

「誰がカルメンなのか、あなた、知ってるでしょ。でも、彼女の個人的なことも多少は知ってるんじゃない？　二人で話してるところを見かけたわ」

「ええ、まあ」ゲンは胸に血の色がのぼるのを感じ、色がそれ以上広がらないよう意志の力で抑えこもうとした。意志の力をもってすれば、それが可能であるかのように。

だが、ロクサーヌは彼を見てはいなかった。疲れているのか、目の焦点が多少ぼやけている感じだった。まだ正午になったばかりだが、午前中に歌ったあとは疲れた顔になることが多い。そんなときは見張りの許可をもらって、一人で二階へ行き、ふたたび眠りにつく。ときたま、カルメンが非番のときに彼女を捜しだして手首をつかむと、一緒に来てくれる。カルメンがそばにいれば、ロクサーヌは安心してぐっすり眠れた。カルメンのほうがたぶん二十歳ほど年下だろうが、彼女には何かがあった。ロクサーヌの心を癒してくれる何かが。「カルメンはやさしい子だわ。朝になると食事を運んできてくれる。ときどき、夜中に部屋のドアをあけると、カルメンが廊下で眠っているのよ。いつもではないけど」いつもではない。カルメンがゲンと一緒にいるときはべつだ。

ロクサーヌはふりむいて彼を見つめ、かすかな笑みを浮かべた。「気の毒なゲン、いつもあらゆることの中心に身を置いている。秘密をかかえた者はみんな、あなたを通じてそれを伝えるしかない」

「わたしが伝えそこねたことも、たくさんあると思います」

「ほかの人たちと同じく、わたしもあなたの好意にすがる必要が出てきたの。お願いしたいことがあるの」メスネルの言ったことが正しくて、人質生活がこれから長期にわたって続くことになるのなら、ぜひともその願いを実現させなくてはならない。そして、長期にわたる人質生活の最後にみんなが殺されることになるのなら——なにしろ、軍隊が人質を射殺してそれをテロリストのしわざに見せかけるつもりだとか、テロリストが自暴自棄に陥ってみんなを殺す(彼女にとって、これは信じがたいことだが)といった噂が、つねに流れているのだから——ますます実行の必要が高まってくる。そして、三番目のシナリオが真実で、みんなが近いうちに無傷で解放されて、いつもの生活に戻り、この事件を忘れ去ることになるのなら、何よりも先に自分の願いを実現させる必要がある。カツミ・ホソカワにはもう二度と会えないだろうから。「今夜、カルメンを見つけて、どこかよそで寝るように言ってほしいの。朝になっても、食事を運んでこなくていいって。やってくれる？」

ゲンはうなずいた。

しかし、それだけではロクサーヌが自分の希望を充分に伝えたとは言えなかった。まだすべてを伝えてはいなかった。今夜自分の部屋に来てほしいとホソカワ氏に告げるすべが、彼女にはなかったからだ。部屋に来るようホソカワ氏に頼みたかったが、そのためには、ゲンに頼んでホソカワ氏のところへ行ってもらい、日本語でそれを伝えてもらうしかない。しかし、具体的にどう言えばいいのだろう。朝まで部屋にいてほしいと？　そうなると、ホソカワ氏を二階へ送りこむ方法を見つけてほしいと、ゲンからカルメンに頼んでもらわなくてはならない。ほかの者に見つかったらどうしよう。ホソカワ氏は、それから、カルメンはどうなるだろう。以前は、誰かとめぐりあい、デートしたいと思ったら、食事に出かけたり、酒を飲みに行ったりすればよかった。ロクサーヌは壁にもたれた。銃を持った少年二人が通りかかったが、ロクサーヌがいるので、嘲《あざけ》りの言葉をよこしたり、銃でこづいたりといったことはなかった。二人が行ってしまうと、ロクサーヌは深々と息を吸って、自分の希望をすべてゲンに伝えた。ゲンは狂気の沙汰だとは言わなかった。彼女の頼みがごくふつうのことであるかのように、うなずきながら彼女の話に耳を傾けていた。ひょっとすると、通訳というのは、医者や、弁護士や、さらには聖職者に似ていなくもないのかもしれない。他言を禁ずる倫理コードか何かを持っているにちがいない。また、ゲンが自分に忠誠を捧げてくれるという自信は彼女にはなかったが、ホソカワ氏を守るためならゲンは手段を選ばないだろうと確信していた。

ルーベン・イグレシアスがくずかごの中身をあけようとして、彼自身はいまもゲストルームとみなしているが、現実には指揮官たちのオフィスにされてしまった部屋に入っていった。緑色の大きなゴミ袋を持って部屋から部屋へとまわり、くずかごに捨ててあるものだけでなく、床に落ちているものも拾い集めていた。ソーダの缶、バナナの皮、一部の記事が切りとってある新聞。ルーベンは夜中に懐中電灯の光で読もうと思って、それらをポケットにこっそりしまった。ホソカワ氏とイシュマエルがチェスをやっている最中だったので、ドアのところにしばらく立って見物した。ほかの少年よりはるかに頭のいいイシュマエルを、彼はとても自慢に思っていた。このチェスセットは息子のマルコに教えようと思って買ったものだが、チェスを覚えるには息子はまだ幼すぎるという気がしていた。ベンハミン指揮官がソファにすわっていて、しばらくしてから、ルーベンのほうへ顔をあげた。ひどい炎症を起こしている彼の目を見て、ルーベンは息を呑んだ。

「あれはイシュマエル、覚えの早い子だ」ベンハミン指揮官は言った。「誰もゲームのやり方を教えていないのに。そばで見ていて覚えたんだ」少年がチェスを覚えたことで、指揮官は上機嫌だった。学校で教師をしていたころを思いだしていた。

「ちょっと廊下まで来てください」ルーベンは小声で彼に言った。「ぜひ話しておきたいことがあります」

「話ならここで聞こう」

ルーベンは少年のほうへ視線を向けて、これは大人の男どうしのプライベートな話なのだと言った。ベンハミンはためいきをつき、ソファからよいしょと立ちあがった。「誰もが問題をかかえているわけか」

ドアの外へ出ると、ルーベンはゴミ袋を下に置いた。指揮官たちに話をするのは苦手だった。彼らと初めて出会ったときのことがしこりとなって残り、いまもそれが消えていない。まっとうな人間には、そうしたことを意識していないふりはまずできないだろう。

「何が望みだ」ベンハミンは重苦しい声で言った。

「あなたに必要な品を渡すことです」ルーベンは言った。ポケットに手をつっこんで、彼の名前が書かれた錠剤の瓶をとりだした。「抗生物質です。飲みきれないほどもらってあります。おかげで顔の炎症がおさまりました」

「よく効いたんだな」ベンハミン指揮官は言った。

「あなたにも効きます。ここにどっさりありますから、持ってってください。驚くほど楽になりますよ」

「きみは医者か」

「医者でなくたって、炎症を起こしてることはわかります」

ベンハミンは彼に笑いかけた。「わたしを毒殺する気じゃないってことがどうしてわかる？　チビの副大統領殿」

「ええ、ええ」ルーベンはためいきをついた。「あなたを毒殺しようと思ってるんです。二人で一緒に死のうと思いましてね」瓶の蓋をあけて、口に錠剤を一粒放りこみ、舌にのっていることをベンハミンに確認させてから、それを呑みこんだ。つぎに、指揮官に瓶を渡した。「あなたがこれをどうするか、こちらから尋ねるつもりはありませんが、とにかく、あなたにさしあげます」

そのあと、ベンハミンはチェス見物に戻り、ルーベンはゴミを拾い集めてつぎの部屋に向かった。

今日は土曜日だったが、毎日が基本的に同じことのくりかえしなので、それをあらためて意識している者は二人しかいなかった。一人は、土曜日に告解を聴き、日曜のミサの支度をすることにしているアルゲダス神父、もう一人は、大好きな番組《マリアの物語》が月曜から金曜までと決まっているため、週末を耐えがたい不毛の日々のように感じているベアトリス。

「待つのは健全なことだ」アルフレード指揮官がベアトリスに言って聞かせた。彼もこの番組のファンだったからだ。「期待に胸をふくらませることができる」

「待ちたくなんかないです」うっとうしい午後の退屈な時間が四方八方に果てしなく広がっているような気がして、ベアトリスは突然鬱屈した思いに襲われ、泣きくずれそうになった。すでに銃の掃除をすませて点検に合格したし、見張りの仕事も今夜までまわってこない。昼寝をするのも、前に何度も見たのに内容が理解できなかった雑誌をめくるのも自由だが、そうしたことを考えただけで耐えられない気がした。屋敷の外に出たかった。ふつうの女の子みたいに街の通りを歩いて、そばを通りかかった車の男たちに警笛を鳴らしてもらいたかった。何かをやりたかった。「神父さまのところへ行ってきます」ベアトリスはアルフレードに言った。急いで顔をそむけた。泣くことはきびしく禁止されている。泣いたりしたら最悪だ。

アルゲダス神父は告解を聴くにあたって、〝通訳の同伴は自由〟という方針をとっていた。スペイン語以外の言語で告解をおこないたい者がいれば、神父は喜んで腰をおろし、耳を傾け、相手の言語が理解できるときとまったく同じように、自分のなかで相手の罪が濾過され神によって洗い流されたことを確信するのだった。もっと伝統的な形で理解してもらいたいという者がいるときは、ゲンの都合さえつけば彼を同伴してもいいことになっていた。自分の口から出る言葉には耳を貸さないという稀有な才能を持っているように見える点からして、ゲンはこの役目にうってつけだった。だが、今日は通訳の出番はなかった。双方が子供のころからしゃべっていた言語で、オスカル・メンドーサが告解をおこなっていたからだ。二人は部屋の片隅に寄せたダイニング・チェアに向かいあってすわっていた。誰もがこのやり方を尊重していて、神父が誰かと一緒にすわっているのを見たときは、ダイニングルームに入るのを遠慮することにしていた。最初、アルゲダス神父はコート用のクロゼットを利用して正式な告解室を作ろうという案を出したのだが、指揮官たちが許可しなかった。人質はつねに衆人環視のもとに置いておくのが彼らの鉄則だったからだ。

「神父さま、わたしは罪を犯しました。最後に告解をおこなってからすでに三週間になります。家にいれば毎週教会へ出かけますが――本当ですよ――いまの状況では、罪を犯す機会がほとんどありません」オスカル・メンドーサは言った。「酒もなし、ギャンブルもなし、女はたったの三人。自分の手でやることすら、まず不可能です。プライバシーがほとんどありませんから」

「こういう生活にも祝福されるべき面があるのですね」

メンドーサはうなずいた。もっとも、彼にはとてもそうは思えなかったが。「ただ、夢を見るんです。ある種の夢は罪になりうるものでしょうか、神父さま」

神父は肩をすくめた。告解を聴くことが、人々と話をして、できればその重荷をとりのぞいてやる機会を持つことが、彼の楽しみになっていた。人質になる前は、告解を聴く許可が与えられたことは片手で数えるぐらいしかなかったが、事件以来、神父に話を聞いてもらいたくて人が列を作るということが何度かあった。みんなを自分のもとに長くとどめておくためだけにでも、神父の選ぶ罪はすこしばかり多くなっていたかもしれない。「夢は潜在意識のなせる業です。あいまいな領域です。とはいえ、あなたの話を聞かせてもらうのがいちばんでしょうね。そうすれば、力になれるかもしれません」

ベアトリスがドアから首をつっこんだ。太い三つ編みが光のなかで揺れた。「まだ終わらない？」

「まだだよ」神父は言った。

「もうじき？」

「しばらく遊んできなさい。きみの番はつぎだからね」

遊ぶ。あたしのこと、子供だと思ってるの？　ベアトリスは手首にはめたゲンの大きな腕時計を見た。一時十七分。いまでは腕時計の針を完璧に読めるようになっていた。少々のめりこみすぎという感じではあったが。いくら時計を無視しようと思っても、時刻をたしかめずに三分以上すごすことはできなかった。ベアトリスはドアのすぐ外に敷かれた小さな赤い東洋緞通に腰をおろした。そこなら、神父に姿を見られる心配はないし、楽な姿勢で告解を盗み聞きすることができる。三つ編みの端を口に入れた。オスカル・メンドーサの声は彼の肩に負けないぐらい大きくて、ささやき声になったときでも明瞭に聞こえてきた。

「毎晩、ほぼ同じ夢なんです」オスカル・メンドーサはこんな若い神父に残酷な話をしてもいいものかどうか迷い、そこで黙りこんだ。「すさまじい暴力の夢です」

「われわれを拘束している連中への？」神父は静かに尋ねた。

外の廊下でベアトリスが顔をあげた。

「いえいえ、そんなんじゃありません。もっと自由にさせてほしいとは思いますが、彼らに暴力をふるいたい気持ちはありません。すくなくとも、ふだんは。じつは、わたしの夢に出てくるのはうちの娘たちなんです。わたしはこの屋敷を出て家に帰ります。逃げだしたり、解放されたりと、そのときどきによって異なりますが、とにかく、わたしが家に着くと、家のなかが少年であふれています。男子校のような雰囲気です。あらゆるタイプの少年がいます。色白の肌、浅黒い肌、太った子、痩せた子。どこもかしこも少年だらけです。少年たちはうちの冷蔵庫のものを食べ、うちのポーチで煙草を吸っています。浴室でわたしのカミソリを使っています。わたしがそばを通ると、顔をあげ、なんの興味もなさそうなどんよりした目でこちらを見てから、ふたたび自分たちのやっていたことに戻ります。しかし、恐ろしいのはそれではありません。この少年たちが、その大部分がやっているのは、それは……それは、うちの娘たちとの行為なのです。娘たちの寝室の外にならんでいるのです。末の娘二人の寝室にまで。恐ろしいことです、神父さま。笑い声が聞こえてくるドアもあれば、すすり泣きが聞こえてくるドアもあって、わたしは少年たちを殺しはじめます。一人ずつ。廊下を突進して、少年たちをマッチ棒のようにへし折っていきます。少年たちはわたしから逃げようともしません。わたしが手を伸ばして相手の首をへし折る直前に、一人一人が驚愕の表情を浮かべるだけです」オスカルの手は震えていて、彼はそれを握りあわせて膝のあいだに押しこんだ。

ベアトリスはドアの端からこっそりのぞいて、大男が泣いているかどうか見てみようとした。彼の声が震えを帯びているように思ったのだ。みんな、そういう夢を見るの？　告解でそういうことを話すの？　腕時計で時刻をたしかめた。一時二十分。

「ああ、オスカル。オスカル」アルゲダス神父は彼の肩を叩いた。「それは単なるストレスです。罪ではありません。われわれは自分の心が残虐な方向へ向かないよう祈りますが、ときにそうなることもあり、それは自分ではコントロールできないのです」

「殺戮の瞬間がとても生々しく感じられます」オスカルはそう言ってから、気の進まぬ様子でつけくわえた。「夢のなかのわたしはけっして不幸ではありません。憤怒に駆られつつ、嬉々として少年たちを殺しているのです」

おそらく、その問題のほうが深刻だろう。「ならば、学ぶしかありません。神の力を、神の正義を求めて、祈ってください。そうすれば、自分の家に戻れることになったとき、あなたの心は安らぎで満たされていることでしょう」

「そうですね」釈然としないまま、オスカルはゆっくりうなずいた。いま気づいたのだが、彼が神父に求めていたのは罪の赦しではなく、夢で見たことが現実に起きるはずはない、彼の娘たちは陵辱されることなく家で安全に暮らしているにちがいない、という保証の言葉だったのだ。

アルゲダス神父がオスカルをじっと見つめた。彼のほうに身を乗りだして、おごそかな声で言った。「処女《おとめ》マリアに祈りなさい。ロザリオの祈りを三回。わかりましたか」ポケットから自分のロザリオをとりだして、オスカルの大きな手に押しつけた。

「ロザリオの祈りを三回」オスカルは言った。指のあいだでビーズをまさぐりはじめると、ふしぎなことに、胸のつかえが消えていった。神父に礼を言って部屋を出た。とりあえず、祈ることができるなら退屈しのぎになる。

神父はオスカル・メンドーサの罪が赦されるよう何分か祈りをあげ、それがすむと、咳払いをして廊下のほうへ声をかけた。「ベアトリス、おもしろかったかね」

ベアトリスは三つ編みを袖で拭きながらしばらくじっとしていたが、やがて腹ばいになって、部屋と向きあう形になった。「なんの話だかわかんない」

「盗み聞きしてはいけないよ」

「あんた、人質なんだよ」ベアトリスは言ったが、いささか自信に欠ける声だった。神父に銃を向けるつもりはないので、代わりに指をつきつけた。「あんたの言ってることを聞く権利が、あたしにはあるんだ」

アルゲダス神父は椅子にもたれた。「きみを睡眠中に殺してしまおうと、われわれがここで企んでいるのではないことを、たしかめるためだね」

「そうだよ」

「さあ、ここに来て、告解をしなさい。きみにはすでに告解すべきことがある。話せば心が軽くなるからね」アルゲダス神父はだめでもともとと思いつつ、言ってみた。告解をおこなったテロリストはここには一人もいない。もっとも、ミサにはおおぜいやってくるので、神父は彼らにも聖体を与えていた。告解をしないというのが、たぶん指揮官たちの定めた規則なのだろうと、彼は思っていた。

だが、ベアトリスは生まれてから一度も告解をおこなったことがなかったのだ。村に住んでいたころは、神父が時間のやりくりのつくときだけ不定期にやってきた。その神父は山間の広大な地域を担当する、多忙きわまりない人物であった。ときにはつぎの訪問までに何カ月かあくこともあったし、ようやく村に来てくれても、ミサだけでなく、洗礼式、結婚式、葬式、土地をめぐる争い、聖体拝領などで、神父の時間はぎっしり詰まっていた。告解は殺人者と瀕死の病人のためのもので、妹をつねる、母親に逆らうといった程度の罪しか犯したことのない怠惰な少女には無縁のものだった。それはひどく邪悪な人間、ひどく年をとった人間がおこなうもので、率直に言って自分はそのどちらでもない、とベアトリスは思っていた。

アルゲダス神父は片手をさしのべ、やさしく彼女に語りかけた。ベアトリスにこんな口調で話しかけてくれたのは、この神父が初めてだった。「こちらにおいで」と言った。

「きみの心を楽にしてあげよう」

神父のところへ行って椅子に腰をおろすのは、とても簡単なことだった。神父は彼女に頭を下げるよう命じてから、まっすぐな髪の分け目の両側に手を置いて、彼女のために祈りはじめた。ベアトリスは祈りに耳を傾けてはいなかった。ときたま、単語が耳に入ってくるだけだった。〝父〟〝祝福〟〝赦し〟といった美しい単語。頭に置かれた神父の手の重みが心地よかった。ずいぶん長い時間がたったような気がしたあとで、神父がようやく手をどけると、ベアトリスは心が浮き立つほどの軽やかさと自由に包まれた。顔をあげて、神父に笑いかけた。

「では、きみの罪を思いだしてごらん」神父は言った。「ふつうはここに来る前にそうするんだよ。自分の罪を思いだす勇気と、それを口にする勇気をお与えくださいと、神に祈るんだ。そして、告解室に来たら、〝神父さま、わたしは罪を犯しました。これがわたしの初めての告解です〟と言うんだ」

「神父さま、わたしは罪を犯しました。これがわたしの初めての告解です」

アルゲダス神父はしばらく待ったが、ベアトリスは彼に笑顔を見せているだけだった。

「さあ、きみの罪をわたしに話してごらん」

「どんな罪？」

「そうだな。まず、悪いことと知りながら、メンドーサ氏の告解を盗み聞きした」

ベアトリスは首をふった。「そんなの罪じゃないよ。言っただろ、任務を果たしただけだって」

アルゲダス神父は今度は彼女の肩に手を置いた。さっきと同じく、彼女を心地よく癒してくれる効果があった。「告解をするときは、絶対的な真実を話さなくてはならない。きみはわたしを通じてその真実を神に語る。わたしがそれをほかの者に口外することはぜったいにない。これはきみとわたしと神のあいだのことなのだ。聖なる儀式であり、告解をするときは、けっして嘘をついてはならない。わかったかい？」

「うん」ベアトリスはつぶやいた。神父はこの屋敷の誰よりもすてきな顔をしている。前にすこしだけ好きだったゲンと比べても、神父のほうがすてきだ。あとの人質はみんな年寄りすぎるし、仲間の少年たちは幼すぎる。そして、指揮官たちはあくまでも指揮官だ。

「祈りなさい」神父は言った。「これが理解できるようがんばってごらん」

ベアトリスは神父が好きだったので、そのことについて考えようとした。肩に彼の手を感じながら、目を閉じて祈った。不意に、はっきり理解できたような気がした。そう、盗み聞きしてはならないことを悟ったのだ。閉じたまぶたの裏に何かが見えるような感じで悟りが訪れ、とても幸せな気分になれた。「盗み聞きしたことを告解します」一言そういうだけでよかった。とたんに、罪が彼女から離れ、漂い去っていった。もはや彼女の罪ではなくなっていた。

「ほかには？」

ほかに……。ベアトリスはふたたび考えこんだ。閉じたまぶたの裏の闇を、乾燥させてたきつけに使う用意のできた木ぎれのごとく数々の罪が積みあげられているのがわかっている場所を、必死に見つめた。罪はほかにもあった。いくつもあった。すべてが目の前に浮かんできた。しかし、膨大な数だったので、それをどう呼べばいいのか、こんな膨大な罪をどうやって言葉にすればいいのかわからず、途方に暮れてしまった。「人に銃を向けたのは悪いことなんだ」ようやく言った。すべての罪をきちんと説明するなんて、どう考えても不可能だったからだ。永遠にここにいても、ひとつ残らず白状するのは無理な気がした。とはいえ、それを中止するつもりはなかった。中止しようにもできなかった。それは赦されないことだし、彼女自身も中止にはしたくなかった。自分の罪をその目でとらえ、自分がこれからも多くの罪を犯すであろうことを悟った。

「神があなたをお赦しくださいますように」神父は言った。

ベアトリスは目をひらき、神父に向かってまばたきした。「これで罪が消えるの？」

「きみ自身が祈らなくてはならない。反省しなくてはならない」

「それならできるよ」それがいい方法かもしれない。罪のあとに反省という一種のサイクル。土曜日ごとに神父のところに押しかければ——いや、もっと頻繁に行ってもよさそうだ——神父が神の赦しを与えてくれて、そうすれば、あたしは天国へ行ける。

「さあ、祈りをあげてごらん」

「祈りの文句、全部は知らないんだけど」

アルゲダス神父はうなずいた。「では、一緒に祈ろう。わたしが教えてあげるから。だがね、ベアトリス、人のために尽くすやさしい子にならなくてはいけないよ。それによって悔い改めることができるんだ。今日一日だけでも、やってみてごらん」


カルメンはリビングにいたが、エクトル指揮官と、五、六人の年上の少年も一緒だった。四人がカードゲームをやっていて、あとの者はそれを見ていた。ゲームに使っているテーブルにみんなのナイフがつきたててあって、それを見た副大統領は発狂しそうな気がした。テーブルは一八〇〇年代初期のもので、スペインの職人の手で彫刻がほどこされていた。つややかな木の天板からヤマアラシの針みたいにナイフが林立することになろうとは、職人も想像だにしなかっただろう。ゲンはそのそばをゆっくり通りすぎた。カルメンの視線をとらえることすらできなかった。彼女がこちらの姿に気づいて追いかけようと思ってくれることを願うしかなかった。ゲンは足を止め、近くのソファに寝そべって『百年の孤独』をスペイン語で読んでいるシモン・ティボーに声をかけた。

「読みおわるには永遠にかかりそうだ」ティボーはフランス語でゲンに言った。「たぶん百年ぐらい。すくなくとも、時間だけはたっぷりある」

「人質にされるのは大学に通うのとよく似ているということを、誰が知っていたでしょう」ゲンは言った。

ティボーは笑ってページをめくった。いまの話をカルメンは聞いていただろうか。こちらが歩き去るのを見ただろうか。そのままキッチンまで行くと、ありがたいことに誰もいなかったので、食器室にすべりこんで待つことにした。いつもなら、彼が食器室に入ると、カルメンが先に来て彼を待っている。ゲンが一人でここにいるのは初めてのことで、頭上に重ねられた膨大な数の食器を見ているうちに、カルメンへの愛しさが胸にあふれた。これだけ食器がそろっていれば、二人の人間が一年分の夕食をとることができ、しかも、皿一枚たりとも洗う必要がない。ゲンが一人になれる時間は、人から通訳を頼まれていない時間は、これまで一度もなかった。彼の頭にはつねに、おおげさに表現されたほかの人々の感情が渦巻いていたが、いまは静寂に満ちていて、自分のとなりにすわって長いほっそりした脚を折り曲げ、動詞の活用を覚えようとしているカルメンの姿を想像することができた。彼女の頼みを聞き入れたのだから、今度はこちらが彼女の協力を求める番だ。二人でホソカワ氏とミス・コスの力になるのだ。ふだんのゲンなら、雇い主のプライベートな生活は自分の関知することではないと言うだろうが、これが正常な生活だというふりができる者はもういなくなっていた。ホソカワ夫人のことも、〈ナンセイ〉のことも、日本のことも、彼の頭にはなかった。はるか彼方へ遠ざかってしまったため、それらがかつて存在したのを信じることすら、ほぼ不可能になっていた。いまの彼が信じているのは、この食器室の存在だった。カップの受皿にスープ皿、山と積まれたバタートースト用の皿。彼はまた、この夜の存在も信じていた。イシュマエルとチェスを続けているにちがいないホソカワ氏のところへ報告に戻らないで、その前にまずカルメンの姿を捜しまわった自分に、ゲンは驚いていた。二つの場所に同時にいることはできないので、結局ここに腰を落ちつけて、尻の下に硬く冷たいキッチンの床を感じ、背中にかすかな痛みを感じていた。自分はいまここで、このなじみのない国にいて、勉強を教えると同時に愛している少女を待ち、それに劣らず愛しているホソカワ氏の力になろうとしている。無の状態から出発して二人の人間を愛するようになったゲンがここにいる。

腕時計をしていないので、どれだけ時間がたったのか、彼にはわからなかった。時間の見当をつけることもできなくなっていた。五分が一時間のようにも感じられた。〝恋は誰にも飼い慣らせない反逆の小鳥。いくら呼んでも、その気がなければけっしてやって来ない〟（ビゼーによる歌劇「カルメン」の一節）。ゲンは軽くハミングするように、歌詞をこっそりつぶやいた。歌えればいいのにと思ったが、歌は苦手だった。

そこにカルメンがやってきた。まるで走ってきたみたいに頬を紅潮させていたが、じつのところは、はやる心を抑えて、キッチンまでなるべくゆっくり歩いてきたのだった。背後のドアをしめて、床にすわりこんだ。「ぜったいここだと思ったわ」とささやくなり、寒がっているみたいに、横から彼に身体を押しつけてきた。「ここで待っててくれると思った」

ゲンは彼女の手をとった。とても小さな手だった。彼女のことを美しい少年だなどと、どうして思いこむことができたのだろう。「きみに頼みたいことがあるんだ」〝恋は誰にも飼い慣らせない反逆の小鳥〟――ふたたびその思いが浮かんできて、彼女にキスした。カルメンもそのキスにキスで応えて、ゲンの髪に手を触れた。そのつやと重みは彼女にとって尽きせぬ魅惑の源だった。「あわてて席を立つのは避けたかったの。しばらく待ってから、あなたのあとを追ったほうがいいと思ったの」

ゲンは彼女にキスした。キスという行為には理論的に信じられない部分がある。二人の人間のあいだに、金属と磁石の関係にも等しい引力が働くわけだから、その引力に負けないだけの力を二人がたえず見つけだしているというのは、まさに驚異としか言いようがない。本当なら、世界はキスの渦巻きと化して、みんながそこへ沈んでいき、浮きあがる力は二度と見つからないはずなのに。「今日、ロクサーヌ・コスがぼくに話をしにきた。今夜はきみによそで寝てほしいそうだ。朝になっても、食事は運んでこなくていいそうだ」

カルメンは彼の胸に片手を残して、彼から離れた。ロクサーヌ・コスが食事を運んでこないように言っている？　「わたし、何か悪いことをしたの？」

「いやいや、ちがう」ゲンは言った。「ロクサーヌはきみにとても感謝している。本人がそう言っていた」彼がカルメンを腕のなかに抱き寄せると、肩に彼女の息がかかった。好きな女と一緒にいるというのは、こういうことだったのだ。膨大な量の通訳をするなかで、ゲンはそれを見落としていた。「きみが正しかったよ。ほら、ロクサーヌがホソカワ氏に抱いてる感情のことを、きみ、言ってただろ。今夜、ホソカワ氏と二人ですごしたいそうだ」

カルメンは顔をあげた。「ホソカワ氏が二階へなんか行けるわけないでしょ」

「きみに協力してほしいと、ロクサーヌが言っている」

ゲンが送っている人生はひとつだけで、その人生のなかで彼はつねに人質であり、彼の友人たちも人質であり、たとえカルメンを愛していて、テロリストの何人かと友好関係を築いていても、血迷って〈マルティン・スアレスの家族〉に加わりたいなどと思ったことは一度もなかった。だが、カルメンの場合は事情がちがう。彼女は明らかに二つの人生を送っている。午前中に腕立て伏せをやり、直立不動で指揮官の点検を受ける。巡回のときはライフルを持ち歩く。ブーツに小型ナイフを隠していて、その使い方も知っている。命令に従う。つねづね叩きこまれているように、社会に変革をもたらす集団の一員なのだ。だが、夜になると食器室に入っていき、スペイン語の読み方を勉強し、英語の表現もすでにいくつか覚えた少女でもあった。おはよう《グッド・モーニング》。とても元気です《アイ・アム・ヴェリー・ウエル》。ありがとう《サンキュー》。レストランはどこですか《ホエア・イズ・ザ・レストラン》。朝はときどき、ロクサーヌ・コスに誘われて、彼女が寝ている大きなベッドの信じられないほどやわらかなシーツにもぐりこみ、わずかのあいだ目を閉じて、ここが自分の居場所なのだと想像する。自分も人質の一人で、闘争をくりひろげる必要のない、多くの特権に恵まれた世界で生きているのだと想像する。しかし、いくら二つの世界の折り合いをつけようとしても、あくまでも二つの世界であることは事実なので、カルメンが一方の世界からもう一方へ移動するには、何かを乗り越えなくてはならなかった。ゲンに対する返事としては、ホソカワ氏を二階へ案内することはできないと答えるか（その場合は、ゲンとホソカワ氏とミス・コスを失望させることになる。みんな、とても親切にしてくれたのに）、できると答えるか（その場合は、組織に捧げたすべての誓いを破って、想像するのもいやな処罰を受ける危険にわが身をさらすことになる）、どちらかしかない。ゲンがこうしたことをすこしでも理解していれば、こんな頼みはよこさなかっただろう。彼にとっては、友達だから力になるという、それだけのことだった。本を貸してほしいと言っているようなものだ。カルメンは目を閉じ、疲れているふりをした。リマの聖ローザに祈りを捧げた。「聖ローザさま、わたしをお導きください。聖ローザさま、道をはっきりお示しください」目をきつく閉じて、自分が親しく知っているただ一人の聖女に指示を仰いだが、妻のいる男をオペラ歌手の寝室へこっそり送りこむことに関しては、聖女たるもの、ほとんど力になれなかった。あとはカルメンが自分で決めるしかなかった。

「わかったわ」カルメンは目を閉じ、ゲンの心臓の規則正しい鼓動に耳を押しあてたまま、小声で答えた。ゲンの手があがってきて、彼女の髪を何度もくりかえしなでた。カルメンが子供のころに熱を出すと、母親も同じことをしてくれたものだった。

副大統領の屋敷では、〈マルティン・スアレスの家族〉のメンバー以上に邸内のことをくわしく知っている人質は、ルーベン・イグレシアス自身も含めて一人もいなかった。テロリストの日々の任務のひとつが、窓の配置を覚えこみ、どこの窓が飛びだせるだけの広さを持っているかを確認しておくことだった。彼らは落下距離を計算し、骨折した場合の被害を推測した。廊下の長さ、外に向けて銃を撃つのに適した部屋、屋根や庭に出るときの最短ルートを、一人一人が知っていた。だから、カルメンも当然、キッチンの横の廊下に使用人部屋へ通じる裏階段があり、エスメラルダがかつて寝起きしていた部屋に子供部屋へ通じるドアがあり、子供部屋には二階の広い廊下へ通じるドアがあり、その廊下がロクサーヌ・コスの寝室に通じていることを知っていた。もちろん、二階で寝ている者はほかにもいた。ベンハミン指揮官とエクトル指揮官は二階に自分の部屋を持っていた（不眠症に苦しむアルフレード指揮官は、一階のゲストルームでわずかばかりの睡眠をとっていた)。少年たちの多くも二階で寝ているが、寝る場所が決まっているわけではなかった。だから、カルメンはこの少年たちの一人が夜中に目をさまして変な気を起こしたときの用心に、ロクサーヌ・コスの部屋の外の廊下で寝ることにしているのだった。カルメン自身、毎晩食器室へ行くのにこのルートを使っていて、磨きこまれた木の床を靴下一枚でひそかに往復していた。床板がギーッと鳴る場所や、眠りの浅い連中について、すべて知っていた。誰かがトイレへ行くために角を曲がってあらわれたとき、暗がりに身をひそめる方法も知っていた。氷上に線を描くスケート靴のエッジのようになめらかに、床の上をすべっていくことができた。カルメンはこうした訓練を受けていて、ひそやかに行動できる達人だった。だが、静かにふるまう才能にホソカワ氏が恵まれていることにも、彼女は気づいていた。ロクサーヌ・コスが恋に落ちたのがロシア人の誰かでなかったことに感謝だ。ロシアの連中だったら、煙草が吸いたいと言って足を止めることも、誰にも理解できない小話を大声ですくなくともひとつ披露することもなしに、階段をのぼりきることは、おそらくできないだろう。ゲンが午前二時にホソカワ氏を裏階段に連れてきて、あとは彼女がロクサーヌ・コスの部屋へ案内することになった。二時間たったら、部屋のドアまで彼を迎えにいき、連れて帰る。けっして口をきかないという約束だったが、それを守るのはじつに楽なことだった。今回のことで同盟者になってはいても、相手の言葉をおたがいに知らなかったからだ。

作戦が決まると、カルメンはゲンのそばを離れて、ほかの兵士たちとテレビを見ることにした。《マリアの物語》の再放送を見た。マリアは自分が追い払った恋人を捜して都会へ出ていった。片手に小さなスーツケースを提げて混雑した通りを歩いていくと、どこの街角でも見知らぬ連中が暗がりに身をひそめ、彼女を破滅させようと企んでいる。副大統領の書斎に集まった者は一人残らず泣いていた。番組が終わると、カルメンはチェッカーをやり、補給品リストを作るのを手伝い、疲れを感じている者がいれば午後の見張りを代わろうと申しでた。協力的な人間、進んで任務に参加する人間として、みんなの模範になろうとしていた。ゲンにも、ホソカワ氏にも、ロクサーヌ・コスにも会いたくなかった。会えば赤面して秘密がばれてしまいそうだし、無茶なことを頼んできた彼らに腹を立てていたからだ。

家というのは、どの程度のことを知っているのだろう。誰も噂などしていないはずなのに、空気のなかにかすかな緊張が漂い、ごく微量の電流が流れていた。それに刺激されてみんなが顔をあげ、あたりを見まわしたが、結局は何も見つからなかった。夕食に出た塩漬けの魚とライスは不評で、人々は半分ほど残した皿をテーブルに置いたまま、つぎつぎと出ていった。カトウがピアノでコール・ポーターの曲を弾きはじめ、日が暮れてあたりが淡いブルーの光に包まれた。好天続きなのと、外に出られないいらだちがぶりかえしたせいかもしれないが、あたりがだんだん暗くなっていくなかで、茂り放題の庭の景色が消えていき、ねじれた花が一本また一本と見えなくなっていくなかで、ひらいた窓のそばに五、六人の男が立ち、夜の空気を吸おうとしていた。塀の向こうからエンジンのかすかな響きが聞こえてきて——たぶん、表の通りから数ブロック離れたところを車が走っているのだろう——窓辺に立った男たちは一瞬、外に別世界があることを思いだし、そしてすぐにまた、その思いを消し去った。

ロクサーヌ・コスは早めに寝室にひっこんでいた。カルメンと同じく、心を決めた以上、リビングでぐずぐずしている気にはなれなかった。ホソカワ氏はピアノのすぐ近くに置かれたラブシートにゲンとならんですわっていた。「もう一度言ってくれ」

「今夜、ミス・コスが社長に会いたいそうです」

「彼女がそんなことを？」

「カルメンが部屋まで案内します」

ホソカワ氏は自分の両手を見た。年老いた手だった。彼の父親の手だ。爪が伸びていた。

「バツの悪い話だね。カルメンに知られるなんて。おまけに、きみにまで知られている」

「ほかに方法がなかったんです」

「あの少女に危険がおよんだらどうする？」

「カルメンも覚悟の上ですから」ゲンは言った。危険？　カルメンは毎晩食器室に来るときに階段をおりてくる。安全でなかったら、そんなことを彼女にさせはしない。

ホソカワ氏はゆっくりうなずいた。リビングが傾いているような、リビングが小舟に変わってゆっくり揺れる海に浮かんでいるような、鮮明な感覚にとらえられた。彼は何十年も前に、たぶんまだ子供だったころだろうが、いちばんほしいもののことを考えるのをやめていた。手に入る可能性のあるものだけを望むよう、自分を律していた。巨大企業、子宝に恵まれた家庭、音楽の歓び。ところが、五十三歳の誕生日を二、三ヵ月すぎたいま、国内の様子をほとんど目にしていないこの国で、彼は自分自身のもっとも深い部分に欲望を感じていた。ほしいものがすぐそばに来たときに初めて感じるたぐいの欲望だった。子供のころの彼は愛を夢に見ていた。愛を見つめるだけでなく――たとえば、オペラに愛が登場するときがそうだが――自分で愛を感じてみたいと思っていた。だが、とうてい無理だとあきらめた。そんなに欲張ってはならない。今夜の彼はささやかなものを望むことにした。熱い風呂に入るチャンス、こざっぱりした服、彼女に渡すプレゼント（せめて、わずかな花でもあればいいのに）。ところが、やがて、部屋が逆方向へかすかに傾いたので、両手をひらくと、そのすべてが消え去り、彼はもう何も望まなくなっていた。午前二時に彼女の部屋に来るよう頼まれたのだ。彼がこの世界に求めるものはそれだけになっていた。寝る時間が来ると、ホソカワ氏は仰向けに横たわり、月の明るい光で腕時計を見つめた。

眠りこんでしまうのが心配だったが、眠れるはずがないこともわかっていた。となりの床で規則正しい安らかな寝息を立てているゲンに感心した。ホソカワ氏が知らなかったのは、毎晩午前二時になると、赤ん坊がお乳を求めて決まった時間に目をさますように、ゲンが眠りからさめ、誰にも気づかれずにリビングを抜けだしているということだった。ホソカワ氏は夜の見張りのベアトリスとセルヒオに視線を据えていて、二人が近くに来るたびにまぶたを閉じた。二人は足を止めて、ホソカワ氏の仲間たちが眠っているのを見つめた。小声で話しあい、うなずいた。ゲンが予告したとおり、一時には、二人の姿は見えなくなっていた。ここからはホソカワ氏のまったく知らない夜の世界だった。こめかみと、手首と、首で、脈がドクドク打っているのを感じた。爪先に力を入れた。ついにそのときがやってきた。彼はこれまでずっと眠りつづけていた。死んでいた。いま急に、完璧な生気がよみがえってきた。

二時五分前、目覚まし時計が鳴ったかのように、ゲンが身体を起こした。立ちあがり、雇い主を見つめ、就寝中の友人や知人のあいだにそっと足を置きながら、二人でリビングを横切った。アルゼンチン人がいた。ポルトガル人がいた。ドイツ人はイタリア人の近くで眠っていた。ロシア人はダイニングルームで熟睡していた。カトウがいた。大切な手を胸の上で組み、傍からはわからないぐらいかすかに指を痙攣《けいれん》させていて、まるで、シューベルトの夢を見ている犬のようだった。神父もいた。横向きに寝て、両手に頬をのせていた。そうした人々のあいだに、ひと握りの兵士が散らばっていた。大の字になって仰向けに寝ていて、まるで眠りという車にはねられて即死したかのように、首を横に向け、口を大きくあけ、ひらいた手には熟した果物のごとくライフルがのっていた。

キッチンの横の廊下で、まさにゲンが言ったとおりに、カルメンが待っていた。黒髪を三つ編みにし、靴を脱いでいた。彼女がまずゲンを見ると、ゲンは話をする代わりに彼女の肩に軽く触れ、三人のあいだですべてが了解された。待ったところで意味はない。待てば状況が悪化するだけだ。カルメンとしては、本当ならいまごろは食器室にいて、ゲンの膝に脚をのせ、彼が作っておいてくれた練習用のパラグラフを音読していたいところだったが、すでに自分の道を選んでしまっていた。頼みに応じてしまったのだ。知らん顔をしはじめた聖女に急いで祈りをあげてから、ハチドリが木の枝の四ヵ所へつぎつぎと飛び移るように、手早く軽やかに十字を切った。それから、向きを変えて廊下を歩きはじめ、ホソカワ氏が足音を忍ばせてあとに続いた。去っていく二人をゲンが見送った。あとに残されるのがこんなにつらいとは、これまで考えたこともなかった。

階段までやってくると――狭い螺旋階段で、安物の板でできている。使用人が階を移動するのに使うにはこれで充分なのだろう――カルメンがふりむいて、ホソカワ氏を見た。身をかがめて彼の足首に触れてから、自分の足首に触れ、自分と同じ動きをするように合図した。彼女が立ちあがると、ホソカワ氏はうなずいてみせた。あたりはひどく暗くて、階段をのぼるにつれてさらに暗くなりそうだった。彼女の祈りがまったく聞き届けられなかったことはこれまで一度もなかった。これはただの訓練、こういうまわり道も必要なのだ、つかまったとしても、たった一人でつかまるわけではないと、カルメンは信じこもうとした。

ホソカワ氏に見分けられるのは、カルメンのほっそりした背中の輪郭《りんかく》だけになっていた。指示されたとおり、彼女が足を離したまさにその場所へ自分の足を置こうとしたが、彼女のほうがずっと小柄だということが頭から離れなかった。人質生活のおかげでホソカワ氏も細くなっていたため、階段をのぼりながら、減った体重に感謝した。息を止め、耳をすました。二人ともいっさい音を立てなかった。音がまったくないということをこれほど強く意識したのは初めてだった。この屋敷で暮らした何カ月かのあいだ、階段をのぼったことは一度もなかったので、この行為そのものがとても勇敢で大胆なことに思われた。階段をのぼるのはなんと気分のいいものだろう！　危険を冒すチャンスにようやくめぐりあえたことが、ホソカワ氏はうれしくてたまらなかった。階段のてっぺんに着いて、カルメンが指先でドアを押しひらくと、かすかな光が彼女の顔にふり注いだ。行程のすくなくとも一部が完了したという、たしかなしるしだった。彼女がふりむいて、彼に笑いかけた。美しい少女だ。ホソカワ氏は自分の娘のような気がした。

狭い廊下を通って乳母の部屋まで行き、そこのドアをカルメンがあけると、鼻を鳴らすようなかすかな音がした。それでも二人はいっさい音を立てなかったが、ドアからは小さな音が聞こえていた。ベッドに誰かがいる。めったにないことだった。子供たちの世話をまかされていた女は屋敷じゅうでいちばん寝心地の悪いベッドを使っていたので、ここで誰かが寝ることはめったになかったが、現実にそれが起きてしまった。今夜にかぎって現実になってしまった。カルメンはホソカワ氏の胸に片手を置き、ドアが立てた音を部屋が忘れてくれるまで一分ほど待とうと合図を送った。彼の心臓が早鐘のように打っているのが感じられ、まるで手のなかにその心臓を握っているような気がした。カルメンは息を吸い、しばらく待ってから、前を向いたままうなずいて、片足を前に出した。むずかしいかもしれないが、不可能ではないだろう。空調ダクトから屋敷に忍びこむことに比べればなんでもない。このベッドで誰かが寝ているのを見かけたことは、前にも何度かあった。

そこにいたのはベアトリスだった。夜の見張りの最中にしばらく横になったのだ。誰もがやっていることだった。もちろん、カルメンだって。ずっと眠らずにいるには時間が長すぎる。セルヒオもたぶんべつの部屋でベッドに倒れこみ、やましい眠りをむさぼっているのだろう。ベアトリスはブーツをはいたまま、毛布もかけずに寝ていた。眠っているあいだも、ライフルを子供のように腕に抱いていた。ホソカワ氏は足を前に運ぼうとしたが、急に怖くなった。目を閉じて、ロクサーヌ・コスのことを考え、愛のことを考え、愛の祈りをつぶやこうとした。目をあけると、ベアトリスがベッドから身を起こし、すばやく銃を構えたところだった。それに劣らぬすばやさでカルメンが二人のあいだに割って入った。ホソカワ氏は二つのことをはっきり見てとった――ベアトリスがライフルを彼に向け、カルメンがライフルの前に進みでた。カルメンは友達であるはずのベアトリスに、男ばかりの集団で唯一の女性仲間である彼女に近づいて、しがみつき、強く抱きしめて、ライフルの銃口を天井のほうへそらした。

「何すんのよ」ベアトリスが声をひそめて言った。さすがの彼女も、声を立てるのはまずいと悟っていた。「放して」

しかし、カルメンは離れなかった。見つかったことに怯えると同時に、奇妙な安堵をも覚えつつ、ベアトリスにしがみついていた。「誰にも言わないで」相手の耳にささやきかけた。

「こいつを二階に連れてきたの？　まずいことになるよ」ベアトリスはもがいたが、カルメンの力は想像以上に強かった。ううん、もしかしたら、あたしがぐっすり眠りこんでたせいかも。見張りの途中で寝てしまった。ひょっとすると、カルメンに告げ口されるかもしれない。

「シーッ」カルメンが言った。寝ているあいだにベアトリスの三つ編みがほどけてほつれ毛になっている部分へ、自分の鼻を埋め、ベアトリスを抱きすくめた腕に力を入れた。一瞬、ホソカワ氏のことを忘れ去り、自分たち二人が、目の前の問題だけが、あとに残された。ベアトリスの背中にいまもベッドのぬくもりが残っているのと、頬に銃身が冷たく食いこんでいるのが感じられ、助けを求めようと思ったわけでもないのに、大好きなリマの聖ローザの声がつぎのように命じるのを聞いた。「真実を話しなさい」

「この人はオペラ歌手に恋をしてるの」カルメンは言った。秘密にしなくてはという気持ちは消えていた。聖ローザの指示どおりにしたいという思いしかなかった。「二人きりになりたがってるの」

「そんなことしたら、あんた、殺されるよ」ベアトリスは言った。そんなことはたぶんないだろうと思ったけれど。

「助けて」カルメンは言った。この言葉は聖女にしか言わないつもりだったのに、絶望のなかでつい口から出てしまった。ベアトリスは一瞬、神父の声を聞いたような気がした。神父は自分を赦してくれた。親切にするようにと諭してくれた。ベアトリスは自分自身の罪について、そして、他人の罪を赦すチャンスについて考え、押さえこまれた腕をできるだけ高くあげて、カルメンの背中にそっと置いた。

「あの女がこいつに恋を？」

「二時間たったら、わたしがこの人を連れて戻ることになってるの」

ベアトリスがカルメンの腕のなかでもがき、今度はカルメンも彼女を放した。ベアトリスにはカルメンの顔がほとんど見分けられなかった。暗がりに立っているのがホソカワ氏かどうかも、まるっきりわからなかった。彼は時計を見る方法を教えてくれた。いつも笑顔を見せてくれた。一度など、キッチンのドアに同時に着いたときにお辞儀をしてくれた。ベアトリスは目を閉じて、闇のなかに積み重ねられた自分自身の罪を探った。「黙っとくよ」とささやいた。そして、今日だけでも二度目だが、重荷の一部がとりのぞかれて心が軽くなるのを感じた。

カルメンが彼女の頰にキスをした。感謝の念でいっぱいだった。生まれて初めて、自分は運がいいと思った。それから、暗がりのなかへあとずさった。ベアトリスは交換条件として、任務の途中で寝ていたことは黙っておくという約束をカルメンからとりつけるつもりでいたのだが、もちろん、カルメンが口外するはずはない。できるわけがない。ベアトリスはふたたびベッドに横になり(そんなつもりはなかったのに)、一分もしないうちに眠りこんでいた。始まったときと同様、あっというまにすべてが終わっていた。

月をかたどった常夜灯がいまも壁のソケットから孤独な人形たちをかすかに照らしている子供部屋を抜け、カルメンが乗ったことのあるカヌーよりも大きな白い陶製のバスタブが置かれたバスルームを通りすぎ、広い廊下に出た。屋敷はふたたび、彼らが知っている屋敷になった。広くて、優雅で、豪華な屋敷に。カルメンはホソカワ氏を三番目のドアまで連れていき、そこで足を止めた。彼女はほぼ毎晩、ここで眠っている。ごく短い眠りではあるが。ホソカワ氏を連れてベアトリスのそばを離れて以来、カルメンは彼の手を握りつづけていて、いまもそのままだった。ひどく長い距離を歩いてきたような気がするが、副大統領の子供たちが母親の寝室を出て、子供部屋を通り抜け、エスメラルダの部屋をつっきって裏階段からキッチンへおりるには、家のなかではぜったい走らないようにと命じられていても、一分もかからないだろう。カルメンはホソカワ氏が好きだった。彼にそう伝えられればいいのにと思ったが、たとえ言葉を知っていても、その勇気は出なかっただろう。代わりに、彼の手を一度だけ強く握りしめ、そして放した。

ホソカワ氏は身体を二つに折るようにして、彼女にお辞儀をした。カルメンにはいささか長すぎると思われるぐらい、その姿勢を保っていた。やがて身体を起こし、ドアをひらいた。

二階の廊下には高い窓があり、大階段に明るい月の光があふれていたが、この階段をカルメンは使わなかった。いま来た道を戻ることにして、子供部屋を通り抜け、ベアトリスがぐっすり眠っているベッドのそばを通りすぎた。足を止めて、ライフルの引き金からベアトリスの指をはずしてやった。銃を壁にもたせかけ、毛布を彼女の肩の上までひっぱりあげた。朝になってベアトリスがしゃべる気にならなければいいがと思った。もっといいのは、朝起きたときに、すべて夢だったのだとベアトリスが思ってくれることだ。キッチンへの階段をおりながら、カルメンはちがう種類の激しい動悸を感じた。ドアの向こうにいるロクサーヌ・コスの姿を想像した。長いあいだ待たされて、さぞやきもきしていたことだろう。物静かで威厳のあるホソカワ氏が彼女を腕に抱くところを想像した。その感触の甘さ、抱擁のなかにある安堵。カルメンは汗でわずかにちくちくするうなじに手をやった。足音を忍ばせてはいたが、それでも、階段をおりるスピードが速くなった。四段、三段、二段、一段。そして廊下とキッチンを通り抜けた。食器室という魔法の世界に一歩入ったところで、ぴたっと足を止めた。ゲンが床にすわりこみ、閉じたままの本を膝にのせていた。彼が顔をあげると、カルメンは自分の唇に指をあてた。顔を輝かせ、頬を紅潮させ、目を大きくひらいていた。彼女が向きを変えると、もちろん、ゲンも立ちあがってついてきた。

人は一夜のうちにどれだけの幸運に恵まれるものだろう。瓶に入ったミルクと同じく、割当量が決まっていて、これこれの量をつげば残りはこれだけという形になっているのだろうか。それとも、幸運というのは日によってちがっていて、運のいい日はかぎりなく幸運が続くのだろうか。前者なら、カルメンはホソカワ氏をロクサーヌ・コスの寝室へ無事に送り届けるために、自分の運を使いはたしてしまったことになる。だが、後者なら――こちらが真実だとカルメンは信じていた――今夜こそチャンスだ。天国の聖人すべてが味方してくれるのなら、あと二、三時間は幸運が続くだろう。カルメンはゲンの手をとると、彼を連れてキッチンを抜け、彼が一度も足を踏み入れたことのない裏のポーチに出た。彼女がノブに手をかけてまわし、ドアをひらき、二人で夜の戸外へ出た。

夜の景色を見るがいい。かつては手入れの行き届いていた庭を月が皓々と照らしだし、その光が漆喰塀に水のごとくふり注いでいる。ジャスミンの濃厚な香りと、とっくに一日の仕事を終えて花弁を閉じてしまった百合の香りが、大気中に漂っている。芝生が高く茂り、二人の足首を越えてふくらはぎを勢いよくなでてくる。二人の歩みにつれて、その芝生がカサカサと音を立てるので、二人は足を止め、都会の真ん中にいることも忘れて星を見あげた。星は六つしか見えなかった。

カルメンはしょっちゅう外に出ていた。雨がふっても、巡回したり、単に脚のストレッチをしたりするために、毎日外に出ていたが、ゲンにとっては、夜はまるで奇跡のようだった。大気と空、かかとの下でやわらかくつぶれる芝生。本物の世界に戻ったのだ。この夜、世界は不可解なほど美しい場所に見えた。目の前にあるのはごくかぎられた景色にすぎなかったが、それでも、世界は美しいと断言できる、とゲンは思った。

これから一生のあいだ、ゲンは今夜のことを二つのまったく異なる形で思いだすことになるだろう。

まず、自分が実行しそびれたことを想像するだろう。この筋書きでは、ゲンがカルメンの手をとり、彼女を連れて、玄関先の小道のつきあたりにある門の外に出る。塀の向こうには軍の警備兵が何人もいるが、彼らも若くて眠りこんでいるので、二人はその横を通りすぎて、この国の首都に苦もなく出ていく。止めようとする者は誰もいない。二人とも有名人ではないので、みんな、無関心だ。空港まで行き、日本に帰る飛行機を見つけて、二人でいつまでも幸せに暮らす。

つぎに、現実に起きたことをそのとおりに思い浮かべるだろう。

ゲンは出ていくことなど考えてもいなかった。犬が庭から出ないようしつけられたら、逃げだそうとは思いもしないのと同じことだ。自分に与えられたささやかな自由に幸せを感じるようになる。カルメンが彼の手をとり、エスメラルダが副大統領の子供たちとピクニックをしていた場所まで一緒に歩いていく。塀がそこでカーブを描いて、芝生とほっそりした木々に囲まれたくぼみを作り、屋敷からは見えないようになっている。カルメンが彼にキスして、彼が彼女にキスして、この夜以来、彼女の香りと夜の香りを区別することが彼にはできなくなってしまう。二人は青々と茂った芝生のなかに身を沈める。庭のこのあたりは塀が投げかける影に包まれているので、ゲンには何も見えない。あとになれば、雇い主のホソカワ氏が屋敷の二階にいて、オペラ歌手とベッドをともにしていたことを思いだすだろうが、この夜は彼らのことなど考えもしない。冷たい風が吹いているのに、カルメンはジャケットを脱いでしまう。ゲンが両手で彼女の乳房を包むあいだに、彼女はゲンのシャツのボタンをはずす。暗闇のなかで、二人は別人になっている。自信にあふれている。ゲンが彼女を抱き寄せ、彼女がゲンを抱き寄せる。重力に逆らって、ゆっくりと地面に倒れこむ。どちらも靴をはいていなくて、ズボンもするっと脱げてしまう。どうせ、いまの二人にはぶかぶかなのだ。そして、あの感触。肌と肌が触れあうときの、あの初めての贅沢。

ゲンはときどき、そこで思い出を止めることだろう。

彼女の肌、夜、芝生、カルメンを抱きしめて、やがて彼女のなかに入っていく。これ以上のことを求める気は彼にはない。いままでの人生にこんなすばらしいものはなかったからだ。彼女を連れて逃げだせたかもしれない瞬間に、彼女を強く抱き寄せている。彼女の髪が彼の首のまわりでもつれている。この夜、こんな大きな歓びに包まれた者はかつて一人もいなかっただろうと思うが、あとになって初めて、もっと貪欲に求めるべきだったことを悟る。彼の指がカルメンの肋骨のあいだのやわらかなくぼみにすべりこむ。飢えが刻みつけた繊細な溝だ。ゲンは彼女の歯を感じ、舌をまさぐる。カルメン、カルメン、カルメン、カルメン。いずれ、彼女の名前を何度も呼ぶようになるだろうが、いまはそれができない。

屋敷のなかでは人質とテロリストの全員が眠っていて、変化には誰一人気づいていなかった。日本人の男と彼の愛するソプラノ歌手は二階のベッドにいて、通訳とカルメンは六つの星が光っている夜空の下にいるのに、彼らの姿が見えないことには誰も気づいていなかった。シモン・ティボーだけが起きていた。妻のエディットの夢を見て飛びおきたのだ。

はっきり目がさめて、自分がどこにいるかを知り、妻がそばにいないことを思いだしたとたん、涙がこみあげてきた。泣くまいとしたが、妻の姿があざやかに浮かんできた。夢のなかで、二人はベッドに入っていた。愛の行為の最中で、愛しあいながら、おたがいの名前をやさしく呼んでいた。終わると、くしゃくしゃの毛布のなかでエディットが身体を起こし、夫が寒くないようにと、青いスカーフでその肩をおおった。シモン・ティボーはいま、スカーフに顔を埋めていたが、泣き声がよけいひどくなるだけだった。何をやってみても泣き声は止まらず、しばらくすると、泣くまいとする努力もやめてしまった。

# 9

翌朝はすべてがいつもどおりだった。太陽の光が窓からさしこんで、絨毯に点々とついた不規則なしみを照らしだしていた。外では小鳥がさえずり、呼びかわしていた。二人の少年、ヘスースとセルヒオがブーツを露にぐっしょり濡らし、ライフルを構えて、屋敷のまわりを巡回していた。故郷にいれば、小鳥の一羽か二羽を撃ち落としたことだろうが、ここでは、射撃は〝ぜったいに必要でないかぎり厳禁〟とされていた。小鳥がすぐ横を飛び去り、その翼が少年たちの髪をそよがせた。二人が窓からなかをのぞくと、カルメンとベアトリスがキッチンにいて、大きなポリ袋からロールパンをとりだしていた。ガス台では固茹で卵ができつつあった。おたがいの目が合うと、カルメンはかすかに笑みを浮かべ、ベアトリスは気づかないふりをした。カルメンはこれをいい徴候ととらえた。とてもいいことだ。キッチンはコーヒーの強い香りに満ちていた。カルメンは食器室に姿を消し、底に〈ウェッジウッド〉と記された青と金色の皿を何枚もかかえて戻ってきた。使いもせずにしまっておくのはもったいない。

すべてがいつもの朝と同じだった。ただひとつ、ロクサーヌ・コスがピアノのところに姿を見せないことをのぞいて。カトウはずっと待っていた。しばらくするとピアノのベンチから立ちあがり、脚を伸ばした。身を乗りだして、シューマンの楽譜を選んだ。誰もが知っているシンプルな曲、時間つぶしに向いた曲だった。カトウは鍵盤を見もしなかった。ひとりごとをつぶやいていて、それがみんなに聞こえていることに気づいていないような、そんな感じだった。ロクサーヌは寝坊してるんだ。カルメンもまだ朝食を運んでいっていない。目くじらを立てるほどのことではない。毎日歌ってくれてるんだから、たまには休んでもいいではないか。

しかし、ホソカワ氏まで寝ているというのは変ではなかろうか。周囲で人が動きまわっているのに、ホソカワ氏はいまもソファに仰向けになり、眼鏡を胸の上でたたみ、唇をひらいて眠りつづけている。彼の寝顔を見た者はこれまで一人もいなかった。毎朝、彼がいちばんの早起きだった。具合が悪いのかもしれない。邸内の見張りにあたっている二人の少年、グアダルーペとウンベルトがソファの背もたれの上に身を乗りだして、彼がちゃんと息をしているかどうかたしかめようとした。大丈夫だったので、そっとしておくことにした。

八時十五分。腕時計のおかげで、ベアトリスには正確な時刻がわかっていた。ファックのやりすぎだねと思ったが、カルメンには言わなかった。こっちがすべて忘れてしまったと——本当はちがうけれど——カルメンに思わせておくことにした。この秘密をどう利用するか、まだ決めていなかったが、使っていない現金のように大事にとっておくことにした。こういう秘密には使い道がどっさりある。
人々はささやかな日課になじんでいた。コーヒーを飲み、歯を磨いてから、リビングに集まり、そして、ロクサーヌ・コスが歌いはじめる。それが朝の日課だった。だが、いま、人々は階段を見つめていた。ロクサーヌはどうしたんだ。病気でなければ、一階におりてきていていいはずなのに。毎朝歌ってくれというのは無理な注文なのか。みんなで彼女に敬意を払い、大切にしてきたのだから、彼女のほうも敬意を払うべきだと考えるのはまちがいなのか。みんながカトウを見た。カトウはピアノのそばに立ちつくしていて、まるで、鉄道の駅にやってきて、乗客が全員おりてからも、ひらいた列車のドアを長いこと見つめている男のようだった。当人は気づいていないが、とっくに捨てられてしまった男。カトウは立ったまま、ぼんやりとピアノの鍵盤を叩いた。いつになったら腰をおろして、ロクサーヌ抜きで本格的な演奏を始めればいいのだろうと考えていた。いま初めて、自分自身に問いかけた。彼女がいなかったら、自分はどうなるのだろう。今回のことが片づいて、ピアノの前で一日じゅうすごすことも、楽譜を読んで夜をすごすこともなくなったら、どうすればいいのだろう。いまの自分はピアニストだ。指に走る細く青い腱がそれを証明している。午前四時に起きて、出勤前の一時間をひそかな演奏にあてるという以前の生活に、はたして戻れるだろうか。〈ナンセイ〉の副社長に復帰して、数字が得意な男に、ソプラノ歌手のいない男に戻ったときに——それが彼を待ち受けている運命だが——何が起きるのだろう。カトウは最初の伴奏者がどうなったかを思いだした。あの男は外の世界へ一人で出ていくより、死ぬほうを選んだ。ぞっとするほど空虚な自分の未来を思って、カトウの指がこわばり、鍵盤から音もなくすっと離れた。

そのとき、とんでもないことが起きた。

誰かが歌いはじめた。伴奏なしの歌声が部屋の向こうから流れてきた。うっとりするような、耳になじんだ声だった。人々は最初のうち混乱し、やがて、少年たちが一人また一人と笑いだした。ウンベルトとヘスース、セルヒオとフランシスコ、ヒルベルト、そのほか、廊下の奥からやってきた連中もいて、みんなが腹を抱えて笑いころげ、おたがいの首に手をまわさなくては立っていることもできないほどの大笑いになったが、セサルは〝歌に生き、恋に生き、けっして悪いことはしませんでした〟という《トスカ》の一節を歌いつづけた。たしかに、笑いたくなるところがあった。ロクサーヌの完璧な物まねだったからだ。ほかのみんなが眠っているあいだに、セサルが彼女に変身してしまったかのようで、〝いつも神には心からの信心をこめた祈りを捧げ、祭壇には心からの信心をこめて花を捧げました〟と歌うときに手をさしだす様子までがそっくりだった。いささか不気味でもあった。なにしろ、セサルの外見がディーヴァとは似ても似つかないのだから。セサルはニキビだらけの肌をして、絹のような黒い頬髯をぽつぽつ生やした、ひょろ長い少年だが、首をかしげる様子から、ロクサーヌならここで目を閉じるにちがいないと思われる瞬間に目を閉じる様子まで、やることが彼女にそっくりだった。みんなの笑い声は耳に入っていないようだった。目の焦点が定まっていなかった。誰かに聴いてほしくて歌っているのではなかった。彼女を嘲っているのではなく、彼女のいるべきスペースを埋めようとしているだけだった。彼がまねているのがロクサーヌのしぐさだけだったら、悪ふざけととられても仕方がなかっただろうが、じっさいにはそうではなかった。彼がまねていたのは歌声だった。ロクサーヌ・コスの伝説的な声だった。彼は澄んだ声を朗々と響かせた。肺の底のほうまでおりていってパワーを見いだし、一人でこっそり歌っていたときには抑えこんでいた声量を解き放った。セサルがいま歌っているのは、彼の声には高すぎる音域だったが、それでもなお、飛びあがって旋律の端にしがみついていた。背伸びをして、それをつかんでいた。歌詞の意味はちんぷんかんぷんでも、発音の正確さには自信があった。これまで一心に耳を傾けてきたのだから、まちがっているはずはなかった。ひとつひとつの単語の発音を舌の上で完璧に再現した。セサルはソプラノではなかった。イタリア語も知らなかった。だが、どういうわけか、その二つの幻影を作りあげ、一瞬、部屋じゅうの者がそれを信じた。少年たちの笑い声が弱まり、やがて消えていった。人質も、少年も、指揮官も、いまや全員がセサルを見ていた。カルメンとベアトリスが何事かと耳をそばだて、いま起きているのがいいことなのか悪いことなのかわからないまま、キッチンから出てきた。誰よりも音楽を深く理解しているホソカワ氏は、なじんだ歌声に起こされたのだと思いつつ目をさました。けさの彼女の声は妙だと思い、疲れているのだろうか、うん、このわたしも寝過ごしてしまったのだからと考えた。だが、とにかく、彼女の歌声だと思いながら目をさましたのだった。

さほど長い曲ではないので、それが終わったときに、セサルは一息入れることすらしなかった。すぐにつぎの曲を歌いはじめた。〝これが一度きりのチャンスだったら？〟という思いがあったからだ。はっきりそう自覚していたわけではなかったが、ロクサーヌはおりてこない、みんなはじっと待っているという光景を目にした瞬間、喉の奥から旋律が波のごとくあふれでて、彼の力では抑えきれなくなってしまったのだ。歌うってなんて楽しいんだろう！　自分の声を耳にするってなんてすてきなんだろう！　つぎに歌ったのは《ワリー》のアリアだった。いまの彼が歌えるのはロクサーヌの好きな曲、彼女が何度も歌った曲にかぎられていた。それらの曲だけは、彼の頭のなかに歌詞が完璧に叩きこまれていた。もし、彼が歌詞を適当にでっちあげたり、よく似た発音ではあるがまったく意味のちがう言葉をならべたりしたら、みんなからインチキだと思われたことだろう。屋敷のなかにイタリア語のできる者が四人しかいないことを、セサルは知らなかった。彼女のイメージの濃い曲は選ばないほうが楽だったろう。そうすれば、彼女と比べられて失敗する危険がないのだから。だが、彼には選択の余地がなかった。選ぶべき曲がほかになかった。男声曲と女声曲があることも、質のちがう声の能力に合わせて曲が作られていることも、彼は知らなかった。ソプラノのパートしか聴いたことがないので、それを自分のパートにするしかなかった。自分を彼女と比べる気はなかった。比較になるわけがない。彼女はプロの歌い手だ。彼は彼女への愛を歌で表現している少年にすぎない。それとも、歌そのものを愛しているのだろうか。セサルにはもう思いだせなくなっていた。自分のなかに深く入りこんでいた。目を閉じ、自分の声を追った。どこか遠くからピアノの音が追いかけてきて、彼に追いつき、やがて、彼を導いてくれた。アリアの最後はとても高い音なので、その音がまともに出せるかどうか自信がなかった。着地するときのことはいっさい考えないで宙に身を躍らせて落ちていくのに、いや、急降下していくのに似ていた。

ホソカワ氏は髪をくしゃくしゃにし、しわになったワイシャツの裾をうしろに垂らして、眠気の残るぼうっとした顔でピアノのそばに立っていた。どうすればいいのかと、とまどっていた。少年がふざけているのなら止めなくてはと心の片隅で思ったが、少年は見るからに《ワリー》を愛している様子だった。それでも、ロクサーヌをそっくりまねて胸の前で手を組んだこの少年を見ていると、ホソカワ氏はなんとなく落ちつかない気分にさせられた。少年の口から流れ出るのは彼女の声ではなく、それに似た奇妙なもので、音質のよくないレコードで彼女の声を聴いているような気がした。ホソカワ氏は目を閉じた。たしかに、かなりの差があった。いまはもうまちがえようがなかったが、どういうわけか、少年の歌を聴いていると愛に胸を締めつけられるような気がした。自分はロクサーヌ・コスを愛している。ひょっとすると、少年の歌はいい加減なものかもしれない。ロクサーヌを愛しているがゆえに、ひどく凡庸なものでも彼女に結びつけてしまうのかもしれない。

人々にまじって、ロクサーヌ・コスが耳を傾けていた。彼女が階段をおりてくる姿に、どうして誰も気づかなかったのだろう。まだ着替えていないため、白いシルクのパジャマのままで、今日の天気には温かすぎるかもしれないが、副大統領の妻の青いアルパカのローブをはおっていた。足は素足で、髪は背中に垂らしていた。何カ月もたったため、髪の根元が伸びてきていて、もともとの髪は淡い茶色という地味な色合いで、きらめく銀髪がちらほらまじっていることが、容易に見てとれた。少年は歌いつづけていた。その歌声を耳にして、ロクサーヌは深い眠りから呼びさまされたのだった。本当だったらまだ何時間でも眠っていただろうが、歌声に起こされ、それを追って、とまどいながら階段をおりてきた。レコード？　アカペラ？　だが、その瞬間、少年が目に入った。セサル、これまで一度も目立ったことのない少年。いつ歌を習ったのだろう。ロクサーヌの思いはあらゆる方向に向いた。すごい子だ。天才だわ。ミラノやニューヨークでこれだけの無垢《むく》な才能が見つかれば、その子は一分もしないうちに音楽学校へ送りこまれているだろう。この少年はきっとスターになる。ずぶの素人で、声楽のレッスンなど受けたこともないのに、歌声の持つ深みに耳を傾けてみるがいい！　少年の華奢な肩を震わせる声量に耳を傾けてみるがいい。セサルは最後に向かってつき進んでいた。歌えるかどうか自信がない高音部のドに向かって。ロクサーヌは音楽のことなら自分の息遣いと同じぐらいよく知っていたので、あわてて彼のほうへ突進した。まるで、彼が道路で遊んでいる子供で、音符が猛スピードで彼に近づいていく車ででもあるかのように。セサルの腕をつかんだ。「デテンガセ！　バスタ！」彼女はスペイン語を知らなかったが、この二つの単語は毎日耳にしていた。やめて。もう充分よ。

セサルはあわてて歌を中断したが、哀れにも、最後に歌った歌詞のとおりの形に口をひらいたままだった。そして、彼女が「もう一度歌って！」と言ってくれなかったので、その唇をかすかに震わせた。

ロクサーヌ・コスは彼の腕をつかんでいた。ひどく早口でまくしたてているので、何を言っているのかセサルには一言も理解できなかった。呆然と彼女を見つめていると、彼女がひどく焦っている様子で、パニック状態といってもいいほどなのが見てとれた。パニックが高まるにつれて、意味不明の言葉がますます大きな声で彼女の口から飛びだすようになり、それでもセサルが反応しないので、彼女は「ゲン！」と叫んだ。

しかし、部屋じゅうが二人を見守っていて、セサルはそれに耐えきれなくなった。全身に震えを感じ、すぐそばに立った彼女に腕をつかまれていたのに、顔をそむけて部屋から飛びだした。人々は少年が突然裸になって逃げだしたかのように、ぎごちなく沈黙したまま立ちつくした。拍手することを思いついたのはカトウで、「ブラーヴォ!」と叫んだのはイタリア人のジャンニ・ダヴァンサーテとピエトロ・ジェノヴェーゼだった。やがて、部屋じゅうの者が少年に拍手と喝采を送ったが、少年はすでに姿を消し、裏口から外に出て、世界の様子を見守るのにしばしば使っている木の枝にのぼってしまっていた。みんなの喝采が屋敷のなかから鈍い羽音のように聞こえてきたが、それが嘲りのしるしでないと誰に言えるだろう。もしかすると、いまごろ、ロクサーヌが彼女自身のまねをしているかもしれない。ロクサーヌをまねて歌った彼を、さらに彼女がまねるという形で。

「ゲン!」ロクサーヌはゲンの手をとった。「あの子を追いかけて。あとを追うよう誰かに言って」

そして、ゲンが周囲に目をやると、そこにカルメンが立っていた。カルメンはいつも、黒くきらめく目を彼に向け、命の恩人に恩返ししようとするかのように、彼のそばに控えていた。ゲンの口から頼む必要すらなかった。それぐらい二人はおたがいを理解しあっていた。カルメンは向きを変えて、すぐさま出ていった。

これだけ長いあいだ密着した暮らしを続けていると、誰もがおたがいの好みを把握するようになるものだ。たとえば、イシュマエルは副大統領のあとを犬のようについて歩いている。イシュマエルを捜してる? 副大統領を見つければいい。たぶん、その足にじゃれついてるさ。ベアトリスはよそへ行くようにと指揮官からじかに命令されないかぎり、いつもテレビの前にはりついている。ヒルベルトはバスタブに夢中で、とくに、スイッチを入れると轟音とともに激しい渦が生じる主寝室のバスタブがお気に入りだった（初めてこれを体験したときは、ぶったまげたものだった！）。セサルは木が好きだった。塀のほうへ傾いて生えている頑丈なオークの木で、低いところに丈夫な枝が伸びているので楽にのぼれるし、上のほうに広がった枝はのんびり腰をおろすのに向いている。ほかの少年兵は彼のことを、ひどく愚かか勇敢かのどちらかだと思っている。なにしろ、ずいぶん高くまでのぼって塀の上へ出てしまうこともあるからだ。そんなことをしたら、軍の連中にリスみたいに撃ち落とされかねない。ときには、市内の様子を見渡して報告をよこすようにと指揮官たちに命じられて、いそいそと木にのぼることもあった。おかげで、どこを捜せばいいかとカルメンが頭を悩ませる必要はなかった。庭に出た。昨夜の出来事のあとなので、まったくちがう場所のような気がした。塀がカーブを描いて秘密のくぼみを作っている場所を通りたくて、カルメンはわざわざ遠まわりした。するとどうだろう。芝生が倒れたままになっていて、カルメンの背中の形どおりに押しつぶされていた。体内の血が一滴残らず頭に集まるのを感じ、めまいがしてきて、塀に指をあてた。どうしよう、誰かがこれに気づいたら。ここで足を止めて、しばらく時間がかかっても、芝生の乱れを直したほうがいいだろうか。ぺしゃんこの芝生がもとに戻ってくれるだろうか。ずっとこのままだろうか。しかし、そのとき、今夜もまた同じ芝生を乱すつもりでいることと、庭に生えている芝生のすべてを自分の尻と、肩と、はだしの足の裏で押しつぶしたいと思っていることに、カルメンは気がついた。いまここでゲンを連れてきて、彼に両脚をからめ、木にのぼるときのように彼の身体にのぼることができればいいのに。あんなすてきな男がこの自分と一緒にいたがるなんて、誰が考えただろう。愛される幸せに心がとろけて、一瞬、自分がそもそもなぜ外に出てきたのかも、誰を捜しているのかも、忘れてしまった。そのとき、上のほうに茂った葉のあいだから、ブーツの片方が大きな醜い果物のごとくぶら下がっているのを目にして、たちまち現実の世界にひき戻された。そのオークの木まで行って、頭上の枝をつかみ、のぼっていった。

木の上にセサルがいて、がたがた震え、泣きじゃくっていた。木にのぼってきたのがほかの者だったら、セサルの手でたちまち放りだされていただろう。顎の下に強烈な蹴りを見舞われ、突き飛ばされていただろう。だが、下からあらわれたのはカルメンの頭で、カルメンには彼も好意を持っていた。彼女なら、ロクサーヌ・コスに憧れている様子からして、こちらの気持ちを理解してくれるはずだと、セサルは思った。ロクサーヌに朝食を運び、彼女の寝室のドアの外で寝ているのだから、自分たちのなかでカルメンがいちばん恵まれているとも思っていた（カルメンがきわめて口の堅いタイプなので、それ以外のことについては、セサルはいっさい知らなかった。カルメンがロクサーヌのベッドで眠ることも、ロクサーヌの髪をブラッシングすることも、夜中にロクサーヌの恋人をこっそり彼女のところに連れていき、彼女から厚い信頼を寄せられていることも。セサルがこうしたことを知ったなら、嫉妬に身を焦がしたことだろう）。セサルはまた、小さな子供みたいに泣くところを誰にも見られたくなかったが、相手がカルメンならそんなにいやではなかった。ロクサーヌ・コスに恋をする前は、この街にやってくる前は、カルメンにキスしたい、キスとそれ以上のことをしたいと、たえず思っていたのだが、エクトル指揮官から強烈なビンタを食らって、その思いを捨てることにした。そうしたことは、兵士のあいだではきびしく禁止されている。

「あんたの歌、すごく上手ね」

セサルは彼女から顔をそむけた。小枝が彼の頬を軽くひっかいた。「おれ、バカだもん」木の葉に向かって彼は言った。

カルメンは彼の向かいの枝によじのぼって、枝に脚をからめた。「バカじゃないわよ！　歌わずにいられなかったんでしょ。そうするしかなかったんでしょ」いまいる場所から、押しつぶされた芝生が見えた。この特等席からだと印象がちがっていて、もっと大きく見えるし、ほぼ完璧な円形をなしている。まるで、二人が身体を回転させて大きな円を描いたかのようだ。ありうることかもしれない。髪に芝生の匂いが感じられた。愛は行動だ。勝手に押しかけてくる。選択の余地はない。

しかし、セサルは彼女に視線を戻そうとしなかった。彼女のいる場所からだと、すこし身体を伸ばせば塀の向こうが見えそうだった。だが、やめておいた。

「あんたを連れ戻してって、ロクサーヌ・コスに頼まれたの」カルメンは言った。「それは真実にとても近かった。「あんたの歌のことで話がしたいんだって。すばらしいって思ったそうよ」彼がすばらしい才能を持っていて、ロクサーヌもそれを彼に告げるに決まっているとわかっていたから、カルメンはそう言えたのだった。英語はまるきり理解できなかったから、リビングでの会話の意味がつかめるはずもなかったが、じっさいに使われた単語の意味を完全には理解できなくとも内容だけは推測するコツを、彼女は身につけていた。

「おまえがそんなこと知ってるわけないだろ」

「知ってるわよ。通訳がそばにいたから」

「あの人、〝やめなさい〟って言ったんだぜ。〝もう充分よ〟って言ったんだぜ。あの人の言った意味ぐらい、おれにもわかったさ」一羽の小鳥が木のそばを飛び、枝に留まろうとしたが、ふたたび飛んでいった。

「ロクサーヌはあんたと話がしたかったのよ。でも、スペイン語ができないの。ゲンに助けてもらわなきゃ。おたがいの話を理解するにはゲンに頼るしかないのよ」

セサルは鼻をぐすんといわせて、袖口で涙を拭いた。これが完璧な世界だったら、この木にすわっているのはカルメンではなかっただろう。ロクサーヌ・コス自身が彼を追ってかけてきただろう。二人で一緒に歌うだろう。それをあらわす言葉は〝デュエット〟だ。ここまでのぼってきただろう。彼の頬に触れて、非の打ちどころのないスペイン語で話し
二人で世界じゅうをまわることになるだろう。

「ねえ、あんたはリスじゃないのよ」カルメンは言った。「永遠にここにすわってるわけにはいかないわ。見張りの番がまわってきたら、下におりなきゃいけない。そのときに、ロクサーヌが通訳を通じて、自分であんたに話をするはずよ。あんたのこと、きっとすごく褒めてくれるわ。そしたら、あんた、こんなとこですねてたのが恥ずかしくなるわよ。みんながあんたに喝采を送りたがってるのに。せっかくのチャンスを逃すことになるわ」

セサルはざらざらの樹皮に手をすべらせた。カルメンがこんなにしゃべったことはこれまで一度もなかった。一緒に訓練を受けていたころは、内気でほとんど口をきかず、それが彼女の大きな魅力のひとつだった。彼女が文章を二つつなぎあわせるのを、彼は一度も聞いたことがなかった。「なんでそんなこと知ってんだよ」

「言ってたでしょ。通訳してもらったの」

「じゃ、そいつがほんとのこと言ってるって、どうしてわかるんだよ」

カルメンは頭のおかしな人間を見るような目で彼を見たが、何も答えなかった。下のほうの枝に手を伸ばして、それをつかみ、ぶら下がってから、両手をひらいて地面に飛びおりた。飛びおりるのは大の得意だった。膝のバネをやわらかく使って、足が芝生に触れる

と同時に身体を起こす。バランスを失うことはまったくない。カルメンは一度もふりむくことなくセサルのもとから歩き去った。あんなやつ、木の上で腐ってしまえばいいんだ。屋敷に戻る途中、窓のそばを通りすぎ、そこから広いリビングをのぞくことができた。外から室内の光景を目にするのはなんと奇妙なことだろう。しばらく足を止めて、茂みのそばにたたずんだ。初めてここに来たころはみごとに剪定されていたが、いまはもう伸び放題で、彼女と同じぐらいの丈になっている。ピアノのそばに立ってロクサーヌ・コスとホソカワ氏に話しかけているゲンの姿が見えた。カトウもいる。まっすぐ伸びたゲンの背中と、やわらかな唇が、そして、カルメンの服を脱がせて、あとからまたその服で彼女をきれいに包みこんでくれた手が見えた。窓ガラスを叩いて彼に手をふりたくなったが、愛する人をこっそり見つめていられるというのは奇跡的なことで、まるで、部外者の自分がみんなの姿を初めて見たときに戻ったような気がした。いかなることもゆるがせにしない者の目で、彼の美しさを見ることができた。あの美しい男を見て。あの光り輝く男を。わたしは彼に愛されてるのよ。カルメンはリマの聖ローザに祈った。ゲンの安全を。幸福と長寿を。あの人を見守って、導いてください。窓のなかを見た。ゲンはいま、ロクサーヌに話しかけていた。とても親切にしてくれたロクサーヌ。そこで、祈りのなかに彼女も含めることにした。一分ほど頭を垂れ、すばやく十字を切って、聖ローザのもとに早く祈りが届くよう念じた。

「やめなさいって言ったのがいけなかったんだわ」ロクサーヌは言った。ゲンがそれを日本語に通訳した。

「少年はどこへも行くところがない」ホソカワ氏が言った。「帰ってくるしかない。心配しなくても大丈夫だよ」日本にいたときの彼は、若い男女が人前で手を握り、地下鉄の車内で別れのキスをするという、いまの時代の愛情表現に、しばしば不快感を覚えたものだった。こうしたやり方は彼にはまったく理解できなかった。男が胸に抱く想いはプライベートな問題だから、自分のなかにしまっておくべきだと信じてきたが、あふれるほどの愛を抱いたことはこれまで一度もなかった。これだけの愛をしまっておくにはスペースが足りないため、胸のなかに痛みが残った。胸の痛み！　そんなものが本当に存在するなんて誰が思っただろう。いまの彼が望んでいるのは、ロクサーヌの手を握るか、彼女の肩に腕をまわすかすることだけだった。

ロクサーヌ・コスが彼に身を寄せて、ほんの一秒ほど、彼の肩のほうへ頭を下げた。その瞬間、彼女の頰が彼のワイシャツに軽く触れた。

「ああ」ホソカワ氏が低くつぶやいた。「きみはわたしにとって世界のすべてだ」

ゲンは彼を見た。雇い主がつぶやいたやさしい言葉、これも通訳すべきだろうか。ホソカワ氏がロクサーヌの片手をとった。自分の胸に持っていき、ワイシャツの、心臓がある場所にその手を置いた。うなずいた。ゲンに向かってうなずいているのだろうか。通訳するよう命じているのだろうか。それとも、ロクサーヌに向かってうなずいているのだろうか。ゲンはひどく居心地が悪くなった。目をそらしたかった。これはプライベートな問題だ。それが意味することを彼も悟った。

「世界のすべてだ」ホソカワ氏はふたたび言ったが、今度はゲンを見た。「聞いてください。そこで、ゲンは彼女に伝えた。やわらかな声を出そうと努力した。「ホソカワ氏はあなたが世界のすべてであることを、あなたに知ってもらいたがっています」ロシア人に頼まれて、これとよく似た言葉を彼女に伝えたことを、ゲンは思いだした。ロクサーヌが一度もゲンに目を向けなかったのは、さすがというべきだった。ホソカワ氏の目だけをじっと見つめて、彼からじかに言葉を聞いていた。

カルメンが戻ってきた。ひどくあわてていたので、セサルのせいだと誰もが思ったが、じつはセサルのことなどほとんど忘れていた。ゲンのところへ行きたくてたまらなかったが、まず、ベンハミン指揮官に報告に行った。「セサルは木にのぼっています」と言った。さらに先を続けようとしたが、そこではっと気づいた。待つほうがつねに賢明だ。

「木の上で何をしている?」指揮官が彼女に尋ねた。少女がずいぶんきれいになってきたことに気づかざるをえなかった。前からこんなにきれいだったら、組織には入れなかっただろう。髪を帽子の下に隠しておくよう忠告しなくては。故郷に戻ったらすぐに、組織を離れるよう命じなくては。

「すねてます」

「理解できんな」

「照れくさいんでしょう」

美少女に彼のあとを追わせたのはまちがいだったかもしれない。少年の誰かをやって、セサルが落ちてくるまで木を揺すらせるべきだった。ベンハミン指揮官はためいきをついた。セサルの歌に感動していた。ソプラノ歌手が神経質であるように、少年もその才能ゆえに神経質になっていくのだろうか。だとすると、セサルも組織から追いださなくてはならない。兵士を二人も失うことになる。そう考えているうちに、自分がいまどこにいるかを思いだし、故郷に帰るのも、誰かを組織から追いだすか否かの単純な選択をするのも、不可能だと気がついた。なぜこんな問題で時間を浪費しなくてはならないのだ。木にのぼったセサルのことで。それがなんだというんだ。「放っておけ」ベンハミン指揮官はカルメンの頭越しに部屋の向こうを見た。話はこれで終わりだという彼独特の合図だった。

「ミス・コスに話してもいいですか」

指揮官は彼女に視線を戻して、まばたきした。カルメンは従順で行儀のいい子だ。物事がいいほうへ進まなかったのが残念だ。だが、革命が起きたときには、美少女の担当すべき役割というものがある。ここで彼女にきびしくしても意味がない。「向こうも知りたがってるだろう」

カルメンはうれしさと感謝に包まれて、彼にお辞儀をした。

彼はぴしっと言った。「敬礼!」

カルメンはいかなる兵士にも負けない真剣な顔で敬礼をして、それから、すべるような足どりでそこを離れた。

「セサルは木にのぼってます」カルメンは言った。いまはホソカワ氏とカトウ氏のあいだに立っていた。彼女の向かいにゲンがいた。その場所なら、みんなの前で彼のワイシャツにしがみつきたい誘惑に負けてしまう心配もない。通訳しているときの彼の声の響きに、彼女はうっとりした。

「戻ってこないの?」ロクサーヌが言った。青い目が紫の色合いを帯びていた。こんなに疲れた顔の彼女をカルメンが目にするのは、最初のときをべつにすれば、これが初めてだった。

「いえ、戻ってきます。照れくさいだけなんです。バカなことをしたと思ってます。歌おうとするなんてバカな子だと、あなたに思われてるって、思いこんでるんです」カルメンは自分の友達であるロクサーヌを見た。「あなたはそんなこと思ってもいないって、セサルに言っておきました」

ゲンがその言葉を英語と日本語にした。二人の男とロクサーヌ・コスはうなずいていた。

カルメンの言葉が日本語に通訳された。とてもきれいな響きだった。

「わたしが外へ出てもいいかどうか、指揮官に訊いてくれる？」ロクサーヌがカルメンに言った。「許可してもらえると思う？」

カルメンはじっと聴き入った。仲間に入れてもらえた。指揮官に頼みごとをするにはこの自分が最適だと思ってもらえた。こちらの意見を尋ねてもらえた。財産と教育と才能に恵まれた人々が部屋にたくさんいるなかで、自分が最適だと思ってもらえたことが、カルメンには信じられなかった。このうえなく礼儀正しい声で、ロクサーヌ・コスにこう答えたかった。いいえ、あなたが外に出るのはぜったい無理だと思います。でも、わたしに頼んでくださったのはすごくうれしいです。もっとも、英語でどう言えばいいのか、カルメンにはわからなかった。指揮官たちは彼女の話には興味がないらしく、エクトル指揮官とアルフレード指揮官は一緒に部屋を出ていってしまったし、少年たちはみな無関心だったが、ベアトリスだけはじっと聴き入っていた。カルメンの目の端に彼女の姿が映っていた。ベアトリスを信用したかった。これまでずっと信用してきたのだから。それに、とにかく、いまは悪いことをするつもりではないのだから。「喜んで頼んでみます、とミス・コスに伝えてください」カルメンはゲンに言った。自分の姿勢が気になって、ロクサーヌ・コスのように背筋をしゃんと伸ばそうとした。姿勢を正そうと努力した。もっとも、その成果は、防水シートのごとく身体にかぶさっているダークグリーンのシャツに隠れて、ほとんど表に出なかった。

みんなは英語と日本語で、それから、スペイン語で、彼女に感謝の言葉を述べた。ゲンが彼女を誇らしく思っているのが、彼女にも感じとれた。状況が許せば、ゲンはきっと彼女の肩に手を置いて、友人たちの前でそう言ったことだろう。

ロクサーヌ・コスが外に出て、木にのぼったセサルと話をしたいと言っても、許されるはずはなかった。人質を邸内に閉じこめておくことが最優先事項なのだから。もちろん、この重要な規則をゆうべ破ったばかりのカルメン以上に、そのことを身にしみて知っている者はいなかった。だが、彼女は頼みを拒絶できる立場にはなかった。誰もカルメンの返事を求めはせず、指揮官のところへ行って尋ねるよう、彼女に頼んだだけだった。カルメンの本音を言うなら、できればそんなことはしたくなかった。却下されるに決まっていることを頼んでも無意味ではないか。何かほかのことを尋ねてみようかとも思った。たとえば、いれたてのコーヒーはいりませんかとか。そうすれば、みんなに声を聞かれることなく、頼みごとをしている姿だけを見せることができる。みんなのところに戻って、ことわられたと報告すればいい。しかし、こちらの意見を尊重し、友達として扱ってくれているロクサーヌ・コスとホソカワ氏に嘘はつきたくなかったし、もちろん、ゲンに嘘をつくことはできなかった。頼んでみると約束したのだから、頼むしかない。できれば、一、二時間はあいだを置きたいところだった。ついさっき指揮官たちの邪魔をしたばかりなのに、またしても頼みごとをしに行ったら、いやな顔をされるに決まっている。だが、一、二時間も待つ余裕はなかった。そのあいだに、セサルが木からおりてしまうだろう。カルメン自身もあの木にのぼったことがあるので、気分爽快であると同時にすわり心地が悪いことを知っていた。木の枝にまたがってすねていられる時間にはかぎりがある。重要なのは、ロクサーヌ・コスが彼をなだめて木からおろすチャンスをほしがっているということだ。大好きな人質たちに指揮官の心理を説明しようとしても無駄なだけだし、ロクサーヌ・コスが外に出たがっている理由をベンハミン指揮官に説明しようという気にもなれなかった。指揮官がそんなものに耳を貸すわけがない。いまの自分にできるのは、頼んでみることだけだ。カルメンは微笑して、グループの人々から離れ、ふたたび部屋を横切ると、火のない暖炉のそばのウィングバック・チェアにすわっているベンハミン指揮官のところまで行った。指揮官は新聞を読んでいた。新聞がどういうものなのか、カルメンは知らなかったが、スペイン語で書かれていることだけはわかった。すこしだけ字が読めるようになっていたが、新聞を読むだけの力はまだなかった。指揮官は眉根をよせて、目を細めていた。帯状疱疹が顔の横を走って、火山から流れでた溶岩のごとく目のなかへと続いていたが、いまはもう、そうひどい炎症を起こしているようには見えなかった。指揮官は指をあげて、疱疹にそっとさわり、びくっとしてから新聞に戻った。本来ならば、カルメンはその邪魔をするような軽率な人間ではなかった。

「指揮官」彼女はそっと声をかけた。

さきほど話をしてから五分もたっていないのにと、指揮官はいぶかしげに彼女を見つめた。彼の目は充血し、うるんでいて、左目がとくにひどく、目のまわりにピンの頭ぐらいの水疱がぽつぽつできていた。

カルメンは指揮官のほうから声をかけてくれるのを待ったが、何も言ってもらえなかった。自分から話を切りだすしかなかった。「またお邪魔をして申しわけないんですが、指揮官、ロクサーヌ・コスに頼まれて、お願いしたいことが……」カルメンは言葉を切り、話を中断させられるにちがいない、あっちへ行けと言われるにちがいないと思ったが、指揮官はそうはしなかった。何もしなかった。彼が顔をそむけて新聞に戻っていれば、カルメンも理解できたことだろう。指揮官がこちらに向かってどなりちらせば、カルメンもどう行動すればいいかわかっただろう。だが、ベンハミン指揮官はじっと見つめるだけだった。カルメンは息を吸い、姿勢を正してから、ふたたび話しはじめた。「ロクサーヌ・コスがセサルと話をするために外に出たいと言っています。木にのぼったセサルと。すばらしい歌だったと、彼に言いたいそうです」ふたたび待ってみたが、何も起きなかった。「通訳にも一緒に行ってもらう必要があると思います。ロクサーヌの言うことをセサルに伝えるために。見張りを何人か同行させればいいんです。わたしも銃をとってきます」カルメンは言葉を切り、指揮官が要求を却下するのを忍耐強く待った。それ以外の可能性はありえないと思っていたが、指揮官は何も言わず、しばらくのあいだ目を閉じて、彼女の顔をそれ以上見なくてもすむようにした。カルメンは指揮官が持っている新聞に視線を落とし、ほっそりした胸に寒気が走るのを感じた。指揮官が悪い知らせを受けとったのではないか、自分の幸福を破壊することが新聞に何か書かれているのではないか、と急に怖くなった。

「ベンハミン指揮官」ほかの者に聞かれずにすむよう彼のほうへ身を寄せて、カルメンは言った。「何かあったんですか」彼女の耳にはさんであった髪が垂れて、彼の肩をかすめた。髪はレモンの香りがした。メスネルがイタリアからはるばる届けさせているレモン・シャンプーで、ロクサーヌがカルメンの髪を洗っているからだ。

レモンの香り。彼は街の少年だ。四つ切りのレモンをくわえて学校へ走っていく。ひらいた唇からあざやかなレモンイエローの果皮がのぞく。彼をとりこにする強烈な酸味と澄みきった味。弟のルイスがそばにいて、彼と一緒に走っている。小さな少年。ベンハミンのほうが年上なので、弟の面倒をみてやらなくてはならない。ルイスもレモンをくわえていて、二人で顔を見合わせ、笑いころげる。すでに果皮だけになったレモンが口から飛びださないよう、両手で押さえなくてはならない。レモンの香りが彼を現在にひき戻す。カルメンは何かほかのものをほしがっていた。彼はいまもリビングにいた。不幸な結末になることが、なぜこれまで理解できなかったのだろう。それを理解したのは妙なことではないが、ただ、最初から理解できなかったのが妙だ。マスダ大統領がパーティに出ていないとわかった時点で、兵士たちをまわれ右させて、空調ダクトのなかへまっすぐひきかえすよう命じていればよかったのだ。いまになってそのミスを悟ってもなんにもならない。希望を抱いたことにすべての責任がある。希望は殺人者だ。

「彼女が外に出たがっているのか」ベンハミンは尋ねた。

「はい、指揮官」

「セサルはまだ外にいるのか」

「そう思います」

ベンハミン指揮官はうなずいた。「今日は天気がいい」長いあいだ窓の外を見つめて、彼女に言ったことが真実であることを確認した。「全員を外に出せ。エクトルとアルフレードにもそう伝えろ。兵士を何名か、塀に沿って立たせろ」彼はカルメンを見た。もし何か勘づいていれば、もっとしげしげと見たことだろう。「新鮮な空気を吸う必要がある。そう思わないか。人質にも太陽を浴びさせなくては」

「全員ですか。ミス・コスと通訳だけという意味ですか」

「全員だ」彼は片手をふって部屋全体をさしめした。「全員をここから出すんだ」

こういうわけで、カルメンがゲンを庭へ連れだした翌日に、残りの人質にも外へ出る許可がおりることになった。エクトル指揮官とアルフレード指揮官にそれを伝える係になるのはカルメンにとって気の進まないことだったが、ベンハミン指揮官からじかに命令を受けたので、そうせざるをえなかった。カルメンは指揮官の決定にいまも呆然としたまま、書斎のドアのところに立った。外。二人の指揮官はサッカー観戦の最中だった。ソファの端に腰かけて、膝をぎゅっとつかみ、テレビに向かってわめいていた。目の前のテーブルには、やりかけのカードゲームが放りだされ、二挺のオートマチックがクッションのあいだからのぞいていた。ようやく二人が注意を向けてくれたが、人質を外に出す許可がほしいと頼んだことも、ロクサーヌ・コスが木の上のセサルと話をしたがっていることも、カルメンは話さなかった。ベンハミン指揮官が決定をおこない、その決定を二人に伝えるよう自分が指示されたということだけを話した。言葉数をできるだけ抑えた。

「外だと！」アルフレード指揮官は言った。「狂気の沙汰だ！　外に出た人質をどうやって管理しろというんだ」指が二本欠けている手をふりまわした。この手を見ると、カルメンはいつも気の毒でたまらなくなる。

「何を管理しようというんだ」頭の上で腕を伸ばしながら、エクトル指揮官が言った。「みんな、どこへも逃げられっこないじゃないか」

これは意外だった。いつものエクトルなら、すべての考えに反対するのに。彼が強く反対すれば、ベンハミン指揮官もたぶん決心をひるがえしただろうが、すべての窓から陽が燦々とさしこんでいたし、彼らの周囲にはむっとする臭いがこもりはじめていた。ドアをあけてもいいではないか。毎日が同じことのくりかえしなら、今日そうしてもいいではないか。彼らはリビングへ入っていき、三人の指揮官が兵士を呼び集め、銃を用意して弾丸をこめるよう命じた。ソファに寝そべって何カ月もすごしたあとなのに、少年たちの――ベアトリスとカルメンも含めて――動きはいまも機敏だった。銃に弾丸をこめる理由は知らなかったし、尋ねもしなかった。命令に従っているだけで、そうするうちに、彼らの目はある種の冷酷さを帯びていった。ベンハミン指揮官はこう思わずにいられなかった――いますぐ全員を殺せと命じれば、この連中はやるだろう。わたしが命じたことを実行するだろう。全員を外へ連れていくというのはいい考えだ。兵士たちを働かせることができる。こちらの権威と慈悲心の両方を人質に悟らせることにもなる。屋敷の外へ出るにはいいタイミングだ。

ロクサーヌ・コスはホソカワ氏の腕にすがっていたが、ゲンは一人残されて、ライフルを胸に構えた恋人がほかの兵士たちと部屋を走っていく姿を見守っていた。

「理解できない」ホソカワ氏が小声で言った。横でロクサーヌが震えているのを感じて、彼女の手を自分の両手で包みこんだ。スイッチがパチッと入って、自分の知っている人々が急に見たこともない人間に変身してしまったような、そんな感じがした。「何があったの？」「なんて言ってるかわかる？」ロクサーヌがゲンにささやきかけた。

もちろん、ゲンには彼らの言っていることが理解できた。大声でどなっているのだから。銃に弾丸をこめろ。隊列を組め。だが、ロクサーヌにそれを告げても意味がない。ほかの人質も彼らと一緒に立っていた。大雨の野原に立つ羊のように身体を寄せあっていた。三十九人の男と一人の女。突然の不安が彼らから蒸気のように立ちのぼっていた。

ベンハミン指揮官が進みでた。「通訳《トラドウクトール》！」

前に出ようとする通訳の腕にホソカワ氏が手を置いた。ゲンは自分が勇敢にふるまえるよう願った。カルメンは近くにはいないが、自分の勇気ある姿を見せたいと思った。

「全員を外へ出すことに決めた」ベンハミン指揮官は言った。「いますぐ外へ出るよう、みんなに言ってくれ」

しかし、ゲンは通訳しなかった。それはもはや彼の仕事ではなかった。代わりに「なんのためですか」と尋ねた。処刑がおこなわれるのなら、羊たちを連れだして塀ぎわにならばせる係にはなりたくない。言われたことを通訳するだけでは充分ではない。どうしても真実を知らねばならない。

「なんのためだと？」ベンハミン指揮官は言った。ゲンに近づいた。距離が接近したため、縫い糸の半分ぐらいの太さの赤い筋が顔を縦横に走っているのが見えた。「ロクサーヌ・コスが外に出たがっているそうだ」

「それで、全員を出すんですか」

「きみは反対か」ベンハミン指揮官は決心を変えそうになった。この連中にはつねに親切に接してきたのに、こいつら、いまは殺人者を見るような目でこっちを凝視している。

「きみらを外へ連れだして、片っ端から射殺するとでも思ってるのか」

「銃が——」ゲンは誤解していたのだった。ようやくそれがわかった。

「身を守るためだ」指揮官はそう言うと、ぎりっと歯を噛みあわせた。

ゲンは彼から顔をそむけて、自分の仲間のような気がしている人々のほうを向いた。ゲンの声を聞いて彼らの表情がやわらぐのを見つめた。「外に出てください」ゲンは英語、日本語、ロシア語、イタリア語、フランス語で言った。「外に出てください」スペイン語とデンマーク語で言った。たった九文字の言葉だったが、どの言語のときも、射殺される心配はない、これは罠ではないというニュアンスを伝えることができた。人々は笑い、ためいきをついて、おたがいから離れた。神父は祈りが聞き届けられたことに感謝して、すばやく十字を切った。イシュマエルが玄関ドアをあけにいき、人質がぞろぞろ列を作って陽ざしあふれる戸外に出た。

まばゆいばかりの陽ざしだった。

副大統領のルーベン・イグレシアスは、生き延びて足の裏に芝生の感触を味わうことは二度とないだろうと覚悟していたので、泥板岩を使った小道からそれて、わが家の贅沢な庭に出ていった。リビングの窓から毎日見ていた庭だが、自分でこうして庭に出てみると、新しい世界に来たような気がした。夕方ここの芝生のまわりを散歩したことが、これまでにあっただろうか。塀に沿って続く木々や、奇跡のような花を咲かせている茂みを、心に留めたことがあっただろうか。これはなんという花だろう。濃い紫の花が咲き乱れているなかへ鼻をつっこんで、息を吸った。ああ、生きてここから出られたら、庭の手入れに精を出すことにしよう。庭師として働くのもいいかもしれない。若葉はあざやかな緑色を帯び、ビロードのような手ざわりだった。葉を傷つけないよう注意しながら、親指と人差し指にはさんでなでた。暗くなってから帰宅することがあまりにも多すぎた。彼が目にした庭の植物は影とシルエットばかりだった。やりなおすチャンスがあるなら、朝のコーヒーは外で飲むことにしよう。昼になったら帰ってきて、木陰に広げた敷物の上で妻とランチをとろう。二人の娘は学校へ行っているだろうが、息子を膝に抱いて、小鳥の名前を教えるとしよう。よくもまあ、こんなきれいな屋敷で暮らせるようになったものだ。芝生をかき分けて屋敷の西側にまわると、そのあたりの芝生は伸び放題で、刈るのはさぞ大変だろうと思われた。彼自身はこのほうが好きだった。芝生を刈るのは今後いっさいやめにしてもいいかもしれない。高さ十フィートの塀に囲まれているのだから、庭をどう使おうとこっちの勝手だ。芝生におおわれたくぼみが塀ぎわにできていて、ほっそりした三本の木が半円形をなしている場所で、夜が更けてから妻と愛をかわすのもいいかもしれない。子供たちがベッドに入り、使用人が眠りについたあとで、二人で庭に出ればいい。誰に見られる心配もない。二人が横たわる地面はベッドに劣らずやわらかい。妻の長い黒髪がほどけて、茂った芝生の上に広がるさまを想像した。これからは、もっといい夫に、もっといい父親になろう。膝をついて、背の高い黄色い百合のあいだに手を伸ばした。花と同じぐらい背が高くて、人の指ぐらいの太い茎を持つ雑草を一本ひっこ抜いた。もう一本。さらにもう一本。緑の茎と根と土で両手がいっぱいになった。やるべきことがどっさりある。

兵士たちは人質をこづくことも、いずれかの方向へ進ませることもしなかった。塀を背にして、一定の距離を置いて立っているだけだった。塀にもたれて太陽を浴びていた。ふだんとちがうことをするのは気分がよかった。ふたたび武装し、銃を持った兵士として整列するだけでも、気分がすっきりした。人質たちは腕を頭上にあげて伸びをした。芝生に寝ころぶ者もいれば、花に見とれる者もいた。ゲンは植物には目を向けずに、兵士たちのほうを見ていた。カルメンを見つけると、彼女はごく小さくうなずいて、ライフルの銃口をセサルがいる木のほうへかすかに向けた。昼間の明るい戸外に出ることができて、みんな、とてもうれしそうだった。カルメンは「わたしのおかげなのよ。わたしが頼んであげたのよ」と言いたかったが、完璧な沈黙を守っていた。口もとがほころぶのを抑えるために、ゲンから目をそむけなくてはならなかった。

ゲンはロクサーヌがホソカワ氏と一緒にいるのを見つけた。手をつないで歩いていて、まるで、どこかよその庭園に二人きりでいるかのようだった。けさの二人はなんとなく雰

囲気がちがっていて、一緒にいてもそう不自然ではない。自分もちがう雰囲気になってい
るのだろうかと、ゲンは思った。二人の邪魔をするのは忍びないが、いつまでこうやって
外にいられるかわからない。

「少年が見つかりました」ゲンは言った。

「少年？」ホソカワ氏が訊いた。

「さっき歌った子です」

「あ、そうか。あの少年ね、わかった」

ゲンは英語でもくりかえし、三人そろって、塀のはずれの近くに生えている木まで歩いていった。

「あの木の上に？」ロクサーヌが言ったが、髪を乱すそよ風や、青々と茂ってからみあった植物に邪魔されて、気持ちを集中することができなかった。太陽が頬をなでるのを感じた。塀にさわりたくなった。芝生を指にからめたくなった。芝生に注意を向けたことなど、生まれてから一度もなかったのに。

「これが彼の木です」

ロクサーヌが頭をうしろへ傾けると、たしかに、枝のなかからぶら下がっている二つのブーツの底が見えた。セサルのシャツと、顎の下側が見えた。「セサル？」

葉のあいだで、顔が下を向いた。

「彼の歌はすばらしいと言ってちょうだい」ロクサーヌはゲンに言った。「わたしが彼にレッスンをつけたがっていると伝えてちょうだい」

「からかってんだろ」上からセサルが叫んだ。

「どうしてみんなが外に出てると思う？」ゲンは言った。「からかってるように見えるかい？　ロクサーヌが外に出てきみと話をしたいと頼んだので、指揮官たちがほかの者も一緒に連れて出ることにしたんだ。重大な決心だと思わないか」

それは真実だった。セサルもすわっている場所からすべてを見ていた。三人の指揮官も、ヒルベルト、ヘスースをのぞく兵士全員も外に出ていた。二人は邸内の警備のために残されたにちがいない。人質はみな、酔っぱらいか視覚障害者のごとく、周囲のものに手を触れたり、匂いを嗅いだり、植物のあいだを縫って進んでいたかと思うと急にしゃがみこんだりして、庭を歩きまわっていた。みんな、この場所を愛していた。塀が叩きこわされたとしても、立ち去りはしないだろう。銃で背中をこづいてさっさと出ていくよう命じたとしても、駆け戻ってくるだろう。「それでみんなが外に出てるのか」セサルは言った。

「あの子、ずっと木の上にいるつもりじゃないでしょうね」ロクサーヌが言った。

呼び戻されて任務につくよう命じられなかったことに、セサル自身も驚いていた。呼ばれれば木からおりていただろう。全員を外に出すという決定による興奮のなかで、自分の存在が忘れられてしまったのだと想像するしかなかった。だが、ロクサーヌ・コスだけは彼のことを忘れていなかった。

「おれのこと、バカだと思ってんじゃないの？」

「あなたからバカだと思われているのではないかと、少年が心配しています」ゲンは言った。

ロクサーヌは子供というわがままな生き物にためいきをついた。「木にのぼったままおりてこないのはバカだと思うけど、歌うのはバカなことじゃないわ」

「木の件はバカだが、歌の件はバカじゃないそうだ」ゲンはセサルに伝えた。「おりてきて、ロクサーヌと話をしてごらん」

「さあね、どうするかな」セサルは言った。だが、心は決まっていた。二人で一緒に歌い、二人の声が天高くのぼっていき、手が握りあわされる光景を、早くも想像していた。

「どうするつもりだい。木の上で暮らすのかい」ゲンが叫んだ。頭をのけぞらせているため、首が痛くなってきた。

「なんでカルメンとおんなじこと言うんだよ」セサルは言った。手をおろして、下のほうの枝をつかんだ。木にのぼってからずいぶん時間がたっていた。片方の脚はこわばり、反対の脚は完全にしびれていた。地面に飛びおりた瞬間、その脚で身体を支えることができなくて、みんなの足もとに倒れ、いままで腰かけていた木の幹に頭をぶつけてしまった。

ロクサーヌ・コスが膝をつき、両手で少年の頭をはさんだ。こめかみの血管が飛びだしそうなのを感じた。「大変、木から墜落させようなんて思ってなかったのに」

ホソカワ氏はセサルの顔をちらっと笑みがよぎるのを見た。少年は一度も目をあけなかったが、笑みは浮かんだと思ったら、すぐまた抑えこまれてしまった。「この子なら心配ないと、彼女に伝えてくれ」ホソカワ氏はゲンに言った。「それから、身体を起こしても大丈夫だと、少年に伝えてくれ」

ゲンがセサルに手を貸して地面にすわらせ、へなへなの人形のように木にもたれさせた。セサルは頭が割れそうに痛かったが、目をあけるのをためらいはしなかった。ロクサーヌ・コスがすぐそばにしゃがんでいて、その距離の近さに、彼女の内部までのぞけそうな気がした。目の青さを見てみるがいい！　遠くからでは想像もつかなかったほど深くて、複雑な色合いだった。ロクサーヌはまだバスローブと白いパジャマのままで、彼の鼻先から十二センチも離れていないため、Vの形になったパジャマの打ち合わせから胸の谷間がのぞいていた。彼女のそばにいつもくっついてるこの日本人のオヤジは誰なんだ。大統領にすごくよく似てる。セサルは彼こそが大統領で、これまでさんざん嘘を吹きこまれてきたが、最初から大統領が自分たちの目の前にいたのではないかと疑っていた。

「よく聴いて」ロクサーヌが言い、それを通訳がスペイン語にした。彼女は五つの音符を歌った。セサルが耳を傾けてそれをくりかえしてくれることを、旋律についてきてくれることを期待した。セサルは彼女の口の奥まで見ることができた。濡れたピンクの洞窟。こんな色っぽいものはどこにもない。

セサルは口をひらいたが、かすれた声しか出なかったので、指先で頭を押さえた。

「大丈夫よ」ロクサーヌが言った。「歌うのはあとにしましょう。おうちでも歌ってたの？　ここに来る前に」

もちろん、ふつうの者が歌うように歌ってきた。ほかの用事をしながら鼻歌を歌ってきた。ときたまラジオがかかっているときに耳にした歌をまねることができたが、それは歌うというよりも、周囲を笑わせるためのものだった。

「歌を学ぶ気はあるかしら。本物の声を持っているかどうかたしかめるために、きびしいレッスンに耐えていく覚悟はできるかしら」

「この人とレッスンするの？」セサルはゲンに訊いた。「二人だけで？」

「ほかの人もそばにいると思うわ」

セサルはゲンの袖をつかんだ。「おれ、恥ずかしがり屋なんだって、この人に言ってよ。二人だけのほうがちゃんと練習できるって」

「英語を覚えて、きみが自分でそう言えばいいじゃないか」ゲンは言った。

「この子は何を望んでるんだね」ホソカワ氏が言った。彼らのそばに立って、ロクサーヌの目を陽ざしから守ろうとしていた。

「不可能なことを」ゲンは答えた。それから、少年にスペイン語で言った。「イエスかノーで答えてくれ。彼女に歌を教えてもらいたい？」

「当然だろ」セサルは言った。

「今日の午後から始めましょう」ロクサーヌが言った。「まず、音階練習から」セサルの手をとって軽く叩いた。少年はふたたび真っ青になり、目を閉じた。

「休ませたほうがいい」ホソカワ氏が言った。「眠りたがっている」


ロタール・ファルケンはてのひらを塀にあてて、脚のストレッチをやっていた。片方のかかとを地面に押しつけ、つぎに反対のかかとを押しつける。身体を曲げて爪先に手をつけ、腰を左右にまわし、脚の筋肉が温まってほぐれたのを感じたところで、はだしのまま芝生のなかを走りはじめた。少年たちはとたんに警戒態勢をとり、身を乗りだして、彼のいる方向へおずおずとライフルを向けたが、ロタールは走りつづけた。街なかにある芝生の庭としては、ずいぶん大きいほうだが、陸上のトラックに比べるとまだまだ小さいため、人々の視界から姿を消しても、数分後には頭を高くあげ、腕を胸の横でふりながら、ふたたび戻ってきた。ロタールは長い優美な脚を持つほっそりした男で、ソファに横になっていたあいだは誰も気づかなかったかもしれないが、こうして太陽を浴びながら、副大統領の屋敷を何周も走りつづけていると、このドイツの製薬会社の副社長がかつて陸上選手だったことが容易に見てとれた。一周ごとに肉体がよみがえり、筋肉と骨がつながり、血液のなかで酸素がうごめくのが感じられた。足をうしろへ高く蹴りあげ、生い茂った芝生のなかへ一歩ごとに足を深くつっこんで、走りつづけた。しばらくすると、スペイン人のマヌエル・フローレスが彼とならんで走りはじめた。最初は負けずについていったが、やがて遅れてしまった。シモン・ティボーも走りはじめ、ロタールにひけをとらないところを見せた。ヴィクトル・フョードロフは煙草を友達のエゴールに手渡して、二周だけ一緒に走った。こんなさわやかな日には、走るのがぴったりのように思われた。フョードロフは心臓を胸郭にドクドク打ちつけながら、走りはじめたときと同じ場所に倒れこんだ。

ほかの連中が走っているあいだ、ルーベン・イグレシアスはいくつもある花壇のひとつの草とりをしていた。すべきことが山のようにあるなかで、ほんの小さな一歩にすぎなかったが、とりあえずは始めるしかなかった。オスカル・メンドーサと若き神父が膝をついて彼の手伝いをしていた。

「イシュマエル」副大統領はお気に入りの少年に声をかけた。「どうしてそんなところで壁にもたれてるんだ。こっちにきて手伝ってくれ。ご自慢のそのライフル、土を掘りかえすのに使えそうだ」

「子供をいじめるんじゃない」オスカル・メンドーサが言った。「その子はおれの唯一のお気に入りなんだからな」

「行けっこないって知ってるくせに」ライフルを反対の肩に移しながら、イシュマエルは言った。

「いや、来る気があれば来られる」ルーベンは言った。「きみは手を汚すのがいやなだけさ。チェスをやるときのために、きれいな手でいたいんだ。働くのがいやなんだ」ルーベンは少年に笑いかけた。来てくれればいいのにと、心から思った。どの植物が雑草かを少年に教えてやりたかった。イシュマエルが実の息子なら、二人目の息子ならいいのにと思っている自分に気がついた。どちらも小柄なほうだから、二人が実の親子だと言えば、周囲の人々は信じるだろう。小さな少年をもう一人迎えるぐらいのスペースも充分にある。

「働くよ」イシュマエルは言った。

「おれはこの子をずっと見てきた」手をこすって土を落としながら、オスカル・メンドーサが言った。「ほかの子よりよく働いてる。あまり目立ってないかもしれんが、雄牛のように力持ちだし、頭もいい。チェスの勝負に勝つには頭がよくなきゃな」大男は塀のほうへ、少年のほうへ身を乗りだした。「イシュマエル、働く気があるのなら、おれが仕事をやろう。このゴタゴタが片づいたら、おれのとこに来て働いてくれ」

イシュマエルはからかわれるのに慣れていた。兄たちから残酷なからかいを受けてきた。ほかの兵士たちにもさんざんからかわれてきた。一度など、バケツと呼ばれて、両脚を縛られ、頭のてっぺんが冷たい水のなかに沈むまで井戸のなかに逆さまにぶら下げられたこともあった。副大統領にからかわれるのは好きだった。特別な者として選ばれたような気分になれるからだ。だが、オスカル・メンドーサについてはよくわからなかった。冗談で言っているのかどうか、表情からは判断できなかった。

「仕事がほしいかい」オスカルが言った。

「この子に仕事は必要ない」足をふんばって雑草を抜こうとしながら、ルーベンが言った。

チャンスだと思った。オスカルがきっかけを与えてくれた。「わたしのところで暮らすんだから。必要なものはなんでも与えてやる」

オスカルは自分の友達を見つめ、おたがいに相手が真剣であることを知った。「誰だって仕事が必要なんだぞ。あんたのとこで暮らして、うちで働く。それがいいと思わないか、イシュマエル」

イシュマエルは脚のあいだに銃を置いて、二人を見た。この屋敷で暮らす？　ずっとここにいられる？　仕事をして自分で金を稼ぐ？　笑って、からかうのはよしてくれと二人に言うべきだと、彼にはわかっていた。自分から茶化してしまったほうがいい。やだよ、こんなとこで暮らしてんのを見られるなんてぜったいやだ。人にからかわれたときは、そうするしかない。こっちから相手を笑ってやるのだ。だが、イシュマエルにはできなかった。二人が本音で話しているのだと信じたくてたまらなかった。「うん」彼に言えたのはそれだけだった。

オスカル・メンドーサが汚れた手をルーベン・イグレシアスにさしだし、二人で握手をした。「きみのために握手してるんだぞ」ルーベンが言った。内心の喜びがその声ににじんでいた。「これで決まりだ」息子がもう一人できた。正式に養子縁組をしよう。それがすめば、この子はイシュマエル・イグレシアスになる。

黙って見ていた神父がかかとをついてしゃがみ、汚れた両手を腿にのせた。冷たい衝撃が心臓を貫くのを感じた。イシュマエルにそんな話をするなんてまちがっている。みんな、いまの状況を忘れてしまっている。事件を解決するには、すべてを現状のままに保っておく必要がある。未来のことを話せばそれが現実になるかのような口調で人が未来を語るのを、やめさせなくてはならない。

「ここにいるアルゲダス神父が教理問答を教えてくれるだろう。いいですよね、神父さま。きみはいずれこの屋敷に戻ってきて、神父さまの教えを受けて、それからみんなで昼食をとるんだ」ルーベンは自分の話に酔いしれていた。妻に電話をして、この知らせを伝えたいと思った。メスネルに頼んで、彼から妻に電話してもらおう。この少年に会えば、妻も夢中になるだろう。

「いいですとも」神父の声は弱々しかったが、そのことには誰一人気づいていなかった。

## 10

　ホソカワ氏は闇のなかでも自分の進む道を見つけられるようになっていた。目を凝らしてあたりを見ようとする代わりに、目を閉じておく夜もあった。一人一人の見張りに関して、どこをまわるのか、いつ眠るのかといった、スケジュールや習慣を呑みこんでいた。誰が床で寝ているのかも、そこを慎重にまたぐ方法も、心得ていた。指先で壁の角を探り、ぎーっと鳴る床板を避け、葉がひらりと落ちるときのように静かにドアのノブをまわすことができた。屋敷のなかを動きまわる名人になってきたので、めざす目的地がなかったとしても、起きあがって脚を伸ばし、それができるというだけの理由で、あちこちの部屋をまわってみたい誘惑に駆られていたかもしれない。その気になれば逃げだせるかもしれないとまで思った。夜になってから玄関前の小道を歩いて門まで行き、そのまま出ていけばいい。だが、その気はなかった。

　ホソカワ氏が身につけたことは、すべてカルメンから学んだもので、カルメンは通訳を介さないで彼に教えてくれた。完璧なひそやかさを保つコツを人に教えるときには、言葉は必要ない。ホソカワ氏が必死に覚えようとするすべてを、カルメンは二日にわたって教えてくれた。ホソカワ氏はいまもノートを持ち歩いていて、毎朝、自分のリストに新しい単語を十個ずつ加えていたが、暗記という潮流のなかであがいていた。だが、ひそやかに行動することにかけては才能があった。カルメンの目に浮かぶ承認の色と、その指が彼の手の甲に軽く触れる感触から、ホソカワ氏はそれを知った。みんなの見ている前で屋敷のなかを動きまわる方法を、カルメンが彼に教えたが、二人が歩きまわっても誰一人気づかなかった。透明人間になるコツをカルメンが教えていたからだ。それは謙虚さを学ぶことであり、こちらが何者なのか、どこへ行こうとしているのかを、人が気にかけてくれるなどという考えを捨て去ることであった。ホソカワ氏がカルメンの才能に気づいたのは、彼女から教えを受けはじめたあとのことだった。なにしろ、人前で目立たないというのが彼女の才能だったのだから。落ちつきのない男たちがあふれている屋敷で暮らす美しい少女にとって、それはどんなに大変なことだったろう。だが、ホソカワ氏の見たところ、彼女が人の注意を惹くことはほとんどなかった。最初は少年のふりをしていたし、さらに印象的なことに、美しい少女であることがばれてからは、完全に忘れ去られた存在へと自分を作り替えていた。人目につかないように部屋を歩くときは、周囲の空気をそよがせることもほとんどなかった。こそこそ歩くわけではなかった。ピアノの陰へ、それから椅子の陰へと突進するわけでもなかった。人に何も尋ねず、頭をしゃんとあげ、足音を立てないようにして、部屋の真ん中を歩いていくだけだ。じつをいうと、屋敷のなかで初めて顔を合わせた日から、カルメンはこれをホソカワ氏に教えていたのだが、彼はいまようやくそれを理解しはじめていた。

カルメンはホソカワ氏を毎晩二階まで案内するつもりでいた。ゲンにそう告げた。しかし、ホソカワ氏が一人で行けるようになるほうがいいという結論になった。人の動きをぎごちないものにする最大の原因は恐怖なので、恐怖を克服する方法をカルメンが氏に教えることになった。

「すばらしい少女だ」ホソカワ氏はゲンに言った。

「そのようですね」ゲンは答えた。

ホソカワ氏は伯父のようにやさしい笑みをかすかに浮かべて、ほかに言うべきことはないようなふりをした。それもまた一部なのだ。私生活というものの。ホソカワ氏にもいまや、私生活があった。彼は昔から自分のことを、私生活を重んじるタイプだと思ってきたが、いまになって、かつての自分の人生には私生活のかけらもなかったことを知った。かつては秘密などなかったが、いまは秘密を持っている、という意味ではない。自分ともう一人の人間だけに関係したことであり、それは完全に二人きりの問題なので、他人に話そうとしてもなんの意味もないということなのだ。はたして誰もが私生活を持っているのだろうかと、氏は疑問に思った。自分の妻に私生活はあっただろうか。もしかすると、自分は孤独のなかで長い年月をすごしてきて、完璧な世界が存在するのにそれを口にする者は誰もいないということを、知らずにいたのかもしれない。

人質生活に入って以来、ホソカワ氏はいつも朝まで眠っていたが、いまでは、いったん眠りについたあとで、時計の助けを借りなくても漆黒の闇のなかで目をさますことができるようになっていた。目をさましたときに、そばにゲンの姿がないことがしばしばあった。やがて、ホソカワ氏は立ちあがって歩きだす。とてもくつろいだ様子だし、怪しいそぶりなどどこにもないので、誰かがふと目をさましてその姿を見たとしても、おそらく、水を飲みにいくのだとしか思わないだろう。ホソカワ氏は周囲で寝ている同国人の身体をまたいで、キッチンの奥にある裏階段に向かった。一度、食器室のドアの下から光が洩れているのを目にし、ささやき声を聞いたように思ったが、なんだろうと立ち止まってのぞくことはしなかった。興味が湧かなかった。それも透明人間になることの一部だった。裏階段をすべるようにのぼっていった。こんなにくつろいだ気分になったのは生まれて初めてだ。こんなに生き生きした気分で亡霊のまねをするなんて、前代未聞のことだと思った。この階段を永遠にのぼっていけたら、きっとすてきだろう。愛する女に会いにいく恋人のままでいられるのだから。いまの彼は幸福で、階段を一歩のぼるたびにさらに幸福になっていった。時間を止めることができればいいのにと思った。ホソカワ氏は恋に酔いしれていたが、真実だとわかっているものを完全にふり払うことができずにいた。二人が毎晩会えるのは奇跡のようなもので、それを奇跡たらしめている理由はいくつもあるが、なかでも重要なのは、こうした日々がいずれかの時点で終わりを迎え、二人の恋も終わるということだ。幻想を抱くのはやめようとした。できることなら妻と離婚し、ロクサーヌという女を追って世界じゅうの街をまわり、あらゆるオペラ劇場の最前列にすわりたかった。彼女のためならすべてを捨てて、大喜びでそうしたことだろう。だが、いまが特別なときで、昔の暮らしが戻ってくればすべてが変わってしまうことを、彼は理解していた。

彼がロクサーヌの部屋のドアをあけるとき、涙ぐんでしまうことがよくあって、そんなときは暗闇に感謝した。何かまずいことが起きたのだと彼女に誤解されては大変だ。ロクサーヌが近づいてきて、涙に濡れた彼の顔をレモンの香りのする豊かな髪に抱き寄せた。彼は恋をしていた。人にこんなやさしさを感じたのは初めてのことだった。こんなにやさしくされたのも初めてだった。私生活とは永遠に続くものではないのかもしれない。誰もがほんのいっときそれを手にするだけで、あとはその思い出を抱いて残りの生涯をすごすのかもしれない。

食器室のなかでは、カルメンとゲンがある決心をした。二時間しっかり勉強して、そのあとで愛をかわす。スペイン語の読み書きを習うことについては、カルメンはいまだにとても真剣だった。これまでの進歩を見てみるがいい！　たどたどしいながらも、ゲンの助けを借りることなくパラグラフをまるまるひとつ朗読できるようになった。英語の勉強にも夢中になっている。十個の動詞の活用を完璧に言えるし、すくなくとも百個の名詞と、それ以外の品詞を覚えている。彼女はまた、日本語も習いたいと思っていた。そうすれば、今回のことが片づいて、夜二人でベッドに入ったときに、ゲンの母国語で彼に話しかけることができる。せっかくここまで来たのに、恋に落ちたためにすべてを捨ててしまうのでは、なんにもならない。恋とはまさにそういうものではないだろうか。相手のために最良のものを望み、自分たちがやっているように、おたがいに助けあうためのものではないだろうか。うん、これまでやってきたように、二時間は勉強することにしよう。そのあとは、そう、二人だけの時間にして、なんでも好きなことをすればいい。カルメンはキッチンから茹で卵用の砂時計をとってきた。二人で勉強にとりかかった。

まずスペイン語から。カルメンは副大統領の娘のクロゼットに押しこんであった教科書の入っているカバンと、走りまわる子犬の絵が表紙についている薄いノートと、罫線と点線をひいて字の練習ができるようになっているすこし分厚いノートを見つけだした。副大統領の娘は五ページしか使っていなかった。アルファベットと数字を書いていた。愛らしい丸みを帯びた字で、イメルダ・イグレシアスという自分の名前を何回も書いていた。カルメンはその下に自分の名前を書いた。ゲンに教わった単語を書いた。ペスカード、カルセティン、ソパ。魚、ソックス、スープ。ゲンが望んでいるのは彼女の首筋に唇を押しあてることだけだった。だが、授業を中断してはならない。カルメンはノートの上に身をかがめて、副大統領の八歳になる娘と同じようにきれいな字を書こうとがんばっていた。二本の太い三つ編みがノートに垂れた。カルメンはそれを無視して、集中するあまり、無意識に下唇を嚙んでいた。ゲンは強烈な恋心ゆえに死んでしまうこともありうるだろうかと考えた。この狭い食器室で彼の鼻をくすぐるのは、カルメンの匂いだけだった。レモンの匂い、太陽にさらされた埃っぽい野戦服の匂い、カルメンの肌のもっとやさしくて、もっと複雑な匂い。彼女の首に三十秒だけキスしたい。無理な注文ではない。彼女が文字を書きつづけていても気にしない。そっとキスすれば、彼女が鉛筆を紙から離す必要もない。

カルメンが顔をあげると、ゲンの顔がすぐそばにあったので、彼の言った単語が思いだせなくなってしまった。彼がもう一度言ってくれたとしても、どうやって綴ればいいのか、直線をどうやって曲げて文字を作りだせばいいのか、途方に暮れてしまったことだろう。カルメンに必要なのはキスだけだった。頭をすっきりさせるために一度だけキスをすれば、ふたたび勉強する気になって、字の練習に戻れる。いまは唾を呑みこむことも、まばたきすることもできなかった。一度だけキスすれば、朝までずっと勉強できるのにと思った。たった一度のキスで落第生になるわけではない。とにかく、いまの彼女は文字のことなどどうでもよかった。頭のなかにあるのは芝生のことだけだった。芝生と木々と暗い夜空、彼が初めてシャツを頭から脱がせてくれて、膝をついて、お腹と乳房にキスしてくれたときの、ジャスミンの香り。

「パステル」落ちつかない声でゲンが言った。

もしかすると、カルメンは当人には理解できない形で訓練されていて——たとえば警察犬のように——〝ゲーキ《パステル》〟が彼女を行動へ駆り立てるキーワードとして定められていたのかもしれない。なぜなら、彼がそう言ったとたん、カルメンが彼におおいかぶさり、ノートと鉛筆が床をすべって散らばったからだ。カルメンはゲンと唇を重ねて、むさぼるようなキスをかわし、舌をからめたまま、スープ皿がしまってある低い戸棚にもたれた。一人がもう一人の腕にすっぽり包みこまれた。

その夜、二人は勉強には戻らなかった。

そこで、翌晩、つぎのような取り決めがなされた。抱きあう前に一時間だけ勉強する。二人とも真剣にそれを守ろうとした。だが、現実には、その計画は前の夜より三分早く破綻してしまった。二人は理性をなくし、飢えに苦しみ、無謀につき進んで、すべての行為をもう一度くりかえした。

勉強時間を実験的にさらに短くしてみたが、毎回失敗に終わり、とうとうゲンがつぎのような案を出してきた。背後のドアをしっかりしめたら、すぐさま愛しあい、そのあとで勉強する。この計画は前のよりもずっとうまくいった。ときには、カルメンがゲンの胸にもたれて丸くなり、ゲンがカルメンの腕のなかに包まれて、二人でしばらくうとうとすることもあった。戦場で撃たれた兵士のごとく、倒れた場所にそのまま横たわるのだった。ときには、行為を終えたとたん、それを忘れてしまい、もう一度愛しあわずにいられなくなることもあったが、たいていは、比較的まじめに勉強を進めることができた。空が白みはじめる前におやすみのキスをして、カルメンはロクサーヌの部屋の前で寝るために廊下に戻り、ゲンはホソカワ氏が寝ているソファのそばの床へ戻っていく。ときどき、階段をおりてくるホソカワ氏のかすかな気配を二人が感じとることもあった。たまに、カルメンは廊下で彼とすれちがった。

ほかの者は勘づいていたのだろうか。たぶん。だが、口に出して言うはずはない。みんなが怪しんでいたのはロクサーヌ・コスとホソカワ氏のことだけだった。なにしろ、この二人はためらいもなく手をつなぎ、昼間でも軽いキスをかわしていたのだから。ゲンとカルメンになんとなく疑いを持つ者がいたとしても、おそらく、最初のカップルの密会に手を貸したぐらいにしか思わなかったことだろう。ロクサーヌ・コスとホソカワ氏は、周囲から見ていかに信じられない組み合わせであっても、同じ種族に、すなわち人質という種族に属していた。多くの者が彼女に恋をしていたので、彼女がその一人と恋に落ちるのはごく当然のこととして受け止められた。だが、ゲンとカルメンの場合は事情がちがう。指揮官たちがゲンの通訳とすぐれた事務能力を頼りにしていても、彼のことをきわめて聡明で感じのいい若者だと思っていても、彼が何者かを忘れたことはけっしてなかった。また、つねに伏し目がちにして、人にまっすぐ銃口を向けるのをためらうカルメンを、人質たちがいくら好もしく思っていても、指揮官から命令があれば、カルメンはすぐさま彼らのもとへ行って整列するのだ。

このところ、恋をしている者だけでなく、人質すべてにとって、暮らしが改善されていた。いったん玄関ドアがひらかれると、以後はひらかれるのが通例になった。毎日、みんなが外に出て、熱い太陽の下に立つようになった。ロタール・ファルケンがランニングをやろうと言って、ほかの男たちを誘った。みんなのトレーニングを指導し、そのあと、みんなで屋敷のまわりを何周もするようになった。兵士たちは地下室で見つけたボールを使ってサッカーをやり、日によっては、テロリストと人質に分かれてじっさいに試合をすることもあった。もっとも、テロリストのほうがはるかに若いし、訓練で鍛えられているので、勝つのはほとんど彼らのほうだった。

メスネルがやってくるときも、みんなが庭にいることが多くなった。神父が土いじりから顔をあげて、手をふった。

「外の世界はどんな様子ですか」アルゲダス神父は彼に尋ねた。

「いらだっています」メスネルは答えた。彼のスペイン語はかなり上達していたが、それでも、ゲンはどこかと尋ねた。

アルゲダス神父は木陰で大の字になって寝ている人影を指さした。「昼寝中です。みんなから酷使されて気の毒ですよ。あなたもね。あなたもずいぶんと酷使されている。こう申しあげてはなんですが、疲れた顔をしていらっしゃる」

最初のころはみんなに安心感を与えるのに役立っていた冷静さを、最近になってメスネルが失ってきたのは事実だった。みんながここで暮らしはじめてからの四カ月半のあいだに、メスネルは十歳も老けこみ、みんながいまの状況を気にしなくなっているのに対して、メスネルは明らかに気をもんでいた。「ここの陽ざしはわたしには強すぎます」メスネルは言った。「スイスの国民はみな、日陰で暮らすのがふつうだと思っています」

「こっちはひどく暑いですからね」神父は言った。「でも、植物はみごとに生長しますよ。雨も、太陽も、干魃も、その生長を止めることはできません」

「お仕事の邪魔はしないことにしましょう」メスネルは神父の肩を叩き、彼を何度も屋敷から出そうとしたのに神父が耳を貸さなかったことを思いだした。アルゲダス神父も最後には、ここに残ったことを後悔するようになるのだろうか。いや、それはたぶんないだろう。メスネルとちがって、後悔する性格ではなさそうだ。

いまやグラウンドと呼ばれるようになった横手の芝生から、パコとラナートが走ってきて、きわめてぞんざいにボディチェックをおこなった。尻ポケットの近くを何度かパンパン叩いただけだった。そして、このために中断していたゲームをやりに戻っていった。

「ゲン」メスネルが声をかけ、眠っているゲンの肩を靴の先でつついた。「ほらほら、起きて」

ゲンは睡眠薬を大量に飲んだような眠りに落ちていた。口をだらしなくあけ、腕を脇へ投げだしていた。喉からさざ波のような軽いいびきが洩れていた。

「さあ、通訳くん」メスネルは彼の上にかがみこんで、親指と人差し指でゲンの片方のまぶたをつまみあげた。ゲンは彼を払いのけて、ゆっくりと目をひらいた。

「スペイン語ならしゃべれるでしょう」眠そうな声で彼は言った。「最初からしゃべってたじゃないですか。寝かせてくださいよ」横向きになり、両膝を胸にひき寄せた。

「スペイン語はしゃべれません。何もしゃべれません。さあ、起きて」メスネルは地中に揺れを感じたように思った。ゲンも感じたにちがいない。頬を芝生につけて寝ているのだから。この下にトンネルが掘られているというのは、こちらの妄想だろうか。作業を担当する技師たちはどこまでわかってやっているのだろう。地面が口をひらいて、オペラのディーヴァも犯罪者も一緒くたに死の国へ送りこんだりすることはないと、誰に言いきれるだろう。メスネルは膝をついた。てのひらを芝生に押しあて、自分が一時的な錯覚を起こしたにすぎないと結論したあとで、ふたたびゲンを揺すぶった。「話を聞いてください」と、フランス語で言った。「彼らを説得して、投降させる必要があります。今日のうちに。

こんなことが続くはずはありません。わかりますね？」

ゲンはごろっと仰向けになると、猫のように伸びをしてから、頭の下で腕を組んだ。

「だったら、木々を説得して、青い羽を生やさせることもできるでしょう。みんなの様子に目を向けたことはないんですか、メスネル。彼らは説得されて何かをやるようなタイプではありません。わたしたちのような人間が相手では、よけい無理です」

わたしたちのような人間。メスネルは自分の仕事ぶりが充分でなかったことを、ゲンがほのめかしているのだろうかといぶかった。この国に来たのはそもそも休暇のためだったのに、ジュネーブから世界を半周した場所にあるホテルの部屋で四カ月半もすごすことになってしまった。どちらの側も頑固だが、この塀の内側で暮らす連中が理解していないのは、どこの国であろうと、どんな状況にあろうと、政府はつねに頑固だということだ。政府はぜったいに譲歩しない。もし譲歩すると言ったら、それは嘘をついているのだ。つねにそう思っていてまちがいない。メスネルの立場から言えば、彼の仕事は妥協をひきだすことではなく、ひたすら危険を回避することにある。そのために残された時間はあとわずかだ。走っている連中や、サッカーをしている少年たちのリズミカルな足音にもかかわらず、メスネルは地中で何かが起きているのをはっきり感じることができた。

赤十字のマークはスイスの国旗と同じく、平和な中立をあらわしている。メスネルは赤十字の腕章をつけるのをとっくにやめていたが、その精神を信じる心までが薄れてしまったわけではなかった。赤十字のメンバーは食料と医薬品を運びこみ、ときには調停のための書類を届けることもあるが、諜報員ではない。スパイ活動はおこなわない。ヨアヒム・メスネルは軍隊が何を計画しているかをテロリストたちに黙っているのと同様、塀の内側で何が起きているかを軍隊に告げる気もまったくなかった。

「さあ、起きて」メスネルはもう一度言った。

ゲンはのろのろと身体を起こし、メスネルのほうへ腕をさしだして、ひっぱりあげてもらった。これはピクニックなのか。こんな早くから、みんなで飲んでいたのか。苦しんでいる様子は誰にも見えない。それどころか、誰もが頬を紅潮させ、エネルギーにあふれている。「指揮官たちはたぶん、グラウンドのほうでしょう」ゲンは言った。「サッカーをやってるかもしれません」

「あなたに手伝ってもらわなくては」メスネルは言った。

ゲンは指で髪をかきあげてどうにか形を整えてから、ようやく、はっきり目をさまして、友の肩に腕をまわした。「手伝ってあげなかったことが、いままでにありましたか」

指揮官たちはサッカーには参加せずに、グラウンドの端のほうで、パティオから持ってきた錬鉄の椅子に腰かけていた。アルフレード指揮官はサッカーの連中に大声で指示を出し、エクトル指揮官は黙りこくってそれを見守り、ベンハミン指揮官は太陽をまんべんなく浴びようとして顔を傾けていた。三人ともよく伸びた芝生に足を埋めていた。

ヒルベルトがみごとなパスを出し、ゲンはそのプレイが終わるまで待ってから、客が来たことを告げた。「指揮官」と言った。誰でもいいから顔をあげた相手に話をするつもりだった。「メスネルが来ています」

「べつの日にしてくれ」エクトル指揮官が言った。眼鏡のつるのもう一方がこの朝こわれてしまったため、それを鼻眼鏡のように顔にかざしていた。

「話があります」メスネルは言った。その声がこれまでにない緊迫感を帯びていたとしても、試合中の少年たちの歓声と叫びのなかで、それに気づいた者は誰もいなかった。

「話す許可を与えよう」エクトル指揮官は言った。アルフレード指揮官はサッカー試合から目を離そうとしないし、ベンハミン指揮官は目をひらこうともしない。

「屋敷のなかで話す必要があります。交渉について話しあわなくては」

そのとき、アルフレード指揮官がメスネルのほうに顔を向けた。「向こうは交渉の用意を調《ととの》えたのか」

「こちらの交渉についてです」

こんなに退屈したのは生まれて初めてだというように、エクトル指揮官がメスネルに向かって片手をふった。「きみはわれわれの時間を邪魔している」試合のほうへ注意を戻して大きく叫んだ。「フランシスコ！　ボールだ！」

「わたしの話を真剣に聞いてください」メスネルはフランス語で冷静に言った。「一度しか言いません。あなたたちのために、わたしは精一杯やってきました。食料や煙草を持ってきました。あなたたちのメッセージを運びました。そのわたしが、一緒に腰をおろして話を聞いてほしいとお願いしているのです」まばゆい太陽のもとでさえ、メスネルの顔は血の気を失っていた。ゲンは彼を見て、その声の調子を再現しようと努力しつつ、彼の言ったことを通訳した。二人はその場に立っていたが、指揮官たちは二度と顔をあげなかった。いつもなら、これを合図にメスネルは帰っていくのだが、今日の彼は腕組みをして立ったままじっと待っていた。

「もういいでしょう?」ゲンが英語でささやいたが、メスネルは彼を見ようとしなかった。

二人は半時間以上も待った。

ようやく、ベンハミン指揮官が目をあけた。「わかった」その声はメスネルの声に劣らず疲れていた。「わたしのオフィスへ行こう」

屋敷にいる全員の前で《トスカ》のアリアを歌ったときはあんなに大胆だったセサルなのに、歌のレッスンを受けるなら、ほかのみんなが外に出ている午後の時間にやりたいと思っていた。レッスンといっても音階練習がほとんどで、彼の自尊心を傷つけていたため、よけいそう感じるのだった。しかも、ロクサーヌ・コスと二人きりになれることはけっしてなかった。二人だけの時間などというものはありえなかった。カトウがピアノを弾くためにそばにいたし、ホソカワ氏もいつもそばにいた。今日は、サッカーのときはバカにされどおしのイシュマエルが、ピアノのそばの低いテーブルにチェスボードを置いて、ホソカワ氏とチェスをしていた。イシュマエルもセサルも銃を持っていた。屋敷に残ることにしたら、邸内の見張りが自分たちだけになってしまったからだ。ほかの者がそばで聴いていることにセサルが文句をつけると、スペイン語から英語へ、そしてまたスペイン語へと通訳のできる者が近くにいれば（それができる者は何人かいた）、ロクサーヌ・コスが「歌は人に聴いてもらうためにあるのだから、あなたもそれに慣れなきゃいけないのよ」とセサルに言って聞かせた。セサルは歌曲や、アリアや、オペラの全曲を習いたがったが、ロクサーヌは音階練習と意味もない旋律ばかりを歌わせていた。わめき声を出させたり、唇をすぼめさせたり、息を止めさせたりした（おかげで酸欠になり、あわててすわりこんで膝のあいだに頭を入れなければならなくなることもあった）。ピアノの伴奏つきで歌う許可が出るならみんなに聴いてもらいたい、とセサルは思っていたが、もっと練習しなくては無理だと彼女に言われてしまった。

「歌をうたえる少年がいるのですか」メスネルが訊いた。「あれはセサル？」彼がリビングで足を止めて聴き惚れると、ベンハミン指揮官とゲンも一緒に立ち止まった。セサルのジャケットの袖が短すぎるため、袖から手首がつきだしていた。手をぞんざいにくっつけた箒の柄のように見えた。

ベンハミン指揮官が少年を自慢に思っているのは明らかだった。「何週間も前から歌っている。きみはタイミングの悪いときに来ていただけだ。セサルはいつも歌っている。本物の大歌手になれる才能があると、セニョリータ・コスが言っている。彼女に負けないほどの大歌手に」

「自分の息を意識なさい」ロクサーヌが言って、その意味をセサルに示すために深々と息を吸ってみせた。

セサルは指揮官の姿に気づいて急に落ちつきをなくし、途中の音符のところでつっかえた。

「どんな調子か、彼女に訊いてみてくれ」ベンハミンはゲンに言った。

ロクサーヌがカトウの肩に手を置くと、カトウはスイッチを切られたかのように、ピアノの鍵盤から指を離した。セサルは音符をさらに三つ歌ったところで、ピアノの音色が消えたことに気づいて歌をやめた。「ほんの短期間しかレッスンしてないけど、ものすごい可能性を秘めた子だと思うわ」

「この子の歌をメスネルに聴かせてやってくれ」ベンハミン指揮官は言った。「今日のメスネルには歌が必要だ」

ロクサーヌ・コスは承知した。「じゃ、これを聴いて」と言った。「二人で練習してきた曲よ」

ロクサーヌは何を歌うのかをセサルに伝えるために、小声で二言三言歌った。セサルはスペイン語の読み書きができないし、もちろん、イタリア語も理解できないが、言葉の響きを記憶してくりかえす才能ときたら——それも、聴く側にしてみればセサルが自分が歌っている言葉の意味を完璧に理解しているとしか思えないほど、豊かな情感をこめてくりかえすのだが——まさに超人的だった。ロクサーヌがセサルに合図を送った瞬間、カトウがベッリーニの《六つのアリエッタ》で最初に歌われる短い曲《マリンコニア、やさしいニンファ》の序奏部分を弾きはじめた。ゲンも聴いたことのある曲だった。午後になると窓からそれが流れてくるのを聴いたものだ。少年は目を閉じ、それから天井のほうを見た。

〝ああ、マリンコニア、やさしいニンフよ、この命をあなたに捧げよう〟。彼が歌詞を忘れたときは、ロクサーヌ・コスが驚くべきテナーの声でそこを歌った。〝わたしは丘と泉をお与えくださいと神々にお願いしました。神々はついにその願いを聞いてくれました〟。つぎにセサルがその歌詞をくりかえした。ひょろ長い脚で初めて立ちあがる子牛のぎごちないと同時に愛らしい姿を見守るのに、似ていなくもなかった。一歩ごとに歩くコツを覚え、音符をひとつ歌うごとに自信を増していく。とても短い曲で、始まったと思ったらすぐに終わってしまった。ベンハミン指揮官は拍手を送り、メスネルは口笛を吹いた。

「あまり褒めそやさないで」ロクサーヌが言った。「この子がうぬぼれてしまうわ」

　セサルは誇りからか、息切れからか、頬を紅潮させ、彼らに向かってお辞儀をした。

「うーん、外見だけでは判断できないものだ」メスネルとゲンを連れて奥の廊下を自分のオフィスに向かいながら、ベンハミン指揮官が言った。たしかにそうだ。セサルの歯並びはゆがんでいるし、鼻もそれ以上にゆがんでいる。「ふしぎな気がするよ。自分の才能に気づきさえすれば、人はその生涯に多くの偉業をなしとげられるものなんだな」

「わたしの場合は、歌は無理ですね」メスネルが言った。

「それはわたしも同じだ」ベンハミン指揮官が部屋の灯りのスイッチを入れ、三人で腰をおろした。

「いまのうちに申しあげておくと、わたしはもうじきここに出入りできなくなります」メスネルが言った。

　ゲンはショックを受けた。メスネルなしの生活？

「クビになるのかね」指揮官が尋ねた。

「交渉の努力はもう充分にしたと、政府が考えているのです」

「努力など目にした覚えはないが。政府側から筋の通った申し出はいっさいなされていない」

「あなたに好意を寄せる人間として、わたしは申しあげているのです」メスネルは言った。「友達のふりをしようとは思いませんが、ここにいるすべての人にとって最良の道がひらけるよう願っています。もうあきらめてください。今日のうちに。外へ出て、みんなに姿を見せて、降伏するのです」説得力のないことはメスネルにもわかっていたが、どうすれば説得力を添えられるのか、見当がつかなかった。困惑のあまり、自分が知っている言語のあいだをさまよい歩いた。少年時代に家でしゃべっていたドイツ語、学校でしゃべっていたフランス語、青年になってからカナダで暮らしたときに四年間しゃべっていた英語。そして、日を追って流暢になってきたスペイン語。ゲンはつぎはぎの言語に遅れまいと努力したが、文章をひとつ通訳するたびに、中断して考えなくてはならなかった。メスネルの言葉の内容以上にゲンを怯えさせたのは、ひとつの言語にとどまることがメスネルにはできないということだった。彼の言っている内容に注意を集中する余裕はなかった。

「こちらの要求はどうなった。きみは向こうの連中にも同じように話をしてきたのか。友達として話をしてきたのか」

「向こうはぜったい譲歩しないでしょう」メスネルは言った。「あなたがいくら待とうと、その可能性はありません。わたしの言葉を信じてください」

「だったら、人質を殺すとしよう」

「いえ、あなたにはできません」指で目をこすりながら、メスネルは言った。「初めて会ったときに申しあげましたね。あなたたちは理性的な人々だと。それに、たとえ人質を殺したところで、あとの展開に変わりはありません。政府は交渉を続ける気をよけいになくしてしまうだけです」

長い廊下の向こうにあるリビングから、ロクサーヌがワンフレーズ歌い、セサルがそのフレーズをくりかえすのが聞こえてきた。二人は何度もそれをくりかえした。何度聞いても美しかった。

ベンハミンはしばらくのあいだ音楽に聴き入り、それから、好みに合わない音符を耳にしたかのように、チェスをするときに使うテーブルにこぶしを叩きつけた。今日はべつの部屋でゲームをやっているので、叩いたところで被害はなかった。「どうしてこっちがいちいち譲歩しなきゃならんのだ。あきらめつづけてきた長い歴史があるというだけの理由で、今度もまたわれわれにあきらめろというのか。わたしは自分の知ってる連中を刑務所から出そうとしてるんだ。自分が刑務所に入ろうとしているのではない。うちの兵士たちをあんな穴蔵へ送りこむのはわたしの意図するところではない。死んで埋葬される姿を見たほうが、まだましだ」

死ぬ姿は見られるだろうが——メスネルは思った——埋葬される姿を見ることはおそらくないだろう。彼はためいきをついた。スイスほどいいところはない。だが、時間が止まってしまった。自分は以前からずっとここにいて、これからもずっとここにいるのだろう。

「どちらかを選んでもらうしかありません」メスネルは言った。

「会見は終わりだ」ベンハミン指揮官が立ちあがった。その肌を見れば、今回の事件の推移がわかりそうだった。肌はいま、炎症を起こしていた。彼が口にする一語一語、耳にする一語一語とともに、帯状疱疹が悪化していた。

「終わらせるわけにはいきません。なんらかの合意に達するまで、話し合いを続ける必要があります。それが最優先です。どうかよく考えてください」

「メスネル、わたしが四六時中それ以外の何をしていると思ってるんだ」指揮官はそう言って部屋を出ていった。

メスネルとゲンはスイートタイプのゲストルームに二人きりですわっていた。人質が見張りの兵士抜きでこの部屋にすわることは、本来なら許されていない。フランス製の小さな七宝の時計が正午を打つのに二人は耳を傾けた。「こんなことはわたしにはもう耐えられません」数分がすぎたあとで、メスネルが言った。

何が耐えられないのだろう。ゲンは、すべてがいい方向へ向かっていて、しかもその恩恵に浴しているのが自分一人ではないことを知っていた。誰もが以前より幸せそうだ。ほら、いまも外に出ている。彼らが走る姿を窓から見ることができる。「膠着状態ですね」ゲンは言った。「永遠に続くのかもしれない。ずっとここに足止めされるのなら、そのつもりでやっていきます」

「何をバカなことを」メスネルは言った。「かつてはここでいちばん聡明だったきみが、いまではほかの連中に劣らずおかしくなっている。何を考えてるんです。政府が塀の外で待機を続け、この屋敷を動物園とみなして、食料を運びこんで、チケットを売るとでも？〝身を守るすべを持たない人質と、凶悪なテロリストが、平和に共存して暮らす様子をごらんください〟とか？ この状態が続くはずはありません。誰かがストップをかけるでしょう。誰がその責任者になるかが決定されることになるでしょう」

「軍に計画があるというのですか」

メスネルがゲンを凝視した。「あなたたちがここに閉じこもっていても、外の世界が沈黙するわけではありません」

「では、みんなを逮捕する気ですか」

「最良のシナリオはね」

「指揮官たちを？」

「全員です」

いや、全員といっても、カルメンはたぶんべつだろう。ベアトリスも、イシュマエルも、セサルもべつだろう。ゲンは兵士たちの名前をざっと思い浮かべてみたが、死んだってかまわないと言いきれる相手は一人もいなかった。カルメンと結婚しようと思った。アルゲダス神父に頼んで式を挙げれば、正式な夫婦として認められるから、外の連中がなだれこんできたときに、この女は自分の妻だと言えばいい。だが、それでは一人しか救えない。いちばん大切な一人ではあるけれど。ほかの連中をどうすればいいのか、ゲンにはまったくわからなかった。なぜまた全員を救いたいと思うようになったのだろう。実弾をこめた銃を持って彼につきまとっている連中を。よくもまあ、こんなに多くの人々と恋に落ちてしまったものだ。「どうしろというのですか」ゲンは訊いた。
「みんなを説得して、降伏するよう勧めてください」メスネルは言った。「しかし、正直なところ、それがみんなにとってなんの役に立つのか、よくわからないのですが」

ゲンはその生涯を、深い巻き舌で発音するイタリア語のRや、デンマーク語の複雑な母音をマスターする努力に捧げてきた。長野で送った子供時代には、キッチンの高いスツールに腰かけて、夕食の野菜を刻む母親のアメリカふうの発音をまねたものだった。母親はボストンへ留学した経験があり、英語だけでなく、フランス語もしゃべることができた。彼の父親のそのまた父親が若いころ中国で働いていたため、父親は中国語ができたし、大学ではロシア語を学んでいた。子供だったゲンにとって、言語は一時間ごとに変化していくように思われ、それについていくのがゲンほど巧みな者はほかにいなかった。彼と妹たちは単語をおもちゃ代わりにして遊んだ。彼は単語を覚え、読み、名詞をインデックス・カードに書き、地下鉄で会話のテープを聴いた。ぜったいにやめなかった。たとえ生まれながらの語学の天才だとしても、才能だけに頼ることはけっしてなかった。学びつづけた。学ぶために生まれてきたようなものだった。

しかし、この何ヵ月かの暮らしが彼を一変させ、いまのゲンは、自分の知っていることを忘れ去ることにも、かつて新しい情報を集めたときに劣らぬ価値があるのだと考えるようになっていた。学ぶために努力してきたのと同じぐらい熱心に、忘れるための努力をしていた。カルメンが自分を拘束しているテロリスト組織の兵士であることは、どうにか忘れることができた。容易なことではなかった。カルメンを目にしたときに自分の愛する女だけをそこに見ることができるようになるまで、毎日、忘れる努力を自分に強いた。未来と過去のことを忘れた。祖国も、自分の仕事も、この事件が解決したときに自分がどうなるかということも、忘れ去った。いまの暮らしがいずれ終わりを迎えることも忘れた。ゲンだけではなかった。カルメンも忘れようとしていた。人質とのあいだに感情的な絆を持ってはならないという厳命を思いださなくなっていた。そんな大事なことを忘れてしまうのは怠慢だと思っても、ほかの兵士たちのおかげで罪悪感が消えていった。イシュマエルはルーベン・イグレシアスの養子になってオスカル・メンドーサのもとで働きたいばかりに、すべてを忘れ去った。ルーベンの息子マルコと同じ部屋で寝起きして、幼い少年の頼もしい兄貴になった自分の姿を想像することができた。セサルはロクサーヌ・コスから、自分と一緒にミラノに来て歌の勉強をしようと言われたために、すべてを忘れ去った。彼女とともにステージに立ち、美しい花々を足もとに雨のごとく浴びている自分の姿を想像するのは、どんなに簡単なことだったろう。指揮官たちは少年たちをとりまく愛情とゆったりした雰囲気に目をつぶることによって、みんながすべてを忘れ去るのに手を貸した。指揮官たち自身もずいぶん多くのことを忘れようとしていたから、それができたのだった。仕事と、機会と、闘うための大義を与えようと約束して、若い連中を家族のもとから連れだしたのが自分たちであることを、忘れようとしていた。せっかく自分たちが念入りに誘拐計画を練ったのに、この国の大統領がパーティに出るのをさぼったせいで計画を変更してほかの全員を人質にするはめになったことも、忘れようとしていた。なかでもとくに忘れてしまいたかったのは、退却の方法がいまだに決まらないことだった。長いあいだじっと待っていれば、自然に何か浮かんでくると思うしかなかった。なぜ未来のことを考えなくてはならないのか。そんなことはもう誰も覚えていないようだった。アルゲダス神父はそれを考えるのを拒否した。みんなが日曜のミサにやってきた。彼は秘蹟をとりおこなった。聖体拝領、告解、さらには終油の秘蹟までも。この屋敷にいる人々の魂に安らぎを与えていた。大切なのはそれだけなのに、なぜ未来のことを思いわずらう必要があるだろう。未来のことはロクサーヌ・コスの心にも浮かびはしなかった。忘れることがとても上手になったので、恋人の妻のことは考えないようになっていた。彼が日本で会社を経営していることも、二人が同じ言語をしゃべらないことも、気にならなかった。忘れたい理由をとくに持たない者までが、さまざまなことを忘れていった。目の前の一時間だけのために人生を送るようになった。ロタール・ファルケンは屋敷の周囲を走ることだけを考えていた。

ヴィクトル・フョードロフの頭には、友達とカードゲームをして、自分たちがロクサーヌ・コスに寄せる愛についてしゃべることしかなかった。テツヤ・カトウは伴奏者としての責任だけを考え、あとのことは忘れてしまった。二度と手にできないもののことを覚えておくのはつらすぎたので、一人また一人と手をひらいて、それを手放していった。メスネルだけはべつだった。覚えておくことが彼の仕事だから。そして、シモン・ティボーもべつだった。彼は眠っているときですら、妻のことで頭がいっぱいだった。

そういうわけで、現実の危険が迫っていることを理解しつつも、その午後メスネルが屋敷を出ていったとたん、ゲンはそれを忘れてしまった。指揮官から頼まれた新しい要求リストをタイプするのに没頭し、そのあとは、夕食をみんなに出す手伝いをした。夜になると眠りにつき、食器室でカルメンに会うために午前二時に目をさまし、彼女に話をした。ただし、その口調に、午後に感じた緊迫感はもうなかった。彼が忘れ去ったのはその緊迫感だった。

「メスネルの言ったことが気になるんだ」ゲンは言った。カルメンは彼の膝のなかにすわって、両脚を彼の左へ投げだし、両腕を彼の首にまわしていた。〝気になる〟。もっと強い表現を使うべきではなかったろうか。

そして、カルメンはそれに耳を傾けるべきなのに、自分自身の安全と仲間の兵士の安全を確保するためにゲンに質問すべきなのに、彼にキスをしただけだった。大切なのは忘れることだったからだ。それが二人の仕事、二人の義務だった。キスは湖のように深く澄んでいて、二人はすべてを忘れてそのなかへ泳いでいった。「しばらく待って様子を見るしかないわね」カルメンは言った。

何かすべきだろうか。たとえば、逃亡を試みるとか。いまなら、みんなの気がゆるんでいるから、うまくいくにちがいない。監視の目を光らせている者はもうほとんどいない。ゲンはカルメンにそう尋ねながら、彼女のシャツの下から手を入れて、肩甲骨が震えるのを指先に感じた。

「逃げることを考えてみてもいいけど……」カルメンは言った。しかし、軍につかまって拷問されるだろう。訓練のときに指揮官たちからそう言われた。そして、拷問の苦痛に耐えかねて、何かを白状してしまうだろう。何を口外してはならないのか、いまここで思いだすことはできないが、それをしゃべれば仲間がみんな殺されてしまうだろう。行くべき場所はこの世に二つしかない。なかか、外か。問題はどちらがより安全かということだ。この屋敷にいれば、この食器室に入っていれば、生まれて初めての安らぎを感じることができる。リマの聖ローザがこの屋敷に住みついているにちがいない。ここにいるかぎり、カルメンは守られている。祈りをあげれば、充分に聞き届けてもらえる。守護聖人とともにいるほうがいいに決まっている。カルメンはゲンの喉にキスをした。女の子なら誰だって、こんな恋をすることを夢みている。

「じゃ、その相談をする?」ゲンは言ったが、すでに彼女のシャツが脱ぎ捨てられて、二人が横たわるための絨毯のように広がっていた。二人は倒れこむようにして床とのあいだの角度を狭めていった。

「相談しましょうよ」カルメンは愛らしく目を閉じた。

ロクサーヌ・コスは恋に落ちたと思ったら、すぐまたつぎの恋に落ちた。二つの体験はまったく異質のものだったが、続けざまに起きたため、心のなかでその二つを結びつけずにはいられなかった。夜中に彼女の寝室にやってきたカツミ・ホソカワが、ドアを一歩入ったところでいつになく長いあいだ立ちつくし、彼女を抱きしめた。まるで、飛行機の墜落事故とか、船の遭難事故といった、誰も生きて帰れそうにない場所から戻ってきたかのようで、いまは腕に抱いた彼女のこと以外、何も考えられない様子だった。どちらも相手にかけるべき言葉を持たなかったが、同じ言語を話すことが意思の疎通を図る唯一の方法だという考えを、ロクサーヌはとっくに卒業していた。それに、言葉にすべきことがはたしてあるだろうか。ホソカワ氏は彼女を理解している。彼女は彼にもたれて、その首に腕をまわし、彼は両手で彼女の背中を抱いていた。ときどき、ロクサーヌがうなずいたり、彼の手で前後に揺すられたりした。彼の息遣いを耳にして、泣いているのかもしれないと思い、それもまた理解できるような気がした。彼女自身も泣いていた。この暗い部屋で彼と二人になれた安堵ゆえに、人を愛し、その人に愛される安堵ゆえに、泣いていた。途中で彼女が背後へ腕をやり、彼の片手をとって、ベッドのほうへ誘わなかったなら、二人はひと晩じゅうそこに立ち、彼はそれ以外に何も求めることなく去っていったことだろう。話をするにはさまざまな方法がある。ベッドに倒れこむ彼女にホソカワ氏がキスをして、カーテンを閉ざし、部屋は完全な闇になった。

翌朝、ロクサーヌはほんのしばらく目をさまし、伸びをしてから、寝返りを打って眠りに戻った。どれぐらい眠ったのかわからないが、やがて歌声が聞こえてきて、自分は一人ではないという思いにふたたび胸を打たれた。セサルに恋をしたわけではないが、彼の歌には恋をしていた。

こうして毎日がすぎていった。毎晩、ホソカワ氏が彼女の寝室に忍んできて、毎朝、セサルがレッスンを待っていた。ほかに何かほしいものがあったとしても、それがなんだったのか、ロクサーヌは忘れてしまっていた。

「息を吸って。こんなふうに」彼女は肺一杯に空気を吸いこみ、さらに吸いこみ、さらにまた吸いこんで、息を止めた。彼女の使う言葉をセサルが理解できなくても、問題はなかった。ロクサーヌが彼のうしろにまわり、彼の横隔膜にぴったり手をつけた。彼女の言わんとすることは明白だった。セサルの身体からすべての息を押しだし、そしてまた存分に息を吸わせた。片手をメトロノームのように前後に揺らしながら、トスティの作曲した旋律を歌うと、セサルがそれをまねて歌った。音楽学校の生徒ではないので、教師に褒めてもらうために慎重に歌おうなどという考えは持っていなかった。幼いころから受けてきた平凡な指導の枠を抜けだす必要はなかった。恐れを知らない子だった。やんちゃな少年で、少年特有の大胆さにあふれていて、彼の口から旋律が流れでたとき、その声は大きくて情熱に満ちていた。歌うことが自分の命を救ってくれると言いたげに、あらゆる旋律を、あらゆる音階を歌った。いまでは彼本来の声に戻っていて、その声が彼女を驚かせていた。わたしが救出にやってこなければ、この声はジャングルのなかで日々を送り、やがて朽ち果てていったことだろう。

メスネルが屋敷にあらわれなくなったことをのぞけば、幸せな日々だった。メスネルはすっかり痩せてしまった。服がワイヤ製のハンガーにかけられたかのように、彼の肩から垂れていた。彼はすべてを捨てて、そそくさと去っていった。

セサルは午前中にレッスンを受けていた。外へ行くようにといくらみんなに頼んでも、全員が腰をおろして聴き入った。セサルの上達がめざましいため、ほかの少年たちまでが、テレビよりこっちのほうがおもしろいと思うようになっていた。いまの声はもうロクサーヌとは似ても似つかなかった。自分自身の深みを見いだしていた。毎朝みんなの前で、珍しい宝石に飾られた扇のごとく、自分の声をひらいてみせた。聴けば聴くほど、その声は複雑さを増していった。リビングに集まった人々はつねに、セサルが前日よりうまくなっているという事実に期待をかけることができた。驚異的なのはそこだった。いまのところ、才能の限界にたどりついた様子がいっさい見受けられない。彼はけだるい情熱をこめて、つぎは燃えあがる欲望をこめて、歌いつづけた。これだけの声がこんな平凡な少年からあふれでるとは、なんと信じがたいことだろう。彼の両腕はいまも左右にぎごちなく下がったままだ。

セサルが最後の音符を歌いおわると、みんなが足を踏み鳴らし、口笛を吹いて、大騒ぎになった。「すごいぞ、セサル！」人質もテロリストも声をそろえて喝采した。セサルはみんなの大切な少年になった。その偉大さを認めない者は男も女もここには一人もいなかった。

ティボーが副大統領に身を寄せて、その耳にささやいた。「われらがディーヴァがこれをどう思っているか、興味津々だね」

「強がってみせてるのさ、きっと」ルーベンはささやきかえし、二本の指を口にくわえて、長く甲高い口笛を吹いた。

セサルがおどおどしながら二、三度お辞儀をし、それが終わると、人々はロクサーヌの名を呼びはじめた。「歌！　歌！」と要求した。ロクサーヌは何回か首を横にふったが、みんなが承知しなかった。さらに声が大きくなっただけだった。ようやく立ちあがったとき、ロクサーヌは笑っていた。これだけの音楽に喜びを感じない者がどこにいよう。両手をあげて、みんなを静かにさせようとした。

「一曲だけよ！」と言った。「いまの歌にはかなわないわ」彼女がカトウのほうへ身を寄せて、その耳に何事かささやくと、カトウはうなずいた。何をささやいていたのだろう。二人のしゃべる言語は異なっているのに。

カトウは《セビリャの理髪師》の曲を以前にピアノ用に編曲していた。鍵盤を叩いたあとの指を、熱い鍵盤で火傷しそうになったかのように、高々と跳ねあげた。オーケストラを、自分と向かいあった多数のバイオリンの甘い重みを、ロクサーヌが恋しく思った時期もあったが、いまの彼女はそんなことは考えもしなかった。暑い日のひんやりした小川みたいな感じで音楽のなかに入っていって、《今の歌声は》を歌いはじめた。その曲はいまの彼女にぴったりの響きを持っていて、これこそロッシーニが意図したことだったのだと、ロクサーヌは思った。誰が何を歌おうが、いまの自分なら、それとはりあって勝つことができる。彼女の歌はメレンゲのように甘く、最高音部のさらに上で声を震わせた瞬間、腰に手をあてて前後に揺らし、観客に向かって淫らに笑いかけた。彼女は演技もできるのだ。演技するということをセサルに教えなくては。〝無数の気まぐれな策略、巧妙な罠、こちらが降参する前に、それを仕掛けてやるわ〟。みんなが彼女に喝采した。ああ、その途方もなく高い音階に、彼女がなんでもないことのようにやってのける信じがたい離れ業に、誰もがもう夢中だった。最後まで来るころには、頭がくらくらしていた。やがて、彼女が両手をあげて「外に出て。みなさん」と言った。何を言われているのか、人々にはわからなかったが、彼女に命じられるままに陽ざしのなかへ出ていった。

ホソカワ氏は笑って彼女の頬にキスをした。こんな女性が存在するなんて、誰に信じられるだろう。彼はロクサーヌのために紅茶をいれようとキッチンへ行き、セサルはみんながいなくなったからレッスンを延長してもらえるかもしれないと期待して、ピアノのベンチに彼女とならんで腰かけた。

あとの者は外に出て、サッカーをやるか、芝生にすわってサッカーの試合を見物するかしていた。ルーベンは鍵がかかっていた庭師の小屋から鋤《すき》と小型の熊手を出してもらうことができたので、それを使って、雑草を丹念に抜いたあとの花壇の土を掘り起こしていた。イシュマエルが彼を手伝うためにゲームを抜けた。抜けるのは平気だった。もともと好きではないのだから。ルーベンは料理をとりわけるための銀のスプーンを彼に渡して、それで土を掘るように言った。「うちのおやじは植物を育てるのがうまかった」とイシュマエルに話を始めた。「地面に向かって二言三言やさしい言葉をかけると、植物がすくすく生長するんだ。おやじはじいさんのあとを継いで農夫になる気でいたのに、干魃でだめになってしまった」ルーベンは肩をすくめ、固い土に鋤をつきたてて、その土を掘り起こした。

「おやじさんはいまごろきっと、ぼくらのことを自慢に思ってるだろうね」イシュマエルは言った。

見張りをしていた少年たちが庭の端にあるツタの斜面にのぼって、漆喰の塀に銃を立てかけ、ゲームに参加した。走っていた連中も走るのをやめて加わった。いまもみんなの頭のなかで《今の歌声は》の旋律が飛び跳ねていて、ハミングまではさすがにできなかったが、誰もが歌のリズムに合わせてボールを追いかけた。ベアトリスがシモン・ティボーからボールを奪って、ヘスースにパスし、ヘスースはゴール代わりに置かれた二つの椅子のあいだにみごとなシュートを放った。指揮官たちが「よし！　やった！」と叫んだ。この二、三カ月間に葉が鬱蒼と生い茂った木々のおかげで、陽ざしはレース模様に寸断されていたが、それでも、至るところに光があふれていた。時刻はまだ早く、昼食までに何時間かあった。カトウがピアノのそばを離れ、外に出て、太陽の下でゲンとならんで芝生に腰をおろした。聞こえてくるのはボールを蹴る音と、走りまわる少年たちに「ヒルベルト」「フランシスコ」「パコ」と呼びかける声だけだった。

ロクサーヌが悲鳴をあげたのは、見知らぬ男が足早に部屋に入ってくるのを見たためだった。彼女を驚かせたのは軍服や銃ではなく――それなら見慣れている――近づいてくる男の様子が凶暴そうだったからだ。男は壁ごときに邪魔されてたまるかと言いたげに歩いてきた。何をするつもりにせよ、男の心はすでに決まっていて、ロクサーヌが何を言おうと、何を歌おうと、決心を変えさせるのは無理なようだった。セサルがすわっていたピアノのベンチから飛びあがったが、ドアに近づきもしないうちに撃たれていた。自分の命を守るために手をつきだすことも、誰かに助けを求めることもなく、前のめりに倒れた。ロクサーヌはピアノの下にうずくまり、警報代わりの叫びをあげた。まちがいなく当代最高の歌手になるはずだった少年のほうへ這っていき、彼の身にもう何も起きないように、自分の身体で彼をおおった。少年の温かな血が自分のシャツにしみこみ、肌を濡らすのが感じられた。ロクサーヌは両手で彼の頭を抱いて、その頬に口づけをした。

銃声とともに、銃を構えた男が何人にも分かれていくように見えた。まず二人、それから四人、八人、十六人、三十二人、六十四人。大きな銃声がするたびに、さらに多くの男が入ってきて、屋敷じゅうに散り、窓から飛びだし、玄関ドアから庭へ殺到した。男たちがどこから来たのか、誰にもわからなかった。とにかく、至るところに男がいた。彼らのブーツが屋敷を蹴りつけてぐらぐらにし、あらゆる入口をひらいていくかに見えた。サッカーのボールがまだころがっているうちに、男たちはグラウンドに殺到した。銃が続けざまに火を吹いた。地面に倒れた者たちを見ても、身をかばおうとして伏せたのか、それとも撃たれたのか、判断がつかなかった。それは一瞬のことで、その一瞬に、世界に関してわかっていたことがすべて忘れられ、学び直されることになった。男たちが何かを叫んでいたが、耳のなかで血がドクドクいい、吐き気を催すぐらいアドレナリンが噴出し、銃声のあとで聴力が麻痺していたため、さすがのゲンにも男たちの言葉が理解できなかった。ベンハミン指揮官がうしろの塀のほうに顔を向けた。高さを判断しようとしたのだろうが、つぎの瞬間、銃声とともにベンハミンは倒れた。銃弾が顔の横に命中していた。一発の銃弾で、自分の命と弟のルイスの命の両方を失ったのだ。ルイスはほどなく刑務所から連れだされ、共同謀議の罪で処刑されるだろう。アルフレード指揮官はすでに倒れていた。ウンベルト、イグナシオ、グアダルーペも死んでいた。ロタール・ファルケンが両手をあげ、アルゲダス神父も両手をあげ、ベルナルドとセルヒオとベアトリスも両手をあげた。「オート・ウント・シュテレ・ブライベン！」ロタールは言った。〝そこにじっとして〟。だが、通訳はどこにいるのだ。みんなにはドイツ語が通じない。エクトル指揮官が両手をあげようとしたが、手が胸の上まで行かないうちに撃たれていた。

見知らぬ男たちは屋敷の一人一人と親しい知り合いであるかのように、みんなを区分けしていった。誰をひきずりだして、男たちの列に手渡し、銃声が絶え間なく響いてくる屋敷の奥のほうへ連行するかを決めるにあたっては、一瞬の躊躇もなかった。屋敷のなかの人数はそれほど多くなかった。男たちが一人を百回ずつ撃つ気でいたとしても、さほど多くの銃弾を使う必要はなかっただろう。ラナートが二人の男に左右の腕をかかえられ、地面から足を浮かせたまま、野生動物のように身をよじり、わめきながら、連行されていった。アルゲダス神父が少年を助けようと飛びだし、そのとたん、身体に衝撃が走った。撃たれた、うなじに弾丸がめりこんだと思い、その瞬間、神のことを思いだした。だが、芝生に倒れたあとで、自分の勘違いだったことを知った。無事に生きていた。目をあけると、イシュマエルがいた。彼の友達。死んでからまだ二分もたっていない。副大統領が目をきつく閉じ、口をへの字にゆがめて、少年の首に涙を落としていた。わが子の愛らしい頭を両手で抱いていた。イシュマエルの手には、土を掘り起こすのに使っていたスプーンが握られたままだった。

ベアトリスは両手を頭の上にまっすぐあげていた。太陽がゲンの腕時計のガラス蓋にあたって、塀に完璧な光の輪を描いた。まわりは彼女の知っている人々でいっぱいだった。ヒエクトル指揮官が横向きに倒れていた。眼鏡がなくなり、シャツが血に染まっていた。ヒルベルトがいた。前に一度、退屈しのぎにベアトリスがキスをした少年だ。仰向けに倒れていて、いまから飛び立とうとするかのように両手を左右に広げていた。そのそばにも誰かがいたが、ズタズタにされていた。誰なのかわからなかった。かつての仲間だというのに、彼らのことが怖くなった。銃で撃ってくる知らない連中のほうに親近感を覚えた。自分も彼らも同じように生きているからだ。誰よりもまっすぐに腕をあげておこう。そうすれば撃たれずにすむはずだ。言われたとおりにすれば、きっと助かる。ベアトリスは目を閉じて暗い罪の山を探ろうとした。神父の助けがなくとも自分の力で罪をいくつか消すことができるだろう、罪の数が減れば心が軽くなり、見知らぬ男たちもそれを認めてくれるだろうと思ったのだ。だが、罪はすでに消えていた。まぶたの裏の闇にじっと目を凝らしたが、罪がどこにも残っていないので啞然とした。オスカル・メンドーサから「ベアトリス！ベアトリス！」と呼ばれているのに気づいて、目をあけた。彼が腕をさしのべて走ってくるところだった。恋人のように走ってくるので、ベアトリスは彼に笑いかけた。その瞬間、またしても銃声が聞こえたが、今回は銃弾が彼女をよろめかせた。胸の上のほうで痛みが炸裂し、この悲惨な世界から彼女を吐きだした。

ゲンはベアトリスが倒れるのを見て、大声でカルメンを呼んだ。カルメンはどこなんだ。彼女が外にいるのかどうかも、ゲンは知らなかった。どこにも姿が見えなかった。カルメンほど利口な子はいない。かならず逃げおおせるはずだ。愚かな行動に走らないかぎりは。ゲンを助けようなどと彼女が思いついたらどうしよう。「彼女はぼくの妻だ！ぼくの妻だ！」混乱に向かって彼は叫んだ。カルメンに結婚を申しこんだことも、神父に祝福を頼んだこともなかったが、それが彼の考えていた唯一の計画だったからだ。彼女は正真正銘の彼の妻であり、それが彼女の命を救ってくれるはずだった。

しかし、何をもってしてもカルメンを救うことはできなかった。彼女はすでに死んでいた。騒ぎが起きてほどなく殺されていた。キッチンにいて、皿を食器室に片づけていたとき、ホソカワ氏が紅茶をいれるためにやってきた。カルメンにお辞儀をした。お辞儀をされると、カルメンはいつも恥じらいの微笑を浮かべたものだった。彼がやかんを手にする前に、ロクサーヌ・コスの声が聞こえてきた。歌ではなく、悲鳴で、それがやがて、狼の遠吠えのような長い叫びに変わった。ホソカワ氏とカルメンはともにドアのほうを向いた。一緒に廊下を走りだした。若くて足の速いカルメンが前を走った。ダイニングルームを通り抜けようとしたとき、銃声を聞いた。セサルを倒した銃声だった。二人がリビングに足を踏み入れると同時に、銃を持った男が二人のほうを向き、ロクサーヌが愛弟子の遺体を腕に抱いた。長いあいだ止まっていた時間が強烈な勢いで動きだしたため、一瞬一瞬が重なりあい、すべてのことがいちどきに起きた。ロクサーヌは銃を持った男と同じく二人に目をやり、カルメンはセサルに目をやり、ホソカワ氏はカルメンに目をやって、自分の前にいる彼女をひきよせた。力まかせにひっぱられて、カルメンの脇腹に殴られたような衝撃が走った。彼女をうしろにかばうと同時にホソカワ氏が前に立った。その瞬間、彼女が前にいてホソカワ氏とのあいだに距離があるのをさきほど見定めていた男が、銃の引き金をひいた。六フィートの至近距離なのだから、混乱と、銃声と、狂ったような声と、救出リストにのっている男が彼女の前に飛びだしてくるという不測の事態がなければ、彼女を撃ち損じるはずはなかった。一発の銃弾が二人の命を奪った。誰も考えもしなかった組み合わせだ。カルメンとホソカワ氏、彼女の頭が彼のすぐ左にあり、まるで彼の肩越しにのぞいているかのようだった。

# エピローグ

式が終わると、婚礼の一団は遅い午後の陽ざしのなかへ出ていった。エディット・ティボーが花嫁と花婿にキスをしてから、ついでに自分の夫にもキスをした。彼女にはあとの三人に欠けている明るさがあった。いまも自分は運がいいと信じていた。ゲンとロクサーヌの式に立ち会うために、この日、イタリアのルッカに来ることを主張したのは彼女だった。どうしても二人の幸せを祈りたかった。「すてきな式だったわね」エディットはフランス語で言った。四人ともフランス語をしゃべっていた。

ティボーはめまいがしたかのように妻の腕にすがった。アルゲダス神父を呼んで式をやってもらうことを誰かが思いついていれば、すばらしかっただろうが、思いつく者がいないままに式が終わってしまった。フランス政府は、ある程度の休養期間を置けばティボーが大使に返り咲くだろうと思いこんでいたが、家をあとにしてパリに向かったティボー夫妻は所持品を残らず運びだしていた。シモンとエディットが神に見捨てられたあの国に足を踏み入れることは二度とないだろう。

"ひどい田舎《ケル・ブレッド》"――彼らはいま、そう言って

いまは五月の初めで、ルッカの観光シーズンはまだ始まっていなかった。古い石畳の通りはまもなく、ガイドブックを手にした大学生でいっぱいになるだろうが、いまはまだがらんとしていた。自分たちだけのために存在する街のような気がした。そして、まさにそれが花嫁の望んだことだった。ジャコモ・プッチーニの生まれた街でひっそりと結婚式を挙げることが。風がそよぎ、彼女は片手で帽子を押さえた。

「幸せだわ」ロクサーヌはそう言ってから、ゲンに目をやり、もう一度言った。ゲンは彼女にキスをした。

「どこのレストランもまだあいてないわね」エディットが言った。片手で陽ざしをさえぎって、広場を見まわした。遠い昔に滅びた都市が古代の遺跡から無傷のままで発掘されたかのようだった。こういう場所は、パリにはひとつもない。「どこかにバーがないか、見てきてくれない？　ワインで乾杯しなきゃ。ロクサーヌとわたしはここで待ってるわ。この通りはヒールじゃ歩けないもの」

ティボーはかすかなパニックに襲われたが、瞬時にしてそれを抑えこんだ。広場は開放的で、とても静かだった。教会にいたときのほうが安心していられた。「乾杯か。うん、いいね」妻の目の近くにキスをして、それから唇にまたキスをした。今日は婚礼の日なのだ。イタリアでの婚礼の日。

「ほんとは平気じゃないけど、待たされてもいいからワインが飲みたいわよね」エディット・ティボーが彼女の手をとって、光り輝く真新しい指輪に見とれた。「結婚した女は待たされても平気よ」ロクサーヌは彼に笑顔を見せた。「待っててくれる？」ゲンがロクサーヌに訊いた。

二人の女は噴水のへりに腰をおろして――ロクサーヌの膝にはブーケがのっていた――男たちが似たような狭い通りのひとつを遠ざかっていくのを見送った。彼らが角を曲がって見えなくなると、エディットは自分の判断は誤りだったと思った。ロクサーヌと二人で靴を脱いで、一緒に行くべきだった。

ゲンとティボーはどちらも無言のまま広場を二つ通りすぎ、沈黙のなかで、彼らの足音が高い塀にこだましました。「じゃ、ミラノで暮らすんだね」ティボーは言った。

「美しい街です」

「で、仕事はどうするんだい」ゲンの仕事はホソカワ氏のために働くことだったのだから。

「いまは主に翻訳の仕事をしています。そのほうが時間が自由になりますから。ロクサーヌの公演についていきたいんです」

「うん、なるほど」ティボーはうわの空で答えて、歩きながら両手をポケットに深くつっこんだ。「ロクサーヌの歌が聴けなくなって寂しいよ」

「公演に来てください」

真っ赤な自転車に乗った少年が猛スピードで走りすぎ、つぎに、ダックスフントを連れた二人の男がパン屋から出てきて、彼らのほうに歩いてきた。街は無人ではなかったのだ。

「日本が恋しくならないかな」

ゲンは首をふった。「ロクサーヌにとってはこっちにいるほうがいいし、ぼくにとってもいいと思います。オペラ歌手なら、やはりイタリアに住まなくては」角の建物を指さした。「ひらいてるバーがあります」

ティボーは足を止めた。見逃すところだった。注意散漫になっていた。「よかった、任務完了だ。妻たちのところに戻ろう」

しかし、ゲンは向きを変えようとしなかった。何年も前に住んでいた場所を見るような目で、長いあいだバーを見つめていた。

ティボーはどうかしたのかと彼に尋ねた。ティボー自身もときどき、こんなふうに凍りつくことがある。

「あなたに尋ねたいことがあったんです」ゲンは言ったが、言葉を見つけるのにさらに一分ほどかかった。「カルメンとベアトリスのことは新聞にいっさい出ていません。どの新聞を読んでも、男が五十七人に女が一人と書かれています。フランスの報道もそうですか」

少女たちのことは一言も出ていなかったと、ティボーは答えた。

ゲンはうなずいた。「そのほうが都合がいいんでしょうね。五十七人と一人」結婚衣装の襟に白バラの飾りがついていた。エディットがロクサーヌに持たせる白バラのブーケとともにボール箱に入れて、彼のために運んできたのだった。そして、エディットみずからがその花を彼の襟につけたのだった。「あちこちの新聞社に電話して、訂正記事を出してほしいと頼みましたが、どこも知らん顔でした。まるであの二人が存在しなかったみたいに」

「新聞で読むことに、真実なんかひとつもないんだよ」ティボーは言った。初めて夕食の支度をさせられたときのことを思いだしていた。何羽ものチキン、ナイフを持って入ってきた少女たちとイシュマエル。

ゲンはいまだに彼を見ようとしなかった。バーに向かって話をするような感じでしゃべっていた。「ルーベンに電話しました。そのことは言いましたっけ？　電話して、結婚することを報告しました。ルーベンは待ったほうがいいと言いました。早まった行動をとるのは禁物だと。とても親切に言ってくれました。ああいう人ですからね、ルーベンは。だけど、二人とも待つ気はなかった。ぼくはロクサーヌを愛しているんです」

「大丈夫だよ」ティボーは言った。「きみは正しいことをしたんだ。わたしの生涯にとっても、結婚が最高の出来事だった」だが、彼はいま、カルメンのことを考えていた。どうしてもっと早く気づかなかったんだろう。二人が一緒にいるところを鮮明に思いだすことができる。部屋のうしろに立ち、ささやきをかわし、ゲンのほうを向いた瞬間に彼女の顔が輝いたさまを。ティボーはその顔をもう一度見たいとは思わなかった。「ロクサーヌの歌を聴くと、この世界はやはりいいところだと思えてきます」ゲンは言った。「誰かがそういう曲を作れる世界、彼女が深い哀れみをこめてそれを歌うことのできる世界なのです。歌が人を支えてくれる。そう思いませんか。これがなくては、ぼくはもう一日も生きていけそうにありません」

目を閉じて親指と人差し指でその目をこすっても、ティボーにはまだカルメンの姿が見えるような気がした。ほっそりしたうなじに垂らした三つ編みの髪。笑っている。「きれいな子だ」彼は言った。バーはすでに見つかった。エディットのところに戻らなくては。ティボーは友の肩に腕をまわして、サン・マルティーノ広場の方角へ戻ろうと促した。呼吸が苦しくなってくるのを感じ、走りだしたいのを我慢するために脚の筋肉に注意を集中しなくてはならなかった。ゲンとロクサーヌが愛によって結ばれたことを彼は確信していた。おたがいへの愛、そして、記憶にあるすべての人々への愛。

二人が通りの角を曲がると、その先に明るい広場があって、妻たちがいた。噴水のへりにすわったままだった。妻たちは大聖堂のほうを見ていたが、そのとき、エディットがふりむいた。彼に気づいたときの、うれしそうな顔！　立ちあがり、二人の男のほうに歩いてきた。エディットは黒っぽい髪をきらめかせ、ロクサーヌは帽子をかぶったままで。どちらが花嫁でもおかしくなかった。こんな美しい女たちはいないとティボーは思い、その美しい女たちが二人のところに来て腕をさしのべた。

# 訳者あとがき

二〇〇二年のオレンジ賞、PEN／フォークナー賞受賞作の『ベル・カント』(原題 *Bel Canto*) をお送りする。本書はまた、アメリカの主要文学賞のひとつ、全米書評家協会賞の最終候補にもノミネートされた話題作である。オレンジ賞はイギリスの文学賞で、女性作家とその作品を奨励することを目的として創設され、英国内で刊行された小説のうち、女性によって英語で書かれた作品に対して与えられるものである。著者アン・パチェットは、前作 *The Magician's Assistant* でも一九九八年の最終候補にあがったが、本書で満を持しての受賞となった。

南米のある小国の副大統領官邸で、日本最大のエレクトロニクス企業〈ナンセイ〉の社長であるホソカワ氏の誕生日を祝って、盛大なパーティがひらかれた。オペラの熱狂的ファンである氏のために、特別ゲストとして、世界的に有名なソプラノ歌手ロクサーヌ・コスが招かれていた。パーティが終わりに近づいたとき、いきなり屋敷の灯りが消えて、テロリスト集団が乱入。大統領を拉致して政治犯の釈放を要求しようという計画だった。ところが、思わぬ番狂わせが……。大統領がパーティを欠席していたのだ。この番狂わせのおかげで、テロリストたちは大統領を捕らえてすぐさま逃走するつもりだったのに、おおぜいの人質をかかえこんだまま、官邸に立てこもる羽目になってしまう。軍と警察が官邸を包囲し、「投降しろ！」と拡声器でわめきたてるなかで、人質解放交渉は難航し、膠着状態に陥り、やがて、テロリストと人質が奇妙な共同生活を始めることになる。

本書誕生のきっかけとなったのは、一九九六年にペルーのリマで起きた、反政府ゲリラ組織〈トゥパク・アマル〉による日本大使公邸占拠事件だった。テレビのニュースでこの占拠事件が報道されたとき、劇的な展開にまるでオペラを観ているような気がした、と著者パチェットは語っている。そのときの印象があまりに強烈だったため、この作品を書くにあたって、オペラを重要なモチーフとしてとりいれることにしたという。

さて、今回の受賞にあたってのインタビューで、作品に関していくつか質問を受け、パチェットはつぎのように答えている。

――オレンジ賞を受賞されたご感想は？

感激です。とても幸運だったと思います。候補に挙がったのはすぐれた女性作家ばかりで、誰が受賞してもふしぎはなかったのですから。最終候補のリストに残るだけでもすごいことでした。運がよかったと言うしかありません。

――賞金の使い道は？

とくに希望はありません。すてきな庭がほしいと前々から思っていましたが、アメリカで文学賞を受けたとき、その賞金で念願の庭を造ってしまったし……。いまのところ、ほかにほしいものはないですね。

――『ベル・カント』を書くきっかけとなったのはなんでしょう。

ペルーのリマで一九九六年に起きた、日本大使公邸の占拠事件です。現実の事件を下敷きにして小説を書いたのは初めてでした。この題材を選んだのは、わたしが書きたいと思っていたことがそこに凝縮されていたからです。人々が運命によって結びつけられ、ひとつの小さな社会を作っていく様子を描いてみたかったのです。

――この小説の真の主人公は、もしかすると音楽ではないでしょうか。出身国も言語も異なる人質を音楽がひとつに結びつけていきますよね。音楽にはどれだけのパワーが秘められていると、あなたはお思いですか。

音楽はものすごくパワフルなものだと思います。人間には、自分のなかにある最良のものをひきだす能力が備わっていますが、それを助けてくれるのが音楽だと、わたしは信じています。本書に登場する人々も、外の世界から切り離された暮らしのなかで音楽に安らぎを見いだし、それによって変わっていくのです。

たしかに、テロリストも人質も変わっていく。貧困と苦労しか知らずに生きてきたテロリストと、富と名声に恵まれてはいるが人間らしいゆとりを知らずに生きてきた人質のあいだに、一種のやさしい愛情が芽生えはじめる。テロリストの一人でカルメンという少女は、ホソカワ氏の通訳をしているゲンから読み書きを習いはじめ、その覚えの速さでゲンを感心させる。べつのテロリストはロクサーヌも舌を巻くほどの美声の持ち主で、彼女から声楽のレッスンを受けはじめる。人質のほうも、屋敷の掃除や片づけに喜びを見いだすようになった副大統領、食事の支度をまかされて張りきるフランス大使、生まれて初めてのゆったりした時間を楽しむホソカワ氏など、誰もがこれまでとちがう視点から人生を見つめるようになっていく。

物語は、ホソカワ氏とロクサーヌの恋、ゲンとカルメンの恋を軸にして進んでいく。一応、この四人が主人公ということになるのだろうが、その他の登場人物も、ほんのチョイ役に至るまで一人一人がじつにあざやかに描きだされていて、この点を見ただけでも、アン・パチェットの力量のすごさが伝わってくる。セサル、イシュマエル、ベアトリスをはじめとする若いテロリストたち、ベンハミン指揮官、ティボー大使、アルゲダス神父、ルーベン副大統領などなど。翻訳を終えたいま、すべての登場人物がわたしの心にくっきり刻みつけられている。愛してるよ、一人残らず——みんなにそう伝えたくてたまらない。

パチェットは一九六三年ロサンゼルス生まれ。サラ・ローレンス・カレッジで学び、初めて書いた短篇が在学中に《パリス・レヴュー》に掲載された。卒業後、ジョン・アーヴィングら有名作家を多数輩出しているアイオワ大学創作学科で学ぶ。一九九〇年には、マサチューセッツ州プロヴィンスタウンの芸術ワークセンターから創作奨励金を得て、この時期にデビュー長篇の *The Patron Saint of Liars* を執筆。これは一九九七年に、アメリカ三大ネットワークのひとつ、ＣＢＳでテレビドラマ化もされた。一九九四年には、グッゲンハイム奨学金を受けている。これまでに、*The Patron Saint of Liars*、*Taft*、*The Magician's Assistant*、そして本書『ベル・カント』の四つの長篇を発表し、いずれも文学賞を受賞するなど高く評価されている。また、《ニューヨーク・タイムズ・マガジン》《シカゴ・トリビューン》《ヴィレッジ・ヴォイス》《GQ》《エル》《グルメ》《ヴォーグ》など、多数の新聞雑誌に寄稿している。現在は、テネシー州ナッシュビル在住。

最後に、本書の翻訳を助けてくださった方々にお礼を申しあげたい。フランス語は高野優さんに、スペイン語は山本まり子さんに、ロシア語は坂口玲子さんに、ドイツ語は谷口志津子さんに、イタリア語は勝木江津子さんに、それぞれ助けていただいた。また、カトリック関係の用語については、林通子さんに丁寧な解説をしていただいた。心からの感謝を捧げたい。

そして、早川書房編集部の鹿児島有里さんと、校閲部の関谷泉さんに感謝。粗忽者の訳者を辛抱強くサポートしていただいて、言葉にできないぐらい感謝している。

二〇〇三年三月

# 解説

## グローバル・テロリズムの時代に

慶應義塾大学文学部教授・アメリカ文学専攻
巽　孝之

イラク戦争は収束しても、テロリズムの影はいまも色濃い。そんな昨今、さてあなた自身がある日突然、テロリストたちの襲撃を受けたらどうするか。それも、硝煙のたちこめる戦場ではなく、豪華絢爛なパーティでワイン片手に談笑している最中、一瞬にして会場が占拠されてしまったとしたら？

一九九六年、ペルーのリマで起こった日本大使公邸占拠事件にヒントを得た本作品は、舞台を南米の小国に定め、その副大統領官邸にて、日本最大のエレクトロニクス企業〈ナンセイ〉の総帥カツミ・ホソカワ氏の誕生パーティが行われるところから、幕を開ける。何としても援助のほしい主催者は、この日本人主賓のために、とびきりのプレゼントを用意した。それは、熱烈なオペラ・ファンであるホソカワ氏が崇めてやまぬ世界最高のソプラノ歌手ロクサーヌ・コスを招待して歌ってもらうという企画である。そこへマスダ大統領を拉致すべくテロリスト集団が乱入、仲間の政治犯たちを刑務所から釈放せよと要求。だがあろうことか、その晩に限って大統領が欠席だったのだから、たまらない。

かくして、テロリストたちとパーティ参加者たちは奇妙な共同生活へ突入。この極限状況は、やがて最も切実で甘美な、それこそ極上の音楽にも似たロマンスさえもたらす（タイトルが「美しい歌」を意味するベルカント唱法にかけられているゆえんだ）。ホソカワ氏とロクサーヌ、天才的通訳ゲン・ワタナベとテロリスト少女カルメンとのあいだで恋が芽生え、ロクサーヌはさらにテロリスト少年セサルの中に天賦の音楽的才能を発見する。最も社会的な危機が最も個人的な資質を膨らませてしまうという、この逆説的な展開がすばらしい。そもそもマスダ大統領のパーティ欠席の理由がテレビドラマ鑑賞のためだったという事情に、この小説ならではの奇妙なリアリティを感じるのは、わたしだけではあるまい。二〇〇二年オレンジ賞、ＰＥＮ／フォークナー賞受賞作。

＊

以上は、私が本書の邦訳が刊行された年に「北海道新聞」二〇〇三年五月四日付へ寄稿した書評の全文である。本文庫を手にされた方は「イラク戦争」の収束と聞き、遠い昔のことのように感じるかもしれない。けれども当時のアメリカ合衆国大統領ジョージ・Ｗ

・ブッシュの跡を、二〇〇九年からアメリカ初の黒人大統領にしてノーベル平和賞受賞者たるバラク・オバマが襲い、二〇一一年には九・一一同時多発テロの仕掛人とされるアルカイダ司令官ウサーマ・ビン・ラーディンの処刑というかたちで事実上の決着を付けてもなお、二〇一四年にはその遠い残党イラク・シリア・イスラム国（ISIS）が残虐きわまるテロを繰り返すようになっている。

したがって、今回、ポール・ワイツ監督が原作にほぼ忠実に、ジュリアン・ムーアや渡辺謙、加瀬亮ら豪華な顔ぶれを配して映画版『ベル・カント──とらわれのアリア』を製作したのは、二十一世紀の最初の二十年間が全世界的にテロリズムの恐怖と無縁ではなくなった点において、まことにタイムリーであった。

ただし、大急ぎで付言しなければならないのは、冒頭の書評からも推察されるように、パチェットの原作小説が語っているのは人間性の本質に対する信頼であるということだ。来る日も来る日もこの地球上のどこかでテロが勃発している殺伐たる現代にあっては、あまりにもあっけらかんとした楽観主義のように映るだろうか。けれども、だからこそ──現実のペルーにおける日本大使公邸の事件が起こり左翼ゲリラの襲撃によって六百人以上が人質になってから四半世紀近く──原作小説が書かれ邦訳が出た時点から数えても十五年以上が経つ『ベル・カント』が、暗雲立ち込める現代に対する切実な祈りとしていまもたたえている魅力を、私は再確認せざるをえない。

＊

以下、本書の小説ならではの面白さを綴ってみよう。未読の方にはネタバレを含むので、是非読了してからお読みいただきたい。

まず注目すべきは、『ベル・カント』では主要な登場人物のほとんどが――善かれ悪しかれ――当初の思惑を裏切られていくところだろう。

そもそもロクサーヌ自身が、よく知らない日本人実業家ホソカワのために歌うことを決心したのは、高額のギャラのためであった。ホソカワ自身も仕事は順調、家庭も円満で申し分のない人生を送っており、ロクサーヌについては単に自身の長女キヨミがCDをプレゼントしてくれたのがきっかけで愛聴するようになった一ファンにすぎない。テロがなければ、両者が恋愛関係に陥る可能性は全くなかったのである。

加えて、テロ集団にしても、このところ残虐な仕打ちで世間を震撼させてきた〈真実への道〉ではなく〈マルティン・スアレスの家族〉なる人民の味方であり「労働者を解放するのが目的」なのだから、それを統率するベンハミン、アルフレード、エクトルの三指揮官は、女性や使用人、重病人を人質にする気はなく、目的達成の唯一の手段としては「エドゥアルド・マスダ大統領の誘拐」のみを考えていた。本書のモデルとなったペルーの日本大使公邸人質事件においても、青木盛久元大使の交渉により、最終的には人質は七十二名となっている（青木元大使についての詳細は、青柳いづみこ『六本指のゴルトベルク』［中公文庫］第十章参照）。ところが当の日系大統領が、ヒロインであるマリアの逃亡劇によって絶大な人気を誇るテレビドラマを録画ではなくあくまでリアルタイムで観たいという願望を貫いたがために、テロ当日のホソカワ氏歓迎会に欠席するという番狂わせが生じてしまった。

もちろん、こうした真相は側近のみが腹に収めていればいいことで、公にすべき情報ではない。けれども、テロ集団は大統領不在を知るや否やルーベン・イグレシアス副大統領を殴りつけ怪我を負わせてしまう。かくして、命の危険を感じた副大統領は大統領欠席の真相を明かさねばならなくなる。それまで彼がマスダ大統領に忠実に付き従っていたのは「父親から息子に財産が譲られるように、いつの日か自分に大統領の座が回ってくる」という思惑があったからだが、げんにテロリストたちが暴力をふるい、人質が皆殺しにされるかもしれない状況下、背に腹は代えられない。

果たして真相を明かされたテロリスト代表ベンハミン指揮官の反応が興味深い。万が一、イグレシアス副大統領が、マスダ大統領の欠席の理由はインフルエンザだとか国家に関わる緊急問題だとかまくし立てたら、彼は一も二もなく射殺するつもりだった。ところが、マリアの逃亡劇ドラマは月曜から金曜の午後に放映されており、火曜の夜には労働者のために総集編まで放映されるほどの人気だったから、テロ指揮官たちも熟知しており、それがパーティ欠席の理由になるということに、一定のリアリティを感じざるをえなかったのだ。「そんな話は誰にもでっちあげられるものではない。あまりにもばかばかしく、あまりにもくだらない」（第一章、四九ページ）。

些細なディテールかもしれないが、ここにこそ、本書のエッセンスが凝縮されている。われわれはふつう、軍事力や経済力に代表される強制的な国家的圧力をハードパワー、文学や芸術など文化に代表される魅力で他国民の心を摑む表現力をソフトパワーと呼びならわす。ハードパワーは国民一人一人の生活を直接左右するけれども、他方、ソフトパワーは生活に直接関わりはしないものの、それがなくては日々の暮らしが誠に味気なくなってしまう何ものかだ。第二次世界大戦後、圧倒的な軍事力を背景に米ソ超大国の冷戦時代が始まったが、アメリカからはディズニーランドに代表されるテーマパークやミュージカル、ジャズをはじめとするソフトパワーが日本人を魅了したことをふりかえってみればよい。今日の我が国は憲法上、戦争を導く軍事力を永久放棄しているけれども、マンガやアニメの圧倒的人気により、ソフトパワーのみで国際市場を席巻しているだろう。

それと同じことで、本書では、オペラを趣味としロクサーヌの大ファンであるホソカワ氏も、マリアの逃亡劇というテレビドラマを観続けるマスダ大統領もみな、一見ハードパワーの渦中で活躍しているようでいて、実のところソフトパワーに突き動かされているのだ。そしてソフトパワーの根本を成す文化、それも大衆文化というのは、興味のない向きにとっては「あまりにもばかばかしく、あまりにもくだらない」ものなのである。

ここで、映画では端役だが小説では決定的な役割を担う二十六歳のアルゲダス神父がヴェルディやビゼーを愛するオペラ好きで、それが嵩じて今回のパーティに参加し、やがては楽譜調達において大仕事を成すことに注目しよう。彼は人質とともに邸内に残り、終油の秘跡を授けるという使命感に駆られている。遠藤周作の『沈黙』（一九六六年）にも通じるキリスト教的殉教の美学というほかない。

それもそのはず、舞台がペルーを思わせる南米で、物語においてもキリスト教聖職者がフィーチャーされているのは、作者アン・パチェット自身がカトリック信者であり、幼少期からカトリック系の女子校に通っていた背景がひそむ。アメリカにおけるカトリック系女性作家にはキャサリン・アン・ポーターやフラナリー・オコナーなど南部作家が多いが、パチェットもまた、当初こそ西海岸はカリフォルニア州ロサンゼルスに生を享けながら、やがて南部はテネシー州ナッシュヴィルで育った。プロテスタントが主流のアメリカ合衆国においてカトリックは少数派に属するものの、ナッシュヴィルにおけるカトリックはプロテスタント浸礼教会派に次ぐ信者人口を占める。マスダ大統領の愛するテレビドラマの主人公が聖母を思わせる「マリア」という名であるのは、偶然ではない。そして本書の結末には、誰もが予想だにしなかった思いがけない展開が待ち構えている。

かつてイエス・キリストは「人はパンのみにて生くるものに非ず、神の口から出る一つ一つの言葉による」と語った。それは現代においても同じである。人はハードパワーのみにて生くるものに非ず。これこそ、危機の時代に捧げる最も切実な祈りではあるまいか。二〇二〇年代も間近な現在、『ベル・カント』を何度でも読み返したくなるゆえんである。

二〇一九年九月十八日

本書は、二〇〇三年三月に早川書房より単行本
として刊行された作品を文庫化したものです。

ハヤカワ epi 文庫は、すぐれた文芸の発信源（epicentre）です。

訳者略歴　同志社大学文学部英文科卒，英米文学翻訳家　訳書『カウンター・ポイント』『フォールアウト』パレツキー，『オリエント急行の殺人』クリスティー，『街への鍵』レンデル，『妻の沈黙』ハリスン（以上早川書房刊）他多数

# ベル・カント

〈epi 98〉

二〇一九年十月二十日　印刷
二〇一九年十月二十五日　発行

（定価はカバーに表示してあります）

著　者　アン・パチェット
訳　者　山《やま》本《もと》やよい
発行者　早川　浩
発行所　株式会社　早川書房

郵便番号　一〇一 - 〇〇四六
東京都千代田区神田多町二ノ二
電話　〇三 - 三二五二 - 三一一一
振替　〇〇一六〇 - 三 - 四七七九九
https://www.hayakawa-online.co.jp

乱丁・落丁本は小社制作部宛お送り下さい。
送料小社負担にてお取りかえいたします。

印刷・株式会社精興社　製本・株式会社明光社
Printed and bound in Japan
ISBN978-4-15-120098-4 C0197



本書は活字が大きく読みやすい〈トールサイズ〉です。